DÉLIVREZ-MOI !

DU MÊME AUTEUR

L'Affaire Jane Eyre (Fleuve Noir)

JASPER FFORDE

DÉLIVREZ-MOI !

Traduit de l'anglais
par Roxane Azimi

Fleuve Noir

Titre original :
Lost in a Good Book

ISBN : 2-265-08083-7

Ce livre

est dédié aux assistants (es) en tout genre.

C'est vous qui donnez vie à leurs projets.

Sans vous, ils n'y arriveraient pas.

Votre contribution est essentielle.

Sommaire

1

Le Adrian Lush Show

Chiffres de l'Audimat pour les principales chaînes de télévision anglaises, septembre 1985

KRAPO
Adrian Lush Show (mercredi) (talk-show) 16 428 316
Adrian Lush Show (lundi) (talk-show) 16 034 921
Bonzo le Chien Prodige (thriller canin) 15 975 462
TAUPE TV
Kézako Quiz (jeu de questions-réponses avec une somme d'argent à gagner) 15 320 340
65 rue Morse (série télévisée, 3 352e épisode) 14 315 902
Les psychotiques graves débattent en direct à la télévision (talk-show) 11 065 611
CHOUETTE VISION
Will Marlowe ou Kit Shakespeare ? (jeu littéraire) 13 591 203
Les revoir encore une fois ! (émission consacrée à l'extinction à l'envers) 2 321 820
GOLIATH CÂBLE (chaînes 1 à 32)
C'est qui, le menteur ? (divertissement d'entreprise) 428
Du berceau à la bière : Goliath. Tout ce dont vous aurez jamais besoin. (Publireportage) 9 (à confirmer)
CANAL NEANDERTAL 4
Votre outil électrique en direct 9 032
Raconte-moi une histoire (spécial *Jane Eyre*) 7 219

WARWICK FRIDGE
La Guerre de l'Audimat

Je n'avais pas demandé à être une célébrité. Jamais je n'avais eu l'intention de paraître dans le *Adrian Lush Show*. Et que les choses soient bien claires une bonne fois pour toutes : il faudrait que le monde frise une destruction imminente pour que j'accepte de faire un truc débile genre *Entraînons-nous avec Thursday Next* en vidéo.

Amusant au début, le battage autour de la réécriture de *Jane Eyre* avait rapidement fini par me lasser. Je fus heureuse de poser pour des séances photo, j'acceptai les interviews dans la presse, participai non sans hésitation à *L'Odeur que vous emporteriez dans une île déserte* et échappai avec soulagement au ridicule du *Kézako Quiz* spécial célébrités. Le public, fasciné par la notoriété, avait voulu tout savoir de moi à la suite de mon incursion dans les pages de *Jane Eyre*, et comme le Service des Opérations Spéciales jouit d'une réputation à la hauteur de celle de Vlad l'Empaleur, les grands pontes crurent utile de se servir de moi pour redorer leur blason défaillant. Bonne fille, je fis le tour de la planète pour prendre part à des signatures, des inaugurations de bibliothèques, des débats et des interviews. Avec toujours les mêmes questions, les mêmes réponses estampillées OpSpecs. Ouvertures de supermarchés, dîners littéraires, foires aux livres. Je rencontrai même l'actrice Lola Vavoum qui m'assura qu'elle *adorerait* jouer mon rôle dans un film. C'était fatigant, mais surtout… surtout *fastidieux*. Pour la première fois de ma carrière chez les détectives littéraires, je rêvais de retourner à Milton et à l'authentification de ses œuvres.

Dès la fin de ma tournée, je pris une semaine de congé pour que Landen et moi puissions consacrer un peu de temps à notre vie conjugale. Je déménageai toutes mes affaires chez lui, déplaçai ses meubles, ajoutai mes livres aux siens et présentai à mon dodo, Pickwick, son nouveau foyer. Landen et moi divisâmes cérémonieusement la penderie en deux, décidâmes de *partager* le tiroir à chaussettes, puis nous disputâmes pour savoir qui allait dormir côté mur. Nous eûmes de longues et délicieusement futiles conversations sur la pluie et le beau temps, promenâmes Pickwick dans le parc, sortîmes dîner, restâmes dîner à la maison, nous dévorâmes des yeux et enchaînâmes les grasses matinées. Le bonheur, quoi.

Le quatrième jour de ma semaine de vacances, juste après le déjeuner chez la maman de Landen et avant la première bagarre mémorable entre Pickwick et le chat du voisin, je reçus un appel de Cordelia Flakk. C'était elle qui dirigeait le service de presse ici, chez les OpSpecs de Swindon, et elle m'annonça qu'Adrian Lush m'invitait dans son émission. Je n'étais pas emballée par la nouvelle… ni par l'émission, du reste. Mais il y avait un bon côté. L'émission avait lieu en direct, et Flakk me promit que c'était le genre d'interview où « tous les coups sont permis », ce qui ne manqua pas de m'intéresser. En dépit de mes nombreuses interventions, la véritable histoire à propos de *Jane Eyre* restait inconnue du grand public – et ça faisait un bon moment déjà que j'avais envie de traîner Goliath dans la boue. La promesse de Flakk que ce serait ma dernière apparition dans les médias scella ma décision. Va pour Adrian Lush.

Quelques jours plus tard, je me rendis seule aux studios de Krapo ; Landen avait une échéance à respecter et devait garder le nez sur le guidon. Mais je ne restai pas seule longtemps. Sitôt que j'eus pénétré dans le vaste hall d'entrée, une silhouette verdâtre couleur de lait caillé fonça vers moi d'un pas énergique.

— Thursday, *chérie* ! s'écria Cordelia, faisant cliqueter ses perles. Je suis si heureuse que vous ayez pu venir !

Le règlement interne des OpSpecs stipulait que nous devions nous vêtir « sobrement », mais à l'évidence ils avaient fait une exception pour Cordelia. Elle ressemblait à tout sauf à un agent dans l'exercice de ses fonctions. Mais il ne fallait pas se fier aux apparences. Elle était OpSpec depuis ses talons aiguilles jusqu'au foulard rose et jaune noué dans ses cheveux.

Elle planta deux bises affectueuses à quelques centimètres de mes joues.

— Alors, cette vie de femme mariée ?

— Ça va très bien.

— Formidable, mon chou ! Je vous souhaite, à vous et à… euh…

— Landen ?

— Oui, je vous souhaite, à vous et à Landen, tout le bonheur du monde. Bonté divine, qu'avez-vous fait à vos cheveux ?

— A mes cheveux ? Mais rien.

— Justement ! rétorqua Flakk du tac au tac. C'est vous tout craché. Comment trouvez-vous ma tenue ?

— Difficile de ne pas la remarquer, répondis-je, sournoise.

— On est en 1985, l'avenir est aux couleurs vives. Vous avez vu ce top ? Je l'ai eu en solde, à moitié prix. Un de ces jours, je vous lâcherai dans ma garde-robe.

— Je crois bien que j'ai moi aussi une paire de chaussettes roses quelque part.

Elle sourit.

— C'est un début, mon chou. Dites-moi, vous avez fait un superboulot en matière de communication. Je vous en suis très reconnaissante… et les OpSpecs aussi.

— Cette reconnaissance irait-elle jusqu'à me valoir un poste ailleurs que chez les détectives littéraires ? m'enquis-je avec espoir.

— Ma foi, murmura Cordelia, pensive, chaque chose en son temps. Dès que vous aurez fait cette émission, votre demande de transfert sera examinée avec l'attention la plus véhémente, là-dessus vous avez ma parole.

Je poussai un soupir. « L'attention la plus véhémente », ça sonnait un peu comme « il y a de fortes chances », or j'aurais souhaité quelque chose de plus affirmatif. Malgré ma réussite professionnelle, je voulais encore grimper dans la hiérarchie. Cordelia, qui avait senti ma déception, me prit amicalement par le bras et m'escorta dans la salle d'attente.

— Café ?

— Merci.

— Il paraît que ça chauffe à Auckland.

— L'antenne locale de la Fédération Brontë n'a pas aimé la nouvelle fin de *Jane Eyre*, expliquai-je.

— Des mécontents, il y en aura toujours, observa Flakk avec un sourire. Du lait ?

— Un nuage.

— Oh, fit-elle en contemplant le pot à lait. Il n'y en a plus. Tant pis. Ecoutez, a-t-elle ajouté tout bas, j'aurais été ravie d'assister à l'émission, mais un ballot d'OpSpec-17 a planté par erreur son pieu dans un Goth à Penzance ; côté RP, ça va chier des bulles.

OS-17 était le service d'Elimination de Vampires et de Loups-Garous. Malgré une nouvelle procédure de confirmation en trois points, un débutant nerveux avec un pieu aiguisé pouvait encore causer de *très* gros dégâts.

— Ici, tout baigne. J'ai parlé à Adrian Lush et aux autres ; il ne devrait donc y avoir aucun souci.

— Tous les coups sont permis, hein ? grimaçai-je.

Mais Flakk ne broncha pas.

— Pour les besoins de la cause, Thursday. Les OpSpecs comptent sur votre soutien en ces temps difficiles. Le président Formby en personne a ordonné une enquête pour savoir si les OpSpecs sont rentables… voire même utiles, en dernier lieu.

— O.K., acquiesçai-je, en dépit du bon sens. Mais c'est bien la *toute* dernière interview, n'est-ce pas ?

— Tout à fait ! confirma Flakk avec empressement.

Puis, d'un ton théâtral :

— Dieu du ciel, déjà ? Dans une heure, je dois prendre un dirigeable pour Barnstaple. Je vous présente Adie ; elle va s'occuper de vous et… et… (Cordelia se pencha un peu plus près) … n'oubliez pas que vous êtes une OpSpec, mon chou !

Deux autres bises en l'air, un coup d'œil à sa montre, et elle tourna les talons dans un sillage de parfum de luxe.

— Comment pourrais-je l'oublier ? marmonnai-je tandis qu'une fille pleine d'entrain, armée d'un clipboard, qui jusque-là avait attendu à une distance respectueuse, s'approchait de moi.

— Bonjour ! couina-t-elle. Je m'appelle Adie. Très heureuse de vous rencontrer !

Et elle s'empara de ma main en répétant quel honneur *extraordinare* c'était.

— Sans vouloir vous embêter, demanda-t-elle timidement,

est-ce que Edward Rochester était vraiment archisuperbeau à mourir ?

— Beau, non, répondis-je en regardant Flakk disparaître dans le couloir, mais très certainement séduisant. Grand, voix grave, air ombrageux – vous voyez le genre.

Adie vira au rose foncé.

— Ça alors !

On m'emmena au maquillage où je fus poudrée, pomponnée, soûlée de paroles et obligée de signer des numéros de *Taupe Model* dans lesquels on parlait de moi. Je fus très soulagée quand Adie vint me chercher une demi-heure plus tard. Elle annonça dans son talkie-walkie que nous étions « en route », puis, une fois que nous eûmes longé un couloir et franchi des portes battantes, elle questionna :

— C'est comment, travailler chez les OpSpecs ? Est-ce que vous poursuivez des méchants, escaladez des dirigeables en vol, désamorcez des bombes trente secondes avant la détonation, des choses comme ça ?

— Si seulement, répliquai-je avec bonne humeur. Mais en vérité, c'est 70 % de remplissage de formulaires, 27 % de corvées assommantes et 2 % de trouille bleue.

— Et le 1 % restant ?

Je souris.

— C'est ce qui nous aide à tenir.

Les couloirs, interminables, étaient ornés de grandes photos souriantes d'Adrian Lush et d'autres présentateurs-vedettes de Krapo.

— Vous allez bien accrocher avec Adrian, déclara-t-elle, radieuse. Juste une chose : n'essayez pas d'être plus drôle que lui, ça ne cadre pas avec le format de l'émission.

— Ça veut dire quoi, *ça* ?

Elle haussa les épaules.

— Je n'en sais rien. Je suis censée dire ça à tous ses invités.

— Même à des comiques ?

— Surtout à des comiques.

Je l'assurai que je cherchais tout sauf à être drôle, et bientôt elle m'introduisit dans le studio. Le trac me fit regretter l'absence de Landen. Je traversai le décor familier du *Adrian Lush Show*. Sauf que Mr. Lush n'était nulle part en vue – pas plus que son « public live », comme il aimait à le proclamer. A leur place, il y avait un petit groupe de personnages officiels ; ces « autres » dont m'avait parlé Flakk. Quand je vis qui ils étaient, mon moral descendit en flèche.

— Ah, vous voilà, Next ! tonna le commissaire Braxton Hicks avec une bonhomie forcée. Vous avez l'air en forme, fraîche et, euh, dynamique.

Il était mon supérieur hiérarchique à Swindon, mais tout patron des détectives littéraires qu'il était, les mots n'étaient pas vraiment son fort.

— Que faites-vous ici, monsieur ? demandai-je, m'efforçant de masquer ma déception. Cordelia m'a dit que l'interview avec Lush ne serait soumise à aucune espèce de censure.

— Mais bien sûr, mon petit… jusqu'à un certain point, fit-il en caressant sa grosse moustache. Sans une intervention opportune, il risque d'y avoir une grande confusion dans l'esprit du public. Nous préférons donc assister à l'interview et, éventuellement – le cas échéant – donner des *conseils pratiques* sur la façon… euh, de procéder.

Je soupirai. Mon histoire inédite était bien partie pour le rester. Adrian Lush, le soi-disant apôtre de la liberté d'expression, l'homme qui avait osé diffuser à l'antenne les griefs des Neandertals, le premier à avoir mentionné publiquement les « défaillances » du groupe Goliath, allait bel et bien se faire rogner les ailes.

— Le colonel Flanker, vous le connaissez déjà, poursuivit Braxton sans reprendre son souffle.

Je considérai l'homme avec méfiance. Je le connaissais, oui. Il faisait partie d'OS-1, la police des OpSpecs. Il m'avait interrogée au sujet de la soirée où je m'étais attaquée pour la première fois au criminel de haut vol, Achéron Hadès – soirée au cours de laquelle Snood et Tamworth avaient trouvé la mort. Il fit plusieurs tentatives pour sourire, puis renonça et finit par me tendre la main.

— Et voici le colonel Rabone, continua Braxton, chef de liaison des Forces Réunies.

Je serrai la main au colonel.

— C'est toujours un honneur de rencontrer un détenteur de la Croix de Crimée, dit-elle en souriant.

— Et là, enchaîna Braxton d'un ton jovial, visiblement destiné à me mettre à l'aise – ce en quoi il échoua lamentablement –, c'est Mr. Maird-Haas du groupe Goliath.

Maird-Haas était un individu grand et maigre dont les traits pincés semblaient se disputer une place centrale au milieu de la figure. Il avait une façon de pencher la tête sur la gauche qui me fit penser à une perruche curieuse, et ses cheveux bruns étaient soigneusement coiffés en arrière. Il me tendit la main.

— Ça vous ennuie si je refuse de la serrer ? lui demandai-je.

— Ma foi, oui, répondit-il, essayant de paraître affable.

— Tant mieux.

L'emprise pernicieuse que Goliath exerçait sur le pays n'était pas du goût de tout le monde, et moi j'avais une bien meilleure raison de les détester : le dernier employé de Goliath auquel j'avais eu affaire était un odieux personnage du nom de Jack Maird. Nous l'avions enfermé dans un exemplaire du poème d'Edgar Poe, *Le Corbeau*, où j'espérais qu'il ne pourrait nuire à personne.

— Maird-Haas, tiens, dis-je. Auriez-vous un lien quelconque avec Jack ?

— C'était… *c'est* mon demi-frère, fit Maird-Haas lentement, et croyez-moi, Miss Next, il ne travaillait pas pour nous quand il a envisagé de prolonger la guerre de Crimée afin de créer la demande pour les armes de notre fabrication.

— Et vous n'avez jamais su qu'il s'était associé avec Hadès, j'imagine ?

— Bien sûr que non, rétorqua Maird-Haas d'un ton offusqué.

— Si vous l'aviez su, l'auriez-vous accepté ?

Maird-Haas se renfrogna et ne dit rien. Braxton toussota poliment.

— Et voici Mr. Chesterman de la Fédération Brontë.

Chesterman cilla d'un air incertain. Les changements que

j'avais opérés dans *Jane Eyre* avaicnt divisé la fédération. J'espérais qu'il était de ceux qui préféraient l'heureux dénouement.

— Derrière, c'est le capitaine Marat de la ChronoGarde, reprit Braxton.

Marat, à cet instant de *son* existence, était un écolier d'une douzaine d'années. Il me regarda avec intérêt. La ChronoGarde était un département des OpSpecs chargé des Anomalies Ondulatoires du Temps. Mon père en *avait* fait partie, en *faisait* partie ou *allait* en faire partie, tout dépendait du point de vue.

— On s'est déjà rencontrés ? m'enquis-je.

— Pas encore, répondit-il gaiement, se replongeant dans son journal.

— Bien ! déclara Braxton en tapant dans ses mains. Je pense qu'on a fait le tour. Next, je veux que vous fassiez comme si on n'était pas là.

— De simples spectateurs, hein ?

— Absolument. Je...

Il fut interrompu par un remue-menage dans les coulisses.

— Les salopards ! glapit une voix aiguë. Si la chaîne ose remplacer mon créneau du lundi par le retour de *Bonzo le chien prodige*, je leur ferai cracher jusqu'au dernier penny !

Un homme de haute taille âgé d'une cinquantaine d'années avait pénétré dans le studio, accompagné d'un essaim d'assistants. Il avait un beau visage aux traits ciselés et une abondante crinière blanche qu'on aurait dit moulée dans du polystyrène. Il portait un costume impeccablement coupé, et ses doigts étaient chargés de lourdes bagues en or. En nous voyant, il s'arrêta net.

— Ah ! lâcha Adrian Lush avec dédain. Des OpSpecs !

Son entourage s'affairait autour de lui avec beaucoup d'énergie mais très peu d'à-propos. Ils semblaient être suspendus à ses lèvres, et soudain je me sentis très soulagée de n'être pas dans le milieu du spectacle.

— J'ai eu souvent affaire à vous autres dans le passé, expliqua Lush en s'installant confortablement sur son traditionnel canapé vert, qu'il devait considérer comme un lieu de retraite sûr. C'est moi qui ai lancé l'expression « SpecOups » chaque fois qu'on commet une erreur... pardon, un imprévu opérationnel, c'est comme ça que vous les appelez, non ?

Mais Hicks ignora sa question et me présenta comme on offre en mariage sa fille unique.

— Mr. Lush, voici l'agent du Service des Opérations Spéciales, Thursday Next.

Lush bondit sur ses pieds et se précipita pour me serrer la main avec effusion. Flanker et les autres s'assirent ; ils paraissaient tout petits au milieu du studio vide. Ils n'allaient pas partir, et Lush ne le leur demanderait pas : je savais que la chaîne appartenait à Goliath et commençais à douter qu'il puisse avoir une quelconque maîtrise de cette interview.

— Bonjour, Thursday ! s'écria-t-il. Bienvenue dans mon émission du lundi... la deuxième émission la plus suivie de toute l'Angleterre. La première étant mon émission du mercredi !

Il rit à gorge déployée, et je souris, gênée.

— Bon, eh bien, aujourd'hui ce sera jeudi[1], dis-je, histoire de détendre l'atmosphère.

Il y eut un silence de mort.

— Vous allez faire ça souvent ? demanda Lush en baissant la voix.

— Quoi donc ?

— Des blagues. Voyez-vous... prenez un siège, chérie. Voyez-vous, normalement c'est à *moi* de faire des blagues dans cette émission, et bien que ça ne me dérange nullement que vous en fassiez aussi, je vais être obligé de payer quelqu'un pour en écrire de plus drôles, or notre budget, comme les scrupules de Goliath, est plutôt du genre microscopique.

— Puis-je dire quelque chose ? retentit une voix dans le public réduit.

C'était Flanker qui continua sans attendre la réponse :

— Notre métier est une chose sérieuse et devrait transparaître comme tel dans votre interview. Next, je pense qu'il faut laisser les blagues à Mr. Lush.

— Ça vous va ? demanda Lush, rayonnant.

1. Thursday signifie jeudi. *(N.d.T.)*

— Mais oui, opinai-je. Y a-t-il autre chose que je ne dois pas faire ?

Le regard de Lush alla de moi aux spectateurs du premier rang.

— Alors ?

Ils se concertèrent en marmonnant pendant quelques secondes.

— Je pense, reprit Flanker, que nous… pardon, *vous* devriez réaliser l'interview, et qu'on en discutera après. Miss Next pourra dire ce qu'elle veut, du moment que ça ne porte pas préjudice aux intérêts des OpSpecs ou du groupe Goliath.

— … ou de l'armée, ajouta le colonel Rabone, désireuse de faire partie du lot.

— Ça vous convient ? demanda Lush.

— Allons-y, répliquai-je, pressée d'en finir.

— Excellent ! Je vais donc vous présenter hors caméra, puis le régisseur vous fera signe d'entrer. Vous saluerez la salle d'un geste de la main et, une fois que vous serez installée, je vous poserai des questions. A un moment donné, je vous offrirai peut-être des toasts, vu que nos sponsors, le Comité pour la Promotion des Tartines Grillées, aiment bien une petite piqûre de rappel, de temps à autre. Y a-t-il quelque chose là-dedans qui ne vous semble pas clair ?

— Non.

— Parfait. On y va.

Tout le monde s'agita autour de lui, qui pour arranger sa coiffure, qui pour vérifier son maquillage, qui pour rajuster son costume. Après un coup d'œil hâtif dans ma direction, on m'escorta dans les coulisses ; il y eut un long moment d'inaction, puis finalement le régisseur entama le compte à rebours. Sur un signal, Lush se tourna vers la caméra numéro un et afficha son plus beau sourire.

— Ce soir, nous avons une invitée pas comme les autres. Décorée d'une croix de guerre pour son héroïsme, elle est la détective littéraire dont l'intervention nous a non seulement restitué le roman *Jane Eyre*, mais qui plus est en a amélioré la fin. A elle seule, elle a vaincu Achéron Hadès, mis un terme à la guerre de Crimée et audacieusement piégé le groupe Goliath.

Mesdames et messieurs, à l'occasion d'une interview sans précédent d'un agent des OpSpecs dans l'exercice de ses fonctions, je vous demande d'accueillir chaleureusement Thursday Next du département des détectives littéraires de Swindon !

Un projecteur aveuglant se braqua sur la porte par laquelle je devais faire mon entrée. Adie sourit et me tapota le bras. Je m'avançai à la rencontre de Lush, qui se leva pour me saluer avec enthousiasme.

— Excusez-moi, fit une voix, venant du petit groupe assis au premier rang de la salle vide.

C'était Maird-Haas, le représentant de Goliath.

— Oui ? dit Lush, glacial.

— Il va falloir laisser tomber l'allusion au groupe Goliath, déclara Maird-Haas d'un ton sans réplique. Elle n'a aucun intérêt, sinon de ternir l'image d'une entreprise qui fait de son mieux pour améliorer la vie de chacun.

— Je suis d'accord, dit Flanker. Et vous éviterez toutes les références à Hadès. Il est toujours catalogué comme « porté disparu, fervemment présumé mort », si bien que toute spéculation non autorisée pourrait avoir de fâcheuses conséquences.

— O.K., murmura Lush, gribouillant une note. Autre chose ?

— Toute mention de la guerre de Crimée et du fusil à plasma, fit le colonel, pourrait être considérée comme *déplacée*. Les pourparlers de paix à Budapest en sont encore à un stade délicat ; les Russes risquent de saisir le moindre prétexte pour quitter la table. Nous savons que votre émission est très populaire à Moscou.

— La Fédération Brontë n'est pas très chaude pour parler d'une fin *améliorée*, glissa le petit Chesterman à lunettes, et évoquer des personnages que vous auriez rencontrés dans *Jane Eyre* peut susciter des crises de Xplkqulkiccasie chez certains téléspectateurs.

La pathologie en question, inconnue jusqu'à mon incursion dans *Jane Eyre*, était si grave que l'ordre des médecins avait inventé un terme particulièrement imprononçable pour la désigner.

Lush me regarda, les regarda, eux, puis regarda son script.

— Et si j'annonçais juste son nom ?

— Ce serait formidable, approuva Flanker, à condition peut-être de préciser aux spectateurs que cette interview n'a été soumise à aucune censure. Tout le monde est d'accord ?

Ils acquiescèrent avec empressement. Je sentais que l'après-midi serait long et assommant.

L'entourage de Lush revint pour procéder à de microréajustements. On me reconduisit à ma place et, après une nouvelle attente qui parut durer dix ans, il recommença :

— Mesdames et messieurs, dans une interview libre et franche, Thursday Next parle sans entraves de son travail chez les OpSpecs.

Comme personne ne dit rien, j'entrai, serrai la main à Lush et m'assis sur le canapé.

— Bienvenue dans l'émission, Thursday.

— Merci.

— Nous allons en venir à votre carrière en Crimée dans un moment, mais tout d'abord…

Avec un panache de prestidigitateur, il retira une serviette de la table placée en face de nous, dévoilant un plat de tartines grillées avec un assortiment de garnitures.

— … laissez-moi vous offrir une tartine.

— Non, merci.

— Savoureuses et nourrissantes !

Il sourit à la caméra.

— Parfaites pour les petites faims, voire même pour un repas léger, avec des œufs, des sardines ou même…

— Non, merci.

Le sourire figé, Lush marmonna entre ses dents :

— Prenez… une… tartine.

Trop tard. Le régisseur parut sur le plateau pour annoncer que le réalisateur invisible avait crié : « Coupez ! » Le sourire plaqué en permanence sur le visage de Lush s'évanouit, et sa petite armée de maquilleurs s'affaira une fois de plus autour de lui. Le régisseur eut une conversation unilatérale avec son oreillette avant de se tourner vers moi, l'air soucieux.

— Le directeur des investissements aimerait savoir si vous

accepteriez de manger un bout de tartine, quand on vous en propose.

— J'ai déjà mangé.

Il se détourna pour expliquer à l'oreillette :

— *Elle dit qu'elle a déjà mangé !* Je sais… Oui… Et si… Oui… Mmm… *Que voulez-vous que je fasse ? Que je m'asseye sur elle et que je le lui enfonce dans la gorge ?!!* Ouiii… Mmm… Je sais… Oui… Oui… O.K.

A nouveau, il pivota vers moi.

— Et que diriez-vous de la confiture à la place de la marmelade ?

— Je n'aime pas trop les tartines grillées.

Ce qui était partiellement vrai… même si, pour être tout à fait honnête, j'avais envie de jouer les trouble-fête à cause de Braxton et de son entourage.

— Quoi ?

— J'ai dit que je…

— Elle dit qu'elle n'aime pas les tartines grillées ! énonça le régisseur, exaspéré. *Qu'est-ce qu'on va faire, nom de nom ?!!*

Flanker se leva.

— Next, mangez-la, cette satanée tartine, voulez-vous ? J'ai une réunion dans deux heures.

— Et moi, un tournoi de golf, ajouta Braxton.

Je soupirai. J'avais cru avoir mon petit mot à dire dans l'émission, mais je m'étais trompée.

— Est-ce que la marmelade, ça entre dans vos plans, monsieur ? demandai-je à Braxton qui grogna en signe d'assentiment et se rassit. O.K., alors pain complet avec marmelade, et doucement sur le beurre.

Le régisseur sourit comme si je venais de sauver son job – ce qui était probablement le cas –, et nous reprîmes depuis le début.

— Voulez-vous une tartine ? demanda Lush.

— Merci.

Je mordis dedans. Tout le monde me regardait, je décidai donc de ne pas les faire mariner plus longtemps.

— C'est très bon.

Je vis le régisseur lever les pouces à mon intention et s'éponger le front avec un mouchoir.

— Bien, soupira Lush. Allez, on continue. Pour commencer, je voudrais vous poser une question qui est dans tous les esprits : Comment avez-vous fait pour pénétrer dans le livre *Jane Eyre* ?

— C'est facile à expliquer. Mon oncle Mycroft a inventé un appareil appelé Portail de la Prose…

Flanker toussa. Je pressentais déjà ce qu'il allait dire ; quelle pomme d'avoir cru que le *Adrian Lush Show* ne serait pas censuré ! J'étais OpSpec, pourtant.

— Miss Next, vous l'ignorez peut-être, mais votre oncle est toujours sous le coup de l'arrêté confidentiel daté de 1934. Il serait donc plus prudent de ne pas parler de lui… ni du Portail de la Prose.

Le régisseur hurla :

— On coupe !

Lush réfléchit un instant.

— Peut-on raconter comment Hadès a volé le manuscrit de *Martin Chuzzlewit* ?

— Je vais vous dire ça, répondit Flanker.

Puis, après une pause infinitésimale :

— Non.

— Il ne faut pas que les citoyens s'imaginent…, déclara Marat si soudainement que plusieurs personnes sursautèrent.

Jusqu'à présent, il n'avait pas ouvert la bouche.

— Pardon ? fit Flanker.

— Non, rien, dit le ChronoGarde qui maintenant avait l'allure d'un sexagénaire. En vieillissant, j'ai un peu tendance à anticiper les arguments.

— Peut-on parler du retour de Jane dans son livre ? demandai-je avec lassitude.

— Je vous renvoie à ma réponse précédente, grommela Flanker.

— Et la fois où mon coéquipier Bowden et moi-même nous sommes trouvés pris dans une anomalie temporelle sur l'autoroute ?

— Il ne faut pas que les citoyens s'imaginent que c'est une chose facile, dit Marat – âgé d'une vingtaine d'années à présent – avec un regain d'enthousiasme. Si le public croit que le travail de la ChronoGarde ne pose pas de problèmes particuliers, cela risque d'ébranler sa confiance.

— Très juste, opina Flanker.

— Peut-être que vous aimeriez la faire, cette interview ? lui demandai-je.

— Dites donc ! riposta Flanker, se levant et pointant un doigt dans ma direction. Pas la peine de faire la maligne avec nous, Next. Vous êtes ici pour faire votre boulot en qualité d'agent des OpSpecs. Vous n'êtes pas là pour raconter votre version personnelle des faits !

Lush me regarda, gêné. Je levai les sourcils et haussai les épaules.

— Ecoutez, lança-t-il d'une voix stridente, si je dois interviewer Miss Next, il faut que je pose des questions qui intéressent le public !

— Mais certainement ! acquiesça Flanker, conciliant. Demandez-lui tout ce que vous voulez. La liberté de parole est garantie par la Constitution, et ni les OpSpecs ni Goliath ne sont là pour exercer une quelconque pression sur vous. Nous sommes ici seulement pour observer, commenter et *éclairer*.

Lush savait ce que Flanker entendait par là, et Flanker savait que Lush savait. Je savais que Flanker et Lush le savaient, et tous deux savaient que je le savais également. Lush semblait agité et nerveux. Les belles paroles de Flanker n'étaient rien d'autre que des paroles. Un mot à Krapo de la part de Goliath, et il finirait présentateur du *Monde des brebis* sur Lerwick TV. Or il ne voulait pas ça. Mais alors pas du tout.

Pendant le silence qui suivit, Lush et moi cherchâmes un sujet qui serait en dehors de leurs vastes paramètres.

— Et un commentaire à propos de la taxe ridiculement élevée sur le fromage ? proposai-je.

Je plaisantais, mais Flanker et Cie n'étaient pas très experts en matière de plaisanterie.

— Pas d'objection, murmura Flanker. Et vous ?

— Moi non plus, dit Maird-Haas.

— Ni moi, ajouta Rabone.

— Moi, j'ai une objection, intervint une femme qui jusque-là s'était tenue tranquille dans un coin du studio.

Elle s'exprimait avec l'accent pointu des beaux quartiers de Londres et portait une jupe en tweed, un twin-set et un rang de perles.

— Permettez-moi de me présenter, poursuivit-elle d'une voix sonore et haut perchée. Mrs. Jolly Hilly, mandataire du gouvernement auprès des chaînes de télévision.

Elle prit une grande inspiration.

— La soi-disant « charge fiscale léonine sur le fromage » est un sujet très controversé à l'heure actuelle. La moindre allusion là-dessus pourrait être considérée comme un acte séditieux.

— 587 % de taxe sur les fromages à pâte dure et 620 % sur les pâtes molles ? demandai-je. Le cheddar Classique Original Or à 9,32 £ la livre… le brie Moléculairement Instable de Bodmin à presque 10 £ ! Comment vous expliquez ça ?

Les autres, soudain intéressés, se tournèrent vers Mrs. Hilly. L'espace d'un bref instant, le seul et unique probablement, nous étions tous d'accord.

— Je comprends votre inquiétude, répondit la spécialiste ès justifications. Mais vous allez vous apercevoir que le prix du fromage, une fois entré dans une spirale positive, a en fait baissé comparé à l'indice des prix à la consommation de ces dernières années. Tenez, regardez ça.

Et elle me tendit la photo d'une charmante vieille dame avec des béquilles.

— De vieilles dames semblables à la comédienne sur cette photo devront se passer d'une prothèse de la hanche et endurer d'atroces souffrances si vous réclamez égoïstement la baisse du prix du fromage.

Elle marqua une pause pour mieux nous laisser digérer cette information.

— Le Maître des Additions estime que ce n'est pas au public de dicter la politique économique, mais il est prêt à faire un geste à l'adresse des plus démunis sous forme de bons de réduction à portée territoriale.

— Donc, fit Lush, souriant, pour la taxe sur le fromage, c'est *râpé* ?

— Ou alors, il pourrait relever l'impôt sur la crème anglaise, ajouta Mrs. Hilly qui n'avait pas saisi le trait d'humour. Le lobby des desserts est moins… comment dirais-je ?… moins militant.

— C'est *râpé*, répéta Lush pour tous ceux qui n'auraient pas compris. *Râ*… oh, et puis zut, je n'ai jamais entendu un pareil charabia. J'ai l'intention de faire une émission spéciale sur la taxation absurde du fromage.

S'empourprant légèrement, Mrs. Hilly choisit ses mots avec soin.

— S'il y avait une nouvelle révolte du fromage à la suite de votre émission, nous pourrions porter une très grande attention à la recherche des responsabilités.

En disant cela, elle regarda le représentant de Goliath. L'allusion n'échappa ni à Maird-Haas ni à Lush. J'en avais entendu assez.

— Eh bien, je ne parlerai pas de fromage non plus, soupirai-je. De quoi pourrais-je parler, voyons ?

Le petit groupe de spectateurs échangea des regards perplexes. Flanker fit claquer ses doigts ; il venait d'avoir une idée.

— Vous avez bien un dodo, non ?

2

Le Service des Opérations Spéciales

Le Service des Opérations Spéciales a été créé pour gérer des missions jugées trop particulières ou trop ciblées pour relever du ressort de la police générale. Il comprenait trente-deux sections en tout, à commencer par la plus triviale, la Commission Horticole (OS-32), et en passant par la Brigade Littéraire (OS-27) et la Direction des Transports (OS-21). Tout ce qui se situait au-dessous de OS-20 était frappé de confidentialité, même s'il était bien connu que la ChronoGarde était OS-12, et que OS-1 était la police des OpSpecs. Quant aux sections restantes, on ne peut que spéculer sur leur fonction. On sait seulement que la plupart des agents sont d'anciens militaires ou d'anciens policiers. Ils quittent rarement le service au terme de leur période d'essai. « Un boulot chez les OpSpecs, ce n'est pas un essai, dit le dicton, c'est pour la vie. »

MILLON DE FLOSS
Brève Histoire du Service des Opérations Spéciales
(édition revue et corrigée)

C'était le matin après la diffusion du *Adrian Lush Show*. Je l'avais regardé cinq minutes, après quoi, mortifiée, je montai en courant réarranger notre tiroir à chaussettes. J'avais réussi à les trier par couleur, forme et ordre de préférence lorsque Landen m'annonça que c'était fini et que je pouvais redescendre. C'était la dernière interview publique que j'avais consenti à donner, mais Cordelia ne semblait pas se souvenir de cette partie-là de notre conversation. Elle continuait à me harceler avec des festivals du livre, la participation dans *65 rue Morse*, voire même à une soirée informelle chants et ukulélé chez le président Formby. Des offres d'emploi affluaient quotidiennement. Nombre de bibliothèques et de sociétés de surveillance privées sollicitaient mes services soit en tant qu'« associé actif », soit en tant que « conseiller sécurité ». La lettre la plus touchante m'arriva de la bibliothèque locale pour me demander de venir faire la lecture aux personnes âgées – ce qui eût été un bonheur. Mais chez les OpSpecs mêmes, l'institution à laquelle j'avais consacré une bonne partie de ma vie d'adulte, de mon énergie et de mes ressources, pas un mot sur un éventuel avancement. Pour eux, j'étais une OS-27 et je le resterais jusqu'à nouvel ordre.

— Du courrier pour toi !

Landen jeta une grosse pile d'enveloppes sur la table de la cuisine. Ces jours-ci, je recevais surtout des lettres de fans – et ça me faisait tout drôle. J'ouvris une enveloppe au hasard.

— Quelqu'un dont je devrais être jaloux ? s'enquit-il.

— J'attendrais, pour la procédure de divorce – encore une demande de sous-vêtements.

— Je vais lui envoyer les miens, sourit-il.

— Qu'est-ce qu'il y a, dans ce colis ?

— Un cadeau de mariage tardif. C'est un…

Il contempla l'étrange objet tricoté avec curiosité.

— C'est un… *chose*.

— Super, répondis-je. J'ai toujours rêvé d'en avoir un. Qu'est-ce que tu fais ?

— J'essaie d'apprendre à Pickwick à se tenir sur une patte.

— Les dodos n'exécutent pas de tours.

— Pour un marshmallow, j'arriverai à lui faire faire n'importe quoi. Debout, Pickwick, allez, lève la patte !

Landen était écrivain. Nous nous étions rencontrés en Crimée où nous combattions tous les trois, lui, mon frère Anton et moi. Il était rentré avec une jambe en moins, mais vivant. Mon frère était toujours là-bas, se frayant un passage à travers l'éternité depuis le confort d'un cimetière militaire près de Sébastopol. J'ouvris une autre lettre et lus tout haut :

— « Chère Miss Next, je suis un de vos plus grands fans. Sachez qu'à mon avis, David Copperfield, loin d'être cet innocent aux yeux de biche, a bel et bien assassiné sa première femme, Dora Spenlow, pour pouvoir épouser Agnes Wickfield. Je propose d'exhumer les restes de Miss Spenlow et d'effectuer une recherche de botulisme et/ou arsenic. A ce propos, vous êtes-vous jamais demandé pourquoi Homère a changé d'avis sur les chiens quelque part entre *L'Iliade* et *L'Odyssée* ? Lui aurait-on offert un chiot entre les deux ? Autre chose : Trouvez-vous l'*Ulysse* de Joyce aussi ennuyeux et incompréhensible que moi ? Et pourquoi n'y a-t-il aucune odeur dans les œuvres d'Hemingway ? »

— Tout le monde a envie, on dirait, que tu enquêtes sur son livre préféré.

Landen noua les bras autour de mon cou et regarda par-dessus mon épaule, si près que nos joues se touchèrent. Je frissonnai. Collant sa bouche contre mon oreille, il chuchota :

— Tant que tu y es, tu ne pourrais pas faire acquitter Tess et faire condamner Max de Winter ?

— Tu ne vas pas t'y mettre, toi aussi !

Je pris le marshmallow dans sa main et le mangeai, à la grande consternation de Pickwick. Landen en sortit un autre du bocal et essaya à nouveau.

— Allez, Pickwick, lève, lève la patte !

Pickwick le regarda d'un œil torve, intéressé par le marshmallow et pas du tout par l'apprentissage de trucs.

Je repliai la lettre, terminai mon café, me levai et enfilai mon blouson.

— Passe une bonne journée, dit Landen, me raccompagnant à la porte. Sois gentille avec les autres enfants. Pas de griffures ou de morsures.

— Je me tiendrai bien. Promis.

Je me suspendis à son cou et l'embrassai.

— Mmm, susurrai-je doucement. C'était bon.

— Je me suis entraîné, répondit-il, avec la petite mignonne du 56. Ça ne te dérange pas, n'est-ce pas ?

— Pas du tout, répliquai-je, l'embrassant encore une fois. Du moment que tu veux conserver ton autre jambe.

— O.K. Je crois qu'à partir de maintenant, je vais limiter l'entraînement à ta personne.

— J'y compte bien. Au fait, Land…

— Eh ?

— N'oublie pas que ce soir, Mycroft fête son départ à la retraite.

— Je n'oublierai pas.

Nous nous dîmes au revoir, et je traversai le jardin, saluant au passage Mrs. Arturo qui était en train de nous observer.

Nous étions à la fin de l'automne ou au tout début de l'hiver… je ne savais pas trop. Le temps était calme et clément ; les arbres avaient gardé leurs feuilles jaunies, et certains jours il ne faisait pas froid du tout. Il fallait que ça gèle pour que je remonte le toit de ma Speedster ; j'arrivai donc au Q.G. des OpSpecs les cheveux au vent et Wessex FM beuglant dans mes haut-parleurs. Les prochaines élections étaient sur toutes les ondes, et comme toujours en période préélectorale, la taxe sur le fromage était devenue une question d'actualité. Dans le cadre des pourparlers sur la paix en Crimée, la Russie exigeait le comté de Kent à titre de réparation. En sport, Aubrey Jambe avait conduit les Maillets de Swindon, notre équipe de croquet, jusqu'au SuperArceau 85 en mettant la pâtée aux Tapettes de Reading.

Je garai la Speedster derrière le bâtiment de facture germanique, construit à la hâte pendant l'occupation ; la façade portait encore les cicatrices de la libération de Swindon en 1949. Il abritait la plupart de nos services. Comme notre Elimination de Vampires et de Loups-Garous comprenait également Reading et Salisbury, en échange le Vol d'Objets d'Art de Salisbury couvrait aussi notre secteur. L'un dans l'autre, le système fonctionnait plutôt bien.

— Bonjour ! lançai-je à un jeune homme qui sortait un carton du coffre de sa voiture. Vous êtes nouveau ici ?

— Euh, oui, répondit-il, posant son carton le temps de me serrer la main. John Smith... Graines et Mauvaises Herbes.

— Pas très courant, comme nom. Moi, c'est Thursday Next.

— Ah !

Il me regarda avec intérêt. Hélas, mon anonymat n'était plus qu'un souvenir.

— Oui, acquiesçai-je, m'emparant de plusieurs grosses boîtes de fichiers pour l'aider. Celle-là même. Graines et Mauvaises Herbes ?

— Commission Horticole, expliqua-t-il tandis que nous nous dirigions vers le siège des OpSpecs. OS-32. J'ouvre un bureau ici. Il y a eu pas mal de coupes sombres ces derniers temps. La Milice Anti-Herbe des Pampas devient plus virulente dans ses activités. Bon, d'accord, l'herbe des pampas n'est peut-être pas très décorative, mais elle n'a rien d'illégal.

Nous montrâmes nos badges au brigadier d'accueil et montâmes au deuxième étage.

— Ça me dit quelque chose, murmurai-je. Ils n'ont pas un rapport avec l'Association Anti-Cyprès ?

— Il n'y a rien de sûr, répliqua Smith, mais j'étudie toutes les pistes.

— Vous êtes combien, dans votre équipe ?

— Avec moi, un seul, sourit-il. Vous pensiez être le service le plus mal loti des OpSpecs ? Réfléchissez encore. J'ai six mois pour démasquer les arracheurs d'herbe, enrayer la prolifération de la renouée du Japon et trouver un pluriel acceptable pour *cactus*.

Nous étions arrivés devant un petit bureau qui jadis avait abrité la section OS-31, Direction de l'Education du Bon Goût. Ils avaient été démantelés un mois plus tôt, après que la Chambre Haute avait voté contre le projet de loi sur les revêtements en pierre, les portraits de clowns tristes et les moquettes à motif floral. Je posai les fichiers sur la table, lui dis que ma préférence allait vers les *cactées*, lui souhaitai bonne chance et le laissai à son installation.

Au moment où je passais devant le bureau des OS-14, j'entendis une voix stridente :

— Thursday ! Thursday, hou-hou ! Je suis là !

Je soupirai. C'était Cordelia Flakk. Elle me rattrapa promptement et m'enlaça d'un geste affectueux.

— L'émission de Lush a été un désastre, déclarai-je. Tous les coups sont permis, avez-vous dit ? Pour finir, j'ai parlé de mon dodo, de ma voiture et de tout sauf *Jane Eyre*.

— Vous avez été remarquable ! s'extasia-t-elle. Je vous ai réservé une autre série d'interviews pour après-demain.

— Non, Cordelia. Plus d'interviews.

Elle eut l'air atterrée.

— Je ne comprends pas.

— Quelle est la partie du mot *non* que vous ne comprenez pas ?

— Ne soyez pas comme ça, Thursday, répondit-elle avec un large sourire. Vous êtes une excellente communicatrice, et croyez-moi, dans une institution qui d'ordinaire laisse les gens avec des trous dans la peau, hagards, vieillis avant l'heure ou, pour les plus chanceux, refroidis, nous avons besoin de tous les talents existants en matière de communication.

— On cause donc tant de dégâts que ça ? demandai-je.

Flakk sourit modestement.

— Je ne suis peut-être pas trop mauvaise, question RP.

Puis elle ajouta précipitamment :

— Mais chaque quidam qui se fait prendre dans une fusillade est un quidam de trop.

— Soit, mais vous ne m'en avez pas moins promis que l'émission de Lush serait la dernière.

— Ah ! Je vous ai dit aussi que dans l'émission de Lush, tous les coups étaient permis, hein ? repartit Cordelia d'un ton léger, faisant preuve d'une logique renversante.

— Vous aurez beau faire, Cordelia, la réponse est *non*.

Sous mon regard amusé, Flakk se livra à un curieux petit manège, à savoir elle sautilla un peu, prit des airs implorants, se tordit les mains, gonfla les joues et contempla le plafond.

— O.K., soupirai-je. Je vous écoute. Qu'attendez-vous de moi ?

— Eh bien, voilà, annonça-t-elle, tout excitée. On a organisé un concours !

— Ah oui ? fis-je, méfiante.

Serait-ce quelque chose d'encore plus débile que son « Gagnez un mammouth » de la semaine précédente ?

— Quel genre de concours ?

— On a pensé que ce serait bien si vous rencontriez des membres du public dans le cadre d'un entretien en tête à tête.

— *On* a pensé ? Ecoutez, Cordelia…

— Dilly, Thursday, puisqu'on est copines.

Sentant ma réticence, elle se reprit :

— Ou alors Delia. Et que diriez-vous de Flakky ? A l'école, on m'appelait Flik-Flak. Je peux vous appeler Thurs ?

— *Cordelia !* répétai-je sèchement pour couper court à cette séance de brossage dans le sens du poil. *Je refuse de faire ça !* Vous m'aviez dit que l'interview avec Lush serait la dernière, et elle l'a été.

Je tournai les talons, mais quand Dieu en était à distribuer de la persistance, Cordelia Flakk était la première de la queue.

— Thursday, vous me faites beaucoup de peine. Ça me touche personnellement. Ça m'atteint… là… euh, ici.

Elle pointa le doigt sur l'endroit où elle croyait vaguement situer son cœur et me considéra avec une expression qu'elle avait dû emprunter à un cocker.

— Ils sont là qui attendent, en ce moment même, à la cantine. Ça va prendre une poignée de secondes, dix minutes à tout casser. Siouplaîtsiouplaîtsiouplaît. Je n'ai invité qu'une vingtaine de journalistes et quelques équipes de télévision. La salle va être pratiquement vide.

Je consultai ma montre.

— Dix minutes[1], aïe… qui c'est ?

— Quoi, qui c'est ?

— Il y a quelqu'un qui m'appelle. Vous n'avez pas entendu ?

— Non, répondit Cordelia en me regardant bizarrement.

Je tapotai mes oreilles et jetai un œil alentour pour voir s'il y avait du monde à proximité. A l'exception de Cordelia, il n'y

1. Thursday Next !

avait personne dans le couloir. Pourtant, ça m'avait semblé tellement réel que c'en était déroutant[1].

— Ça y est, ça recommence.

— Qu'est-ce qui recommence ?

— Une voix d'homme. Qui me parle ici, dans ma tête.

Et je lui désignai ma tempe. L'air consterné, Cordelia fit un pas en arrière.

— Ça ne va pas, Thursday ? Vous voulez que j'appelle quelqu'un ?

— Non, non, ça va très bien. Je viens juste de réaliser que j'ai... euh, laissé une oreillette en place. Ça doit être mon coéquipier, sûrement pour une urgence. Dites aux gagnants de votre concours que ce sera pour une autre fois. Bye !

Je fonçai vers le bureau des détectives littéraires. Il n'y avait aucune oreillette, bien sûr, mais pas question que Flakk aille raconter aux toubibs que j'entendais des voix[2]. Je m'arrêtai et regardai autour de moi. Le couloir était désert.

— Je vous entends, dis-je. Mais où êtes-vous[3] ?

— Elle s'appelle Flakk. Elle est attachée de presse chez les OpSpecs[4].

— C'est quoi, ça, speed-dating chez les OpSpecs ? *Qu'est-ce qui se passe, hein*[5] ?

— Procès ? Quel procès ? Je n'ai rien fait[6] !

Mon indignation était authentique. Pour quelqu'un qui avait passé sa vie à faire régner l'ordre et la loi, il paraissait foncièrement injuste que je sois accusée de quelque chose... surtout quelque chose dont je ne sois pas au courant.

1. Allô... Miss Next ? Essai de transmission. Un, deux, trois.

2. Si vous êtes occupée, Miss Next, on pourra parler plus tard.

3. Mon nom est LeRoussi, Sassan LeRoussi. Qui était cette ensorcelante créature en rose ?

4. Ah oui ? Elle est mariée ?

5. Désolé. J'aurais dû commencer par là. Je suis l'avocat chargé de vous défendre à votre procès.

6. Bien sûr que non ! C'est en gros la stratégie de la défense. Vous êtes *totalement* innocente. Si nous arrivons à en convaincre le juge qui examine le dossier, nous obtiendrons peut-être un ajournement.

— Nom de Dieu, LeRoussi, de quoi m'accuse-t-on ?

— Ça va, Next ?

C'était le commissaire Braxton Hicks. Surgi au détour du couloir, il me dévisageait avec curiosité.

— Oui, monsieur, répondis-je, réfléchissant rapidement. Le tensionologiste des OpSpecs m'a recommandé de verbaliser le stress lié à mes expériences passées. Tenez : *« Arrière, Hadès, allez-vous-en ! »* Vous avez vu ? Je me sens déjà mieux.

— Oh ! dit Hicks, dubitatif. Enfin, les toubibs savent ce qu'ils font, je présume. C'était super, cette interview avec Lush, vous n'avez pas trouvé ?

Dieu merci, il ne me laissa pas le temps de réagir.

— Dites, Next, vous l'avez signée, cette photo pour mon filleul Max ?

— Elle est sur votre bureau, monsieur.

— C'est vrai ? Terrible. Quoi d'autre ? Ah oui. La petite attachée de presse, là…

— Miss Flakk ?

— Oui, c'est ça. Elle a organisé une espèce de concours. Il faudrait que vous vous mettiez en rapport avec elle.

— J'en ferai la première de mes priorités, monsieur.

— Bon. Eh bien, continuez à verbaliser.

— Merci, monsieur.

Mais au lieu de partir, il resta là à me regarder.

— Monsieur ?

— Ne vous occupez pas de moi, fit Hicks. Je voudrais juste voir comment ça marche, cette verbalisation. Mon tensionologiste à moi m'a dit d'arranger des cailloux comme passe-temps… ou de compter les voitures bleues.

Je verbalisai donc mon stress là, dans ce couloir, pendant cinq bonnes minutes, proférant tous les jurons shakespeariens qui me passaient par la tête, sous l'œil de mon boss. Je me sentais extrêmement stupide, mais c'était toujours mieux que les toubibs.

— Terrible, dit-il finalement en repartant.

Après m'être assurée que j'étais seule dans le couloir, je dis tout haut :

— *LeRoussi !*

Silence.

— Mr. LeRoussi, m'entendez-vous ?

Toujours rien.

Je m'assis sur le banc le plus proche, la tête entre les genoux. J'étais barbouillée et j'avais chaud ; le tensionologiste et le stresspert des OpSpecs avaient dit tous deux que je risquais de souffrir d'un choc posttraumatique après mon affrontement avec Hadès, mais au point d'entendre des voix !

J'attendis d'avoir repris mes esprits, puis me dirigeai non pas vers Flakk et les gagnants de son concours, mais vers Bowden et le bureau des LittéraTecs[1].

Je m'arrêtai.

— Prête à quoi ? Je n'ai rien fait[2] !

— Mais non ! m'exclamai-je. Je suis sincère : je ne sais pas ce que j'ai fait. *Où êtes-vous*[3] *?!*

— Attendez ! Je ne vous verrai pas *avant* l'audience ?

Il n'y eut pas de réponse. J'allais me récrier à nouveau, mais il y avait du monde qui sortait de l'ascenseur, et je me tus. J'attendis un moment, mais comme Mr. LeRoussi n'avait visiblement rien à ajouter, je me rendis au bureau des LittéraTecs qui ressemblait beaucoup à une vaste bibliothèque dans quelque maison de campagne. Rares étaient les livres que nous n'avions *pas* – résultat d'années de saisies d'œuvres littéraires de contrebande. Mon coéquipier, Bowden Cable, était déjà à son poste de travail, impeccablement rangé comme toujours. Habillé de manière classique, il avait plusieurs années de moins que moi,

1. Désolé, Miss Next, j'ai dû prendre un appel. C'est encore Portia ; elle voulait discuter de sa ligne de défense autour de la « goutte de sang ». Un sacré numéro, celle-là. Votre audience aura lieu jeudi prochain, soyez prête !

2. C'est très bien, ça, Thursday. Je peux vous appeler Thursday ? Continuez à jouer les innocentes, et nous vous tirerons de là en moins de temps qu'il n'en faudra pour dire *verrue*.

3. Je vous expliquerai tout quand on se verra. Pardon de communiquer par notes de bas de page, mais je suis attendu au tribunal dans dix minutes. Ne parlez à personne de notre affaire, et à jeudi, Thursday. Tiens, c'est drôle, ça. *A jeudi, Jeudi*. Enfin, peut-être pas. Bon, j'y vais. N'oubliez pas, pas un mot à quiconque, et si vous avez un moment, tâchez de vous renseigner sur la situation familiale de la petite Flakk. Allez, au plaisir.

même s'il était chez les OpSpecs depuis bien plus longtemps. Officiellement, il occupait un rang au-dessus du mien, mais ça ne transparaissait jamais dans notre relation. Nous travaillions main dans la main, de façon différente : l'approche calme et studieuse de Bowden contrastait fortement avec ma propre méthode directe. Et ça marchait bien.

— Bonjour, Bowden.

— Hello, Thursday. Je vous ai vue à la télé, hier soir.

Je retirai mon blouson, m'assis et fourrageai parmi les messages téléphoniques.

— J'étais comment ?

— Très bien. Mais ils ne vous ont pas franchement laissé parler de *Jane Eyre*, hein ?

— La liberté de la presse était en congé ce jour-là.

Il comprit et sourit doucement.

— N'ayez crainte… un jour, on saura toute l'histoire. Ça va, vous ? Vous ne m'avez pas l'air dans votre assiette.

— Ça va, répondis-je, laissant tomber les messages téléphoniques. En fait, non. J'entends des voix.

— C'est le stress, Thursday. Ça arrive Et ça parle de quoi ?

Je me levai pour aller chercher un café, et Bowden me suivit.

— C'est un avocat nommé Sassan LeRoussi. Il dit qu'il me représente. Une autre tasse ?

— Non, merci. Et de quoi vous accuse-t-on ?

— Il ne veut pas le dire.

Pendant que je remplissais une grande tasse, Bowden parut réfléchir.

— Ça ressemble à un conflit intérieur, Thursday. Dans la police, nous sommes quelquefois…

Il s'interrompit. Deux autres LittéraTecs passèrent devant nous, discutant des mérites d'un palindrome de soixante-dix-huit mots, récemment découvert et qui *avait un sens*. Nous attendîmes qu'ils soient hors de portée de voix avant de reprendre :

— … obligés de refouler nos émotions. Auriez-vous pu tuer Hadès si vous aviez eu les idées claires ?

— Je ne pense pas que j'aurais pu le tuer, si je n'avais *pas* eu les idées claires, répliquai-je en reniflant le lait. Hadès ne m'a jamais empêchée de dormir ; c'est la pauvre Berthe Rochester qui me perturbe un peu.

Nous retournâmes nous asseoir à nos places respectives.

— C'est peut-être ça, fit Bowden, remplissant distraitement une grille de mots croisés de *La Chouette*. Peut-être que secrètement vous cherchez à être tenue pour responsable de sa mort. J'ai entendu Crometty me parler pendant des semaines après son assassinat – je me disais que j'aurais dû être là-bas, à ses côtés, pour le protéger.

— Ça avance, vos mots croisés ?

Il me tendit la feuille, et je parcourus les réponses.

— C'est quoi, un « RILK » ?

— C'est un…

— Ah, vous voilà ! fit une voix de stentor.

Nous tournâmes la tête. Victor Analogy venait d'émerger de son bureau. Chef des LittéraTecs de Swindon depuis Dieu sait combien de temps, c'était un fringant septuagénaire avec un crâne dégarni et une corpulence qui lui valait immanquablement le rôle du Père Noël aux festivités annuelles des OpSpecs. Malgré son caractère jovial, il pouvait se montrer inflexible et constituait un bon tampon entre OS-27 et Braxton Hicks, qui lui était un pur produit de l'institution. Analogy veillait jalousement à notre indépendance et considérait son personnel comme une seconde famille. Nous, de notre côté, lui vouions un véritable culte.

Nous nous saluâmes, et Victor se percha sur mon bureau.

— Comment ça se passe, cette campagne de promo, Thursday ?

— C'est ennuyeux à pleurer, monsieur.

— A ce point-là ? Je vous ai vue à la télé, hier. C'était un peu trafiqué, non ?

— Si peu.

— Sans vouloir vous importuner, ceci est un communiqué important. Regardez-moi ce fax.

Il me tendit un papier, et Bowden lut par-dessus mon épaule.

— Ridicule, déclarai-je en lui rendant le fax. Quel intérêt le Comité pour la Promotion des Tartines Grillées aurait-il à nous sponsoriser ?

Victor haussa les épaules.

— Aucune idée. Mais s'ils ont de l'argent en trop, on ne va pas dire non.

— Qu'allez-vous faire ?

— Braxton doit leur parler cet après-midi. Il est très emballé par cette proposition.

— Je pense bien.

La vie de Braxton Hicks était centrée sur son précieux budget. Si par hasard l'un de nous ne serait-ce que songeait à faire des heures supplémentaires, Braxton avait aussitôt son mot à dire là-dessus… et ce mot était généralement « non ». D'après la rumeur, il s'était entretenu avec le responsable de la cantine afin qu'on nous serve des repas moins copieux. Depuis, au bureau, on l'appelait « Petites Portions »… quoique jamais en face.

— Au fait, vous n'êtes pas trop débordés en ce moment ?

— Pourquoi ?

— Eh bien, dit Victor, il semblerait qu'il y ait eu deux ou trois nouvelles tentatives de falsifier *Cardenio*. Je sais que c'est de la petite bière pour vous deux, mais Braxton, ça l'aide pour ses fichues statistiques. Vous voulez bien aller jeter un coup d'œil ?

— Certainement, acquiesça Bowden, sachant que ma collaboration lui était acquise. Vous avez les adresses ?

Victor nous remit une feuille de papier et nous souhaita bonne chance. Nous nous levâmes pour partir. Bowden étudia la liste avec attention.

— On va commencer par Roseberry Street, marmonna-t-il. C'est le plus proche.

3

Cardenio dévoilé

Cardenio fut joué à la cour en 1613. Il fut consigné dans le registre du papetier en 1653 comme étant de « Mr. Fletcher et Shakespeare », et en 1728 Theobald Lewis publia sa pièce *Le Double mensonge*, qu'il prétendait avoir écrite à partir d'un vieil exemplaire de souffleur de *Cardenio*. Etant donné l'inégale valeur shakespearienne de sa pièce et son refus de produire l'original, cette assertion paraît douteuse. Cardenio était le nom du Chevalier Déguenillé dans *Don Quichotte* de Cervantès qui tombait amoureux de Lucinde, et on suppose que la pièce présumée de Shakespeare suivait la même trame. Mais nous ne le saurons jamais. Pas la moindre bribe de la pièce n'a survécu.

MILLON DE FLOSS
« Cardenio » : Ni vu ni connu

Quelques minutes plus tard, nous nous engagions dans une rue bordée de maisons mitoyennes, à proximité du nouveau stade de croquet de trente mille places. Le coup de *Cardenio* était un grand classique du monde littéraire – le pain bénit des escrocs. Dans la mesure où il existait seulement cinq signatures, trois pages de révisions de *Sir Thomas More* et un fragment du *Roi Lear*, tout ce qui était lié à Shakespeare de son vivant se monnayait à prix d'or. La redécouverte de *Cardenio* était le Saint-Graal des antiquaires à la petite semaine, le plus gros jackpot de tous les temps.

Nous sonnâmes à la porte du numéro 216. Au bout d'un moment, une grosse femme rougeaude vint nous ouvrir. Elle avait l'air de sortir de chez le coiffeur et arborait une robe imprimée à l'effigie de Prospero... qui était peut-être sa plus belle robe, mais la sienne seulement.

— Mrs. Hathaway34 ?

— Oui ?

Nous brandîmes nos badges.

— Cable et Next, détectives littéraires. Vous avez appelé au siège ce matin ?

Mrs. Hathaway34 s'épanouit dans un large sourire et nous ouvrit grand sa porte. En entrant, nous remarquâmes que les murs étaient tapissés de portraits de Shakespeare, d'affiches encadrées, de gravures et de plaques commémoratives. La bibliothèque croulait sous les innombrables œuvres et études shakespeariennes ; sur la table basse étaient artistement disposés les numéros rares du magazine hebdomadaire de la Fédération Shakespeare, *Willy, on t'aime*, et dans un coin de la pièce se dressait un Shakesparleur – magnifiquement restauré – des années trente. A l'évidence, nous avions affaire à une vraie fan. Pas enragée au point de parler uniquement par citations, mais pas loin.

— Une tasse de thé ? proposa Hathaway34, mettant fièrement un antique soixante-dix-huit tours de sir Henry Irving dans le rôle d'Hamlet.

Le son était tellement mauvais qu'on aurait dit qu'il récitait son texte avec une chaussette dans la bouche.

— Non, merci, madame. Vous avez déclaré détenir un exemplaire de *Cardenio* ?

— Mais oui, acquiesça-t-elle, enthousiaste.

Et d'ajouter avec un clin d'œil :

— Une pièce égarée de Will qui surgit tout à coup comme un diable de sa boîte, ça doit être une sacrée surprise pour vous, non ?

Je m'abstins de lui répondre que le coup de *Cardenio*, on nous le faisait pratiquement une fois par semaine.

— Nos journées sont peuplées de surprises, Mrs. Hathaway34.

— Appelez-moi Anne34.

Elle ouvrit un bureau et en sortit avec précaution un livre enveloppé dans du papier de soie rose. Avec une infinie déférence, elle le plaça devant nous.

— Je l'ai acheté dans un vide-grenier la semaine passée. A mon avis, le propriétaire ne se doutait pas qu'il avait une pièce perdue de Shakespeare parmi les romans de Daphne Farquitt et les vieux numéros du *Mensuel du Grille-Pain de Collection.*

Elle se pencha en avant.

— Je l'ai eu pour une bouchée de pain, nous confia-t-elle en gloussant. C'est sûrement la trouvaille la plus importante depuis le fragment du *Roi Lear.*

Et, joignant les mains sur sa poitrine, elle contempla avec adoration une gravure du poète au-dessus de la cheminée.

— Ce fragment-là était dans la main de Will et ne comporte que deux lignes de dialogue entre Lear et Cordelia. Il s'est vendu aux enchères un million huit ! Imaginez un peu la valeur de *Cardenio* !

— Un authentique *Cardenio* n'aurait pas de prix, madame, dit Bowden poliment, insistant sur le mot « authentique ».

Je refermai la couverture. J'en avais lu assez.

— Désolée de vous décevoir, Mrs. Hathaway34…

— Anne34. Appelez-moi Anne34.

— … Anne34. Malheureusement, j'aurais tendance à croire qu'il s'agit d'un faux.

Elle ne parut pas perturbée outre mesure.

— Vous en êtes sûre, mon petit ? Vous n'avez pas lu grand-chose.

— Hélas, oui. La rime, le mètre et la grammaire ne correspondent pas vraiment aux œuvres connues de Shakespeare.

Il y eut un silence pendant que Hathaway34 digérait mes paroles, fronçait le sourcil et se mordillait la lèvre. On voyait presque le bon sens le disputer au déni dans sa tête. Le déni finit par l'emporter, comme c'est souvent le cas, et elle rétorqua d'un ton belliqueux :

— Will était adaptable à souhait, Miss Next. Je doute fort qu'une *légère* déviation par rapport à la norme soit révélatrice de quoi que ce soit !

— Vous ne m'avez pas bien comprise, répondis-je, avec le plus de tact possible. Ce n'est même pas une *bonne* contrefaçon.

— Dame ! déclara Anne, se drapant dans sa dignité offensée et éteignant Henry Irving comme pour nous punir. Une authentification, c'est bien connu, est une affaire délicate. Il se peut que je sollicite un second avis !

— C'est tout à fait votre droit, madame, dis-je lentement, mais la réponse sera la même. Il n'y a pas que le texte. Voyez-vous, Shakespeare n'a jamais écrit au stylo-bille sur du papier ligné, et même si ç'avait été le cas, je ne pense pas qu'il aurait envoyé Cardenio chercher Lucinde dans les montagnes de la Sierra Morena à bord d'une Range Rover décapotable.

— Juste ciel ! fit Bowden, abasourdi par l'impudence du faussaire. C'est ce qui est dit là-dedans ?

Je lui passai le manuscrit, et il s'esclaffa dans sa barbe. Mais Hathaway34 ne désarmait pas.

— Et alors ? rétorqua-t-elle, courroucée. Dans *Jules César*, il y a plein d'horloges qui sonnent l'heure, et pourtant elles ont été inventées beaucoup plus tard. Je suis certaine que Shakespeare a introduit la Range Rover de la même façon : un anachronisme littéraire, voilà tout !

Je souris, conciliante, et me dirigeai à reculons vers la porte.

— Nous aimerions que vous passiez remplir une déclaration. Et jeter un œil sur quelques photos, pour voir si on ne peut pas mettre la main sur celui qui est derrière tout ça.

— Balivernes ! lâcha la femme, hautaine. Je demanderai une seconde opinion et, s'il le faut, une troisième et une quatrième… autant de fois que je le jugerai utile. Bonne journée à vous !

Elle ouvrit la porte, nous mit dehors et la claqua derrière nous.

— Il faut le faire, marmonna Bowden tandis que nous marchions vers la voiture.

— Comme vous dites. Tiens, tiens… voilà qui est intéressant.

— Quoi donc ?

— Ne regardez pas tout de suite, mais il y a une Pontiac

noire plus haut dans la rue. Elle était garée devant le siège des OpSpecs quand nous sommes partis.

En montant dans la voiture, Bowden jeta un rapide coup d'œil dans leur direction.

— Qu'en pensez-vous ? demandai-je, une fois à l'intérieur.

— Goliath ?

— Possible. Ils doivent être toujours en pétard d'avoir Jack Maird coincé dans *Le Corbeau.*

— Moi, ça ne m'empêche pas de dormir, dit Bowden, tournant dans l'artère principale.

— Moi non plus.

Je regardai dans le miroir de courtoisie la voiture noire quatre véhicules derrière nous.

— Toujours là ? s'enquit Bowden.

— Ouais. Voyons un peu ce qu'ils veulent. Prenez à gauche ici, puis encore à gauche, et laissez-moi descendre. Continuez sur une centaine de mètres et arrêtez-vous.

Bowden quitta la route pour s'engager dans une autre ruelle résidentielle, me déposa comme convenu, dépassa le carrefour d'après et s'arrêta, bloquant la chaussée. Je plongeai derrière une voiture en stationnement et, naturellement, la grosse Pontiac noire surgit devant moi. Au carrefour, elle freina brutalement en voyant Bowden et enclencha la marche arrière. Je tapotai sur la vitre fumée en agitant mon badge. Le conducteur s'arrêta et baissa la vitre.

— Thursday Next, OS-27. Pourquoi nous suivez-vous ?

Le chauffeur et son passager étaient tous deux vêtus de costumes sombres et rasés de près. Seuls les hommes de Goliath avaient cette allure-là. Goliath… ou OpSpecs. Il me considéra d'un air ahuri, puis se lança dans un laïus bien rodé :

— Nous avons tourné dans la mauvaise rue, miss. Pourriez-vous nous indiquer le chemin du *Royaume du dodo* ?

Je souris, nullement impressionnée par leur couverture à deux sous. Ils étaient aussi OpSpecs que moi.

— Pourquoi ne pas me dire carrément qui vous êtes ? Ça va nous faciliter les choses, croyez-moi.

Les deux hommes échangèrent un regard, soupirèrent avec

résignation et me montrèrent leurs badges. C'étaient des OS-5, du département même, Recherche et Contention, qui avait pourchassé Hadès.

— OS-5 ? demandai-je. L'ancienne bande à Tamworth ?

— Je suis Sherra, dit le conducteur, et mon coéquipier, c'est Kannon. OS-5 a été réaffecté.

— Réaffecté ? Cela signifie-t-il qu'Achéron Hadès est officiellement mort ?

— Aucun dossier de OS-5 n'est définitivement classé. Achéron n'était que le *troisième* grand criminel de la planète, Miss Next.

— Alors qui – ou que – recherchez-vous cette fois ?

Apparemment, ils préféraient poser des questions plutôt que d'y répondre.

— Votre nom est ressorti au cours d'enquêtes préliminaires. Dites-moi, il ne vous est rien arrivé de bizarre, ces temps-ci ?

— Comment ça, bizarre ?

— Inhabituel. Sortant de l'ordinaire. Quelque chose qui se situe en dehors des paramètres courants de la normalité. Un événement d'une étrangeté sans précédent.

Je réfléchis un instant.

— Non.

— Eh bien, lâcha Sherra pour clore cette conversation, si jamais ça se produit, pourriez-vous m'appeler à ce numéro ?

Je pris la carte, les saluai et allai rejoindre Bowden.

Nous empruntâmes la route de Cirencester en direction du nord. La Pontiac avait disparu. J'expliquai qui ils étaient à Bowden et il haussa les sourcils :

— Ça ne me dit rien qui vaille. Quelqu'un de pire que Hadès ? Il va y avoir du pain sur la planche.

— Difficile à croire, hein ? Où allons-nous maintenant ?

— Vole Towers.

— Ah bon ? répliquai-je sans cacher ma surprise. Pourquoi un personnage aussi connu et respectable que lord Volescamper serait-il mêlé à une arnaque autour de *Cardenio* ?

— Aucune idée. Comme il joue au golf avec Braxton, ça

pourrait être politique. Mieux vaut ne pas prendre cette histoire à la légère et le faire passer pour un imbécile... on se fera étriper par le patron.

Nous franchîmes le portail rouillé de Vole Towers et remontâmes la longue allée qui était davantage mauvaises herbes que gravier. Nous nous arrêtâmes devant l'imposante demeure néo-gothique qui avait clairement besoin d'être rénovée, et lord Volescamper sortit à notre rencontre. C'était un homme grand et maigre avec des cheveux gris et une mine solennelle. Vêtu d'un vieux costume de tweed à chevrons, il brandissait un sécateur à la manière d'un sabre de cavalerie.

— Maudits ronciers ! marmonna-t-il en nous serrant la main. Tenez, ils peuvent pousser de cinq centimètres par jour, inexorables petits bougres qui menacent d'engloutir tout ce que nous aimons et connaissons... un peu comme des anarchistes, en fait. Vous êtes la jeune Next, n'est-ce pas ? Je crois qu'on s'est rencontrés au mariage de ma nièce Gloria – qui a-t-elle épousé, déjà ?

— Mon cousin Wilbur.

— Ça me revient maintenant. Qui c'était, ce vieux schnock qui avait enquiquiné tout le monde sur la piste de danse ?

— Il me semble que c'était vous, monsieur.

Lord Volescamper réfléchit un moment en contemplant ses pieds.

— Bonté divine. Mais oui, bien sûr. Tenez, je vous ai vue à la télé, hier soir. Drôle d'histoire, hein, que ce bouquin de Brontë ?

— Très, acquiesçai-je. Je vous présente mon coéquipier, Bowden Cable.

— Comment allez-vous, Mr. Cable ? Vous avez acheté une nouvelle Griffin Sportina, à ce que je vois. Comment la trouvez-vous ?

— En général, à l'endroit où je l'ai laissée, monsieur.

— Vous m'en direz tant. Entrez, entrez. C'est Victor qui vous envoie ?

Traînant les pieds, Volescamper nous précéda dans son manoir délabré. Le hall central était décoré d'une multitude de têtes d'antilopes, empaillées et fixées sur des supports en bois.

— Autrefois, il y a eu de grands chasseurs dans la famille, dit Volescamper. Moi, voyez-vous, ce n'est pas ma tasse de thé. Mon père, sa passion était de tuer et d'empailler. A sa mort, il a tenu à être empaillé à son tour. C'est lui, là-bas.

Nous nous arrêtâmes sur le palier et regardâmes avec intérêt feu monsieur le comte. Avec son fusil favori au creux de son bras et son chien fidèle à ses pieds, il nous dévisageait depuis la vitrine. Lui aussi, pensai-je, on aurait dû clouer son buste sur un panneau en bois, mais comme ce n'était pas très poli, je dis tout haut :

— Il a l'air très jeune.

— Il l'était, tenez. Quarante-trois ans et huit jours. Piétiné à mort par des antilopes.

— En Afrique ?

— Non, soupira Volescamper à regret. Sur la A30 du côté de Chard un soir de 1934. Il avait arrêté sa voiture parce qu'il y avait un cerf, avec des bois magnifiques, couché sur la chaussée. Père est descendu pour voir… tenez, il n'avait aucune chance. Le troupeau a surgi de nulle part.

— Je suis désolée.

— Eh oui, quelle ironie, poursuivit-il pendant que Bowden regardait sa montre, mais le plus bizarre, vous savez, c'est que quand le troupeau d'antilopes s'est enfui, le superbe cerf était parti aussi.

— Il a peut-être été juste assommé, hasarda Bowden.

— Oui, oui, sûrement, répondit Volescamper, distrait. Mais vous n'êtes pas ici pour parler de mon père. Allez, venez !

Sur ce, il s'engagea dans le couloir qui conduisait à la bibliothèque. Nous le rejoignîmes au trot et bientôt arrivâmes devant une chambre forte aux portes en acier : à l'évidence, Volescamper n'avait pas le moindre doute sur la valeur de sa collection. Je touchai pensivement le métal bleuté.

— Eh oui, fit Volescamper, lisant dans mes pensées, il y en a pour quelques pennies, dans cette vieille bibliothèque. J'aime bien prendre mes précautions ; tenez, ne vous fiez pas aux boiseries en chêne à l'intérieur – cette pièce est essentiellement un vaste coffre-fort.

Ce n'était pas inhabituel. De nos jours, la Bibliothèque

Bodléienne était comme Fort Knox... et Fort Knox lui-même avait été réaménagé pour accueillir les ouvrages les plus précieux de la bibliothèque du Congrès. Nous entrâmes, et si je m'attendais à trouver une salle immaculée, j'allais au-devant d'une déception : cette bibliothèque-là ressemblait plus à un débarras qu'à un temple du savoir. Les livres étaient empilés sur des tables, dans des cartons, rangés au petit bonheur ou, encore mieux, entassés par dix ou douze à même le sol. *Mais quels livres !* Je pris un volume au hasard et découvris la deuxième réimpression des *Voyages de Gulliver*. Je le montrai à Bowden qui répondit en levant une première édition dédicacée du *Déclin et chute de l'Empire romain*.

— *Cardenio* n'est donc pas une acquisition récente ? demandai-je.

Peut-être mon diagnostic de départ avait-il été trop hâtif.

— Bonté gracieuse, non. Nous l'avons trouvé l'autre jour, tenez, en dressant le catalogue d'une partie de la bibliothèque personnelle de mon arrière-grand-père Bartholomew Volescamper. Je ne savais même pas qu'on l'avait. Ah... voici Mr. Swaike, mon conseiller en matière de sécurité.

Un bonhomme râblé, l'air compassé et des bajoues comme des bananes, venait d'entrer dans la pièce. Il nous observa d'un œil soupçonneux pendant que Volescamper faisait les présentations, puis déposa sur la table une liasse de feuilles grossièrement massicotées et reliées de cuir.

— Quelles sont les questions de sécurité dont vous vous occupez, Mr. Swaike ? s'enquit Bowden.

— Individuelle et assurance, Mr. Cable, répondit Swaike d'une voix monocorde. Cette bibliothèque n'est ni cataloguée ni assurée – une cible de choix pour les bandes criminelles, malgré les mesures de protection. *Cardenio* n'est qu'un livre parmi la douzaine que je conserve actuellement dans un coffre-fort à l'intérieur même de la salle sécurisée.

— Là-dessus, je ne saurais vous donner tort, Mr. Swaike, opina Bowden.

Je regardai le manuscrit. A première vue, tout paraissait correct, et je m'empressai d'enfiler une paire de gants en coton, ce que je n'avais pas pris la peine de faire avec le *Cardenio* de Mrs. Hathaway34. Je tirai une chaise et examinai la première page. L'écriture était très semblable à celle de Shakespeare, avec des boucles au-dessus des L et des W et des fioritures couronnant les D ; d'autre part, l'orthographe était hasardeuse… ce qui est toujours bon signe. Ç'avait *l'air* réel, mais des faux, j'en avais vu au cours de ma carrière, et de très convaincants. Cependant, en tournant la page pour lire la liste des personnages, je sentis un frémissement me parcourir. J'avais déjà lu cinquante ou soixante *Cardenio*, mais… je tournai une nouvelle page et lus le monologue d'ouverture :

« Sais-tu, ô amour, les affres que j'endure… »

— C'est une sorte de *Roméo et Juliette* espagnol, sauf qu'il y a des passages drôles et que ça se termine bien, expliqua Volescamper, serviable. Tenez, ça vous dit, une tasse dc thé ?

— Comment ? Oui… merci.

Volescamper annonça qu'il allait nous enfermer pour des raisons de sécurité, mais que si nous avions besoin de quoi que ce soit, il n'y avait qu'à sonner.

La porte en acier se referma en claquant, et nous lûmes avec un intérêt croissant le récit du chevalier Cardenio qui avait perdu sa bien-aimée Lucinde et s'était réfugié dans les montagnes après son mariage avec le traître Ferdinand pour y traîner une misérable existence de loqueteux.

— Dieu du ciel, murmura Bowden par-dessus mon épaule – un sentiment que je partageais entièrement.

Vraie ou fausse, la pièce était excellente. Après le monologue d'ouverture, nous découvrîmes en flash-back une correspondance enflammée entre Cardenio et Lucinde, version élisabéthaine de l'écran divisé avec Rock Hudson d'un côté, et Doris Day de l'autre. C'était drôle, en effet. Nous apprîmes à travers ces lettres que Cardenio envisageait d'épouser Lucinde ; puis le duc l'avait enrôlé pour servir de compagnon à son fils Ferdinand, lequel Ferdinand s'était amouraché de Dorothée, mais de passage dans la ville de Lucinde, son amour s'était reporté sur cette dernière…

— Qu'en pensez-vous ? demandai-je à Bowden lorsque nous arrivâmes à la fin du deuxième acte.

— Etonnant ! Je n'ai jamais rien vu de tel, jamais.

— Elle serait donc authentique ?

— Je crois bien... mais il y a déjà eu des erreurs dans le passé. Je vais recopier l'extrait dans lequel Cardenio découvre qu'il a été berné et que Ferdinand compte se marier avec Lucinde. Comme ça, on pourra le passer à l'Analyseur Métrique au bureau.

Nous nous empressâmes de reprendre notre lecture. Tout, les phrases, le mètre, le style, était du pur Shakespeare. Que *Cardenio* resurgisse au bout de quatre siècles, aujourd'hui précisément, et sans crier gare, m'inspirait des sentiments mitigés. Mon père disait toujours que quand quelque chose était trop merveilleux pour être vrai, en général ça l'était. Je fis part de mes doutes à Bowden qui, moins pessimiste, me rappela que le manuscrit d'*Edouard II* de Marlowe avait refait surface seulement dans les années trente. Exhumer une pièce inédite n'était donc pas un phénomène nouveau... néanmoins, mon malaise persista.

Le thé fut visiblement oublié et, pendant que Bowden recopiait la scène de cinq pages, je fis le tour de la bibliothèque, à la recherche d'autres trésors cachés. Le gros coffre-fort, dans un coin de la pièce, contenait, selon Swaike, une douzaine d'ouvrages rares. Je tirai sur la porte, mais elle était verrouillée. Je pris quelques notes à l'intention de Victor, au cas où il voudrait demander un mandat de divulgation littéraire obligatoire, et retournai musarder parmi les vieux livres qui avaient attiré mon attention. J'étais en train de feuilleter la première édition des romans d'Evelyn Waugh lorsqu'une clé tourna dans la lourde porte en acier. Je remis précipitamment le volume en place. Passant la tête dans l'entrebâillement, lord Volescamper annonça, excité, qu'en raison d'« engagements antérieurs », nous devrions poursuivre notre travail un autre jour. Swaike arriva pour remettre *Cardenio* dans le coffre, et nous suivîmes Volescamper dans le hall d'entrée. Deux grosses Bentley venaient de s'arrêter devant le perron. Notre hôte se hâta de prendre congé pour aller accueillir le passager de la première voiture.

— Tiens, tiens, dit Bowden. Regardez qui est là.

Un jeune homme flanqué de deux colosses descendit et serra la main à un Volescamper éperdu d'enthousiasme. Je le reconnus pour l'avoir vu de nombreuses fois à la télévision. C'était Yorrick Kaine, le charismatique leader du parti marginal des Whigs. Lui et Volescamper gravirent les marches en conversant avec animation et s'engouffrèrent à l'intérieur de Vole Towers.

Nous quittâmes le manoir délabré en proie à des sentiments contradictoires.

— Qu'en dites-vous, hein ?

— C'est louche, fit Bowden. Un manuscrit comme *Cardenio*, ça ne se matérialise pas comme ça, du jour au lendemain.

— Louche comment, demandai-je, sur l'échelle de la contenance ? Dix est une cuillère à café et un est une marmite.

— Une cuillère à café, ça ne peut pas contenir une louche, Thursday.

— Plusieurs cuillères, alors.

— Bon, d'accord, de la contenance d'un bol.

— Ce n'est pas grand-chose, rétorquai-je.

— Une soupière ?

— Voilà qui est déjà mieux.

— Je trouve cette conversation bizarre, Thursday.

— Je vous fais marcher, Bowden.

— Oh, je vois. Ce sont des bêtises.

Le manque d'humour de mon coéquipier n'était pas forcément une mauvaise chose. Après tout, les OpSpecs étaient tout sauf de joyeux drilles. Mais comme il pensait que le sens de l'humour était un atout en société, je faisais de mon mieux pour l'aider. Malheureusement, il était capable de lire *Trois Hommes dans un bateau* sans esquisser le moindre sourire et considérait P.G. Wodehouse comme quelqu'un d'« infantile ». Le mal, d'après moi, était donc chronique et incurable.

— Mon tensionologiste m'a conseillé d'essayer le one man show, dit Bowden, guettant ma réaction.

— Ma foi, « Comment trouvez-vous la Sportina ? — A l'endroit où je l'ai laissée » est déjà un bon début.

Il me regarda sans comprendre. Ce n'était pas une plaisanterie.

— Je me suis inscrit au concours d'amateurs du *Joyeux Calmar* lundi soir. Vous voulez entendre mon numéro ?

— Je suis tout ouïe.

Il s'éclaircit la voix.

— C'est l'histoire de trois fourmiliers ; un jour ils entrent dans un…

Il y eut un bruit sec, la voiture fit une embardée, et nous entendîmes comme un claquement rapide. Je me raidis. Nous tanguâmes un moment, puis Bowden réussit à reprendre le contrôle de la direction.

— Zut ! marmonna-t-il. On a crevé.

Une deuxième secousse suivit la première, mais comme nous avions ralenti, Bowden s'engagea sur le parking de la gare de l'aérotrain à South Cerney.

— *Deux* crevaisons ? grommela-t-il en descendant.

Nous contemplâmes les lambeaux du pneu sur la jante, puis échangeâmes un regard et nous tournâmes vers la route pour voir si d'autres automobilistes avaient eu le même problème. Apparemment, non. Ça circulait gaiement dans les deux sens.

— Comment est-il possible que les *deux* pneus éclatent à dix secondes d'intervalle ?

Je haussai les épaules. Je ne me l'expliquais pas non plus. La voiture était neuve, or moi qui conduisais depuis des lustres, je n'avais pas eu une seule crevaison de toute ma vie, et encore moins deux. Avec une unique roue de secours, on était coincés ici pendant un bon bout de temps. Je suggérai à Bowden d'appeler les OpSpecs pour qu'ils nous envoient une dépanneuse.

— La radio a l'air H.S., annonça-t-il en réglant le micro et en tournant le bouton. Bizarre.

Il y avait quelque chose qui clochait, je le sentais.

— Pas plus qu'une double crevaison, répondis-je, me dirigeant vers la cabine téléphonique la plus proche.

Je décrochai le combiné.

— Vous avez de la monnaie…

Je m'interrompis car je venais d'apercevoir un ticket posé sur l'appareil. Au même moment, comme un fait exprès, une rame de l'aérotrain arriva en hauteur sur ses rails d'acier.

— Qu'avez-vous trouvé ? s'enquit Bowden.

— Un ticket de train valable pour la journée, dis-je lentement en reposant le combiné.

Des images fragmentaires, à moitié oubliées ou que je ne me rappelais pas encore, commençaient à se former dans ma tête. C'était déconcertant, mais je savais ce que j'avais à faire.

— Je vais prendre l'aérotrain pour voir de quoi il retourne.

— Pourquoi ?

— Il y a un Neandertal qui a des ennuis.

— Comment le savez-vous ?

Je fronçai les sourcils, m'efforçant de remettre de l'ordre dans ce que je ressentais.

— Difficile à dire. C'est quoi, le contraire de déjà vu, quand on voit des choses qui ne sont pas encore arrivées ?

— Aucune idée... *avant-verrais* ?

— C'est ça. Il va se passer quelque chose... et j'en fais partie.

— Je viens avec vous.

— Non, Bowden. Si vous deviez venir, j'aurais trouvé *deux* tickets.

J'abandonnai mon coéquipier à sa perplexité et me hâtai vers la gare. Là, je montrai mon ticket au contrôleur et grimpai les marches d'acier vers le quai perché à quinze mètres du sol. J'étais toute seule, à l'exception d'une jeune femme assise sur un banc, en train d'inspecter son maquillage dans une glace. Elle me regarda un moment, puis les portes de la rame s'ouvrirent en chuintant et je montai dedans, sans trop savoir où je mettais les pieds.

4

Cinq coïncidences, sept Celia Lutz et un Neandertal déboussolé

L'expérience Neandertals avait été conçue afin de créer les pudiquement nommés « sujets de tests médicaux », des êtres vivants aussi proches des humains que possible sans être réellement humains aux yeux de la loi. Grâce à des cellules reproduites à partir de l'ADN prélevé sur l'avant-bras de l'*Homo Llysternef*, découvert dans une tourbière près de Llysternef au pays de Galles, l'expérience connut un succès sans précédent. Malheureusement pour Goliath, même les plus endurcis des chercheurs rechignèrent à expérimenter sur des entités intelligentes et douées de parole, si bien que la première génération des Neandertals fut convertie en « unités de combat substituables », projet qui dut être abandonné en raison du manque d'agressivité des Neandertals. Ils furent donc intégrés à la société en qualité de main-d'œuvre bon marché bénéficiant de larges déductions fiscales. L'infertilité des mâles et une durée de vie moyenne de cinquante ans signifiaient qu'ils seraient bientôt relégués dans les annales toujours plus fournies des « échecs » de l'industrie de la régénération.

GERHARD VON SQUID
Les Neandertals : retour après une brève absence

Chose étrange que les coïncidences. J'aime bien l'histoire de sir Edmund Godfrey, retrouvé assassiné en 1678 dans un fossé de Greenberry Hill, à Londres. Trois hommes furent arrêtés et pendus pour ce crime : *Mr. Green, Mr. Berry et Mr. Hill.* D'après mon père, la plupart des coïncidences ne voulaient rien dire ; ce n'était que l'émergence fortuite d'un fait pertinent parmi un million et quelques d'interconnexions possibles. « Arrête un inconnu dans la rue, disait-il, et fouillez dans vos passés respectifs. Très vite, vous allez tomber sur une coïncidence *extraordinaire, trop-énorme-pour-être-le-fruit-du-hasard.* »

Il n'avait sûrement pas tort, mais cela n'expliquait pas une double crevaison devant la gare, une radio en panne ayant mené tout droit à la découverte d'un ticket de l'aérotrain, et l'arrivée du train juste à ce moment-là. Certaines choses se produisent pour une raison précise, et j'avais tendance à croire que c'était le cas ici.

Je montai dans l'unique voiture de la rame, semblable à toutes celles que j'avais eu l'occasion d'emprunter. Elle était propre, comptait une quarantaine de places assises et de l'espace pour les voyageurs debout. Je m'installai à l'avant ; les portes se refermèrent dans un soupir et, accompagnés par le ronron des moteurs électriques, bientôt nous glissâmes sans effort au-dessus des lacs de Cerney. Puisque j'étais là dans un but particulier, je jetai un œil autour de moi pour voir de quoi il pouvait s'agir. Le conducteur de la rame était un Neandertal. La main sur la manette, il contemplait distraitement le paysage. Ses sourcils remuaient, et il humait l'air de temps à autre. La voiture était quasiment vide : il n'y avait que sept personnes, toutes des femmes, et toutes des inconnues.

— Le trois vertical, s'exclama une femme trapue qui fixait un journal plié, à moitié pour nous, à moitié pour elle-même. *N'est pas le bienvenu dans une soirée*. Douze lettres.

Personne ne répondit, et nous dépassâmes la gare de Cricklade sans nous arrêter, à la consternation d'une grosse dame luxueusement vêtue qui souffla bruyamment et pointa son parapluie sur le conducteur.

— Eh, vous là-bas ! tonna-t-elle comme un capitaine avant la tempête. Qu'est-ce que vous fabriquez ? Je devais descendre à Cricklade, bon sang !

Imperturbable, le conducteur marmonna des excuses. Mais

cela ne suffisait pas à la mégère qui planta violemment son parapluie dans les côtes du petit Neandertal. Il ne cria pas de douleur ; il tressaillit juste, tira la porte de sa cabine et la verrouilla. Je me levai et arrachai le parapluie à la femme.

— Mais que… ! éructa-t-elle, indignée.

— Ne faites pas ça, lui dis-je. Ce n'est pas gentil.

— Foutaises ! s'esclaffa-t-elle. Ce n'est qu'un Neandertal, voyons !

— *Trouble-fête*, énonça une passagère assise au fond d'un air convaincu, l'œil rivé sur une publicité pour le Gravitube.

La grosse femme et moi nous retournâmes, nous demandant de qui elle parlait. Elle nous regarda toutes les deux, rougit et dit :

— Non, non. Douze lettres. *N'est pas le bienvenu dans une soirée. Trouble-fête.*

— Parfait, marmonna la femme aux mots croisés en griffonnant la réponse.

Je tendis le parapluie à la dame cossue qui me foudroya du regard ; nous étions à cinquante centimètres l'une de l'autre, mais elle n'allait pas se rasseoir la première, et moi non plus.

— Touchez encore une fois au Neandertal, et je vous arrêterai pour agression, lui dis-je.

— Je sais, figurez-vous, annonça la femme d'un ton cassant, que les Neandertals sont légalement classés dans la catégorie « animaux ». On ne peut pas agresser un Neandertal, pas plus qu'on ne peut agresser une souris.

Je sentis la moutarde me monter au nez. C'était mauvais signe… j'allais sans doute finir par commettre une bêtise.

— Soit, rétorquai-je. Dans ce cas, je vous arrêterai pour cruauté, atteinte à l'ordre public et tout ce que je pourrai trouver d'autre.

La femme, cependant, ne semblait pas intimidée le moins du monde.

— Mon mari est juge de paix, déclara-t-elle comme on sort un atout caché. Vous risqueriez d'avoir de sérieux problèmes. Quel est votre nom ?

— Next, répondis-je sans hésitation. Thursday Next, OS-27.

Elle cilla légèrement et cessa de fourrager dans son sac à la recherche d'un papier et d'un stylo.

— La Thursday Next de *Jane Eyre* ? demanda-t-elle, changeant brusquement de ton.

— Je vous ai vue à la télé, glissa la femme aux mots croisés. Vous êtes un peu obsédée par votre dodo, on dirait. Pourquoi n'avez-vous pas parlé de *Jane Eyre*, de Goliath ou de la fin de la guerre en Crimée ?

— Croyez-moi, ce n'est pas faute d'avoir essayé.

La dame cossue profita de l'occasion pour battre en retraite ; elle regagna son siège deux rangs derrière moi et regarda par la fenêtre tandis que la rame filait devant la gare de Broad Blunston. Les passagères poussèrent des soupirs, firent claquer leur langue et échangèrent des haussements d'épaules.

— Je vais me plaindre à la direction, annonça une femme épaisse, maquillée comme une voiture volée.

Dans ses bras, elle tenait un pékinois à la mine renfrognée.

— Le meilleur remède contre l'insubordination…

Elle se tut abruptement : la rame venait d'accélérer d'un seul coup.

Je frappai à la porte en plexiglas.

— Que se passe-t-il, camarade ?

Le Neandertal avait reçu assez de coups de parapluie pour la journée, voire pour le restant de ses jours.

— Nous rentrons à la maison, dit-il simplement, regardant droit devant lui.

— Nous ? répéta la femme au parapluie. Sûrement pas. Moi, j'habite à Cricklade…

— Il parle de lui, expliquai-je. Les Neandertals n'utilisent pas la première personne du singulier.

— Quels abrutis ! fit-elle.

Je lui lançai un regard noir. Elle reçut le message et s'enferma dans un silence maussade. Je me penchai vers le conducteur.

— Comment vous appelez-vous ?

— Finnhal, répondit-il.

— Bien. Maintenant, dites-moi, Finnhal : c'est quoi, le problème ?

Il marqua une pause, le temps de dépasser l'aérogare de Swindon. J'aperçus une autre rame qui avait été détournée sur une voie de garage et plusieurs agents de la compagnie qui nous faisaient des signes ; ce n'était donc qu'une question de minutes avant que les autorités ne soient alertées.

— Nous voulons *exister.*

— Jour de Jupiter, marmonna la femme trapue au fond, suçotant son crayon et fixant ses mots croisés.

— Que dites-vous ? demandai-je.

— *Jour de Jupiter dans la langue de Shakespeare*, répéta-t-elle, indifférente au contexte. Le neuf vertical… huit lettres.

— Aucune idée, répliquai-je avant de me tourner vers Finnhal. Comment ça, *exister* ?

— Nous ne sommes pas des animaux, affirma le cousin jadis disparu de l'humanité. Nous voulons être une espèce protégée – comme les dodos, les mammouths – et *vous*. Nous voulons parler au responsable de Goliath et à quelqu'un de Krapo News.

— Je vais voir ce que je peux faire.

Je traversai la rame et décrochai le téléphone d'appel d'urgence.

— Allô ? dis-je à l'opératrice. Ici Thursday Next, OS-27. Nous avons un petit problème dans la rame numéro… euh, 6174.

Lorsque je lui eus exposé la situation, l'opératrice étouffa une exclamation et demanda combien nous étions et s'il y avait des blessés.

— Sept femmes, moi-même et le conducteur. Tout le monde va bien.

— N'oubliez pas Pixie Frou-Frou, dit la femme outrageusement maquillée.

— Et un pékinois.

L'opératrice m'annonça qu'ils étaient en train de dégager les voies, qu'il fallait garder notre calme et qu'elle rappellerait. J'essayai de lui expliquer qu'il n'y avait rien de grave, mais elle avait déjà raccroché.

J'allai me rasseoir près du Neandertal. Le regard fixe, il serrait les mâchoires ; ses jointures avaient blanchi sur la manette de l'accélérateur. Nous approchâmes de l'embranchement de

Wanborough, franchîmes la M4 et fûmes déviés vers l'ouest. Assise juste derrière moi, une adolescente à l'air timide, vêtue d'un sweat-shirt De La Mare, croisa mon regard ; elle avait peur.

Je lui souris pour la mettre à l'aise.

— Comment vous appelez-vous ?

— Celia, répondit-elle d'une petite voix. Celia Lutz.

— Foutaises ! interrompit la femme au parapluie. Celia Lutz, c'est *moi* !

— Moi aussi, dit la femme au pékinois.

— Et moi ! s'exclama la femme maigre au fond.

Il apparut, après un échange frénétique de « Incroyable ! » et « Ça alors ! », que tout le monde dans la rame, excepté Finnhal, moi et Pixie Frou-Frou, se nommait Celia Lutz. Certaines d'entre elles s'étaient même découvert un vague lien de parenté. C'était une coïncidence troublante… jusque-là, la meilleure de la journée.

— *Thursday*, fit la femme trapue.

— Oui ?

Mais elle ne s'adressait pas à moi ; elle était en train de noter la réponse. *Jour de Jupiter dans la langue de Shakespeare : Thursday.*

Le téléphone sonna.

— Ici Diane Chassereiss, négociatrice spécialisée OS-9, résonna une voix énergique. Qui est à l'appareil ?

— Di, c'est moi, Thursday.

Il y eut une pause.

— Salut, Thursday. Je vous ai vue à la télé hier soir. Les emmerdes vous collent à la peau, on dirait. Alors, où en êtes-vous là-bas ?

Je regardai mes compagnes de voyage : insouciantes, elles étaient en train de se montrer les photos de leurs enfants. Pixie Frou-Frou s'était endormi, et la Celia Lutz aux mots croisés lut tout haut la définition du six horizontal :

— *Appartient à l'instance supérieure.*

— Tout le monde va bien. Elles s'ennuient un peu, mais il n'y a pas de dégâts.

— Et que veut le contrevenant ?

— Il demande à discuter de l'autonomie de l'espèce avec quelqu'un de chez Goliath.

— Attendez… c'est un Neandertal ?

— Oui.

— Ce n'est pas possible ! Un Neandertal violent ?

— Il n'y a pas de violence ici, Di… il n'y a que de la détresse.

— *Merde*, marmonna Chassereiss. Je n'y connais rien, moi, aux Tals. Il faut faire intervenir un Neandertal de chez les OpSpecs.

— Il réclame également un journaliste de Krapo News.

Il y eut un silence à l'autre bout du fil.

— Di ?

— Oui ?

— Que dois-je dire à Finnhal ?

— Dites-lui que… euh, Krapo News envoie un véhicule pour le conduire au labo de recherche génétique de Goliath où le président de Goliath, le directeur du labo et une équipe juridique l'attendront pour définir les termes de leur accord.

Vous parlez d'un gros bobard !

— Mais est-ce juste ? demandai-je.

— La question n'est pas là, Thursday, riposta Diane sèchement. Pas depuis qu'il a pris le contrôle de la rame. Il y a huit vies humaines en jeu. Pas besoin d'avoir gagné au *Kézako Quiz* pour savoir ce que nous avons à faire. Pacifique ou non, ce Neandertal risque de faire du mal aux passagers.

— Ne soyez pas ridicule ! Aucun Neandertal n'a jamais fait de mal à quiconque. Qu'est-ce que c'est, ajoutai-je, outrée par la brutalité de ses propos, la journée de formation pour les affolés de la gâchette chez OS-14 ?

— Il arrive souvent que les otages sympathisent avec leurs ravisseurs, Thursday. Laissez-nous faire.

— Di, déclarai-je d'une voix claire, écoutez-moi : *Personne n'est en danger* !

— Pas encore, Thursday. Pas encore. Mais nous n'allons pas prendre ce risque. Voici comment on va procéder : nous allons vous faire repartir en sens inverse sur la ligne de Cirencester. Il y aura des agents de OS-14 postés à Cricklade. Dès qu'il se sera arrêté, j'ai bien peur que nous n'ayons pas d'autre choix que de l'éliminer. Je vous demande de veiller à ce que tous les passagers soient groupés au fond de la rame.

— Diane, c'est de la folie ! Vous allez le tuer juste parce qu'il a emmené une poignée de péronnelles faire une balade autour de Swindon ?

— On ne tue pas les Neandertals – ils sont *détruits*. Ça fait une grosse différence… et, par ailleurs, la loi est très stricte en matière de détournements.

— Ça n'a rien à voir, Di. Ce n'est qu'un membre déboussolé d'une espèce disparue.

— Désolée, Thursday… ce n'est pas moi qui décide.

Je raccrochai, furieuse, tandis que la rame était détournée dans l'autre sens, direction Cirencester. Nous filâmes à toute allure devant la gare de Shaw, à la grande surprise des gens qui attendaient sur le quai, et reprîmes la remontée vers le nord. Je revins auprès du conducteur.

— Finnhal, vous *devez* vous arrêter à Purton.

Il grogna en réponse, mais sans manifester une quelconque émotion ; les subtilités du langage corporel des Neandertals avaient tendance à nous échapper. Il me regarda un moment, puis demanda :

— Vous avez des petits ?

Leur infertilité était l'un des principaux griefs des Neandertals vis-à-vis de l'homo sapiens. D'ici une trentaine d'années, le dernier de ces sujets expérimentaux allait mourir de vieillesse. Et, à moins que Goliath n'en crée d'autres, ce serait la fin. L'extinction définitive – il était peu probable que même nous, nous y parvenions.

— Non, je n'en ai pas, répondis-je rapidement.

— Nous non plus, dit Finnhal. Mais vous, vous avez le choix. Pas nous. On n'aurait pas dû nous ramener. Pas pour ça. Pour porter les sacs des sapiens, pas de petits et le parapluie dans les côtes.

Son regard morne se perdit dans le lointain. Peut-être se revoyait-il trente mille ans en arrière, lorsqu'il était libre de chasser de gros herbivores avant de regagner la relative sécurité d'une caverne bien aérée. Finnhal était promis à l'extinction... du moins, lui personnellement. Il n'avait pas l'intention de nous faire du mal. Et comme il ne pouvait pas se retourner contre lui non plus, il comptait sur les OpSpecs pour faire le boulot à sa place.

— *Adieu.*

Je sursautai tant cette parole avait une résonance sinistre, mais ce n'était que Mrs. Lutz remplissant sa grille de mots croisés.

— *Appartient à l'instance supérieure,* marmonna-t-elle, ravie. A Dieu. *Adieu.* Ça y est, j'ai fini !

Je n'aimais pas ça, mais alors pas du tout. Les trois mots à découvrir avaient été « trouble-fête », « Thursday » et « adieu ». Encore des coïncidences. Sans cette double crevaison et le ticket de train providentiel, je n'aurais pas eu l'idée de monter dans cette rame. Où tout le monde s'appelait Lutz. Et maintenant, les mots croisés. Si tout se déroulait comme prévu, le seul bénéficiaire de cette interjection, ce serait Finnhal. Cependant, j'avais d'autres soucis en tête quand nous dépassâmes Purton sans nous arrêter. Je priai les voyageuses de se regrouper au fond de la rame et rejoignis Finnhal à l'avant.

— Ecoutez-moi, Finnhal. Si vous ne faites aucun geste menaçant, ils n'ouvriront peut-être pas le feu.

— Nous y avons pensé.

Et le Neandertal tira de sa tunique un pistolet automatique factice.

— Ils tireront, dit-il tandis que nous arrivions en vue de la gare de Cricklade. Nous l'avons sculpté avec du savon... du savon *Dove*, ajouta-t-il. Nous trouvions ça amusant.

Nous approchâmes de Cricklade à toute vitesse ; j'aperçus des véhicules de OS-14 garés sur la route et des membres des unités spéciales en uniforme noir postés sur le quai. A une centaine de mètres de la station, le courant fut abruptement coupé, et la rame tangua sur les rails. La porte de la cabine du conducteur s'ouvrit, et je me faufilai à l'intérieur. M'emparant du pistolet en savon, je le jetai par terre. Finnhal n'allait pas mourir ; en tout cas, je ferais tout pour m'y opposer. Nous entrâmes en bringuebalant dans la gare. Les OS-14 ouvrirent les portes, et les Celia Lutz furent rapidement évacuées. Je passai mon bras autour de Finnhal. C'était la première fois que je faisais ça avec un Neandertal, et je fus surprise de trouver ses muscles aussi durs… et aussi chauds au toucher.

— Ecartez-vous du Tal ! ordonna une voix dans un mégaphone.

— Pour que vous puissiez l'abattre ? criai-je.

— Il a mis en péril la vie de voyageurs, Next. Il représente un danger pour la société civilisée.

— Civilisée ! répétai-je rageusement. Non mais, vous vous êtes vus ?

— Next ! résonna la voix. C'est un ordre direct !

— Faites ce qu'ils disent, me glissa le Neandertal.

— Il faudrait qu'ils me passent sur le corps, d'abord.

Comme en réponse, il y eut un bruit de bouchon qui saute, et un seul impact de balle apparut dans la vitre de la cabine. Quelqu'un avait décidé d'en finir avec Finnhal, envers et contre tout. Révoltée, je voulus hurler ma colère, mais aucun son ne sortit de ma bouche. Mes jambes se dérobèrent, et je m'écroulai sur le sol. Le monde virait au gris autour de moi ; je ne sentais même plus mes jambes. J'entendis crier :

— Un médecin, vite !

La dernière chose que je vis avant que les ténèbres ne m'engloutissent fut la large figure de Finnhal, penchée sur moi. Il avait des larmes aux yeux et esquissait silencieusement les mots : *Nous sommes désolés. Vraiment, vraiment désolés.*

5

Des auto-stoppeurs escamotables

Les légendes urbaines sont vieilles comme mes robes, mais beaucoup plus intéressantes. J'avais entendu la plupart d'entre elles, depuis le chien dans le micro-ondes jusqu'à la foudre poursuivant une ménagère de Preston, la cuisse grillée de dodo découverte dans un Smiley Fried Chicken ou le *gastornis* carnivore, prétendument régénéré et vivant aujourd'hui dans la forêt. J'avais tout lu sur le vaisseau extraterrestre qui se serait écrasé en 1952 près de Lambourn ; j'avais aussi ouï dire que Charles Dickens était une femme et que le président actuel de Goliath était âgé de cent quarante-deux ans et conservé dans un flacon grâce à la médecine. Les histoires sur les OpSpecs ne manquent pas non plus, la rumeur du moment portant sur un « truc bizarre » découvert dans les collines de Quantock. Oui, j'avais entendu tout ça. Et je n'y avais jamais cru. Jusqu'au jour où j'en devins une moi-même…

THURSDAY NEXT
Ma vie chez les OpSpecs

J'ouvris un œil, puis l'autre. C'était une belle journée d'été dans les dunes de Marlborough. Une brise légère apportait dans son sillage les délicates senteurs de chèvrefeuille et de thym sauvage. L'air était doux, et les petits nuages floconneux s'ourlaient de rouge au soleil couchant. Je me trouvais au bord d'une route en pleine campagne. D'un côté, un cycliste solitaire arrivait dans ma direction ; de l'autre, la route déroulait son ruban parmi les prés où des moutons paissaient paisiblement. Si c'était ça, la vie après la mort, les gens n'avaient pas de souci à se faire, et l'Eglise, tout compte fait, ne racontait pas trop de salades.

— Pssst ! siffla une voix toute proche.

Je me retournai et vis une silhouette tapie derrière un gros panneau publicitaire de Goliath : « Un piano à queue offert pour deux achetés ».

— Papa… ?

Il m'entraîna derrière le panneau.

— Ne reste pas plantée là comme une touriste, Thursday ! me tança-t-il. On a l'impression que tu cherches à te faire repérer !

— Bonjour, papa, dis-je en l'embrassant affectueusement.

— Bonjour, bonjour, répondit-il, l'air absent, en scrutant la route.

Il consulta le chronographe à son poignet et marmonna :

— … avec le temps, va, tout s'en va…

Si je considérais mon père comme une sorte de chevalier errant, voyageant à travers le temps, aux yeux de la ChronoGarde, il n'était rien de moins qu'un criminel. Voilà dix-sept ans qu'il avait rendu son badge et était passé à la clandestinité, après que des différends d'ordre « historique et moral » l'avaient opposé aux plus hautes instances de la ChronoGarde. L'inconvénient, c'était qu'il n'existait plus du tout dans l'acception courante du terme ; la ChronoGarde avait interrompu sa conception en 1917 en frappant à la porte de ses parents au moment fatidique. Cependant, papa était toujours là, et mes frères et moi étions venus au monde. « Les choses, disait-il, sont infiniment plus bizarres que tout ce que l'on s'imagine. »

Il réfléchit un instant et prit quelques notes au dos d'une enveloppe avec un bout de crayon.

— Comment vas-tu, au fait ? demanda-t-il.

— Je crois que je viens d'être abattue accidentellement par un tireur des OpSpecs.

Il éclata de rire, mais s'arrêta tout net en voyant que j'étais sérieuse.

— Dieu du ciel, quelle vie trépidante que la tienne ! Sois

sans crainte. Tu ne peux pas mourir avant d'avoir vécu, or tu débutes tout juste. Quoi de neuf à la maison ?

— Un officier de la ChronoGarde s'est pointé à mon mariage : il voulait savoir où tu étais.

— Lavoisier ?

— Oui, tu le connais ?

— Je pense bien, soupira mon père. On a fait équipe pendant près de sept siècles.

— Il dit que tu es très dangereux.

— Pas plus dangereux que quiconque ose dire la vérité. Comment va ta mère ?

— Elle va bien, quoique tu pourrais essayer d'éclaircir ce malentendu au sujet d'Emma Hamilton.

— Emma et moi... je veux dire *lady Hamilton* et moi ne sommes que de bons amis. Il n'y a rien entre nous, je le jure.

— Va lui dire ça, à *elle*.

— Je m'y emploie, mais tu sais comment elle est. Il suffit que je mentionne d'être allé quelque part aux alentours du début du XIXe siècle pour qu'elle pique une crise.

Je regardai autour de moi.

— Où sommes-nous ?

— Eté 72, répondit-il. Et le boulot, ça va ?

— On a découvert une trente-troisième pièce de Shakespeare.

— Trente-trois ? répéta mon père. Bizarre. Quand j'ai rapporté ses œuvres complètes au comédien Shakespeare, il n'y en avait que *dix-huit*.

— Peut-être que le comédien Shakespeare s'est mis à en écrire lui-même ?

— Nom de Zeus, il se pourrait que tu aies raison ! s'exclama-t-il. Il m'avait l'air très dégourdi. Dis-moi, combien de comédies y a-t-il maintenant ?

— Quinze.

— Moi, je ne lui en ai donné que trois. Elles ont dû avoir tellement de succès qu'il en a écrit d'autres !

— Ça expliquerait pourquoi elles se ressemblent toutes, observai-je. Sorts, jumeaux identiques, naufrages...

— … ducs usurpateurs, hommes déguisés en femmes, enchaîna mon père. Oui, c'est fort possible.

— Attends une minute… !

Mais, percevant mon trouble devant la multitude de paradoxes apparemment insolubles dans son travail au sein de l'espace-temps, mon père me fit taire d'un geste.

— Un jour tu comprendras, et tout sera différent bien au-delà de ce que tu peux, aujourd'hui, espérer imaginer.

Face à ma mine interloquée, il scruta à nouveau la route et, s'adossant au panneau, reprit :

— Rappelle-toi, Thursday, la pensée scientifique – ou plutôt tout système de pensée, philosophique, religieux ou autre – est pareille à la mode vestimentaire, sauf que ça dure plus longtemps. C'est un peu comme un boys band.

— La pensée scientifique, un boys band ? D'où tu tiens ça ?

— Eh bien, régulièrement, on voit émerger un boys band. On s'en entiche, on achète leurs albums, leurs posters, on les exhibe à la télé, on les idolâtre jusqu'au jour où…

— … arrive un nouveau boys band ? hasardai-je.

— Exactement. Aristote était un boys band. Excellent, certes, mais seulement sixième ou septième du hit-parade. Ç'a été le meilleur boys band jusqu'à Isaac Newton, mais même Newton a été supplanté par un nouveau boys band. Même coupe de cheveux… mais chorégraphie différente.

— Tu parles d'Einstein ?

— Tout à fait. Tu vois ce que je veux dire ?

— Que notre façon de penser n'est qu'une lubie passagère ?

— Absolument. Difficile de visualiser un nouveau mode de pensée, eh ? Essaie ceci. Imagine-toi trente ou quarante boys bands *après* Einstein. D'où l'on considérerait Einstein comme quelqu'un qui a *entraperçu* la vérité, joué un seul bon accord sur sept albums oubliables.

— A quoi veux-tu en venir, papa ?

— J'y suis presque. Imagine maintenant un boys band tellement bon que tu n'auras plus jamais envie d'en écouter un autre… ou d'écouter de la musique tout court. Tu peux le concevoir, ça ?

— Difficilement, mais O.K., d'accord.

Il fit une pause pour me laisser digérer la chose.

— Quand nous en serons arrivés à ce boys band, ma chérie, tout ce qui a pu nous poser question deviendra clair comme de l'eau de roche… et nous nous en voudrons de ne pas y avoir songé plus tôt !

— C'est vrai, ça ?

— Bien sûr. Et tu sais la meilleure ? C'est d'une simplicité diabolique.

— Je vois, répondis-je, dubitative. Et quand va-t-on découvrir cet extraordinaire boys band ?

Papa soudain redevint sérieux.

— C'est pour ça que je suis ici. Peut-être jamais… ce qui sera extrêmement gênant pour le grand ordre universel, crois-moi. As-tu vu un cycliste sur la route ?

— Oui.

— Eh bien, dit-il en regardant son gros chronographe, d'ici dix secondes, ce cycliste se fera renverser, et ça lui coûtera la vie.

— Et… ? demandai-je, sentant que quelque chose m'échappait.

Il jeta un coup d'œil furtif autour de lui et baissa la voix.

— Voilà, il semblerait qu'ici et maintenant soit le moment clé pour prévenir la catastrophe qui détruirait jusqu'au dernier souffle de vie sur cette planète !

Je plongeai mon regard dans ses yeux candides.

— Tu ne rigoles pas, hein ?

Il secoua la tête.

— En décembre 1985, *votre* 1985, pour une raison inexplicable, toute la matière organique de la planète se transforme en… ceci.

Il sortit un sachet en plastique de sa poche. Dedans, il y avait une substance visqueuse et rosâtre. Curieuse, je pris le sachet et le secouai. Au même moment, nous entendîmes un crissement de pneus et un bruit de collision qui n'augurait rien de bon. La minute d'après, un corps disloqué et un vélo tordu atterrissaient à nos pieds.

— Le 12 décembre à 20 heures 23, à une ou deux secondes

près, tous les organismes vivants – plantes, insectes, poissons, oiseaux, mammifères et les trois milliards d'êtres humains qui peuplent la planète – vont commencer à se transformer en *ça*. Ce sera la fin de nous tous. La fin de la vie… et il n'y aura pas le boys band dont je t'ai parlé. Le problème est…

Une portière claqua, et des pas se précipitèrent vers nous.

— … que nous ne savons pas *pourquoi*. La ChronoGarde n'intervient pas du tout en amont, à l'heure qu'il est.

— Et pourquoi ça ?

— Conflit syndical. Ils sont en grève pour raccourcir leurs heures de travail. Pas pour avoir *moins* d'heures, non, mais pour que les heures effectuées soient… euh, plus courtes.

— Du coup, pendant qu'ils font grève, le monde pourrait disparaître, et nous avec ? C'est insensé !

— Du point de vue de l'action syndicale, fit mon père en plissant le front, c'est une excellente stratégie, je dois dire. Reste à espérer qu'ils parviendront à un accord à temps.

— Sinon, nous saurons qu'ils ont échoué parce que ce sera la fin du monde ? fis-je remarquer, caustique.

— Oh, ils trouveront bien un arrangement, sourit mon père. Le conflit autour des taux *sous*-horaires dure depuis vingt ans : il est facile de gaspiller du temps quand on en a plein.

— O.K., soupirai-je, peu désireuse d'entrer dans les détails des luttes syndicales au sein de OS-12. Que peut-on faire pour éviter cette crise ?

— Les catastrophes planétaires sont comme des ronds dans l'eau d'un étang, Pupuce. Il y a toujours un épicentre, un point dans le temps et l'espace d'où tout démarre, même de la façon la plus anodine qui soit.

Je commençais à comprendre. Le soir descendait ; tout autour, les oiseaux gazouillaient joyeusement, et on voyait à peine âme qui vive.

— Ceci est l'épicentre ?

— En effet. Ça n'en a pas l'air, hein ? J'ai étudié des milliards de modèles temporels, et le résultat est toujours le même : ce qui doit se passer ici et maintenant est lié à la prévention de la crise. Et puisque la mort du cycliste est le seul fait significatif dans les heures passées ou à venir, ce doit être ça, l'événement clé. Il *faut* que le cycliste vive pour assurer la bonne marche de la planète !

Nous contournâmes le panneau et rejoignîmes le chauffard, un jeune homme en pantalon à pattes d'ef et blouson de cuir noir. Il paniquait visiblement.

— Oh, mon Dieu ! dit-il en contemplant le corps brisé. Oh, mon Dieu ! Est-ce qu'il est… ?

— Pour le moment, oui, répondit mon père d'un ton nonchalant en bourrant sa pipe.

— Il faut que j'appelle une ambulance ! bégaya l'homme. Il est peut être encore en vie.

— A l'évidence, poursuivit mon père sans prêter attention à l'automobiliste, il y a une chose que le cycliste fait ou ne fait pas, et c'est ça, la clé de toute cette pagaille.

— Je ne roulais pas vite, vous savez, dit le jeune homme précipitamment. Le moteur s'était peut-être emballé, mais il était bloqué en seconde…

— Attends un peu, interrompis-je, déconcertée. Tu es allé au-delà de 1985, papa – tu me l'as dit toi-même !

— Je sais, répliqua mon père d'un air sombre. C'est pourquoi nous n'avons pas droit à l'erreur.

— Le soleil était bas, continua le conducteur, réfléchissant fébrilement, et il s'est déporté brusquement sur la droite devant moi.

— Syndrome masculin du déni de la culpabilité, commenta mon père. Une pathologie médicalement reconnue en 2054.

Papa me prit par le bras ; il y eut une rapide succession d'éclairs, un bruit assourdissant, et nous nous retrouvâmes à huit cents mètres et à cinq minutes de l'arrivée du cycliste. Il passa devant nous et nous salua d'un signe de la main.

Nous lui rendîmes son salut en le suivant des yeux.

— Tu ne l'interceptes pas ?

— J'ai essayé. Ça ne marche pas. Je lui ai piqué son vélo… il a emprunté celui d'un ami. Il a ignoré les manœuvres de diversion, et d'avoir gagné au loto sportif ne l'a pas arrêté non plus.

J'ai tout essayé. Le temps est la colle du cosmos, Thursday : il faut l'écarter en douceur. Amuse-toi à forcer les événements, et ils te reviendront en pleine poire. Lavoisier a déjà dû me repérer, à l'heure qu'il est. La voiture arrive dans trente-huit secondes. Fais du stop, débrouille-toi.

— Attends, et moi ?

— Je te ramènerai une fois que le cycliste sera en sécurité.

— Où ça ?

Je n'avais nulle envie de retourner là où il m'avait récupérée.

— Le tireur des OpSpecs, papa, tu ne te rappelles plus ? Tu ne pourrais pas me déposer, mettons, une demi-heure plus tôt ?

Il sourit et me gratifia d'un clin d'œil.

— Embrasse ta mère pour moi. Merci de ton coup de main. Eh bien, *le temps n'attend pas*, comme on…

Mais déjà il s'était volatilisé sous mes yeux. Je marquai une pause, puis levai le pouce à l'adresse de la Jaguar qui approchait. La voiture ralentit et s'arrêta ; le conducteur, qui ignorait tout de l'accident à venir, me sourit et m'invita à grimper à bord.

Je montai sans rien dire, et la Jaguar redémarra en rugissant.

— Je suis allé la chercher ce matin, fit le conducteur rêveusement. Trois litres huit, six cylindres… une vraie merveille !

— Attention au cycliste, lançai-je à la sortie du virage.

Le conducteur écrasa la pédale du frein et fit une embardée pour éviter le vélo.

— Ces foutus cyclistes ! s'exclama-t-il. Un véritable danger public. Vous allez où, ma petite dame ?

— Je… euh, je vais voir mon père.

Ce qui était la stricte vérité.

— Et où habite-t-il ?

— Partout…

— La radio a l'air H.S., annonça Bowden en réglant le micro et en tournant le bouton. Bizarre.

— Pas plus qu'une double crevaison, répondis-je, me dirigeant vers la cabine téléphonique la plus proche.

Je ramassai le ticket de l'aérotrain.

— Qu'avez-vous trouvé ? s'enquit Bowden.

— Un ticket de train valable pour la journée, dis-je lentement.

Les images fragmentaires dans ma tête étaient à présent beaucoup plus claires.

— Je vais prendre l'aérotrain… il y a un Neandertal qui a des ennuis.

— Comment le savez-vous ?

— Appelez ça une sensation de déjà vu. Il va se passer quelque chose… et j'en fais partie.

J'abandonnai mon coéquipier et me hâtai vers la gare. Je montrai mon ticket au contrôleur et gravis les marches d'acier en direction du quai. Les portes de la rame s'ouvrirent en chuintant, et je m'engouffrai à l'intérieur, sachant cette fois précisément ce que j'avais à faire.

4a

Cinq coïncidences, sept Celia Lutz et une Thursday Next déboussolée

L'expérience Neandertals fut à la fois une brillante réussite et un cuisant échec de la révolution génétique. Réussite parce qu'un lointain cousin de l'*homo sapiens* fut ramené à la vie ; échec parce que les scientifiques, trop heureux de contempler le résultat de leurs recherches depuis leur tour d'ivoire, n'avaient pas envisagé les conséquences humaines du retour parmi nous d'une espèce disparue depuis trente mille ans. Rien d'étonnant donc à ce que nombre de Neandertals fussent désorientés et très peu préparés aux exigences de la vie moderne. En l'occurrence, l'*homo sapiens* avait sérieusement manqué de sapience.

GERHARD VON SQUID
Les Neandertals : retour après une brève absence

Chose étrange que les coïncidences. J'aime bien l'histoire du joueur de poker nommé Fallon, abattu pour avoir triché à San Francisco en 1858. Etant donné que se partager les gains d'un mort portait malheur, ses compagnons de jeu remirent l'argent, six cents dollars en tout, à un passant, dans l'espoir de les regagner. L'homme transforma ces six cents dollars en deux mille deux cents, mais quand la police arriva, on lui demanda de restituer la somme initiale afin de la verser aux héritiers du défunt. Après une courte enquête, l'argent fut rendu au passant qui s'était avéré être le fils de Fallon : il n'avait pas vu son père depuis sept ans.

D'après mon père, la plupart des coïncidences ne voulaient rien dire. « Ce serait bien plus extraordinaire, affirmait-il, s'il n'y avait pas de coïncidences du tout. »

Je montai dans la rame de l'aérotrain et tirai le signal d'alarme. Le conducteur me regarda avec curiosité tandis que je bloquais du pied la porte entrouverte de sa cabine. Je le traînai hors de la cabine et lui envoyai un crochet à la mâchoire avant de le menotter. Quelques jours au frais, et il pourrait retourner chez Mrs. Finnhal. Les passagères de la rame observaient un silence choqué tandis que je le fouillais. Je ne trouvai rien. Je jetai un œil dans la cabine, dans sa boîte à pique-nique, mais le pistolet en savon n'y était pas non plus.

La dame cossue qui tantôt avait agressé le conducteur avec son parapluie débordait à présent d'une vertueuse indignation.

— C'est honteux ! S'attaquer à un pauvre Neandertal sans défense ! Je vais en parler à mon mari.

Une autre femme appela les OS-21, et une troisième donna son mouchoir au Neandertal pour essuyer sa bouche en sang. J'ôtai les menottes, présentai mes excuses à Finnhal et m'assis, la tête entre les mains, me demandant où était le hic. Ces femmes s'appelaient toutes Celia Lutz, mais elles ne le sauraient jamais ; papa disait que ça arrivait très souvent.

— Vous avez fait *quoi* ? s'exclama Victor quelques heures plus tard, au siège des LittéraTecs.

— J'ai tapé un Neandertal.

— Pourquoi ?

— J'ai cru qu'il était armé.

— Un Neandertal, armé ? Vous rigolez ou quoi ?

J'étais dans le bureau de Victor, avec la porte fermée – chose rare pour lui. J'avais été arrêtée, mise en examen… et rendue sous bonne garde à mon chef qui s'était porté caution pour moi avant qu'on ne me relâche. J'aurais fulminé, si je n'avais pas été aussi déboussolée. Et je plaignais Finnhal : je lui avais cassé une dent.

— S'il avait eu une arme, ç'aurait été un pistolet sculpté dans du savon. Il voulait se faire descendre par les OS-14. Mais ce n'est pas tout. La véritable victime, ce devait être *moi*. Si j'avais voyagé en aérotrain, ce n'est pas Finnhal qu'il y aurait eu dans la housse en plastique, c'est Thursday. C'était un coup monté, Victor. Quelqu'un a manipulé les événements de manière à ce que je ramasse une balle perdue… pour plaisanter, peut-être. Si papa ne m'avait pas tirée de là, je serais en train de jouer de la harpe à l'heure qu'il est.

Victor regardait par la fenêtre, me tournant le dos.

— Et je ne vous parle pas des indices dans les mots croisés… !

Il fit volte-face, prit le journal posé sur son bureau et lut les réponses soulignées en vert.

— *Trouble-fête, Thursday, Adieu.*

Il haussa les épaules.

— C'est une coïncidence. Je pourrais former n'importe quelle phrase avec les mots qui sont là. Tenez…

Il scruta les réponses pendant un moment.

— *Planète, Détruite, Bientôt.* Qu'est-ce que ça veut dire ? La fin du monde est proche ?

— Eh bien…

Victor jeta le procès-verbal de mon arrestation dans la corbeille de départ et s'assit.

— Thursday, fit-il doucement en me regardant d'un air grave. J'ai passé toute ma vie dans les forces de l'ordre, et je vais vous dire franchement qu'il n'existe pas de délit tel que « tentative de meurtre par coïncidence dans un futur parallèle par un ou plusieurs inconnus ».

Je soupirai et me frottai le visage avec les deux mains. Il avait raison, bien sûr.

— O.K., reprit-il. Un bon conseil, Thursday. Dites-leur que vous aviez pris le Neandertal pour un criminel, un croquemitaine… ce que vous voulez. Un seul mot sur le traficotage des activités réservées à la ChronoGarde, et Flanker se servira de votre badge comme presse-papier. Je ferai un bon rapport à OS-1 sur votre travail et votre conduite jusqu'au jour d'aujourd'hui. Avec un peu de chance et quelques gros mensonges de votre part, vous vous en sortirez peut-être avec un blâme. Pour l'amour du ciel, n'avez-vous rien appris au cours de votre mésaventure temporelle sur la M1 ?

Il se leva et frictionna ses jambes. Son corps commençait à le lâcher. La prothèse de la hanche qu'on lui avait mise quatre ans plus tôt avait besoin d'être remplacée. Bowden, qui était parti passer les pages recopiées de *Cardenio* dans l'Analyseur Métrique, vint nous rejoindre. Contrairement à son habitude, il semblait être en proie à une certaine agitation. Il en sautillait presque.

— Alors ? demandai-je.

— Stupéfiant !

Il brandit un rapport imprimé.

— On a 94 % de probabilités pour que Will soit l'auteur. Le meilleur des faux *Cardenio* n'avait pas dépassé les 76 %. L'Analyseur a aussi détecté des traces de collaboration.

— Il a dit qui c'était ?

— A 73 %, on dirait du Fletcher… une confirmation de plus, au contraire de tout ce que l'on connaît. Car contrefaire Shakespeare est une chose, mais contrefaire un travail effectué en collaboration en est une autre.

Il y eut un silence. Pensif, Victor se frotta le front et choisit ses mots avec soin.

— O.K., aussi étrange et incroyable que cela puisse paraître, il faut se préparer à l'éventualité que ce soit vrai. Ceci pourrait bien être le plus grand événement littéraire de tous les temps. Gardons ça pour nous ; je vais demander au Pr Spoon d'y jeter un œil. Nous devons être sûrs à 100 %. Je n'ai pas l'intention de subir la déconvenue que nous avions connue avec *La Tempête*.

— Dans la mesure où ceci n'est pas dans le domaine public, observa Bowden, Volescamper sera le seul à détenir le copyright dans les soixante-seize prochaines années.

— Tous les théâtres du monde voudront monter la pièce, ajoutai-je. Et imaginez un peu les droits cinématographiques.

— Tout à fait, acquiesça Victor. Il est assis non seulement sur la plus grandiose découverte littéraire de ces trois derniers siècles, mais aussi sur un matelas d'or pur. La question est de savoir comment la pièce est passée inaperçue pendant tout ce temps. Car des chercheurs ont travaillé dans sa bibliothèque depuis 1709. Comment diable ont-ils fait pour ne pas la voir ? Quelqu'un a une idée ?

— Rétropillage ? suggérai-je. Un ChronoGarde ripou qui serait allé faire un tour en 1613 et aurait piqué un exemplaire de la pièce, histoire de se constituer un confortable petit coussin.

— OS-12 prend le rétropillage très au sérieux ; ils assurent que tôt ou tard, ils finissent par le détecter et que la sanction est extrêmement sévère. Mais ce n'est pas impossible. Bowden, passez-leur un coup de fil, voulez-vous ?

Au moment où Bowden allait décrocher, le téléphone sonna.

— Allô ?... Ce n'est pas vous, dites-vous ? Très bien, merci.

Il reposa le combiné.

— La ChronoGarde dit que non.

— Combien ça vaut, à votre avis ? demandai-je.

— Cent millions, répondit Victor. Deux cents. Allez savoir. J'appellerai Volescamper pour lui dire de ne pas l'ébruiter. Il y en a qui tueraient rien que pour lire cette pièce. Personne ne doit être au courant, vous entendez ?

Nous hochâmes la tête en signe d'assentiment.

— Parfait. Thursday, le service ne plaisante pas avec les affaires internes. Demain à quatre heures, OS-1 veut vous voir ici à propos de l'incident de l'aérotrain. Ils m'ont demandé de vous suspendre, mais je les ai envoyés paître. Vous n'avez qu'à prendre le reste de la journée d'ici demain. Bon boulot, tous les deux. Et rappelez-vous, motus et bouche cousue !

Nous le remerciâmes et sortîmes de son bureau. Après un silence, Bowden déclara :

— Ça me perturbe, cette histoire de mots croisés. Si je n'étais pas d'avis que les coïncidences sont le simple fruit du hasard ou alors une astuce galvaudée d'un roman de Dickens, je dirais qu'un de vos vieux ennemis cherche à prendre sa revanche.

— Un qui a le sens de l'humour, visiblement, murmurai-je.

— Ce qui exclut Goliath, observa Bowden. A qui téléphonez-vous ?

— OS-5.

Je repêchai la carte de l'agent Sherra dans ma poche et composai le numéro. Il m'avait dit de l'appeler si jamais « un événement d'une étrangeté sans précédent » venait à se produire, or c'était justement le cas.

— Allô ? fit une voix brusque au bout d'un grand nombre de sonneries.

— Thursday Next, OS-27, annonçai-je. J'ai des informations pour l'agent Sherra.

Il y eut une longue pause.

— L'agent Sherra a été réaffecté.

— L'agent Kannon, alors.

— Sherra et Kannon ont été réaffectés tous les *deux*, rétorqua l'homme d'un ton tranchant. Un accident stupide au moment de la pose du lino. Les obsèques ont lieu vendredi.

C'était pour le moins inattendu. Ne trouvant rien d'intelligent à dire, je marmonnai :

— Je suis désolée d'apprendre ça.

— Tout à fait, dit l'individu peu amène avant de raccrocher.

— Que se passe-t-il ? demanda Bowden.

— Ils sont morts tous les deux.

— Hadès ?

— Linoléum.

Nous restâmes assis en silence, troublés par cette nouvelle.

— Hadès a-t-il des pouvoirs qui permettent de manipuler des coïncidences ? s'enquit Bowden.

Je haussai les épaules.

— Peut-être, fit-il, pensif, que c'était une coïncidence, tout compte fait.

— Peut-être.

J'aurais bien voulu y croire.

— Au fait… j'allais oublier. La fin du monde est prévue pour le 12 décembre, à 20 heures 23.

— Ah oui ? répondit Bowden d'un ton indifférent.

Les annonces apocalyptiques étaient notre pain quotidien. On nous prédisait la fin du monde pratiquement chaque année depuis la nuit des temps.

— Qu'est-ce que c'est, cette fois ? Une invasion de souris ou la colère divine ?

— Je ne sais pas. J'ai un rendez-vous à cinq heures. Puis-je vous demander un service ?

Je plongeai la main dans ma poche et en tirai le petit sachet en plastique que mon père m'avait donné. Je le tendis à Bowden à bout de bras. Il le prit et l'examina avec curiosité.

Je consultai l'heure et me levai pour partir.

— C'est quoi ? fit-il en contemplant la bouillie rose.

— C'est ce que j'aimerais savoir. Pouvez-vous l'envoyer au labo ?

Nous prîmes congé l'un de l'autre. En sortant dans la rue, je tombai nez à nez avec John Smith en train de pousser une brouette avec une carotte de la taille d'un aspirateur. Sur la grosse étiquette fixée au légume surdimensionné, on lisait « Pièce à conviction ». Je lui tins la porte.

— Merci, pantela-t-il.

Je grimpai dans ma voiture et me dirigeai vers la sortie du parking. A cinq heures, j'avais rendez-vous chez le médecin, et je ne l'aurais manqué pour rien au monde.

6

En famille

Landen Parke-Laine avait été avec moi en Crimée en 1972. Il a perdu une jambe sur une mine et son meilleur ami sur une bavure militaire. Le meilleur ami en question était mon frère Anton… et Landen a témoigné contre lui à l'audience qui a suivi la désastreuse « charge de la brigade de blindés légers ». Mon frère a été rendu responsable de la débâcle, Landen a été démobilisé avec les honneurs, j'ai reçu l'Etoile de Crimée pour actes de bravoure, je ne lui ai pas parlé pendant dix ans, et aujourd'hui nous sommes mariés. C'est quelquefois drôle, la vie.

THURSDAY NEXT
Souvenirs de Crimée

— Chéri, c'est moi ! hurlai-je.

Un bruit de raclement me parvint de la cuisine : c'était Pickwick qui patinait sur le carrelage dans sa hâte d'accourir à ma rencontre. Je l'avais fabriqué moi-même, à une époque où l'on pouvait encore se procurer des kits de clonage sous le manteau. C'était une version 1.2, ce qui expliquait l'absence des ailes – la séquence n'avait été parachevée que deux ans plus tard. Avec des *plock-plock* excités, il inclina plusieurs fois la tête en signe de salut, fourragea dans la poubelle à la recherche d'un cadeau et m'apporta finalement un vieux prospectus avec une publicité pour *Lorna Doone*. Je le chatouillai sous le menton ; il fonça vers la cuisine, s'arrêta, me regarda et hocha la tête de plus belle.

— Salu-u-ut ! cria Landen depuis son bureau. Tu aimes les surprises ?

— Oui-i-i, quand elles sont bonnes !

Pickwick revint auprès de moi et, avec force *plock-plock*, tira sur la jambe de mon jean. Puis il fila dans la cuisine et m'attendit à côté de son panier. Intriguée, je suivis. Et je compris la raison de cette excitation. Dans le panier, au milieu d'une grosse pile de papier journal déchiqueté, il y avait un œuf.

— Pickwick ! m'écriai-je, ravie. *Tu es une fille !*

Pickwick opina de nouveau et me gratifia affectueusement d'un coup de tête. Au bout d'un moment, elle entra délicatement dans le panier, hérissa ses plumes, tapota l'œuf avec son bec et en fit le tour à plusieurs reprises avant de s'installer dessus. Une main se posa sur mon épaule. Je touchai les doigts de Landen et me relevai. Il m'embrassa dans le cou, et je nouai les bras autour de sa poitrine.

— Je croyais que Pickwick était un garçon, fit-il.

— Moi aussi.

— Serait-ce un signe ?

— Le fait que Pickers ponde un œuf et se transforme en fille ? répondis-je. Pourquoi… tu vas avoir un bébé, Land ?

— Mais non, banane… tu sais de quoi je parle.

— Ah oui ? demandai-je en le regardant avec de grands yeux candides.

— Alors ?

— Alors quoi ?

Je fixai son visage expressif d'un air qui se voulait ingénu. Mais, n'y tenant plus, je ne fus bientôt que larmes salées et gloussements de gamine. Me serrant contre lui, il plaça doucement la main sur mon ventre.

— Un bébé ? Là-dedans ?

— Oui. Une petite chose rose qui fait du bruit. Sept semaines. L'arrivée est prévue en juillet.

— Comment te sens-tu ?

— Ça va. J'ai eu un peu mal au cœur hier, mais ça n'a peut-être rien à voir. Je travaillerai jusqu'à ce que je commence à marcher en canard, puis je m'arrêterai. Et toi, comment tu te sens ?

— Tout drôle, dit Landen en m'étreignant de nouveau, et très agréablement *exalté*… A qui puis-je l'annoncer ?

— A personne, pour le moment. C'est aussi bien – ta maman risque de s'user la santé à tricoter !

— Pourquoi, tu n'aimes pas ce qu'elle fait ? s'enquit Landen, feignant l'indignation.

— Mais si, gloussai-je. Simplement, un espace de rangement, ç'a des limites.

— Au moins, ça ressemble à quelque chose. Le chandail que ta maman m'a offert pour mon anniversaire… elle me prend pour un poulpe ou quoi ?

J'enfouis mon visage dans son col et me blottis contre lui. Il me frictionna le dos, et nous restâmes ainsi quelques minutes, sans parler.

— Tu as passé une bonne journée ? demanda-t-il finalement.

— Voyons… Nous avons découvert *Cardenio*, j'ai été abattue par un tireur de OS-14, j'ai joué les filles de l'air, j'ai vu Yorrick Kaine, j'ai subi un peu trop de coïncidences et j'ai assommé un Neandertal.

— Pas de pneu crevé, cette fois ?

— Deux, à vrai dire… et au même moment.

— Il est comment, Kaine ?

— Difficile à dire. Il a débarqué chez Volescamper à l'instant où on partait. Le tireur, ça ne t'intéresse pas ?

— Yorrick Kaine donne une conférence ce soir sur les réalités économiques de l'accord de libre-échange avec le pays de Galles…

— Landen, c'est la fête de mon oncle. J'ai promis à maman qu'on serait là.

— Ouais, je sais.

— Tu ne me poses pas de questions sur l'incident avec le tireur de OS-14 ?

— D'accord, soupira Landen. C'était comment ?

— Ne m'en parle pas.

Mon oncle Mycroft avait annoncé son départ à la retraite. Il était arrivé à l'âge de soixante-dix-sept ans, et après l'affaire du Portail de la Prose et la captivité de Polly dans *Les Jonquilles*, ils avaient décidé d'un commun accord qu'il était temps de tirer leur révérence. Le groupe Goliath avait offert à Mycroft non pas un, mais *deux* chèques en blanc pour reprendre ses travaux sur un nouveau Portail de la Prose, mais mon oncle avait toujours refusé, arguant que le Portail ne pouvait être reproduit, même s'il l'avait voulu. Pour aller chez maman, nous prîmes ma voiture et nous garâmes un peu plus haut dans la rue.

— Je vois mal Mycroft prendre sa retraite, commentai-je tandis que nous marchions sur le trottoir.

— Moi aussi, dit Landen. Que crois-tu qu'il va faire maintenant ?

— Regarder *Kézako Quiz*, très vraisemblablement. Il prétend que les feuilletons et les jeux télévisés sont le meilleur moyen de partir en douceur.

— Il n'a pas tort. Après plusieurs années de *65 rue Morse*, la mort peut apparaître comme une distraction bien venue.

Nous poussâmes le portail du jardin et saluâmes les dodos, tous affublés d'un ruban rose vif pour la circonstance. Je leur offris des marshmallows qu'ils becquetèrent avidement. Ce fut Wilbur qui nous ouvrit la porte, l'un des fils de Mycroft qui avait atteint l'âge mûr bien avant l'heure. Landen pensait qu'il l'avait fait exprès, pour raccourcir son temps de travail et accéder plus vite à la retraite et à ses tournois de golf.

— Hello, Thursday ! s'exclama-t-il avec effusion en nous faisant entrer.

— Salut, Wilbers. Tu vas ?

— Je vais *très* bien, répliqua Wilbur en souriant d'un air affable. Hello, Landen… j'ai lu ton dernier bouquin. Qui est beaucoup mieux que le précédent, je dois dire.

— Tu es trop aimable, fit Landen, sarcastique.

— Vous voulez boire quelque chose ?

Il nous tendit un verre à chacun, et je m'emparai du mien avec empressement. Mais à peine le portai-je à mes lèvres que

Landen me le prit des mains. Je le regardai, et il articula silencieusement : « Le bébé. » Zut. Je n'y avais pas pensé.

— J'ai eu une promotion, vous savez, continua Wilbur en se dirigeant vers le salon.

Il fit une pause pour nous permettre de marmonner des félicitations.

— Les Objets Utiles Réunis récompensent toujours les collaborateurs qui ont un potentiel, et au bout de dix ans dans la gestion des fonds de retraite, Les Objets Réu m'ont jugé apte à embrayer sur quelque chose de neuf et de dynamique. Je dirige à présent le service de maintenance dans l'une de leurs filiales qui s'appelle MycroTech.

— Ça alors, quelle coïncidence ! ironisa Landen. N'est-ce pas la société de Mycroft ?

— Coïncidence, oui, affirma Wilbur, catégorique. D'après Mr. Perkup, le DG de MycroTech, je le dois uniquement à mes capacités. Je…

— Thursday, chérie ! interrompit Gloria, la femme de Wilbur.

Anciennement Volescamper, elle avait épousé mon cousin en vertu d'une double méprise : A. qu'il allait hériter d'une fortune, et B. qu'il était aussi brillant que son père. Elle s'était magistralement plantée sur toute la ligne.

— Chérie, tu es tout simplement superbe… aurais-tu maigri ?

— Aucune idée, Gloria. Toi, en revanche, tu as changé.

En effet. Tirée d'ordinaire à quatre épingles avec vêtements de luxe, chapeaux, maquillage et tout le tralala, elle portait ce soir-là une chemise et un pantalon kaki. Elle était à peine maquillée, et ses cheveux, d'habitude impeccablement coiffés, étaient noués en queue de cheval avec un chouchou noir.

— Qu'en dites-vous ? demanda-t-elle en esquissant une pirouette.

— Où sont les robes à 500 £ ? s'enquit Landen. Les huissiers sont passés par là ?

— Pas du tout. C'est la dernière mode… toi, tu devrais le savoir, Thursday. *Taupe Model* a lancé le look Thursday Next. C'est ce qu'il y a de plus tendance aujourd'hui.

— C'est ridicule, rétorquai-je.

Y aurait-il jamais une fin aux absurdes retombées médiatiques de toute l'affaire *Eyre* ? Cordelia était allée jusqu'à faire breveter des puzzles et des figurines avant que je ne puisse l'arrêter. Peut-être qu'elle y était pour quelque chose, là aussi.

— Et si c'était Bonzo le Chien Prodige qui avait sauvé Jane Eyre, ajoutai-je en essayant de garder mon sérieux, seriez-vous toutes en train de porter des colliers à clous et de vous renifler mutuellement le derrière ?

— Inutile d'être grossière, riposta Gloria en me toisant d'un air hautain. Tu devrais te sentir honorée. Remarque, dans le numéro de décembre, il est dit qu'un perfecto en cuir marron correspond davantage au « look ». Ton blouson noir est un peu vieillot, je le crains. Et ces chaussures… oh, mes aïeux !

— Attends une minute ! Comment peux-tu me dire que je n'ai pas le look Thursday Next ? Je *suis* Thursday Next !

— La mode évolue, Thursday. Il paraît que le mois prochain, ça va être les invertébrés marins. Alors profites-en tant qu'il est encore temps.

— Les invertébrés marins ? répéta Landen. Qu'est-ce qu'il est devenu, le chandail pour poulpe de ta maman ? Si ça se trouve, on est en possession d'un trésor !

— Il ne vous arrive donc jamais d'être sérieux, l'un et l'autre ? fit Gloria avec dédain. Si vous n'êtes pas in, vous êtes out, et où seriez-vous dans ce cas ?

— Out, j'imagine. Qu'en penses-tu, Land ?

— Complètement out, Thurs.

Nous la dévisageâmes avec un demi-sourire, et elle éclata de rire. Gloria était une brave fille, une fois qu'on avait brisé la carapace. Wilbur saisit l'occasion pour nous parler encore de son passionnant nouveau job.

— J'ai maintenant 20 K£, plus une voiture, plus un bon plan de retraite. Je pourrais prendre une retraite anticipée à cinquante-cinq ans tout en continuant à toucher les deux tiers de mon salaire. Elle est comment, la retraite, chez les OpSpecs ?

— Merdique, Wilbur… mais tu le sais, ça.

Une variante de Wilbur, en plus petit et plus velu, s'approcha de nous.

— Salut, Thursday.

— Salut, Orville. Comment va ton oreille ?

— Toujours pareil. Que disais-tu à propos de la retraite à cinquante-cinq ans, Will ?

Dans toute cette excitation autour des plans de retraite, on m'oublia. Charlotte, la femme d'Orville, avait elle aussi adopté le look Thursday Next ; Gloria et elle entamèrent aussitôt une discussion animée pour savoir si le « look » autorisait ou non des chaussures montantes, et si on avait droit à un léger trait d'eye-liner. Comme toujours, Charlotte avait tendance à se ranger à l'avis de Gloria : à vrai dire, elle était d'accord sur tout avec tout le monde. Sa bienveillance n'avait pas de limites ; il fallait juste éviter de rester coincé dans un ascenseur avec elle – car vous risquiez la mort par étouffement.

Nous les abandonnâmes à leur conversation, et je pénétrai au salon, attrapant au passage le poignet de mon frère aîné Joffy, qui s'apprêtait à me gratifier d'une claque sonore, selon une habitude vieille de trente-cinq ans. Je lui tordis le bras et lui plaquai le visage contre la porte sans lui laisser le temps de comprendre ce qui lui arrivait.

— Alors, Joff, on a perdu la main ?

Je le lâchai ; il rit à gorge déployée, rajusta son col et m'étreignit vigoureusement, tout en tendant la main à Landen. Après s'être assuré que sa paume ne dissimulait pas le quasi incontournable sifflet meugleur, Landen la lui serra chaleureusement.

— Et comment vont Monsieur et Madame Nounouille ?

— Ça va très bien, Joff. Et toi ?

— Pas terrible, Thurs. L'Eglise de l'Etre Suprême Universel vient de connaître un schisme.

— Non ! fis-je avec tout l'étonnement et la sollicitude dont j'étais capable.

— C'est malheureusement vrai. Le nouvel ESU Dextrorsum s'est séparé de nous à la suite d'un différend sur le sens dans lequel on faisait circuler le plateau de la quête.

— *Encore* un schisme ? C'est le troisième de la semaine !

— Quatrième, répondit Joffy avec acrimonie, et nous ne

sommes que mardi. Les pro-Baptistes Standardisés qui faisaient partie de la congrégation des sœurs méthodo-luthériennes du Machin-chose se sont divisés en deux sous-groupes hier. Bientôt, ajouta-t-il d'un air sombre, il n'y aura plus assez de ministres du culte pour gérer les schismatiques. Déjà, je dois officier chaque semaine dans une vingtaine d'églises différentes. Souvent, j'oublie où je suis et, comme vous vous en doutez, prononcer devant les Amis Idolâtres de St Zvlkx le Consommateur le sermon destiné à l'Eglise Déformée de la Promesse de la Vie Eternelle peut être extrêmement gênant. Maman est dans la cuisine. Tu crois que papa va passer ?

Je lui dis que je n'en savais rien. L'espace d'un instant, il parut atterré. Puis il demanda :

— Tu viendras à titre professionnel à mon expo *Les Arts Modernes de Swindon* la semaine prochaine ?

— Pourquoi moi ?

— Parce que tu es vaguement célèbre et que tu es ma sœur. Alors ?

— O.K.

Il me tira affectueusement l'oreille, et nous allâmes dans la cuisine.

— Bonsoir, maman !

Ma mère s'affairait autour de bouchées à la reine au poulet. Par un étrange caprice du destin, elle ne les avait pas brûlées, et elles se révélaient même plutôt goûteuses… du coup, elle commençait à paniquer. Généralement, sa cuisine avait tendance à virer au cataclysme culinaire.

— Bonsoir, Thursday, bonsoir, Landen, pouvez-vous me passer ce saladier, s'il vous plaît ?

Landen le lui tendit, essayant de deviner son contenu.

— Bonsoir, Mrs. Next.

— Appelez-moi donc Wednesday – vous faites partie de la famille maintenant.

Elle sourit et pouffa en cachette.

— Tu as le bonjour de papa, glissai-je rapidement, avant qu'elle ne cède complètement au gâtisme. Je l'ai vu aujourd'hui.

Maman abandonna un instant sa cuisine indéfinissable, pour

repenser sans doute à de tendres moments de retrouvailles avec son époux éradiqué. Ç'avait dû être un sacré choc, de se réveiller un beau matin et de découvrir que votre mari n'avait jamais existé. Soudain, sans prévenir, elle se mit à hurler :

— DH-82, *couché* !

Sa colère était dirigée contre un petit tigre de Tasmanie qui fouinait parmi les restes de poulet sur le bord de la table.

— Vilain garçon ! ajouta-t-elle sur un ton de remontrance.

Accablé, le tigre de Tasmanie alla s'asseoir sur sa couverture près du fourneau en fonte et baissa le nez sur ses pattes.

— Un thylacine de récupération, expliqua ma mère. C'était un animal de labo. Il fumait quarante cigarettes par jour jusqu'à ce qu'il s'échappe. Ça me coûte une fortune en patches à la nicotine. N'est-ce pas, DH-82 ?

Le natif régénéré de la Tasmanie leva les yeux et secoua la tête. Malgré sa silhouette vaguement canine, cette espèce-là était davantage apparentée au kangourou qu'au labrador. On s'attendait à ce qu'il remue la queue, aboie ou rapporte un bâton, mais ça n'arrivait jamais. Les seules similitudes comportementales étaient une propension à voler de la nourriture et la manie quasi obsessionnelle de courir après sa queue.

— Ton papa me manque beaucoup, tu sais, fit maman, nostalgique. Comment…

Il y eut une forte explosion, les lumières vacillèrent, et quelque chose fila en un éclair devant la fenêtre de la cuisine.

— Qu'est-ce que c'était ? demanda ma mère.

— Je crois, répondit Landen sobrement, que c'était tante Polly.

Nous la trouvâmes dans le potager, affublée d'un costume gonflable censé amortir sa chute, mais qui visiblement n'avait pas rempli sa fonction : elle pressait un mouchoir contre son nez en sang.

— Bonté divine ! s'exclama ma mère. Tu vas bien ?

— On ne peut mieux !

Polly regarda le piquet planté dans le sol et cria :

— Soixante-quinze mètres !

— C'est tout bon, fit une voix distante à l'autre bout du jardin.

Nous nous retournâmes : c'était oncle Mycroft qui consultait un clipboard à côté d'une Volkswagen décapotable qui dégageait de la fumée.

— Dispositif éjectable en cas d'accident de la route, expliqua Polly. Avec un costume gonflable pour atténuer le choc. Tirez sur le cordon et paf… ça part. Evidemment, ce n'est qu'un prototype.

— Evidemment.

Nous l'aidâmes à se relever, et elle s'éloigna au trot, manifestement peu affectée par sa mésaventure.

— Mycroft continue donc à inventer ? demandai-je tandis que nous regagnions la cuisine.

Pour découvrir que DH-82 avait mangé toutes les bouchées à la reine, le plat principal et le trifle prévu pour le dessert.

— DH ! lança maman, courroucée, à un tigre de Tasmanie qui, l'air coupable, semblait au bord de l'implosion. C'est très vilain de ta part ! Qu'est-ce que je vais servir à mes invités maintenant ?

— Des côtelettes de thylacine ? suggéra Landen.

Je le poussai du coude, et maman fit mine de ne pas avoir entendu.

Retroussant ses manches, il inspecta la cuisine en quête d'un plat facile et rapide à préparer. La tâche s'avérait ardue : tous les placards étaient remplis de poires au sirop.

— Auriez-vous autre chose que des fruits en boîte, Mrs. … je veux dire Wednesday ?

Maman cessa de réprimander DH-82 qui, rendu somnolent par sa goinfrerie, s'était installé pour une longue sieste.

— Non, avoua-t-elle. L'épicier m'avait dit qu'il allait y avoir une pénurie, du coup je lui ai racheté tout le stock.

Je descendis jusqu'au laboratoire de Mycroft, frappai et, n'obtenant pas de réponse, entrai. En temps normal, le labo ressemblait à la caverne d'un Ali Baba de génie, fatras éclectique et disparate de machines, papiers, tableaux noirs et cornues gargouillantes – le temple du bric-à-brac, un antidote à l'ordre. Mais aujourd'hui, c'était différent. Les machines avaient été démontées, rangées et étiquetées avec soin. Mycroft lui-même, ayant visiblement fini de tester son système d'éjection, était en train de triturer un petit objet en bronze. Le son de ma voix eut l'air de le surprendre, mais en voyant que c'était moi, il se détendit.

— Bonjour, bichette ! fit-il gentiment.

— Bonjour, tonton. Comment tu vas ?

— Ça va. Je prends ma retraite dans… *ne touche pas à ça* !… une heure et neuf minutes. Tu étais très bien à la télé, hier soir.

— Merci. Qu'est-ce que tu fabriques, tonton ?

Il me tendit un gros volume.

— Un index amélioré. Dans un dictionnaire nextien, qualité rime avec clarté.

J'ouvris le livre pour y chercher le mot « truite » et tombai directement dessus.

— Ça fait gagner du temps, hein ?

— Oui, mais…

Mycroft s'était déjà éloigné.

— Ici, j'ai un filtre à Lego pour aspirateur. Tu savais que l'équivalent d'un million de livres sterling de Lego sont aspirées chaque année, et que dix mille heures de main-d'œuvre sont perdues à fouiller dans les sacs à poussière ?

— Non, je ne savais pas ça.

— Cet appareil trie les Lego avalés par forme et par couleur, selon la position du bouton que tu vois là.

— Très impressionnant.

— Tout ça, c'est juste pour s'amuser. Viens donc voir une véritable innovation.

Il me fit signe d'approcher d'un tableau noir couvert d'un inextricable lacis de fonctions algébriques.

— Ceci est plutôt le dada de Polly. C'est une nouvelle théorie mathématique à côté de laquelle les travaux d'Euclide ne sont qu'une longue division. Nous l'avons appelée la géométrie nextienne. Je ne vais pas t'importuner avec les détails, mais regarde ça.

Mycroft retroussa ses manches, plaça une grosse boule de pâte sur un établi et l'étala avec un rouleau à pâtisserie jusqu'à obtenir une forme ovale.

— C'est de la pâte à scones, expliqua-t-il. Je n'ai pas ajouté de raisins secs pour plus de précision. Avec la géométrie traditionnelle, un moule à scones rond laisse forcément des déchets, on est d'accord ?

— On est d'accord.

— Mais pas avec la géométrie nextienne ! Tu vois ce moule ? Il est circulaire, n'est-ce pas ?

— Parfaitement circulaire, oui.

— Eh bien, poursuivit Mycroft en s'animant, il ne l'est pas. Il *paraît* circulaire, mais en réalité, c'est un carré. Un carré nextien. Regarde.

Ce disant, il découpa prestement la pâte en douze cercles parfaits, sans le moindre déchet. Fronçant les sourcils, je contemplai la petite pile de disques : je n'en croyais pas mes yeux.

— Comment… ?

— Malin, hein ? s'esclaffa-t-il. En principe, ça ne marche qu'avec de la pâte nextienne, qui lève moins bien et qui a un goût de dentifrice, mais nous y travaillons.

— Ça semble impossible, tonton.

— Pendant plus de trois millions d'années, mon lapin, nous avons ignoré la nature de la foudre ou de l'arc-en-ciel. Il ne faut pas rejeter quelque chose simplement parce que ça *semble* impossible. Si on avait eu l'esprit obtus, il n'y aurait jamais eu de Gravitube, d'antimatière, de Portails de la Prose, de bouteilles thermos…

— Attends ! interrompis-je. Qu'est-ce qu'un thermos vient faire là-dedans ?

— Parce que, mon petit, répondit Mycroft en essuyant le tableau et en dessinant grossièrement un thermos avec un point d'interrogation, personne ne sait comment ça marche.

Il me regarda fixement avant de continuer :

— Tu conviendras, n'est-ce pas, qu'un récipient isolant garde à un liquide chaud sa chaleur en hiver, et à un liquide froid sa fraîcheur en été ?

— Oui… ?

— Mais comment il peut *savoir* ? J'ai étudié les thermos pendant des années, et aucun d'eux ne m'a fourni le moindre indice sur ses capacités cognitives saisonnières. C'est un mystère pour moi, je t'assure.

— O.K., d'accord. Et... les applications de la géométrie nextienne, tonton ?

— Elles sont légion. Le conditionnement et la gestion de l'espace seront révolutionnés du jour au lendemain. Je pourrai ranger des balles de ping-pong dans un carton sans perdre de la place, fabriquer des capsules métalliques pour bouteilles sans le moindre déchet, percer un trou carré, creuser un tunnel jusqu'à la lune, couper un gâteau d'une manière plus rationnelle, et surtout – c'est ça, le plus passionnant – *compacter la matière.*

— N'est-ce pas dangereux ?

— Pas du tout, rétorqua Mycroft d'un ton léger. Tu reconnais le fait que la matière est composée en majeure partie de vide ? D'espaces entre le noyau et les électrons ? Eh bien, en appliquant la géométrie nextienne au niveau subatomique, je peux réduire la matière à une fraction de sa taille originelle. Je te parle d'une échelle microscopique !

Il marqua une pause pour mieux rassembler ses idées.

— La miniaturisation est une technologie indispensable. Imagine de minuscules nanomachines, à peine plus grosses qu'une cellule, en train de fabriquer des protéines alimentaires à partir, mettons, de simples détritus ! Des tartes Tatin avec des produits d'une décharge, des navires avec de la ferraille... C'est extraordinaire comme concept. A l'heure où je te parle, les Objets Utiles Réunis financent des travaux de recherche sur ce sujet.

— Chez MycroTech ?

— Oui, fit-il vivement. Comment le sais-tu ?

— Wilbur m'a dit qu'il vient d'être embauché là-bas... c'est une coïncidence, bien sûr.

— Tout à fait, affirma mon oncle qui ne tolérait ni ne reconnaissait aucune forme de népotisme.

— A propos de coïncidences, tonton, saurais-tu m'expliquer ce qu'elles sont et comment elles surviennent ?

Mycroft se tut un moment, le temps que les rouages de son immense cerveau se mettent en branle pour examiner les données du problème.

— Ma foi, répondit-il pensivement, j'ai tendance à considérer que la plupart des coïncidences sont de simples caprices du hasard ; en extrapolant à partir de la courbe des probabilités, tu trouveras des anomalies statistiques qui pourront te sembler singulières, mais qui en fait sont parfaitement plausibles, compte tenu du nombre d'habitants sur la planète et de la quantité de choses différentes que nous faisons dans notre vie.

— Je vois, dis-je lentement. Ça justifie les coïncidences mineures, mais les *grosses* coïncidences ? A quel niveau situerais-tu sept personnes dans une rame d'aérotrain toutes nommées Celia Lutz, et les réponses d'une grille de mots croisés formant la phrase « Trouble-fête, Thursday, adieu » juste avant que quelqu'un essaie de me tuer ?

Mycroft haussa un sourcil.

— Ça, c'est une coïncidence. Je dirais même plus. (Il prit une grande inspiration.) Thursday, songe un instant au fait que l'univers évolue d'un état ordonné vers un état de désordre ; qu'un verre peut tomber et se briser, mais que tu ne verras *jamais* un verre cassé se recoller tout seul et sauter sur la table.

— Jusque-là, ça va.

— Mais pourquoi en est-il ainsi ?

— Alors là…

— Les atomes du verre qui vient de se briser n'enfreindraient aucune loi de la physique s'ils devaient se rassembler : sur un plan subatomique, toutes les interactions entre particules sont réversibles. A ce niveau-là, on ne peut pas dire ce qui précède quoi. C'est seulement à notre niveau à nous que nous voyons les choses vieillir et que nous pouvons définir avec précision la direction dans laquelle voyage le temps.

— A quoi veux-tu en venir, tonton ?

— Le fait que ces choses-là n'arrivent *pas* tient au deuxième principe de la thermodynamique : celui-ci stipule en effet que le désordre dans l'univers ne peut que croître ; l'aspect quantifiable de ce désordre est connu sous le nom d'entropie.

— Et quel rapport avec les coïncidences ?

— J'y viens, marmonna Mycroft, de plus en plus absorbé par son sujet. Imagine une boîte avec une séparation au milieu : la partie gauche est remplie de gaz, et à droite, c'est le vide. Enlève la cloison, et le gaz se propagera dans l'autre moitié de la boîte… tu me suis ?

Je hochai la tête.

— Et tu ne vas pas t'attendre à ce que le gaz se rétracte pour revenir dans la moitié gauche, hein ?

— Non.

— Ah ! fit Mycroft avec un sourire entendu. C'est là que tu te trompes. Vois-tu, dans la mesure où chaque interaction entre les atomes du gaz est réversible, tôt ou tard le gaz *devra* se rétracter pour regagner la partie de gauche.

— Devra ?

— Oui… le tout est de savoir au bout de combien de temps. Puisque même une petite boîte de gaz pourrait contenir 10^{20} atomes, le temps qu'il leur faudra pour essayer toutes les combinaisons possibles sera infiniment supérieur à la durée de vie de l'univers. Une baisse d'entropie qui permettrait au gaz de se séparer, au verre cassé de se reconstituer ou à la statue de St Zvlkx qui est dehors de descendre de son piédestal et d'aller au pub n'est pas contraire aux lois de la physique, mais juste très hautement improbable.

— Donc, tu es en train de dire que les coïncidences vraiment *très* bizarres sont dues à une baisse d'entropie ?

— Absolument. Remarque, ce n'est qu'une théorie. Quant aux raisons pour lesquelles l'entropie pourrait baisser spontanément et à la façon de mener des expériences dans un champ localisé de basse entropie, je n'ai que des notions non vérifiées que je ne t'exposerai pas ici, mais tiens, prends ça… ça peut te sauver la vie.

Il choisit un pot à confiture sur l'un de ses nombreux plans de travail et me le passa. Le pot semblait contenir des lentilles et du riz, dans une proportion cinquante-cinquante.

— Merci, je n'ai pas faim, lui dis-je.

— Mais non. J'appelle ce système un entroposcope. Vas-y, secoue-le.

Je secouai le bocal. Le riz et les lentilles se remirent en place selon le mode aléatoire dicté par le hasard.

— Et alors ? demandai-je.

— Tout est parfaitement normal, répondit mon oncle. Mélange habituel, niveau d'entropie standard. Secoue-le de temps à autre. Tu seras avertie d'une baisse d'entropie quand le riz et les lentilles formeront un tableau plus cohérent... là, ce sera le moment de s'attendre à des coïncidences particulièrement invraisemblables.

Polly entra dans l'atelier et embrassa son mari sur la joue.

— Salut, vous deux, dit-elle. Alors, on s'amuse bien ?

— Je suis en train de montrer mes dernières trouvailles à Thursday, ma chère, répliqua Mycroft gracieusement.

— Tu lui as montré ton appareil à effacer les souvenirs, Crofty ?

— Non, dis-je.

— Mais si, voyons, me reprit Mycroft avec un sourire. Il faut que tu me laisses maintenant, mon lapin, ajouta-t-il, j'ai du pain sur la planche. Je prends ma retraite dans exactement cinquante-six minutes.

Mon père ne se manifesta pas ce soir-là, au grand dam de maman. A dix heures moins cinq, fidèle à sa parole, Mycroft émergea de son laboratoire, suivi de Polly, pour se joindre à nous.

Les repas de famille chez les Next étaient généralement très animés, et celui-là ne dérogea pas à la règle. Assis à côté d'Orville, Landen offrait l'image très convaincante de quelqu'un qui lutte contre l'ennui. Joffy, placé à côté de Wilbur, pensait que son nouveau job était de la merde, et Wilbur, qui encaissait ses piques depuis une trentaine d'années, rétorqua que le culte de l'Etre Suprême Universel était le plus énorme tas de conneries qu'il ait jamais connu.

— Attends, fit Joffy, hautain. Attends un peu de rencontrer la Confrérie de l'Incontinence Verbale.

Gloria et Charlotte s'asseyaient toujours l'une à côté de l'autre, Gloria pour parler de choses futiles – genre boutons – et Charlotte pour dire amen à tout. Maman et Polly discutaient de la Fédération des Femmes, et moi je m'étais installée près de Mycroft.

— Que vas-tu faire, tonton, maintenant que tu es à la retraite ?

— Je ne sais pas, mon lapin. J'ai des idées de livres que j'ai envie d'écrire depuis un moment déjà.

— Sur ton travail ?

— Trop fastidieux. Je peux te soumettre un projet ou deux ?

— Bien sûr.

Il sourit, regarda autour de lui et, se penchant vers moi, baissa la voix.

— Bon, eh bien, voilà. C'est un jeune et brillant chirurgien, Dexter Colt, qui arrive dans un hôpital pour enfants, un lieu de pointe mais qui manque cruellement de fonds, pour y accomplir un travail de pionnier en soulageant les souffrances de petits orphelins amputés d'un membre. L'infirmière-chef, autoritaire mais jolie, se nomme Tiffany Lampe. Tiffany se remet à peine d'une rupture avec l'anesthésiste, le Dr Burns, et…

— … ils tombent amoureux l'un de l'autre ?

La mine de Mycroft s'allongea.

— Tu la connais déjà ?

— Le coup des orphelins amputés, c'est pas mal, répondis-je pour ne pas le décourager. Comment tu vas l'appeler ?

— J'ai pensé à *L'Amour parmi les orphelins*. Qu'en dis-tu ?

Avant la fin du dîner, Mycroft m'avait exposé plusieurs de ses scénarios, tous plus ringards les uns que les autres. Entre-temps, Joffy et Wilbur en étaient venus aux mains dans le jardin, invoquant la nature sacrée de la paix et du pardon entre les coups de poing et les craquements de nez cassés.

A minuit, Mycroft prit Polly dans ses bras et nous remercia tous d'être venus.

— J'ai consacré ma vie entière à la quête de la lumière et de la vérité scientifique, annonça-t-il pompeusement, à résoudre des énigmes et à élaborer des théories à portée universelle. J'aurais peut-être dû sortir davantage. En cinquante-quatre ans, ni Polly ni moi n'avons pris de vacances… c'est donc ce que nous nous proposons de faire maintenant.

Nous sortîmes dans le jardin. Toute la famille leur souhaita un bon voyage. A la porte de l'atelier, ils s'arrêtèrent, se regardèrent, puis se tournèrent vers nous.

— Merci pour cette soirée, dit Mycroft. Du potage à la poire, suivi d'un ragoût à la poire avec une sauce à la poire, et pour finir, une bombe-surprise – à la poire –, c'était un vrai régal. Pas très courant comme menu, mais un régal tout de même. Veille sur MycroTech en mon absence, Wilbur, et merci pour tous les repas, Wednesday. Bon, nous y sommes, conclut-il. On est partis. Allez, au plaisir.

— Amusez-vous bien, dis-je.

— Ah, mais c'est prévu au programme.

Il refit ses adieux à tout le monde et disparut dans l'atelier. Polly nous embrassa et, avec un dernier signe de la main, lui emboîta le pas en refermant la porte derrière elle.

— Sans lui et ses projets saugrenus, ce ne sera plus pareil, fit Landen. Tu ne crois pas ?

— Si, acquiesçai-je. C'est…

Nous ressentîmes soudain un picotement, comme lors d'un orage électrique en été ; une lumière blanche jaillit silencieusement de l'atelier, dardant ses rayons acérés à travers la moindre fissure, le moindre trou de rivet. Chaque grain de poussière ressortait nettement sur les fenêtres sales ; chaque fêlure dans les vitres se parait de l'éclat multicolore de l'arc-en-ciel. Nous plissâmes les yeux, mais la lumière s'évanouit aussi vite qu'elle était apparue, se dissolvant dans un bruit de friture. Landen et moi échangeâmes un coup d'œil et fîmes un pas en avant. La porte de l'atelier s'ouvrit sans effort ; une pièce vaste et totalement vide s'offrit à notre regard. Tout le matériel avait disparu. Il ne restait plus une seule vis, plus un boulon, plus la moindre rondelle.

— Il ne va pas seulement écrire des romans à l'eau de rose pendant sa retraite, observa Joffy, passant la tête à l'intérieur.

— Non, répondis-je. A mon avis, il a tout emporté pour que personne ne vienne mettre son nez dans son travail. Mycroft avait des scrupules à l'égal de son intellect.

Ma mère s'était assise sur une brouette renversée, ses dodos massés autour d'elle dans l'attente d'un hypothétique marshmallow.

— Ils ne reviendront pas, dit-elle tristement. Tu le sais, n'est-ce pas ?

— Oui, répondis-je en la serrant dans mes bras. Oui, je le sais.

7

Cheval Blanc, Uffington, pique-niques, à l'usage des

Nous avions décidé que « Parke-Laine-Next » était un peu lourdingue ; du coup, j'ai gardé mon nom de famille, et lui a gardé le sien. Je suis passée de « Miss » à « Mrs. », mais à part ça, rien n'a changé. J'aimais bien qu'on m'appelle sa femme, au même titre que j'aimais bien appeler Landen mon mari. Ça me donnait comme un frisson. Pareil quand je regardais mon alliance. J'avais toujours cru que le mariage, tout comme l'opéra et les épinards, n'était pas ma tasse de thé. J'ai changé d'avis à propos de l'opéra quand j'avais neuf ans. Mon père m'a emmenée à la première de *Madame Butterfly* à Brescia en 1904. Après le spectacle, pendant que papa faisait la cuisine, Puccini m'a régalée avec des histoires drôles et a signé mon carnet d'autographes ; c'est comme ça que je suis devenue une fervente adepte de l'art lyrique. De la même façon, il a fallu que je tombe amoureuse de Landen pour reconsidérer ma vision du mariage. J'ai trouvé ça passionnant et exaltant : deux êtres, ensemble, n'en formant qu'un. J'étais à ma juste place… heureuse, satisfaite, épanouie.

Et les épinards ? Ma foi, j'attends toujours.

THURSDAY NEXT
Journal intime

— Qu'est-ce qu'ils vont faire, à ton avis ? demanda Landen.

Nous étions au lit ; une de ses mains reposait, légère, sur mon ventre, tandis que l'autre m'enlaçait étroitement. Les couvertures avaient glissé à terre, et nous venions tout juste de reprendre notre souffle.

— Qui donc ?

— OS-1, cet après-midi. Au sujet du Neandertal que tu as estourbi.

— Ah, *ça* ! Professionnellement parlant, je n'ai commis aucune faute ; je pense qu'ils vont me relaxer, compte tenu de tout le travail de RP que j'ai fait pour eux. Ça la fiche mal d'arrêter leur agent vedette, tu ne crois pas ?

— Si on part du principe qu'ils raisonnent logiquement comme toi ou moi.

— C'est vrai aussi.

Je soupirai.

— Il y a des gens qu'on a virés pour moins que ça. OS-1 aime bien faire un exemple de temps en temps.

— Tu n'es pas obligée de travailler, tu sais.

Je le regardai, mais il était trop près de moi pour que je distingue clairement ses traits, ce qui était assez agréable, en un sens.

— Je sais, mais je n'ai pas envie de décrocher. Mère au foyer, ce n'est pas trop mon truc.

— Tes dons de cuisinière tendent à le prouver, en effet.

— Ma mère aussi cuisine comme un manche – ça doit être héréditaire. Mon audition avec OS-1 est à quatre heures. Tu veux qu'on aille voir la migration des mammouths ?

— Pourquoi pas.

On sonna à la porte.

— Qui ça pourrait bien être ?

— C'est un peu tôt pour le dire, glissa Landen. Mais la méthode du « va voir » a déjà fait ses preuves.

— Très drôle.

J'enfilai des vêtements et descendis. Un homme décharné, d'aspect lugubre, se tenait sur le seuil. Il ressemblait tellement à un limier qu'on s'attendait presque à ce qu'il ouvre la bouche pour aboyer.

— Oui ?

Soulevant son chapeau, il me gratifia d'un sourire de somnambule.

— Mon nom est Hopkins, journaliste à *La Chouette*. J'aurais aimé vous interviewer sur votre séjour dans les pages de *Jane Eyre*.

— Il faudra vous adresser à Cordelia Flakk, chargée de communication chez les OpSpecs. Je ne suis pas vraiment libre de…

— Je sais que vous avez pénétré à l'intérieur du roman. Dans la version d'origine, Jane part aux Indes, mais dans votre fin à vous, elle reste et épouse Rochester. Comment avez-vous fait ça ?

— Je vous assure, Mr. Hopkins, vous devez d'abord obtenir l'autorisation de Flakk.

Il poussa un soupir.

— Entendu. Juste une chose. Vous préférez la nouvelle fin, la vôtre ?

— Evidemment. Pas vous ?

Mr. Hopkins griffonna quelque chose sur un calepin et sourit à nouveau.

— Merci, Miss Next. Je vous suis infiniment obligé. Bonne journée à vous !

Il toucha son chapeau et partit.

— Qu'est-ce que c'était ? demanda Landen en me tendant une tasse de café.

— Un journaliste.

— Qu'est-ce que tu lui as dit ?

— Rien. Il faudra qu'il passe par Flakk.

Le talus herbeux d'Uffington grouillait de monde ce matin-là. La population de mammouths en Angleterre, Ecosse et pays de Galles se composait de 249 individus divisés en neuf groupes, qui tous migraient du nord au sud à la fin de l'automne, pour repartir dans l'autre sens au printemps. D'une année à l'autre, ils empruntaient toujours le même itinéraire avec une exactitude d'horloge. Les zones habitées étaient pour la plupart évitées… exception faite de Devizes, où la Grand-Rue était désertée deux fois par an, le temps que les massifs proboscidiens se frayent en barrissant un passage à travers le centre-ville, suivant joyeusement l'appel de leurs lointains ancêtres. Personne à Devizes n'arrivait à trouver le sommeil, ni une assurance pour couvrir les dégâts, mais ils se rattrapaient sur le tourisme.

Toutefois, il n'y avait pas que les amoureux des mammouths, les promeneurs, les druides et les Neandertals qui réclamaient le « droit à la chasse » sur la colline. Une automobile bleu foncé nous attendait là-bas ; or quand quelqu'un vous attend dans un lieu où vous n'aviez pas forcément prévu de vous rendre, ça ne passe pas inaperçu. Ils étaient trois, tous en costume sombre, avec l'insigne bleu émaillé de Goliath sur le revers. Le seul que je reconnus là-dedans était Maird-Haas. A notre approche, ils se hâtèrent de cacher leurs cornets de glace.

— Mr. Maird-Haas, dis-je, quelle surprise ! Vous connaissez mon mari ?

Maird-Haas tendit la main, mais Landen ne la prit pas. L'agent de Goliath grimaça, puis eut un sourire interloqué.

— Je vous ai vue à la télé, Miss Next. Passionnante, cette discussion autour des dodos.

— J'aimerais élargir le débat, la prochaine fois, répondis-je posément. Pour parler, par exemple, de la mainmise pernicieuse de Goliath sur le pays.

Maird-Haas secoua tristement la tête.

— Ce n'est pas raisonnable, Next. Ce que vous avez un mal fou à comprendre, c'est que Goliath est tout ce dont vous aurez jamais besoin. Tout ce dont *chacun* aura jamais besoin. Notre production va du berceau au cercueil ; nous employons plus de huit millions de personnes dans les six mille et quelques succursales du groupe. Tout depuis le giron maternel jusqu'à la redingote en sapin.

— Et quel profit espérez-vous tirer à nous coller aux basques du premier cri au dernier râle ?

— Le bonheur humain n'a pas de prix, Next. L'incertitude politique et économique sont les deux principales causes de stress. Vous serez contente d'apprendre que l'indice d'allégresse de Goliath a atteint un sommet inégalé depuis quatre ans, à neuf virgule treize points.

— Sur cent ? s'enquit Landen, sarcastique.

— Sur dix, Mr. Parke-Laine, rétorqua l'autre avec humeur.

Le pays a connu une croissance au delà de toute mesure sous notre tutelle.

— Croître pour croître est la philosophie du cancer, Maird-Haas.

Sa figure s'allongea, et il nous considéra un moment, se demandant sans doute comment il allait poursuivre cette conversation.

— Alors comme ça, fis-je poliment, vous êtes venu voir les mammouths ?

— Goliath n'a que faire des mammouths, Next. Ils n'ont aucune valeur commerciale. Avez-vous rencontré mes associés, Mr. Chalk et Mr. Cheese ?

Je regardai ses deux gorilles. Impeccablement vêtus, ils arboraient tous deux un bouc soigneusement taillé et me contemplaient à travers leurs impénétrables lunettes noires.

— Qui est qui ?

— Je suis Cheese, dit Cheese.

— Je suis Chalk, dit Chalk.

— Quand est-ce qu'il va te parler de Jack Maird ? demanda Landen dans un murmure qui était tout sauf discret.

— Ça ne va pas tarder.

Secouant la tête d'un air accablé, Maird-Haas ouvrit la mallette que Mr. Chalk avait à la main. A l'intérieur, soigneusement niché dans un écrin de mousse, se trouvait un recueil de poèmes d'Edgar Allan Poe.

— Vous avez enfermé Jack dans cet exemplaire du *Corbeau.* Goliath a besoin de lui afin de le traduire devant un conseil de discipline pour corruption, abus de confiance, détournement de matériel de bureau… et crimes contre l'humanité.

— Ah oui ? Et pourquoi ne pas le laisser là-dedans ?

Maird-Haas soupira et me dévisagea fixement.

— Ecoutez, Next, nous voulons que Jack sorte de là et, croyez-moi, nous y arriverons.

— Sans moi.

Maird-Haas continua à me fixer en silence pendant un moment.

— Goliath n'a guère l'habitude des refus. Nous avons demandé à votre oncle de nous construire un autre Portail de la Prose. Il nous a dit de revenir dans un mois. J'ai cru comprendre qu'il a pris sa retraite hier soir. Sa destination ?

— Aucune idée.

Mycroft s'était donc retiré des affaires non par choix, mais par nécessité. Je réprimai un sourire. Goliath s'était fait avoir, et ils n'aimaient pas ça.

— Sans le Portail, répondis-je, je ne peux pas plus rentrer dans un livre que Mr. Chalk ici présent.

Chalk se dandina légèrement en entendant son nom.

— Vous mentez, riposta Maird-Haas. L'argument de l'incapacité ne marche pas avec nous. Vous avez vaincu Hadès, Jack Maird et le groupe Goliath. Nous avons beaucoup d'admiration pour vous. Goliath s'est montré plus qu'indulgent au vu des circonstances, et nous ne voudrions surtout pas que vous fassiez les frais de *l'impatience de la direction.*

— L'impatience de la direction ? répétai-je en regardant Maird-Haas droit dans les yeux. C'est quoi, ça, une forme de menace ?

— Votre refus de coopérer pourrait me rendre vindicatif, et vous risquez de ne pas m'apprécier, quand je suis comme ça.

— Déjà que je ne vous apprécie pas quand vous n'êtes *pas* vindicatif.

Maird-Haas referma la mallette d'un coup sec. Sa paupière gauche tressaillit, le sang déserta son visage. Il nous regarda tous les deux, ouvrit la bouche pour parler, se reprit et parvint à esquisser un demi-sourire avant de grimper dans la voiture, suivi de Chalk et de Cheese.

Landen rigolait encore quand nous étendîmes un tapis de sol et une couverture sur l'herbe bien tassée juste au-dessus du Cheval Blanc. Tout en bas, au pied du talus, un troupeau de mammouths broutait paisiblement et, à l'horizon, on distinguait plusieurs dirigeables à l'approche d'Oxford. La journée était agréable, et comme les dirigeables ne prennent pas l'air par mauvais temps, ils en profitaient au maximum.

— Goliath ne te fait pas vraiment peur, hein, chérie ?

J'arquai un sourcil.

— Goliath n'est qu'une brute, Land. Si tu leur tiens tête, ils finissent par se défiler. Toutes ces grosses voitures, ces hommes de main – c'est pour impressionner la galerie. Non, moi, ce qui me laisse perplexe, c'est comment ils ont su qu'on était ici.

Landen haussa les épaules.

— Fromage ou jambon[1] ?

— Comment ?

— J'ai dit : « Fromage ou jambon ».

— Mais non, pas toi.

Landen regarda autour de lui. Nous étions seuls dans un rayon de cent mètres.

— Qui alors ?

— LeRoussi.

— Qui ?

— LeRoussi ! m'écriai-je. C'est vous[2] ?

— Je n'ai parlé à personne[3] !

— La partie adverse ? Qui est-ce[4] ?

— Thursday, fit Landen, inquiet. Que se passe-t-il, bon sang ?

— J'ai mon avocat en ligne.

— Qu'est-ce que tu as fait ?

— Je n'en sais trop rien.

Landen leva les bras au ciel, et je m'adressai de nouveau à LeRoussi.

— Pouvez-vous me dire de quoi on m'accuse, au moins[5] ?

Je soupirai.

— Apparemment, elle n'est pas mariée[6].

1. Thursday, au nom du ciel, qu'avez-vous fait ?

2. Je vous ai dit de ne parler à personne de votre procès !

3. Comment vais-je pouvoir vous aider si vous racontez tout et n'importe quoi à la partie adverse ?

4. Mais Hopkins, espèce d'imbécile ! Vous avez pratiquement tout avoué là, sur votre propre pas de porte. Ça va nous compliquer sérieusement les choses. Ne dites rien à personne, pour l'amour de Dieu… vous voulez passer les mille lectures suivantes enfermée au château d'If ou quoi ?

5. Pas le temps. On en discutera avant le passage au tribunal. Rappelez-vous, pas un mot à qui que ce soit. Au fait, vous avez appris quelque chose sur notre adorable petite Flakkie ?

6. Ah oui ? Voilà qui est intéressant. Bon, il faut que je file. Allez, à la prochaine.

— LeRoussi ? Attendez ! LeRoussi… !

Mais il était déjà parti. Landen me contemplait bizarrement.

— Ça fait longtemps que tu es comme ça, chérie ?

— Je vais bien, Land. Mais il se passe quelque chose d'étrange. On peut en reparler plus tard ?

Landen me regarda, leva les yeux vers le ciel bleu limpide, puis examina le fromage qu'il tenait à la main.

— Jambon ou fromage ? dit-il finalement.

— Les deux… mais vas-y mollo avec le fromage, le stock est limité.

— Où l'as-tu déniché ? demanda-t-il, considérant le paquet anonyme d'un air soupçonneux.

— C'est Joe Martlet, de la brigade fromagère. Ils en interceptent une douzaine de tonnes chaque semaine, à la frontière galloise. Comme c'est dommage de le brûler, tout le monde chez les OpSpecs en récupère une livre ou deux. Tu sais ce qu'on dit ? « Le meilleur fromage, on le trouve chez les flics. »

— C'est bonjour et au revoir, Thursday, marmonna Landen en regardant en bas.

— Tu comptes aller quelque part ? répondis-je, décontenancée.

— Moi ? Non. Pourquoi ?

— Tu viens de dire « bonjour et au revoir ».

— Mais non, rit-il. Je parlais des mammouths. C'est un bon jour pour les voir.

— Ah !

Il me coupa une tranche de jambon et la mit dans le sandwich avec le fromage. Un mammouth barrit à distance : il s'escrimait en vain à gravir la pente escarpée. Je mordis dans le pain.

— Tiens, ciao et bye, Thursday.

— Tu le fais exprès, hein ?

— Quoi, qu'est-ce que je fais ? N'est-ce pas le major Tony Tchao et ton ancienne camarade de classe Laura Baye, là-bas ?

Je me retournai. C'étaient bien Tony et Laura ; ils nous adressèrent un joyeux signe de la main avant de venir nous rejoindre.

— Ma parole ! déclara Tony, une fois qu'ils se furent assis, on dirait que tout le régiment s'est donné rendez-vous ici. Vous vous souvenez de Sara Nara qui a perdu une oreille à Bilohirsk ? Je viens de la croiser sur le parking, quelle drôle de coïncidence.

Aussitôt qu'il eut prononcé ce mot, mon cœur manqua un battement. Je fouillai dans la poche de mon blouson, à la recherche de l'entroposcope que m'avait donné Mycroft.

— Qu'est-ce qu'il y a, Thurs ? demanda Landen. Tu as l'air… bizarre.

— Je me renseigne sur les coïncidences, marmonnai-je en secouant le bocal avec le mélange de lentilles et de riz. C'est beaucoup moins stupide qu'il n'y paraît.

Les grains s'étaient assemblés en une sorte de motif à volutes. L'entropie était en train de baisser à vue d'œil.

— On s'en va, dis-je à Landen en réponse à son regard interrogateur. Viens, on bouge. Laisse tout.

— Quel est le problème, Thurs ?

— Je viens d'apercevoir mon ancien capitaine de croquet, *Alf Widdershaine*. Ici, on a Laura Baye et Tony Tchao ; ils ont croisé Sara Nara… tu ne vois pas la direction que ça prend ?

— Thursday, soupira Landen, tu ne serais pas un peu…

— Tu veux des preuves ? Excusez-moi, lançai-je à une jeune femme qui passait par là. Comment vous appelez-vous ?

— Fleur, répondit-elle.

— Tu vois, fit Landen. Il n'y a rien…

— Fleur More-Tell, ajouta la passante.

Je secouai l'entroposcope : le riz et les lentilles s'étaient presque entièrement séparés.

Je frappai impatiemment dans mes mains. Tony et Laura se levèrent, quelque peu perturbés.

— On s'en va, tout le monde ! criai-je.

— Mais, le fromage…

— On s'en fout du fromage, Landen, fais-moi confiance… *s'il te plaît* !

Ils me suivirent à contrecœur, déroutés et agacés par mon étrange comportement. Mais ils eurent tôt fait de changer d'avis lorsqu'une grosse et très lourde automobile de la marque Hispano-Suiza fendit l'air et atterrit sur la couverture de pique-nique que nous venions de libérer avec un bruit sourd qui fit trembler la colline. Nous tombâmes à genoux sous une pluie de terre et de cailloux et quelques mottes de gazon. La massive voiture carrossée en phaéton s'enfonça dans le sol meuble ; sous l'impact, le châssis se tordit, et l'habitacle fait sur mesure se disloqua. Une roue à rayons passa en sifflant tout près de ma tête ; arraché de son bloc de protection en caoutchouc, le moteur jaillit de sous le capot verni et roula à nos pieds. Nous nous relevâmes sans mot dire, nous brossâmes et inspectâmes les dégâts. Landen s'était coupé la main sur un éclat de rétroviseur, mais à part ça – miraculeusement, semblait-il –, personne n'avait été blessé. L'énorme auto avait atterri si parfaitement sur notre pique-nique que la couverture, le thermos, le panier, la nourriture… bref, tout ce que nous avions apporté était enseveli en dessous. Dans le silence de mort qui suivit, tout le monde fixa non pas l'épave déchiquetée, mais ma personne. Je soutins leurs regards, puis levai les yeux vers le gros dirigeable cargo qui volait, avec deux tonnes de fret en moins, vers le nord – et sans doute une longue escale, le temps d'enquêter sur l'accident. Je secouai l'entroposcope : les grains se mélangeaient à nouveau selon un mode aléatoire.

— Le danger est passé, annonçai-je.

— Tu n'as pas changé, Thursday Next ! s'exclama Laura avec colère. Chaque fois que tu es dans les parages, quelque chose de dangereusement *autre* marche dans tes pas. Ce n'est pas un hasard si je n'ai pas gardé le contact après l'école… *phénomène*, va ! Viens, Tony, on s'en va.

Landen et moi les regardâmes partir. Il m'enlaça par les épaules.

— Phénomène ?

— C'est comme ça qu'on me surnommait à l'école, répondis-je. C'est le prix à payer quand on est différent.

— Tu as fait une affaire. J'aurais payé le double de ça pour être différent. Allez, on lève le camp.

Nous nous éclipsâmes discrètement pendant qu'une foule se formait autour de l'épave. L'incident avait entraîné une génération spontanée d'« experts » qui avaient chacun leur explication sur les raisons pour lesquelles un dirigeable aurait largué une auto. Accompagnés par un chœur de « Il aurait fallu une plus grande portance » et « Tudieu, ç'a été moins une », nous nous réfugiâmes dans ma voiture.

— On ne voit pas ça tous les jours, commenta Landen après une pause. Que se passe-t-il ?

— Je ne sais pas, Land. Il y a un peu trop de coïncidences autour de moi en ce moment… je pense que quelqu'un cherche à me tuer.

— J'adore quand tu divagues, chérie, mais tu ne crois pas que tu pousses le bouchon trop loin, là ? Même s'il était possible de balancer une voiture d'un cargo, comment peut-on espérer atteindre une couverture de pique-nique à quinze cents mètres d'altitude ? Réfléchis, Thurs… ça n'a pas de sens. Et puis, qui irait faire une chose pareille ?

— Hadès, murmurai-je.

— Hadès est mort, Thursday. Tu l'as tué toi-même. C'était une coïncidence, pure et simple. Elles ne signifient rien – autant pester contre tes rêves ou aboyer après des ombres sur le mur.

Nous nous rendîmes en silence à mon audition au siège des OpSpecs. Je coupai le moteur, et Landen étreignit ma main avec force.

— Tout ira bien, m'assura-t-il. Il faudrait qu'ils aient perdu la boule pour entamer une action contre toi. Et si jamais ça se gâte, tu n'as qu'à imaginer tous les substantifs qui vont avec Flanker…

Je souris à cette idée. Il me dit qu'il allait m'attendre au café d'en face, m'embrassa et s'éloigna en boitillant.

8

Mr. Stiggins et OS-1

Contrairement à la croyance populaire, les Neandertals ne sont point stupides. Leur difficulté à lire et à écrire tient à une différence fondamentale de l'acuité visuelle : chez les humains, on appelle cela la dyslexie. Toutefois, ils possèdent une mimique hautement développée ; le même silence peut avoir une trentaine de significations, suivant l'expression du visage. « L'anglais neandertal » est riche d'un sens qui échappe aux humains, relativement aveugles au langage corporel. Grâce à cette grammaire faciale ultra-perfectionnée, les Neandertals perçoivent instinctivement le mensonge, d'où leur total désintérêt pour le cinéma, le théâtre ou la politique. Ils aiment la lecture à haute voix et parlent beaucoup météo – autre domaine dans lequel ils excellent. Ils ne jettent rien et raffolent des outils, surtout électriques. Sur les trois chaînes du câble réservées aux Neandertals, deux sont entièrement consacrées au travail du bois.

GERHARD VON SQUID
Les Neandertals : retour après une brève absence

— Thursday Next ? s'enquit un homme de haute taille à la voix râpeuse, sitôt que j'eus pénétré dans le bâtiment des OpSpecs.

— Oui ?

Il brandit un badge.

— Agent Moran, OS-5. Lui, c'est mon coéquipier, James Sursis.

Sursis souleva poliment son chapeau, et je leur serrai la main à tous deux.

— Pourrions-nous parler quelque part dans un endroit tranquille ? demanda Moran.

Je les précédai dans le couloir jusqu'à une salle d'interrogatoire vide.

— Je suis désolée pour Sherra et Kannon, leur dis-je quand nous nous fûmes assis.

— Ils ont été imprudents, décréta Sursis gravement. Le ruban adhésif, ça se pose dans une pièce bien aérée : c'est marqué sur la boîte.

— On se demande, fit Moran, légèrement gêné, si vous ne pourriez pas nous éclairer sur l'objet de leur enquête ; ils sont morts avant d'avoir rédigé leur rapport.

— Et qu'est-il arrivé à leurs notes de travail ?

Sursis et Moran échangèrent un regard.

— Les lapins les ont mangées.

— Comment est-ce possible ?

— C'est classé top secret, trancha Sursis. Nous avons analysé les restes, mais presque tout a été digéré… sauf ceci.

Il plaça trois lambeaux de papier maculé – qu'on avait pris soin de mettre sous cellophane – sur la table. Je me penchai. Sur le premier morceau, on distinguait tout juste une partie de mon nom ; le deuxième était un fragment de récépissé d'une carte de crédit, et le troisième comportait un seul nom qui me fit froid dans le dos : *Hadès*.

— Hadès ? Vous croyez qu'il est toujours en vie ?

— Vous l'avez tué, Next… vous en pensez quoi, vous ?

Je l'avais vu mourir là-haut, sur le toit de Thornfield, et j'avais même retrouvé ses restes calcinés quand nous avions fouillé les décombres noircis. Mais Hadès était déjà mort plusieurs fois dans le passé – du moins, c'était ce qu'il nous avait fait croire.

— J'en suis sûre et certaine. Et ce reçu de la carte de crédit, que signifie-t-il ?

— On ne sait pas trop, répondit Moran. La carte a été volée. La plupart des achats, ce sont des vêtements de femme, des chaussures, des chapeaux, des sacs, et cetera… nous avons placé Dorothy Perkins et Camp Hopson sous surveillance vingt-quatre heures sur vingt-quatre. Ça ne vous dit rien, tout ça ?

Je secouai la tête.

— Parlez-nous alors de votre rencontre avec Sherra.

Je leur rapportai le plus fidèlement possible notre bref entretien, et ils prirent des notes en abondance.

— Ils voulaient donc savoir s'il vous était arrivé quelque chose d'étrange ces derniers temps ? fit Moran. Alors ?

Je leur racontai l'aérotrain et l'Hispano-Suiza, et ils grattèrent de plus belle. Finalement, après m'avoir demandé plusieurs fois si je n'avais rien d'autre à ajouter, ils se levèrent, et Moran me tendit sa carte.

— Si jamais vous découvrez quoi que ce soit…

— Pas de problème, répliquai-je. J'espère que vous réussirez à mettre la main dessus.

Ils grommelèrent une réponse et partirent.

Je soupirai et retournai dans le hall d'accueil pour attendre Flanker et OS-1. J'étais en train d'observer le va-et-vient autour de moi quand soudain j'eus très chaud, et la pièce se mit à tanguer. Ma vision périphérique commençait à se brouiller et, si je ne m'étais pas pliée en deux, la tête entre les genoux, je me serais évanouie. Le bruit ambiant n'était plus qu'un sourd bourdonnement ; je fermai les yeux, les tempes battantes. Je restai ainsi quelques minutes, le temps que la nausée reflue. Puis je rouvris les yeux et fixai les grains de mica dans le sol en ciment.

— Vous avez perdu quelque chose, Next ? fit la voix familière de Flanker.

Je me redressai tout doucement. Il était en train de consulter des notes et parlait sans me regarder.

— J'ai du retard… quelqu'un s'est approprié toute une saisie de fromage. Quinze minutes, salle d'interrogatoire numéro trois… soyez à l'heure.

Il s'éloigna sans attendre de réponse, et je contemplai à nouveau le sol. Flanker et les OpSpecs me semblaient insignifiants à côté du fait que l'année prochaine, à cette même époque, je serais peut-être mère. Landen avait suffisamment d'argent pour nous deux, et par ailleurs, je n'avais même pas besoin de démissionner : je pouvais m'inscrire sur la liste des réservistes et effectuer des missions ponctuelles en cas de nécessité. J'étais en train de me demander si j'étais réellement faite pour la maternité quand je sentis une main sur mon épaule, et un verre d'eau apparut dans mon champ de vision. Je l'acceptai avec gratitude et en bus la moitié avant de lever les yeux sur le bon Samaritain qui s'était porté à ma rescousse. C'était un Neandertal vêtu d'un impeccable costume croisé avec le badge OS-13 sur sa poche de poitrine.

— Bonjour, Mr. Stiggins, dis-je, l'ayant reconnu.

— Bonjour, Miss Next… la nausée va passer.

Il y eut comme un frémissement, et le monde recula deux ou trois secondes dans le temps, si brusquement que cela me fit sursauter. Stiggins parla à nouveau, mais cette fois, ça n'avait pas beaucoup de sens :

— Bonj, Miss Next… la nauplée va saucer.

— Mais que diable…, marmonnai-je tandis que le hall repartait en arrière et que les murs peints en mauve viraient au vert.

Je regardai Stiggins qui dit :

— Bon, c'est om Mss Next… ma la nauplée va saver.

Dans le hall, les gens portaient maintenant des chapeaux. Stiggins refit un saut en arrière.

— Bonbien non Miss Next… ma complée savez ?

Il y eut une nouvelle secousse, et j'éprouvai une étrange sensation aux pieds ; baissant les yeux, je m'aperçus que je portais des baskets à la place des bottes. A l'évidence, nous étions en train de subir une légère distorsion temporelle, et je m'attendis à voir apparaître mon père, mais il ne se manifesta pas. Stiggins reprit sa phrase encore une fois, mais d'une voix bien distincte à présent :

— C'est bien notre nom, Miss Next, mais comment vous le savez ?

— Vous n'avez rien senti de bizarre, tout à l'heure ?

— Non. Buvez votre eau. Vous êtes très pâle.

J'avalai une gorgée et, me calant contre le dossier de la banquette, inspirai profondément.

— Il était mauve, ce mur, dis-je pensivement.

Stiggins me regarda.

— Comment connaissez-vous notre nom, Miss Next ?

— Vous êtes venu à mon mariage. Et vous m'avez dit que vous aviez du boulot pour moi.

Il me dévisagea pendant une bonne trentaine de secondes de ses yeux enfoncés. Son nez camus reniflait l'air occasionnellement. Les Neandertals réfléchissaient beaucoup avant de parler… quand ils parlaient, s'entend.

— Vous dites la vérité, déclara-t-il enfin.

Il était pratiquement impossible de mentir à un Neandertal, et je n'avais aucune envie de m'y essayer.

— Nous sommes chargés de vous représenter dans cette affaire, Miss Next.

Je soupirai. Flanker ne prenait pas de risques ; je n'avais rien contre les Neandertals, mais ça n'aurait pas été mon premier choix en matière de défense, surtout dans une histoire d'agression contre l'un des leurs.

— Si vous avez un problème, il faut nous le dire, observa Stiggins qui ne me quittait pas des yeux.

— Je n'ai aucun problème avec le fait que vous me représentiez.

— Votre visage contredit vos paroles. Vous pensez que nous avons été placés là pour vous nuire. C'est notre opinion également. Mais est-ce que ça va vous nuire *réellement*, cela reste à voir. Vous sentez-vous suffisamment bien pour marcher ?

Je répondis par l'affirmative, et nous allâmes nous installer dans la salle d'interrogatoire. Stiggins ouvrit sa mallette et en tira une chemise en papier bulle. Son contenu était imprimé en grandes capitales soulignées. Il sortit aussi une règle en bois et la plaça sur la page pour lui faciliter la lecture.

— Pourquoi avez-vous frappé Finnhal, le machiniste de l'aérotrain ?

— J'ai cru qu'il était armé.

— Et qu'est-ce qui vous a fait croire ça ?

Je soutins le regard fixe de ses yeux bruns. Si je mentais, il le saurait. Si je disais la vérité, il pourrait juger nécessaire d'avertir OS-1 que j'étais en relation avec mon père. Avec la fin du monde qui nous pendait au nez, et la confiance absolue en mon père, la situation était pour le moins épineuse.

— Ils vont vous le demander, Miss Next. Une dérobade de votre part ne sera pas bien vue.

— C'est un risque que je dois prendre.

Penchant la tête sur le côté, Stiggins me considéra un moment.

— Ils sont au courant pour votre père, Miss Next. Nous vous recommandons d'être prudente.

Je ne répondis pas, mais pour Stiggins, mon silence devait en dire des tonnes. La moitié du langage tal est d'ordre corporel. Les verbes se conjuguent avec les muscles faciaux ; la danse est une conversation.

Nous n'eûmes pas l'occasion de poursuivre : la porte s'ouvrit sur Flanker, accompagné de deux autres agents.

— Vous connaissez mon nom, annonça-t-il. Voici les agents King et Nosmo.

Les deux hommes me toisèrent d'un air inquiétant.

— Ceci est un entretien préalable, reprit Flanker, dardant sur moi son regard d'acier. On aura toujours le temps d'ouvrir une enquête… le cas échéant. L'issue de cette audition dépendra de ce que vous allez dire ou faire. La balle est dans votre camp, Next.

Il ne plaisantait pas. Les OS-1 n'obéissaient pas aux lois – ils *faisaient* les lois. S'ils étaient sérieux, je ne serais pas là du tout : on m'aurait déjà embarquée au centre de détention des OpSpecs, où qu'il puisse se trouver. C'était dans des moments comme celui-ci que je réalisais pleinement pourquoi mon père s'était rebellé contre sa hiérarchie.

Flanker glissa deux cassettes dans le magnétophone et les identifia en donnant la date, l'heure et le nom de toutes les personnes présentes. Cela fait, il demanda d'une voix que sa douceur même rendait encore plus menaçante :

— Vous savez, n'est-ce pas, pourquoi vous êtes ici ?

— Pour avoir frappé un conducteur de l'aérotrain ?

— Gifler un Neandertal n'est pas vraiment un crime qui mérite que OS-1 lui consacre son temps précieux. En fait, strictement parlant, ce n'est même pas un crime du tout.

— De quoi s'agit-il, alors ?

— Quand avez-vous vu votre père pour la dernière fois ?

Les deux autres agents se penchèrent imperceptiblement en avant pour entendre ma réponse. Mais je n'avais pas l'intention de leur faciliter la vie.

— Je n'ai pas de père, Flanker. Il a été éradiqué par vos potes de la ChronoGarde il y a dix-sept ans.

— Ne jouez pas à l'imbécile avec moi, Next. Ceci n'est pas un sujet de plaisanterie. Malgré sa non-actualisation, le colonel Next continue à nous poser un problème. Je réitère ma question : Quand avez-vous vu votre père pour la dernière fois ?

— A mon mariage.

Fronçant les sourcils, Flanker consulta ses notes.

— Vous vous êtes mariée ? Quand ?

Je lui répondis, et il griffonna une note dans la marge.

— Et que vous a-t-il dit quand il s'est présenté à votre mariage ?

— Félicitations.

Il me regarda un instant, puis changea de tactique.

— Cet incident avec le conducteur de l'aérotrain. Vous étiez convaincue qu'il dissimulait sur lui une arme taillée dans du savon. Selon un témoin, vous l'avez frappé au menton, l'avez menotté et fouillé. Toujours d'après ce témoin, vous avez eu l'air très surprise de n'avoir rien trouvé.

Je haussai les épaules en silence.

— On s'en fiche, du Tal, Next. Que votre père vous délègue, ça, on peut fermer les yeux là-dessus… qu'il vous replace dans l'espace-temps, sûrement pas. Est-ce bien ce qui est arrivé ?

— C'est pour ça que je suis ici ? C'est ça, votre chef d'accusation ?

— Répondez à la question.

— Non, monsieur.

— Vous mentez. Il vous a ramenée plus tôt, mais votre père ne contrôle pas si bien que ça le flux temporel. Mr. Finnhal a décidé de ne *pas* détourner la rame de l'aérotrain ce matin-là. Vous avez *dérapé*, Next. Vous avez subi un léger décalage dans le temps. Les choses sont arrivées de la même façon, mais pas tout à fait dans le même ordre. C'était insignifiant… une classe IX à peine. Dans la ChronoGarde, les dérapages sont les risques du métier.

— C'est grotesque, m'esclaffai-je.

Stiggins n'était pas dupe, mais peut-être que j'allais réussir à bluffer Flanker.

— Vous n'avez pas l'air de comprendre, Miss Next. Ceci dépasse largement vous ou votre père. Il y a deux jours, nous avons perdu tout contact au-delà du 12 décembre. Nous savons que le personnel est en grève, mais même les indépendants que nous avons expédiés en amont ne sont pas rentrés de mission. Nous pensons que cette fois, c'est la bonne. Si votre père a pris le risque de se servir de vous, c'est qu'il le pense aussi. Or, malgré notre antagonisme, il connaît son affaire… sinon, il ne serait plus là depuis longtemps. *Alors, que se passe-t-il ?*

— J'ai cru qu'il était armé, répétai-je.

Flanker me considéra en silence.

— Reprenons depuis le début, Miss Next. Vous fouillez un Neandertal à la recherche d'une arme factice qu'il emporte avec lui le lendemain, vous lui présentez vos excuses en l'appelant par son nom, et notre agent qui a procédé à l'interpellation dit vous avoir vue remettre votre montre à l'heure. Vous étiez un peu décalée, hein ?

— Qu'entendez-vous par « arme factice qu'il emporte avec lui le lendemain » ?

Flanker répliqua sans la moindre trace d'émotion :

— Finnhal a été abattu ce matin. Je vous conseille de vous mettre à table, et vite. Car j'ai de quoi vous boucler pour vingt ans. C'est ça que vous voulez, hein ?

Ne sachant que dire, je lui décochai un regard noir. Dans le jargon professionnel, « boucler » signifiait consigner dans un champ temporel en circuit fermé. On incarcérait le criminel dans une boucle répétitive de huit minutes pour cinq, dix ou vingt ans. Généralement, ça se passait dans un Lavomatic, la salle d'attente d'un médecin ou à un arrêt d'autobus, où votre présence faisait ralentir le temps pour toute personne se trouvant à proximité. Votre corps vieillissait, mais vous n'aviez pas besoin de vous sustenter. C'était cruel et contre nature... en revanche, ça ne coûtait pas cher et ne nécessitait ni barreaux, ni gardiens, ni nourriture.

J'ouvris la bouche et la refermai, tel un poisson échoué sur la grève.

— Ou alors vous nous parlez de votre père et vous sortirez libre d'ici.

Je sentis des gouttes de sueur froide perler sur mon front. Flanker et moi nous défiâmes du regard jusqu'à ce que Stiggins vienne charitablement à mon secours.

— Miss Next était en mission pour nous, pour OS-13, ce matin-là, commissaire, dit-il d'une voix basse et monocorde. Finnhal avait été impliqué dans un mouvement de sédition. C'était une opération secrète. Je vous remercie, Miss Next, mais il va bien falloir dire la vérité à OS-1.

Flanker regarda d'un œil torve le Neandertal qui le contemplait d'un air impassible.

— Pourquoi diable ne me l'avez-vous pas dit, Stiggins ?

— Parce que vous ne me l'avez pas demandé.

Tout ce que Flanker avait contre moi, désormais, c'était la montre qui retardait.

— Je vous ferai boucler au-delà du Big Crunch si votre père prépare un mauvais coup et que vous nous l'ayez caché.

Il marqua une pause, puis pointa le doigt sur Stiggins.

— Et vous, si vous avez fait un faux témoignage, je vous aurai aussi. Vous dirigez la section Tal de OS-13 pour une raison et une seule : la composition d'étalages.

— Comment vous avez fait pour devenir une espèce dominante, nous ne le saurons jamais, répondit Stiggins à la fin. Tant de haine, de colère et de vanité.

— C'est notre atout sur l'échelle de l'évolution, Stiggins. Changer et s'adapter à un environnement hostile. Nous l'avons fait, pas vous. CQFD.

— Darwin ne masquera pas vos péchés, Flanker, rétorqua

Stiggins. C'est *vous* qui avez rendu notre environnement hostile. Vous tomberez aussi. Mais vous ne tomberez pas à cause d'une forme de vie supérieure. Vous buterez contre vous-mêmes.

— Foutaises, Stiggins. Vous autres avez eu votre chance, et vous l'avez loupée.

— Nous aussi avons droit à la santé, à la liberté et au bonheur.

— D'un point de vue légal, non, dit Flanker posément. Ces droits-là n'appartiennent qu'aux humains. Si vous voulez l'égalité, adressez-vous à Goliath. Ce sont eux qui vous ont séquencés. Vous êtes leur propriété. Avec un peu de chance, vous pourrez peut-être prendre des *risques*. Si vous insistez, nous pourrons peut-être vous mettre en *danger*.

Il referma mon dossier d'un coup sec, s'empara de son couvre-chef, retira les deux cassettes du magnétophone et s'en fut sans un mot.

Sitôt la porte refermée, j'exhalai un soupir de soulagement. Mon cœur battait à tout rompre, mais j'avais gardé ma liberté.

— Je suis désolée pour Mr. Finnhal.

Stiggins haussa les épaules.

— Il n'était pas heureux, Miss Next. Il n'avait pas demandé à revenir.

— Vous avez menti pour me tirer de là, ajoutai-je, incrédule. Je croyais que les Neandertals étaient incapables de mentir.

Il me considéra pendant un moment.

— Incapables, non, dit-il enfin. Simplement, nous n'en voyons pas l'intérêt. Nous vous avons aidée parce que vous êtes quelqu'un de bien. Vous êtes agressive comme tous les sapiens, mais vous avez de la compassion aussi. Si vous avez encore besoin d'aide, nous serons là.

D'ordinaire immobile et placide, la figure de Stiggins se fendit d'une grimace qui révéla deux rangées de dents largement écartées. Un instant, j'eus peur, puis je compris que je venais de voir un *sourire* de Neandertal.

— Miss Next ?

— Oui ?

— Nos amis nous appellent Stig.

— Les miens m'appellent Thursday.

Il tendit une grosse main que je serrai, reconnaissante.

— Vous êtes un type bien, Stig.

— Oui, répondit-il lentement, nous avons été séquencés ainsi.

Il rassembla ses notes et quitta la pièce.

Je ressortis dix minutes plus tard et cherchai Landen dans le café d'en face. Il n'y était pas ; du coup, je commandai un café et attendis une vingtaine de minutes. Comme il n'arrivait toujours pas, je laissai un message au patron du troquet et repris la voiture pour rentrer à la maison, me disant qu'avec une mort par coïncidence, la fin du monde prévue pour dans quinze jours, une convocation au tribunal pour un crime dont j'ignorais tout et une pièce inédite de Shakespeare, ma situation ne saurait être plus étrange qu'elle ne l'était déjà. Mais je me trompais. Je me trompais lourdement.

9

Les choses qui ne bougent pas

Des changements mineurs dans les textiles d'ameublement sont les premiers signes d'un dérapage. Rideaux, housses de coussins et abat-jour sont d'excellents indicateurs d'un léger décalage temporel… au même titre que les canaris qu'on utilise dans les mines ou les poissons rouges qui annoncent les tremblements de terre. La moquette, les motifs du papier peint, un changement de ton dans les peintures murales peuvent se révéler également utiles, mais ils requièrent un œil plus exercé. Si vous êtes victime d'un dérapage, vous ne vous rendrez compte de rien, mais si vos lambrequins changent de couleur sans raison apparente, si vos rideaux festonnés se parent de falbalas ou si vos têtières affichent un dessin différent, alors vous pouvez commencer à vous inquiéter. Et si vous êtes le seul à le remarquer, vous pouvez vous inquiéter encore plus. Beaucoup plus…

BENDIX SCINTILLA
Navigation dans le temps à l'usage des aspirants de la ChronoGarde, module IV

L'absence de Landen me préoccupait. Songeant à toutes les raisons possibles pour lesquelles il ne m'aurait pas attendue, je poussai le portail et me dirigeai vers notre porte d'entrée. Il aurait pu perdre la notion du temps, aller chercher sa jambe de course chez le réparateur ou passer dire bonjour à sa maman. Mais je me dupais. Landen avait dit qu'il serait là, or il n'y était pas. Et ça ne lui ressemblait pas. Même pas du tout.

Je m'arrêtai net au milieu de l'allée. Allez savoir pourquoi, Landen avait pris la peine de changer tous les rideaux. Je m'avançai lentement, en proie à un sentiment de malaise grandissant. Devant la porte, je marquai une nouvelle pause. Le paillasson avait disparu. Et ce n'était pas récent – la cavité avait été cimentée depuis des lustres. Il y avait d'autres changements aussi. Une vasque de *tickia orologica* rabougrie avait poussé sur la terrasse, à côté d'une béquille rouillée et d'un vélo cassé. Les poubelles étaient en plastique au lieu du métal, et de la boîte aux lettres dépassait le journal le moins aimé de Landen, *La Taupe*. Le feu aux joues, je cherchai en vain ma clé... ce qui n'avait aucune importance, du reste : la serrure que j'avais utilisée le matin même était recouverte d'une couche de peinture vieille de plusieurs années.

Je devais faire pas mal de bruit car la porte s'ouvrit brusquement sur une réplique plus âgée de Landen, avec brioche, bésicles et crâne dégarni.

— Oui ? s'enquit-il dans le lent baryton des Parke-Laine.

L'accident d'agglomération temporelle de Filbert Snood me revint instantanément – et désagréablement – en mémoire.

— Oh, mon Dieu. Landen, *c'est toi* ?

Le vieil homme paraissait aussi stupéfait que moi.

— Moi ? Bon sang, non ! aboya-t-il en essayant de refermer la porte. Il n'y a personne de ce nom ici.

Je glissai mon pied dans l'entrebâillement. J'avais vu faire ça dans les films policiers, mais la réalité était tout autre. J'avais oublié que j'étais en baskets, et la planche à recouvrement m'a écrasé le gros orteil. Je hurlai de douleur et retirai mon pied. La porte me claqua au nez.

— Nom de Dieu ! glapis-je en sautillant sur place.

Je pressai la sonnette de toutes mes forces, mais n'obtins en réponse qu'un « Fichez le camp ! » étouffé. J'allais cogner à la porte quand j'entendis une voix familière derrière moi. Je pivotai et vis la maman de Landen qui me dévisageait.

— Mayson ! m'exclamai-je. Dieu soit loué ! Il y a quelqu'un chez nous et il refuse d'ouvrir… Mayson ?

Elle me regardait sans avoir l'air de me reconnaître.

— Mayson ? répétai-je en esquissant un pas dans sa direction. C'est moi, Thursday !

Elle recula vivement et me reprit d'un ton sec :

— Mon nom est Mrs. Parke-Laine. Qu'est-ce que vous voulez ?

J'entendis la porte s'ouvrir derrière moi. Le Landen âgé qui n'était pas Landen était revenu.

— Elle sonne à la porte, expliqua-t-il. Elle ne veut pas s'en aller.

Il réfléchit un instant et ajouta à voix basse :

— Elle cherche Landen.

— Landen ?

Mayson me fusilla du regard.

— Et qu'est-ce que Landen a à voir avec *vous* ?

— C'est mon mari.

Il y eut un silence pendant qu'elle ruminait cette information.

— Vous avez un curieux sens de l'humour, ma petite, rétorqua-t-elle avec colère en désignant le portail. Vous feriez mieux de partir.

— Attendez une minute ! protestai-je.

Cette confrontation me donnait presque envie de rire.

— Si je n'ai pas épousé Landen, qui m'a offert cette alliance, hein ?

Je levai la main, mais sans grand effet. Un rapide coup d'œil m'en apprit la raison. Je n'avais *pas* d'alliance.

— Merde ! balbutiai-je en regardant autour de moi d'un air perplexe. J'ai dû la perdre quelque part…

— Vous ne savez pas ce que vous dites, fit Mayson, plus apitoyée que furieuse.

Elle voyait bien que je n'étais pas dangereuse – juste folle à lier.

— Vous voulez qu'on appelle quelqu'un ?

— Je ne suis pas folle, déclarai-je en m'efforçant de reprendre la situation en main. Ce matin, non, il y a moins de deux heures, Landen et moi habitions ici même, dans cette maison…

Je m'interrompis. Mayson était venue se placer à côté de

l'homme sur le pas de la porte. En les voyant ensemble, visiblement liés par de longues années de vie commune, je compris qui il était : c'était le père de Landen. Le *défunt* père de Landen.

— Vous êtes Bathyr, murmurai-je. Vous êtes mort en essayant de sauver…

Ma voix se brisa. Mon mari n'avait pas connu son père. Bathyr Parke-Laine avait péri en tirant Landen, alors âgé de deux ans, d'une voiture submergée. C'était il y a trente-huit ans. Une explication se fit jour dans mon esprit, et mon cœur cessa de battre. *Quelqu'un avait éradiqué Landen.*

Je tendis la main pour me retenir, puis m'assis sur le muret du jardin et fermai les yeux. Ma tête s'était remise à palpiter. Non, pas Landen, pas aujourd'hui…

— Bathyr, fit Mayson, tu devrais appeler la police…

— NON ! criai-je en rouvrant les yeux. Vous n'y êtes pas retourné, n'est-ce pas ? dis-je lentement, la voix chevrotante. Vous ne l'avez pas sauvé ce soir-là. Vous avez survécu, et lui…

Je m'attendais à un éclat de sa part, mais Bathyr se contenta de me regarder avec un mélange de pitié et de confusion.

— J'ai voulu le faire, dit-il tout bas.

Je ravalai mon émotion.

— Où est Landen maintenant ?

— Si on vous le dit, répondit Mayson sur un ton de dame patronnesse, vous promettez de partir et de ne plus jamais revenir ?

Prenant mon silence pour de l'assentiment, elle poursuivit :

— Il est au cimetière municipal de Swindon… et vous avez raison, notre fils s'est noyé il y a trente-huit ans.

— *Merde !* m'exclamai-je, me demandant fébrilement qui pouvait bien être le responsable.

Bathyr et Mayson eurent un mouvement de recul.

— Mais non, pas vous. Nom d'un chien, on me fait chanter !

— Vous devriez alerter les OpSpecs.

— Ils ne me croiront pas plus que vous…

Je réfléchis un instant.

— Mayson, je sais que vous avez une bonne mémoire ; quand Landen était là, on était super-copines, vous et moi. Quelqu'un a enlevé votre fils, mon mari, et faites-moi confiance, je le ramènerai. Ecoutez, je ne suis pas folle et je peux vous le prouver : il est allergique aux bananes, a un grain de beauté dans le cou… et une tache de vin en forme de homard sur le postérieur. Comment saurais-je tout ça, à moins de… ?

— Ah oui ? fit Mayson en me dévisageant avec un intérêt croissant. Quelle fesse, la tache de vin ?

— La gauche.

— Vue de devant ou vue de derrière ?

— Vue de derrière, rétorquai-je sans hésiter.

Il y eut un silence. Ils se regardèrent, me regardèrent et, à ce moment-là, *comprirent*. Lorsque Mayson se remit à parler, ce fut d'une voix radoucie et teintée de tristesse :

— Que… que serait-il devenu ?

Elle pleurait, de grosses larmes roulant librement sur ses joues, des larmes de chagrin et de regret.

— Il était merveilleux, l'assurai-je, reconnaissante. Grand, généreux, intelligent, spirituel… vous auriez été très fière de lui !

— Et que faisait-il dans la vie ?

— Il était romancier. L'an dernier, il a remporté le prix Armitage Shanks pour son roman *Mauvais couchage*. Il a perdu une jambe en Crimée. Nous nous sommes mariés il y a deux mois.

— Nous y étions ?

Je les regardai tous les deux sans rien dire. Mayson avait été là, bien sûr, versant des larmes de joie… mais Bathyr, eh bien, Bathyr avait donné sa vie pour sauver celle de son fils et avait fini au cimetière municipal de Swindon. Nous restâmes là pendant quelques minutes, à déplorer la disparition de Landen. Mayson rompit le silence la première.

— Je pense qu'il vaudrait mieux pour tout le monde, dit-elle doucement, que vous partiez maintenant. Et, s'il vous plaît, ne revenez plus.

— Attendez ! Y avait-il quelqu'un sur place, quelqu'un qui vous aurait empêché de lui porter secours ?

— Ils étaient plusieurs, répliqua Bathyr. Cinq ou six, dont une femme. L'un d'eux s'est assis sur moi…

— N'y avait-il pas un Français dans le tas ? Grand, beaucoup de prestance ? Du nom de Lavoisier ?

— Je ne sais pas, dit-il tristement. Ça s'est passé il y a si longtemps…

— Il faut vraiment que vous partiez maintenant, répéta Mayson sans détour.

Je soupirai, les remerciai, et ils s'engouffrèrent dans la maison en traînant les pieds.

Je franchis le portail et allai m'asseoir dans ma voiture, essayant de contenir mon émotion pour arriver à y voir clair. Je pantelais ; mes mains agrippaient le volant avec une telle force qu'elles en avaient blanchi aux jointures. Comment les OpSpecs avaient-ils pu me faire ça, à moi ? Etait-ce le moyen qu'avait trouvé Flanker pour m'obliger à parler de mon père ? Bricoler le flux temporel était un crime puni avec une brutalité quasi inimaginable. Je voyais mal Flanker risquer sa carrière – et sa vie – sur un coup de tête.

J'inspirai profondément et me penchai pour appuyer sur le bouton du starter. Ce faisant, je jetai un œil dans le rétroviseur latéral et aperçus une Packard garée en face. Une silhouette bien connue se tenait appuyée contre l'aile, fumant nonchalamment et regardant dans ma direction. C'était Maird-Haas. Il semblait sourire. Soudain, le tableau m'apparut dans toute sa clarté. Jack Maird. De quoi Maird-Haas m'avait-il menacée, déjà ? *L'impatience de la direction ?* Mon sang ne fit qu'un tour.

Marmonnant « Salaud ! » entre mes dents, je descendis d'un bond et me dirigeai d'un pas rapide et énergique vers Maird-Haas qui se raidit légèrement à mon approche. Je ne prêtai aucune attention à l'automobile qui freina dans un crissement de pneus à quelques centimètres de moi et, quand Maird-Haas fit un pas en avant, je plaquai mes deux mains sur ses épaules et le poussai violemment contre la voiture. Il perdit l'équilibre et tomba pesamment ; je l'attrapai par les revers de son veston et levai le poing. Mais le coup ne partit pas. Aveuglée par la rage, je n'avais pas remarqué la présence de ses acolytes, Chalk et Cheese, qui firent leur boulot admirablement, efficacement et, je l'avoue, douloureusement. Je me débattis comme une diablesse et, dans la mêlée, réussis à placer un coup de pied dans la rotule de Maird-Haas… à ma satisfaction, il lâcha un cri strident. Mais ma victoire fut de courte durée. Je devais peser le dixième de leur poids combiné, et ma lutte se révéla futile. Ils me maintinrent solidement, et Maird-Haas s'approcha avec un sourire déplaisant sur ses traits pincés.

Mon premier réflexe fut de lui cracher à la figure. Je n'avais encore jamais fait ça, mais le résultat me combla : je l'atteignis à l'œil. Il leva la main pour me frapper, mais je ne bronchai pas. Je le dévisageai, le regard brûlant de haine. Il interrompit son geste, baissa la main et s'essuya avec un mouchoir empesé.

— Il va falloir apprendre à vous maîtriser, Next.

— Mon nom, c'est Mrs. Parke-Laine.

— Plus maintenant. Si vous cessiez de gigoter, on pourrait peut-être discuter raisonnablement, entre adultes. On devrait parvenir à un accord, vous et moi.

J'arrêtai de me tortiller, et les deux hommes relâchèrent leur emprise. Je rajustai mes vêtements et fixai un œil meurtrier sur Maird-Haas qui se frottait le genou.

— Quel genre d'accord ? ripostai-je.

— Un échange. Jack Maird contre Landen.

— Ah oui ? Et comment savoir si je peux vous faire confiance ?

— Ça, ce n'est pas possible, répondit-il simplement. Mais c'est la meilleure offre que je puisse vous faire.

— Mon père m'aidera.

Maird-Haas rit.

— Votre père est un has been rangé des horloges. Je crois que vous surestimez ses chances – et ses capacités. D'autre part, nous avons condamné l'accès à l'été 1947 tant et si bien que même un moucheron transtemporel ne pourrait y pénétrer à notre insu. Sortez Jack du *Corbeau*, et vous récupérerez votre cher et tendre époux.

— Et comment suis-je censée m'y prendre ?

— Vous êtes une femme intelligente et pleine de ressources… je suis sûr que vous y arriverez. Marché conclu ?

Je le toisai, tremblant de fureur. Puis, presque sans réfléchir, je pressai mon automatique contre son front. J'entendis deux déclics derrière moi. Les associés Chalk et Cheese avaient la détente rapide.

Nullement impressionné, Maird-Haas me sourit d'un air hautain.

— Vous ne me tuerez pas, Next, fit-il lentement. Ce n'est pas dans vos habitudes. Vous vous sentirez mieux peut-être, mais ça ne vous rendra pas votre Landen, et Mr. Chalk et Mr. Cheese que voici veilleront à ce que vous soyez morte bien avant d'avoir touché l'asphalte.

Maird-Haas était fort. Il avait appris sa leçon et m'avait jugée à ma juste mesure. J'étais prête à tout pour retrouver Landen, et il en était conscient. Je rengainai mon pistolet.

— Formidable ! s'exclama-t-il. Nous aurons de vos nouvelles incessamment, j'imagine, hmm ?

10

Absence de différences

L'éradication de Landen Parke-Laine était la meilleure que j'aie jamais vue depuis celle de Veronica Golightly. Il a été retiré de la circulation sans que rien d'autre ne bouge. Aucune comparaison avec le jeu de massacre comme dans le cas de Churchill ou de Victor Borge… que nous avons fini par résoudre, du reste. Ce qui m'échappe, c'est comment ils ont fait pour l'éliminer tout en laissant ses souvenirs à elle parfaitement intacts. Certes, ils n'avaient aucun intérêt à l'éradiquer sans qu'elle sache ce qu'elle avait perdu, mais tout de même, quatre siècles après, je me pose toujours la question. Car l'éradication n'a jamais été une science exacte.

COLONEL NEXT, CG (non-existant)
A travers le temps (non publié)

Je suivis leur voiture des yeux en me demandant que faire. Avant toute chose, il fallait trouver le moyen de pénétrer dans *Le Corbeau* pour libérer Jack Maird. Ce n'était pas difficile – c'était impossible. Mais ce n'était pas ça qui allait m'arrêter. J'avais déjà accompli l'impossible plusieurs fois dans le passé, et cette perspective ne me faisait plus peur. Je songeai à Landen et à la dernière vision que j'avais eue de lui, claudiquant vers le café en face du bâtiment des OpSpecs. Dans deux semaines, c'était son anniversaire : nous avions prévu d'aller en Espagne ou quelque part au soleil ; il serait moins simple de partir en vacances une fois que le bébé serait là…

Le bébé. Avec tout ça, je ne savais même pas si j'étais encore enceinte. Je sautai dans ma voiture et fonçai en ville, surprenant au passage quelques grands pingouins qui picoraient dans une poubelle voisine.

Je me rendais à la clinique de Shelley Street. Toutes les boutiques sur mon chemin semblaient vendre des poussettes, des chaises hautes, des jouets et autres articles en relation avec les bébés ; tous les bambins, toutes les femmes enceintes et tous les landaus de Swindon semblaient encombrer la route… et tous n'avaient d'yeux que pour moi. Je pilai devant la clinique. Il y avait un panneau d'interdiction de stationner, et la contractuelle qui traînait par là me regarda avec convoitise.

— Vous ! dis-je en pointant le doigt sur elle. Je suis une future maman. Alors un conseil, laissez tomber.

J'entrai en trombe dans la clinique et trouvai l'infirmière que j'avais vue la veille.

— Je suis venue hier, bredouillai-je. Est-ce que j'étais enceinte ?

Elle me considéra sans la moindre trace de surprise. A l'évidence, elle en avait vu d'autres.

— Bien sûr, répondit-elle. La confirmation a été expédiée par courrier. Ça ne va pas ?

Je m'assis lourdement sur une chaise et fondis en larmes. Mon soulagement était immense. Je gardais plus que le souvenir de Landen : je portais son enfant. Je me frottai le visage. J'avais connu le danger, j'avais déjà frôlé la mort à la guerre comme dans la police, mais rien n'est comparable aux tourments émotionnels. Je préférais me retrouver à nouveau face à Hadès plutôt que de revivre ce genre de cirque.

— Si, si, l'assurai-je chaleureusement. Je ne me suis jamais sentie aussi bien.

— Tant mieux, acquiesça l'infirmière, tout sourires. Y a-t-il autre chose que vous désirez savoir ?

— Oui. Dites-moi, où est-ce que j'habite ?

L'immeuble miteux dans l'un des vieux quartiers de la ville n'était pas trop mon style, mais allez donc savoir où j'aurais pu vivre sans Landen. Je grimpai les marches jusqu'au dernier étage, appartement numéro six. Inspirant profondément, je sortis la clé et ouvris la porte. Il y eut un bref remue-ménage dans la cuisine, et Pickwick vint m'accueillir comme à l'accoutumée, avec un cadeau qui se révéla être la première page de *La Gazette des OS-27* du mois dernier. Je refermai la porte d'un coup de pied, lui chatouillai le menton et examinai mon environnement d'un œil circonspect. Je fus soulagée de découvrir que, malgré un extérieur peu reluisant, mon logement donnait au sud, était bien chauffé et confortable. Je n'en avais aucun souvenir, évidemment, mais ça me fit plaisir de constater que l'œuf de Pickwick était toujours d'actualité. Je fis le tour de l'appartement sans bruit, explorant mon nouveau cadre de vie. Visiblement, je peignais davantage sans Landen ; les murs étaient recouverts de toiles inachevées. Il y avait plusieurs portraits de Pickwick et de membres de ma famille, que je me rappelais avoir peints, et d'autres dont je ne me souvenais pas… mais malheureusement, il n'y en avait aucun de Landen. Je contemplai ces nouveaux tableaux et me demandai pourquoi certains d'entre eux représentaient un aéronef amphibie. Je m'assis sur le canapé et, quand Pickwick vint me donner un petit coup de bec, je posai la main sur sa tête.

— Oh, Pickers, murmurai-je, qu'est-ce qu'on va devenir ?

Je soupirai, essayai de la faire tenir sur une patte moyennant la promesse d'un marshmallow, échouai et allai me préparer une tasse de thé et un casse-croûte avant de passer le reste de l'appartement au peigne fin. Mes affaires étaient là où elles auraient dû être ; il y avait plus de robes dans la penderie qu'à l'ordinaire, et je trouvai même des exemplaires de *Taupe Model* planqués sous le canapé. Le frigo était bien garni ; il semblerait que dans ce monde sans Landen je sois végétarienne. Et puis, il y avait des tas d'objets que je ne me souvenais absolument pas d'avoir acquis : une lampe en forme d'ananas, une grosse enseigne émaillée vantant les produits de soin pour les pieds du Dr Spongg et – ce qui m'inquiéta davantage – une paire de chaussettes taille quarante-deux dans le panier à linge, ainsi qu'un boxer. En poursuivant mon inspection, je découvris deux brosses à dents dans la salle de bains, un grand blouson des Maillets de Swindon sur une patère et plusieurs T-shirts XXL avec l'inscription *OpSpecs-14 Swindon.* J'appelai Bowden séance tenante.

— Hello, Thursday, fit-il. Vous avez entendu ? Le Pr Spoon a donné 100 % de son aval à *Cardenio*… c'est même la première fois que je l'ai vu rire !

— Super, répondis-je distraitement. Ecoutez, ma question peut vous paraître bizarre, mais est-ce que j'ai un petit ami ?

— Un quoi ?

— Un petit ami. Vous savez, un ami de sexe masculin que je vois régulièrement pour sortir, aller dîner dehors et… enfin, pour la *chose*, quoi.

— Thursday, vous êtes sûre que ça va ?

J'inspirai et me frottai le cou.

— Non, ça ne va pas du tout. Vous comprenez, mon mari a été éradiqué cet après-midi. Je suis allée à une entrevue avec OS-1, et pendant que j'attendais, les murs ont changé de couleur, Stig a parlé bizarrement, et Flanker ne savait pas que j'étais mariée – ce que je ne suis pas, sans doute –, puis Mayson ne m'a pas reconnue, et Bathyr n'était pas au cimetière, c'est Landen qui y est, et Goliath a promis de le ramener si je libérais Jack Maird, et j'ai cru avoir perdu le bébé de Landen, mais ce n'est pas le cas, donc tout allait bien jusqu'à ce que je trouve *une brosse à dents en trop et des vêtements d'homme dans mon appartement* !

— O.K., O.K., fit Bowden d'un ton apaisant. Doucement, laissez-moi réfléchir.

Il y eut une pause, et quand il reprit la parole, ce fut d'une voix pressante… et teintée d'inquiétude. Je savais que je pouvais compter sur lui, mais jusqu'à quel point, je ne le réalisais que maintenant.

— Thursday, calmez-vous et écoutez-moi. Tout d'abord, il faut que ça reste *entre nous*. L'éradication ne peut être prouvée ; un mot là-dessus chez les OpSpecs, et les toubibs vous mettront à la retraite anticipée en vertu du formulaire D4. Ça, on n'en veut pas. J'essayerai de combler les trous de mémoire dont vous pourriez souffrir. C'était quoi, déjà, le nom de votre mari ?

— Landen.

Son approche me rassurait. On pouvait faire confiance à Bowden pour aborder un problème, aussi aberrant soit-il, sous un angle analytique. Il me fit repasser en revue tous les événements de la journée, exercice que je trouvai très relaxant. Je lui reposai la question de l'éventuel petit ami.

— Je ne sais pas trop, répondit-il. Vous êtes quelqu'un de très discret.

— Allez, des rumeurs de bureau, des bruits de couloir.. il doit sûrement y avoir quelque chose.

— On raconte des choses, oui, mais pas devant moi, puisque je suis votre coéquipier. Votre vie amoureuse fait l'objet d'un certain nombre de spéculations. On vous surnomme…

Il se tut.

— Comment me surnomme-t-on, Bowden ?

— Vous n'avez pas besoin de le savoir.

— Dites-moi.

— O.K., soupira-t-il. C'est… on vous appelle la Reine des Neiges.

— La Reine des Neiges ?

— Ce n'est pas ce qu'il y a de pire. Moi, on m'appelle le Chien Mort.

— Le Chien Mort ? répétai-je, feignant d'entendre ça pour la première fois. La Reine des Neiges, hein ? C'est un peu éculé, ma foi. Franchement, ils auraient pu trouver mieux. Bon, alors, j'ai un petit ami, oui ou non ?

— On parle bien de quelqu'un chez OS-14…

Je levai le blouson de croquet pour avoir une idée de la taille de mon soupirant anonyme.

— L'a-t-on identifié ?

— Ce n'est qu'une rumeur, Thursday.

— Répondez-moi, Bowden.

— Miles, dit-il enfin. Son nom est Miles Hawke.

— Est-ce sérieux ?

— Je n'en sais rien. On ne discute pas de ces choses-là, vous et moi.

Je le remerciai et reposai nerveusement le combiné, l'estomac noué. D'accord, j'étais toujours enceinte, mais *qui était le père* ? Si j'avais un petit copain occasionnel nommé Miles, l'enfant n'était peut-être pas de Landen, tout compte fait. Je téléphonai à ma mère, qui semblait plus intéressée par sa cuisinière en flammes que par ma conversation. Je lui demandai quand elle avait rencontré un de mes petits copains pour la dernière fois, et elle répondit que si sa mémoire était bonne, c'était il y a six ans au moins. Et que si je ne me mariais pas bientôt, elle serait obligée d'adopter des petits-enfants ou d'en voler à la sortie du supermarché – elle choisirait le plus simple. Je rétorquai que j'irais en chercher un aussitôt que possible et raccrochai.

J'arpentai la pièce, les nerfs en pelote. Si je n'avais pas présenté ce garçon, Miles, à maman, alors ça ne devait pas être très sérieux. D'un autre côté, s'il avait laissé des affaires chez moi... J'eus une idée et fourrageai dans la table de chevet : je trouvai un paquet intact de préservatifs, périmés depuis trois ans. J'exhalai un soupir de soulagement. Voilà qui me ressemblait davantage – à moins que Miles n'ait apporté les siens –, mais si j'avais un Polichinelle dans le tiroir, ma découverte ne prouvait rien, puisque nous ne les avions pas utilisés. Peut-être que ces vêtements n'étaient pas à Miles, après tout ? Et quid de mes souvenirs ? S'ils avaient survécu, alors la participation de Landen dans la conception de Junior avait survécu également. Je m'assis sur le lit et retirai l'élastique de ma queue de cheval. Je passai les doigts dans mes cheveux, me laissai tomber sur le dos, me couvris le visage et poussai un long gémissement.

11

Mamie Next

La petite Thursday est venue ce matin, ainsi que je m'y attendais. Elle venait de perdre Landen, comme moi j'avais perdu mon mari il y a tant d'années. Elle avait la jeunesse et l'espoir pour elle et, même si elle ne le savait pas encore, elle avait plein de ce que nous appelons *Autre Chose*. J'espérais qu'elle allait s'en servir à bon escient. A l'époque, même son père ignorait le rôle essentiel qu'elle allait jouer. Il n'y avait pas que la vie de Landen qui dépendrait d'elle. Toute forme de vie allait dépendre d'elle, du plus primitif des protozoaires à l'être vivant le plus complexe de la création.

Trouvé dans les papiers de l'ex-OpSpec Next

Le matin, j'emmenai Pickwick au parc à la première heure. Ou plutôt ce fut elle qui m'emmena : elle connaissait le chemin, et pas moi. Elle flirta avec d'autres dodos pendant que j'étais assise sur un banc de jardin. Une vieille femme grincheuse vint s'asseoir à côté de moi ; j'appris qu'elle s'appelait Mrs. Scroggins et que c'était ma voisine du dessous. Elle me dit de faire moins de bruit à l'avenir, puis, sans reprendre son souffle, me donna quelques tuyaux extrêmement utiles sur la façon de faire entrer en douce des animaux domestiques dans l'immeuble. J'achetai *La Chouette* sur le chemin du retour, et j'allais traverser la route quand une voiture de police s'arrêta à ma hauteur. Le conducteur baissa sa vitre. C'était l'agent « Spike » Stoker de OS-17 –

Elimination de Vampires et de Loups-Garous, ou Suceurs et Mordeurs, comme ils préféraient qu'on les appelle. Je l'avais aidé une fois dans une chasse au vampire : combattre les morts vivants n'est pas franchement une partie de plaisir, mais j'aimais beaucoup Spike.

— Salut, Thursday, il paraît que vous avez mouché Flanker.

— Les nouvelles vont vite, à ce que je vois. Mais c'est lui qui a eu le dernier mot : j'ai été suspendue.

Il coupa le moteur et réfléchit à ce que je venais de dire.

— Si vous êtes dans la merde, je peux vous offrir du boulot en free-lance chez les Suceurs. Le minimum requis pour les candidats se résume à « quelqu'un d'assez fou pour travailler avec moi ».

Je poussai un soupir.

— Désolée, Spike. Je ne peux pas. Pas maintenant. J'ai des problèmes d'ordre conjugal.

— Vous êtes mariée ? Depuis quand ?

— Justement, répondis-je en lui montrant mon annulaire nu. Quelqu'un, je ne sais pas qui, a éradiqué mon mari.

Spike frappa le volant du plat de la main.

— Les salopards. Je suis navré d'entendre ça, mais écoutez, ce n'est pas la fin du monde. Mon oncle Bart a été éradiqué il y a quelques années de ça. Seulement, ils se sont plantés et ont laissé à ma tante des souvenirs de lui. Elle a porté plainte, et un an plus tard, il a été réactualisé. L'ennui, c'est que je n'ai jamais su que j'avais un oncle après qu'il a disparu, et je n'ai jamais su qu'il était parti une fois qu'il est revenu ; j'ai été obligé de croire ma tante sur parole. C'est clair, ce que je raconte là ?

— Il y a vingt-quatre heures, j'aurais trouvé que ça ne tenait pas debout. Mais aujourd'hui – Pickwick, arrête ! – ça me paraît limpide.

— Hmm, murmura Spike. Ne vous inquiétez pas, vous le retrouverez. Si seulement ils pouvaient en faire autant de toute cette racaille de vampires et loups-garous… j'aurais été travailler à SommeWorld, vous savez, le parc à thème sur la Première Guerre mondiale. Enfin…

Je m'adossai à sa voiture ; entendre les derniers potins me changeait agréablement les idées.

— Vous n'avez toujours pas de coéquipier ? lui demandai-je.

— Pour cette merde ? Vous rigolez ou quoi ? Mais j'ai quand même une bonne nouvelle. Regardez ça.

Il tira une photo de sa poche de poitrine. Une photo de lui avec une petite blonde qui lui arrivait à peine au coude.

— Elle s'appelle Cindy, fit-il affectueusement. Une fille super, et intelligente avec ça.

— Tous mes vœux de bonheur. Et que pense-t-elle du business vampires et loups-garous ?

— Ça ne lui pose pas de problème... enfin, ça ne lui en posera pas, quand je lui en aurai parlé. (Il se rembrunit.) Et zut. Comment vais-je lui annoncer que je plante des pieux dans les morts vivants et cours après les loups-garous comme on ramasse des chiens errants ?

Il soupira, puis ajouta, ragaillardi :

— Vous êtes une femme, n'est-ce pas ?

— J'ai cru voir ça.

— Eh bien, vous n'avez pas une... une stratégie à me suggérer ? Je n'ai pas envie de la perdre, elle aussi.

— Combien de temps elles durent, une fois que vous leur avez dit ?

— Oh, en général, elles sont très mignonnes, rit Spike. Elles restent au moins cinq ou six...

— Semaines ? demandai-je. Mois ?

— Secondes, répliqua-t-il, morose. Et je vous parle de celles qui m'aimaient vraiment bien.

— Je pense que vous devriez lui dire la vérité. Les filles ont horreur qu'on leur mente... sauf quand il s'agit d'une surprise genre vacances ou bague de fiançailles.

— Je m'attendais un peu à cette réponse-là, fit Spike en se grattant pensivement le menton. Mais vous imaginez le choc... !

— Vous n'êtes pas obligé d'annoncer ça de but en blanc. Vous pouvez toujours laisser traîner des numéros de *La Gazette de Van Helsing* à la maison.

— Oh, je vois ! s'exclama-t-il, réfléchissant intensément. La préparer moralement, en quelque sorte. Pieux et crucifix dans le garage…

— Et vous pouvez mentionner des loups-garous dans la conversation.

— Génial, votre plan, Thurs, déclara Spike, ravi. Une minute.

La radio était en train de diffuser une alerte : apparemment, il y avait du vilain du côté de Banbury. Il remit le contact.

— Il faut que j'y aille. Pensez à mon offre. Il y aura toujours du travail pour vous, en cas de besoin !

Et il redémarra sur les chapeaux de roues.

Je ramenai discrètement Pickwick à la maison et lus le journal – par chance, la découverte de *Cardenio* n'avait pas encore été ébruitée –, mais je n'arrivais pas à me concentrer. Je regardai un moment par la fenêtre, cherchant un moyen de récupérer Landen. Entrer dans les livres ? Je ne savais même pas par où commencer. A la réflexion, ce n'était pas un bon plan. Il était temps d'aller consulter ce qui se rapprochait le plus, à mes yeux, de l'oracle de Delphes : mamie Next.

Mamie était en train de jouer au ping-pong dans sa maison de retraite réservée aux anciens OpSpecs. Plus exactement, elle était en train de mettre la pâtée à son adversaire – de vingt ans son cadet, mais octogénaire tout de même. Le tout sous l'œil inquiet des infirmières qui auraient bien voulu l'arrêter avant qu'elle ne tombe et ne se brise un os. Mamie Next était vieille. *Très* vieille. Sa peau rose était plus parcheminée qu'un pruneau ; son visage et ses mains étaient constellés de taches brunes. Vêtue de sa sempiternelle robe en vichy bleu, elle m'interpella du fond de la pièce.

— Ah, dit-elle, Thursday ! On se fait une partie ?

— Tu ne crois pas que tu as assez joué pour aujourd'hui ?

— Taratata ! Attrape une raquette – on va jouer la balle de match.

Je pris une raquette, et au même instant, une balle passa en sifflant devant moi.

— Je n'étais pas prête ! protestai-je tandis qu'une nouvelle balle franchissait le filet.

Je tentai de la rattraper, en vain.

— On n'a pas besoin d'être prête pour réagir, Thursday. Tu es bien placée pour le savoir.

Je grognai et renvoyai la balle suivante, qui me revint prestement.

— Comment vas-tu, mamie ?

— Je vieillis, répondit-elle tout en s'écartant d'un mouvement vif et en cognant sauvagement dans la balle. Je suis vieille et fatiguée, et j'ai besoin qu'on s'occupe de moi. La Camarde n'est plus très loin… je flaire presque sa présence.

— Mamie !

Elle manqua le coup et déclara :

— Balle morte !

Puis elle marqua une pause.

— Tu veux connaître un secret, ma petite Thursday ? demanda-t-elle en s'appuyant sur la table.

— Vas-y, je t'écoute.

J'en profitai pour aller chercher des balles.

— *Je suis condamnée à la vie éternelle !*

— Ce n'est peut-être qu'une impression, mamie.

— Espèce de sale gamine, fit-elle en retournant mon service. Je n'ai pas vécu jusqu'à cent huit ans uniquement grâce à ma constitution ou par une bizarrerie statistique. A toi.

Je servis à nouveau et ratai son retour.

— Vois-tu, j'ai vécu de drôles de choses dans ma jeunesse, et le fait est que je ne peux pas me débarrasser de cette enveloppe mortelle avant d'avoir lu les dix classiques les plus ennuyeux.

Je regardai ses yeux brillants. Elle ne plaisantait pas.

— Et tu en es où ? demandai-je, renvoyant une balle qui décrivit une grande courbe.

— Eh bien, c'est ça, le hic, répliqua-t-elle en servant à son tour. Je lis ce que je considère comme le bouquin le plus assommant de la création, de la première à la dernière page, je m'endors avec le sourire et me réveille le matin plus en forme que jamais !

— As-tu essayé *La Reine des fées* d'Edmund Spenser ? Six volumes de vers, d'un ennui mortel, dont le seul mérite est qu'il n'a *pas* écrit les douze volumes initialement prévus.

— Tous, répondit ma grand-mère, je les ai tous lus. Et ses autres poèmes aussi, juste au cas où.

Je reposai ma raquette. Les balles continuaient à rebondir autour de moi.

— Tu as gagné, mamie. Il faut que je te parle.

Elle acquiesça à contrecœur, et je l'aidai à regagner sa chambre, une petite cellule au décor de chintz qu'elle appelait lugubrement sa « salle d'embarquement ». Il n'y avait pas grand-chose comme meubles, mais entre deux cadres vides trônait une photo de moi, maman, Anton et Joffy.

Sitôt qu'elle se fut assise, je dis :

— On a… éradiqué mon mari, mamie.

— Quand est-ce que c'est arrivé ?

Elle me contemplait par-dessus ses lunettes comme toutes les mamies ; pas un instant elle ne mit ma parole en doute, et je lui expliquai rapidement la situation, en omettant juste l'histoire du bébé.

— Hmm, fit-elle lorsque j'eus terminé. Moi aussi, on m'a pris mon mari… je sais ce que tu ressens.

— Et pourquoi ont-ils fait ça ?

— Pour la même raison que dans ton cas. L'amour est une chose merveilleuse, ma chérie, mais il te rend vulnérable au chantage. Cède à la tyrannie, et d'autres connaîtront les mêmes souffrances que toi… voire même pire.

— Tu es en train de me dire que je ne dois pas chercher à récupérer Landen ?

— Pas du tout. Simplement, réfléchis bien avant d'accéder à leur demande. Ils n'ont que faire de Landen ou de toi – tout ce qu'ils veulent, c'est Jack Maird. Est-ce qu'Anton est toujours mort ?

— Malheureusement, oui.

— Dommage. J'espérais revoir ton frère avant mon propre départ. Sais-tu ce qu'il y a de pire dans le fait de mourir ?

— Dis-moi, mamie.

— On ne connaîtra jamais le mot de la fin.

— As-tu récupéré ton mari, mamie ?

Au lieu de répondre, elle plaça soudain la main sur mon estomac, avec ce petit sourire entendu que les grands-mères doivent apprendre à l'école des mamies, au même titre que le crochet, le plan de bataille des soldes de janvier et le besoin de savoir ce qu'on fabrique dans sa chambre.

— Juin ? demanda-t-elle.

C'était peine perdue que de vouloir contredire mamie Next ou de chercher à comprendre comment elle pouvait deviner ces choses-là.

— Juillet. Mais, mamie, je ne sais pas s'il est de Landen, de Miles Hawke ou de quelqu'un d'autre encore.

— Tu n'as qu'à appeler ce Hawke pour lui poser la question.

— Je ne peux pas !

— Continue à te ronger les sangs, alors, rétorqua-t-elle. Moi, remarque, je parie sur Landen... puisque les souvenirs ont échappé à l'éradication, pourquoi pas le bébé, hein ? Crois-moi, tout finira par s'arranger. Peut-être pas forcément comme tu l'imagines, mais ça s'arrangera.

J'aurais aimé partager son optimisme. Elle retira sa main et s'allongea sur le lit, épuisée par sa partie de ping-pong.

— Je dois trouver le moyen de pénétrer dans un livre sans le Portail de la Prose, mamie.

Elle rouvrit les yeux et me lança un regard perçant qui démentait son grand âge.

— Humph ! fut sa réponse.

Puis :

— J'ai passé soixante-dix-sept ans chez les OpSpecs, dans dix-huit services différents. Je me suis baladée dans le temps, d'avant en arrière, et parfois même sur les côtés. J'ai traqué des méchants à côté desquels Hadès a l'air de St Zvlkx et sauvé huit fois le monde de l'anéantissement. J'ai vu des aberrations dont tu n'as pas l'ombre d'une idée, et avec tout ça, je ne vois absolument pas comment Mycroft a réussi à t'expédier dans *Jane Eyre*.

— Ah !

— Désolée, Thursday, mais c'est comme ça. Si j'étais toi, je prendrais le problème à l'envers. Qui est la dernière personne que tu as rencontrée, capable d'entrer dans un livre ?

— Mrs. Nakijima.

— Et comment a-t-elle fait ?

— En lisant tout simplement, je suppose.

— Tu as déjà essayé ?

Je secouai la tête.

— Eh bien, tu devrais, dit-elle avec le plus grand sérieux. La première fois que tu es entrée dans *Jane Eyre*, c'était bien de cette façon-là, non ?

— Oui, sûrement.

— Alors, fit-elle, prenant un livre au hasard sur l'étagère au-dessus du lit et me le lançant, tu *dois* essayer.

— *La Famille Flopsaut ?*

— Il faut bien commencer par quelque chose, répliqua mamie en gloussant.

Je l'aidai à enlever sa robe en vichy bleu et à s'installer plus confortablement.

— Cent huit ans, marmonna-t-elle. J'ai l'impression d'être le lapin de la pub Fusioncell, tu sais, celui qui poursuit sa course ?

— Pour moi, tu *es* Fusioncell, mamie.

Elle sourit faiblement et s'adossa à ses oreillers.

— Fais-moi la lecture, ma chérie.

Je m'assis et ouvris le petit livre de Beatrix Potter. Puis je regardai ma grand-mère qui avait fermé les yeux.

— Lis !

Je m'exécutai, de la première à la dernière page.

— Alors ?

— Rien, répondis-je tristement.

— Pas le moindre relent de compost ou le lointain vrombissement d'une tondeuse à gazon ?

— Rien du tout.

— Ha ! dit mamie. Relis-moi ça.

Je relus donc le livre, une deuxième et une troisième fois.

— Toujours rien ?

— Non, mamie.

Je commençais à m'ennuyer ferme.

— Comment vois-tu le personnage de Mme Trotte-Menu ?

— Elle est maligne et intelligente. Un peu commère aussi, portée sur la médisance. Mais en tout cas, côté réflexion, Jeannot Lapin ne lui arrive pas à la cheville.

— Qu'est-ce qui te fait dire ça ? s'enquit ma grand-mère.

— Ma foi, en laissant ses enfants dormir à l'air libre, exposés à tous les dangers, Jeannot ne se montre pas à la hauteur de son rôle parental ; pourtant, il a le réflexe de couvrir son propre visage. C'est Flopsaut qui a dû venir le chercher… manifestement, ce n'était pas la première fois. Jeannot ne mérite pas qu'on lui confie les enfants. C'est toujours la mère qui doit faire preuve de prudence et de bon sens.

— Peut-être bien, opina mamie, mais où est le bon sens quand on regarde par la fenêtre pendant que Mr. et Mrs. McGregor découvrent qu'on leur a refilé des légumes pourris ?

Elle n'avait pas entièrement tort.

— Une exigence narrative, déclarai-je. A mon avis, si Flopsaut avait eu carte blanche, elle serait retournée dans le terrier, mais sur ce coup-ci, Beatrix Potter en a décidé autrement.

— Intéressant comme hypothèse, commenta mamie, étirant ses orteils sur la courtepointe et les remuant pour rétablir la circulation. Mr. McGregor est un horrible bonhomme, tu ne trouves pas ? C'est le Darth Vador de la littérature pour enfants.

— Faux, rétorquai-je. Pour moi, la méchante de l'histoire, c'est Mrs. McGregor. Je la vois comme une espèce de lady Macbeth. Les calculs laborieux et les rires imbéciles de son mari témoignent d'une certaine arriération qui le place facilement sous la coupe de Mrs. McGregor à la personnalité plus agressive. Je pense aussi qu'ils ont des problèmes de couple. Elle le traite d'abruti et de vieux gâteux et affirme que les légumes pourris dans le sac sont un canular stupide juste pour l'embêter, elle.

— Autre chose ?

— Pas vraiment. Je crois que c'est tout. Passionnant, hein ?

Ma grand-mère se contenta de rire sous cape.

— Comme ça, tu es toujours là, dit-elle. Tu n'es pas entrée dans le cottage des McGregor ?

— Non.

— Dans ce cas, commença-t-elle d'un air malicieux, comment sais-tu qu'elle le traite de vieux gâteux ?

— C'est dans le texte.

— Mieux vaut en être sûre, ma petite Thursday.

Je cherchai la bonne page et constatai qu'en effet, Mrs. McGregor n'avait rien dit de tel.

— Bizarre, observai-je. J'ai dû l'inventer.

— Peut-être, répondit mamie, ou peut-être que tu l'as *entendu*. Ferme les yeux et décris-moi la cuisine des McGregor.

— Des murs lilas, marmonnai-je, un grand fourneau avec une bouilloire qui gazouille au-dessus d'un feu de charbon de bois. Il y a un vaisselier avec des cruches aux motifs floraux et un pot de fleurs sur la table bien récurée…

Je me tus.

— Et comment saurais-tu tout ça, demanda mamie, triomphante, si *tu n'y avais pas mis les pieds* ?

Je feuilletai le livre, surprise et impressionnée par cet alléchant aperçu d'un autre monde au-delà des charmantes aquarelles et de la prose toute simple. Je me concentrai de mon mieux, mais il ne se passa rien. Peut-être que je le désirais trop fort, je ne sais pas. A la dixième relecture, je ne voyais que des mots et de l'encre, sans plus.

— C'est un début, fit ma grand-mère d'un ton encourageant. Essaie un autre livre quand tu seras rentrée chez toi, mais ne t'attends pas à des miracles. Moi, je te conseille fortement d'aller voir Mrs. Nakijima. Où habite-t-elle ?

— Elle a pris sa retraite dans *Jane Eyre*.

— Et avant ça ?

— A Osaka.

— Alors tu devrais peut-être aller là-bas… et pour l'amour du ciel, détends-toi !

Je le lui promis, l'embrassai sur le front et quittai la chambre sans bruit.

12

Chez moi, avec mes souvenirs

Parmi toutes les chaînes d'information, la principale, c'était Krapo News ; et parmi tous leurs journalistes, la plus célèbre, c'était Lydia Startright. Parmi toute l'actualité, Krapo se faisait invariablement l'écho des événements majeurs. Quand la ville de Tunbridge Wells a été cédée aux Russes à titre de réparations de guerre, on n'a parlé que de ça… à l'exception de la migration des mammouths, s'entend, du prochain film de Bonzo le Chien Prodige et de la question de savoir si Lola Vavoum se rasait ou non les aisselles. D'après mon père, c'était délicieusement excentrique – et dangereusement autodestructeur – que l'être humain s'intéresse davantage à des futilités qu'à des informations ayant une réelle valeur.

THURSDAY NEXT
Ma vie chez les OpSpecs

Dans la mesure où j'étais toujours officiellement en congé à la suite de mon audition avec OS-1, je rentrai chez moi, me débarrassai de mes chaussures et jetai quelques pistaches dans le bol de Pickwick. Puis je fis du café et appelai Bowden ; nous bavardâmes longuement car je voulais savoir ce qui avait changé depuis l'éradication de Landen. En fait, pas grand-chose. Comme avant, Anton était tenu pour responsable de la charge de la brigade de blindés légers ; comme avant, j'avais vécu dix ans à Londres avant de retourner à Swindon, et j'étais même allée pique-niquer à Uffington la veille. Papa avait dit un jour que le passé était étonnamment résistant aux changements, et il ne plaisantait pas. Je remerciai Bowden, raccrochai et entrepris de peindre, histoire de me détendre. N'y arrivant pas, j'allai faire un tour à Uffington où je me joignis à la foule de badauds qui assistaient au chargement de l'épave de l'Hispano-Suiza dans une remorque. La compagnie de dirigeables Léviathan avait ouvert une enquête et chargé un de ses responsables d'endosser une inculpation pour homicide involontaire. L'infortuné directeur avait déjà commencé à purger sa peine de sept ans, dans l'espoir d'éviter un procès coûteux et préjudiciable à sa société.

De retour à la maison, je tombai sur un individu patibulaire sur le pas de ma porte. Je ne l'avais encore jamais vu, mais lui semblait bien me connaître.

— Next ! beugla-t-il. Je veux trois mois de loyer d'avance, ou je jetterai tout votre barda dans la benne !

— D'avance ?

J'ouvris la porte, espérant me faufiler à l'intérieur et la refermer le plus vite possible.

— Vous ne pouvez pas faire ça !

— Si, je peux.

Il brandit un bail de location écorné.

— Les animaux domestiques sont strictement interdits dans l'immeuble. Clause 7, sous-section B, rubrique « Animaux domestiques – conditions spéciales ». Allez, il faut payer.

— Il n'y a pas d'animal domestique ici, répondis-je innocemment.

— Et ça, c'est quoi ?

Avec un *plock-plock* discret, Pickwick passa la tête par la porte pour voir ce qui se passait. Elle avait mal choisi son moment.

— Oh, *ça*. C'est une amie qui me l'a laissée en garde.

L'œil de mon propriétaire s'éclaira d'une lueur soudaine. Il regarda de plus près Pickwick qui recula nerveusement. C'était une version rare, 1.2, et il avait l'air de le savoir.

— Donnez-moi le dodo, et je vous ferai quatre mois de loyer gratuit.

— Elle n'est pas à vendre, déclarai-je fermement.

Je sentais Pickwick frissonner derrière moi.

— Ah, fit mon propriétaire. Dans ce cas, vous avez deux

jours pour régler toutes vos factures, ou vous irez poser ailleurs votre petit cul d'OpSpec. *Comprende ?*

— Vous au moins, vous savez parler aux femmes.

Il me lança un regard noir, me tendit une facture et tourna les talons pour aller harceler quelqu'un d'autre.

Je n'avais pas les trois mois de loyer d'avance, et il le savait. Après avoir fouillé parmi mes papiers, je retrouvai le bail de location : il avait raison. La clause concernait des animaux plus gros et plus dangereux, genre tigre à dents de sabre ; néanmoins, il était dans son droit. Les réserves de mes cartes de crédit étaient épuisées, et mon découvert n'était pas loin de plafonner. Un salaire d'OpSpec suffisait tout juste à vous loger et vous nourrir ; l'acquisition de la Speedster m'avait complètement essorée, et je n'avais même pas encore vu les factures du garage. Un *plock-plock* nerveux me parvint de la cuisine.

— J'aime mieux me vendre moi-même, dis-je à Pickwick qui attendait avec le collier et la laisse dans le bec.

Je rangeai les relevés de banque dans la boîte à chaussures, préparai le dîner et m'écroulai devant la télé. J'allumai Krapo News.

— ... le négociateur du tsar a accepté l'offre du ministre des Affaires étrangères, à savoir Tunbridge Wells à titre de réparations de guerre, déclama le présentateur. La petite ville et un millier d'hectares environnants vont former une enclave russe appelée Botchkamost Istotchnik sur le territoire anglais, et tous les citoyens de la nouvelle colonie se verront proposer une double nationalité. Sur place pour Krapo News, Lydia Startright. Lydia, comment ça se passe là-bas ?

La journaliste vedette de Krapo apparut à l'écran, dans la rue principale de Tunbridge Wells.

— Les habitants de cette paisible bourgade du Kent ont accueilli la nouvelle avec un mélange de stupeur et d'incrédulité, répondit Startright sobrement.

Elle était entourée d'une poignée de retraités d'allure respectable : ils venaient de faire leurs courses et avaient l'air légèrement médusés.

— Ici, la ruée sur les vêtements chauds a cédé la place à la colère contre la décision du ministère qui n'a prévu aucune mesure compensatoire en échange. J'ai à côté de moi un officier de cavalerie à la retraite, le colonel Prongg. Dites-moi, mon colonel, comment réagissez-vous au fait de vous transformer en colonel Pronski l'an prochain, à la même époque ?

— Eh bien, fit le colonel, contrarié, je dois dire que cette nouvelle m'a dégoûté et atterré. Dégoûté et atterré dans le sens le plus fort du terme. Je ne me suis pas battu quarante ans contre les Russkoffs pour en devenir un pendant ma retraite. Mrs. Prongg et moi-même envisageons de changer de région !

— Etant donné que la Russie impériale est la deuxième puissance la plus riche de la planète, il est possible que Tunbridge Wells, à l'exemple de l'île de Fetlar, soit converti en un important paradis fiscal pour la noblesse russe.

— Evidemment, dit le colonel en réfléchissant fébrilement, j'attendrai de voir comment les choses vont tourner avant de prendre une décision finale. Mais si la cession signifie des hivers plus froids, nous retournerons à Brighton. A cause de mes engelures, vous comprenez.

— Voilà, Carl. Ici Lydia Startright pour Krapo News, en direct de Tunbridge Wells.

Retour sur le plateau.

— Problèmes sur Taupe TV, poursuivit le présentateur, et un coup dur pour les producteurs des *Survivants de Cortés*, la série populaire de télé-réalité sur la conquête de l'empire aztèque. Au lieu d'être simplement banni par vote du site de Tenochtitlán, l'un des participants a été sacrifié vivant au dieu Soleil. L'émission a été suspendue, et une enquête est en cours. Taupe TV se dit « désolée et consternée par cet incident », en indiquant toutefois que l'émission caracolait en tête de l'Audimat, même après le sacrifice humain. Brett ?

La caméra pivota vers son confrère.

— Merci, Carl. Henry, le jeune mâle de deux tonnes et demie du troupeau de Kirkbride a été le premier mammouth à atteindre les pâturages d'hiver de Redruth à 18 h 07. Clarence Oldspot était sur place. Clarence ?

Apparut alors un pré en Cornouailles où un mammouth à l'air blasé était à peine visible parmi la foule de reporters et d'amateurs du genre. Affublé d'un gilet pare-balles, Clarence Oldspot semblait regretter amèrement sa présence parmi les herbivores velus d'une espèce autrefois éteinte plutôt que sur le front de la Crimée.

— Merci, Brett. La saison de migration a bel et bien commencé, et Henry, un outsider à deux cents contre un, a déjoué les paris quand…

Je changeai de chaîne et tombai sur *Kézako Quiz*, un jeu de questions-réponses qui suintait la ringardise. Je zappai à nouveau. Ce coup-ci, c'était un documentaire sur les liens du parti whig avec les groupuscules de Baconiens radicaux dans les années soixante-dix. Je continuai à zapper avant de revenir à Krapo News.

Le téléphone sonna, et je décrochai.

— C'est Miles, fit une voix style cent pompes en moins de trois minutes.

— Qui ça ?

— Miles.

— Ah ! répondis-je, sous le choc.

Miles Hawke, le propriétaire du boxer-short et du vilain blouson de sport.

— Thursday ! Tu vas bien ?

— Moi ? Très bien. Très très bien. On ne peut pas mieux. Mieux que moi, tu… Et toi, ça va ?

— Tu veux que je passe ? Tu m'as l'air bizarre.

— Non ! rétorquai-je un peu trop vivement. Enfin… non, merci… on s'est vus il y a, quoi… euh…

— Deux semaines ?

— C'est ça. Et je suis débordée. Dieu que je suis débordée. Je n'ai jamais été aussi débordée de ma vie. C'est tout moi, ça. Débordée comme pas deux…

— Il paraît que tu t'es colletée avec Flanker. J'étais inquiet.

— Dis-moi, toi et moi, a-t-on déjà…

Je n'arrivais pas à le formuler, mais il fallait que je sache.

— A-t-on déjà quoi ?

— A-t-on déjà… ?

Mais réfléchis, réfléchis, bon sang !

— Toi et moi, a-t-on déjà… assisté à la migration des mammouths ?

Enfer et damnation !

— La migration ? Non, pourquoi ? Thursday, tu es sûre que ça va ?

Je commençais à paniquer... ce qui était absurde, compte tenu des circonstances. Face à des gens comme Hadès, je ne paniquais pas du tout.

— Oui... enfin, non. Tiens, on sonne à la porte. Ça doit être mon taxi.

— Ton taxi ? Qu'est-il arrivé à ta voiture ?

— La pizza. Un taxi qui livre les pizzas. Il faut que j'y aille !

Et je raccrochai sans lui laisser le temps de protester.

Me frappant le front avec la paume de la main, je marmonnai :

— Imbécile... imbécile... *imbécile* !

Puis je me précipitai comme une folle pour tirer les rideaux et éteindre toutes les lumières au cas où Miles déciderait de passer me voir quand même. Assise dans le noir, j'écoutai pendant un moment Pickwick se cogner aux meubles ; me disant finalement que c'était débile, je résolus d'aller me coucher avec *Robinson Crusoé*.

Je pris une lampe de poche dans la cuisine, me déshabillai à tâtons, grimpai dans le lit, me tortillai un peu sur le matelas inconnu et commençai le livre dans l'espoir d'arriver à la semi-réussite que j'avais connue avec *La Famille Flopsaut*. Je lus la description du naufrage, le débarquement de Crusoé dans l'île et sautai toutes les considérations philosophico-religieuses. Marquant une pause, je jetai un coup d'œil sur la chambre pour voir s'il n'y avait pas quelque chose de changé. Mais les seuls changements étaient les faisceaux de phares qui balayaient la pièce par intermittence. J'entendis Pickwick faire des *plock-plock* dans son coin et retournai à ma lecture. Plus fatiguée que je ne l'aurais cru, je ne tardai pas à m'assoupir.

Je rêvai que j'étais sur une île, aride et écrasée de chaleur. Les palmiers oscillaient mollement sous la brise ; le soleil brillait, éclatant, dans le ciel d'un bleu profond. Je pataugeais pieds nus dans le ressac, et l'eau me rafraîchissait la peau. A une centaine de mètres du rivage, il y avait une épave de navire couchée sur un récif, mâts cassés et cordages emmêlés. Je vis un homme nu grimper à bord, fouiner sur le pont, enfiler un pantalon et disparaître en bas. Comme il ne reparaissait pas, je continuai à marcher le long de la plage et tombai sur Landen, assis sous un palmier, qui me contemplait en souriant.

— Qu'est-ce que tu regardes ? demandai-je, la main en visière, lui rendant son sourire.

— J'avais oublié combien tu es belle.

— Oh, ça va !

— Je ne plaisante pas.

Il se releva d'un bond et me serra tout contre lui.

— Tu me manques beaucoup.

— Toi aussi, tu me manques, répondis-je, mais où es-tu ?

— Je ne sais pas trop, dit-il, déconcerté. Strictement parlant, je ne suis nulle part… sauf ici, dans tes souvenirs.

— Ceci est ma mémoire ? Comment c'est, là-dedans ?

— Ma foi, fit Landen, il y a des choses remarquables et d'autres, assez sinistres – en un sens, c'est un peu comme Majorque. Ça te dit, une tasse de thé ?

Je regardai autour de moi, et il me sourit.

— Ça ne fait pas bien longtemps que je suis là, mais j'ai appris quelques trucs. Tu te rappelles ce salon de thé à Winchester où on a mangé des scones fraîchement sortis du four ? Souviens-toi, au premier étage, il pleuvait dehors, et l'homme avec le parapluie…

— Assam ou Darjeeling ? demanda la serveuse.

— Darjeeling, répliquai-je, avec de la crème et de la confiture. Fraise pour moi et coing pour mon ami.

L'île s'était évanouie. Nous étions dans le salon de thé à Winchester. La serveuse nota la commande, sourit et s'en fut. La salle était pleine – que des couples d'allure débonnaire et habillés de tweed. Exactement comme dans mon souvenir.

— Bien joué ! m'exclamai-je.

— Je n'y suis pour rien, dit Landen avec un grand sourire. Tout ça, c'est grâce à toi. Jusqu'au plus petit détail. Les bruits, les odeurs… tout.

J'enveloppai la salle d'un regard émerveillé.

— Moi, je me souviens de tout ça ?

— Pas tout à fait, Thurs. Regarde bien les autres clients.

Je pivotai sur ma chaise. Tous les couples étaient plus ou moins identiques. D'âge moyen, vêtus de tweed, s'exprimant avec l'accent nasillard des environs de Londres. Ils ne mangeaient pas vraiment ni ne parlaient de manière cohérente ; ils bougeaient et marmonnaient juste pour créer l'impression d'une salle bondée.

— Extraordinaire, n'est-ce pas ? fit Landen avec animation. Dans la mesure où tu ne peux pas te rappeler avec précision tous ceux qui étaient là, ton cerveau a peuplé la salle avec un amalgame de ce que tu aurais *pensé* trouver dans un salon de thé de Winchester. Du papier peint mnémonique, en quelque sorte. Il n'y a rien ici qui ne te soit pas familier. L'argenterie est celle de ta mère, et les tableaux aux murs sont un mélange de ce qu'on avait à la maison. La serveuse tient à la fois de Lottie de ton déjeuner avec Bowden et de la vendeuse de frites. Chaque lacune de ta mémoire a été comblée avec une chose dont tu te souviens… une sorte de méli-mélo de faits pour boucher les trous.

Je jetai un coup d'œil aux autres clients qui à présent paraissaient sans visage.

Une pensée soudaine – et alarmante – me traversa l'esprit.

— Landen, tu n'as pas été traîner du côté de mon adolescence, hein ?

— Bien sûr que non. Ce serait comme ouvrir le courrier de quelqu'un d'autre.

Tant mieux. Je ne tenais guère à ce qu'il apprenne mon improbable béguin pour un garçon nommé Darren et mon introduction maladroite à la féminité à l'arrière d'une Morris 8 volée. Pour une fois, je regrettais de ne pas avoir mauvaise mémoire… ou que mon oncle Mycroft n'ait pas perfectionné sa machine à effacer les souvenirs.

Tout en versant le thé, Landen demanda :

— Alors, comment ça se passe dans le monde réel ?

— Il faut que je trouve le moyen d'entrer dans les livres. Demain, je vais prendre le Gravitube pour aller à Osaka et essayer de trouver quelqu'un qui aurait connu Mrs. Nakijima. C'est très aléatoire, mais on ne sait jamais.

— Fais attention à ne pas…

Landen s'arrêta net : il venait d'apercevoir quelque chose pardessus mon épaule. Je me retournai et vis la dernière personne que j'avais envie de voir. Je me levai précipitamment, renversant ma chaise avec fracas, et pointai mon automatique sur la haute silhouette à l'entrée du salon de thé.

— Pas la peine, sourit Achéron Hadès. Pour me tuer, il suffirait de m'oublier, mais ça, c'est aussi peu vraisemblable que d'oublier votre petit mari.

Je regardai Landen qui leva les yeux au ciel.

— Désolé, Thurs. J'avais l'intention de te parler de lui. Il est bien vivant ici, dans tes souvenirs… vivant, mais inoffensif, crois-moi.

Hadès dit au couple à côté de nous de déguerpir s'ils tenaient à leur peau, s'assit à leur table et attaqua le gâteau au carvi qu'ils n'avaient pas eu le temps de finir. Il était tel que je l'avais vu pour la dernière fois sur le toit de Thornfield ; ses habits fumaient même légèrement. Je sentis la chaleur sèche de la fournaise qu'était devenue la vieille demeure de Rochester et entendis presque le crépitement des flammes et le cri inhumain de Berthe lorsque Hadès l'avait précipitée dans le vide. Il eut un sourire dédaigneux. Il se savait en sécurité dans ma mémoire – le pire que je pouvais faire, c'était de me réveiller.

Je rengainai mon arme.

— Salut, Hadès, dis-je en me rasseyant. Une tasse de thé ?

— C'est vrai ? Comme c'est gentil.

Je lui servis une tasse. Il y jeta quatre sucres et, tout en touillant, examina Landen d'un œil inquisiteur avant de demander :

— Alors comme ça, vous êtes Parke-Laine, hein ?

— Du moins, ce qu'il en reste.

— Et vous êtes amoureux de Next ?

— Oui.

Je pris la main de Landen comme pour mieux étayer cet aveu.

— J'ai été amoureux une fois, murmura Hadès avec un sourire triste et lointain. A ma façon, j'étais très épris. Nous avions l'habitude de planifier des crimes odieux ensemble, et pour le premier anniversaire de notre rencontre, nous avons mis le feu à un grand bâtiment public. Puis nous nous sommes assis sur la colline toute proche pour regarder l'incendie illuminer le ciel ; les cris des citoyens affolés étaient une symphonie à nos oreilles.

Il poussa un profond soupir.

— Mais ça n'a pas marché. L'amour véritable n'est pas un long fleuve tranquille. J'ai été obligé de la tuer.

— *Obligé ?*

— Oui, soupira-t-il, mais elle n'a pas souffert... et je lui ai demandé pardon.

— Comme c'est touchant, marmonna Landen.

— Vous et moi avons une chose en commun, Mr. Parke-Laine.

— J'espère sincèrement que non.

— Nous vivons seulement dans les souvenirs de Thursday. Elle ne sera jamais débarrassée de moi jusqu'à sa mort, et c'est pareil pour vous. C'est drôle, non ? L'homme qu'elle aime, l'homme qu'elle hait... !

— Il reviendra, affirmai-je avec conviction. Dès que Jack Maird sortira du *Corbeau*.

Achéron se mit à rire.

— A mon avis, vous accordez trop de valeur aux promesses de Goliath. Landen est aussi mort que moi, plus même... au moins, j'ai survécu à mon enfance.

— Je vous ai battu à plates coutures, Hadès, répondis-je, lui tendant un couteau et un pot de confiture tandis qu'il prenait un scone. J'affronterai Goliath et je vaincrai, là aussi.

— Nous verrons, fit Achéron, pensif. Nous verrons.

Je repensai à l'aérotrain et à la chute de l'Hispano-Suiza.

— Avez-vous essayé de me tuer l'autre jour, Hadès ?

— Si seulement !

En riant, il agita la cuillère de la confiture dans notre direction.

— Mais après tout, ce n'est pas impossible... au fond, je ne suis ici qu'en tant que *souvenir*. Peut-être que je ne suis pas mort, peut-être que je suis là-bas, quelque part, pour de vrai, en train de comploter... !

Landen se leva.

— Allez, viens, Thurs. Laissons ce bouffon à nos scones. Tu te souviens de notre premier baiser ?

Le salon de thé disparut ; nous étions de retour en Crimée,

par une belle nuit, en train d'observer le bombardement de Sébastopol, le plus beau spectacle pyrotechnique de la planète, à condition d'oublier ses retombées. La distance atténuait l'écho des tirs, le rendait presque aussi doux qu'une berceuse. Nous étions tous deux en tenue de combat, debout côte à côte sans nous toucher… et Dieu sait que nous en avions envie.

— Où sommes-nous ? demanda Landen.

— Là où nous nous sommes embrassés pour la première fois, répondis-je.

— Non ! dit-il. Je me souviens avoir regardé le bombardement avec toi, mais nous n'avons fait que *parler* ce soir-là. En fait, je t'ai embrassée le soir où tu m'as conduit à l'avant-poste, quand on est restés bloqués dans un champ de mines.

Je ris tout haut.

— Les hommes ont une mémoire déplorable quand il s'agit de ces choses-là ! Nous étions l'un à côté de l'autre, comme maintenant, et nous mourions d'envie juste de nous toucher. Tu as posé ta main sur mon épaule, faisant mine de montrer quelque chose, j'ai glissé ma main au creux de tes reins, comme… ceci. Nous n'avons pas dit un mot, mais entre nous, ç'a été *électrique* !

Je n'inventais rien. Les frissons descendirent jusque dans mes pieds, rebroussèrent chemin, remontèrent en spirale le long de mon corps et ressortirent dans mon cou sous forme d'une fine sueur.

— Ma foi, fit Landen tout bas quelques minutes plus tard. Je crois que je préfère ta version à toi. Donc, si nous nous sommes embrassés ici, alors la nuit dans le champ de mines a été…

— Eh oui.

Et nous voilà assis devant un blindé léger en pleine nuit, deux semaines plus tard, coincés dans une zone minée probablement la mieux balisée de la région.

— On va penser que tu l'as fait exprès, lui dis-je pendant que des bombardiers bourdonnaient, invisibles, au-dessus de nos têtes, se rendant vers une destination qu'ils étaient chargés de réduire en bouillie.

— Je m'en suis tiré avec un blâme, si mes souvenirs sont bons. Et d'ailleurs, qui a dit le contraire ?

— Tu es allé délibérément dans un champ de mines pour une partie de jambes en l'air ? demandai-je en riant.

— Mais pas n'importe quelle partie de jambes en l'air. D'autre part, nous ne courions aucun danger.

Il sortit de la poche de son uniforme une carte esquissée à la hâte.

— C'est le capitaine Bird qui m'a dessiné ça.

— Saleté, va !

Je lui lançai une boîte de singe vide.

— J'étais morte de peur !

— Ah, répliqua Landen en souriant. C'est donc la peur et non la passion qui t'a poussée dans mes bras ?

— Peut-être un peu des deux, dis-je avec un haussement d'épaules.

Il se pencha, mais une pensée me vint à l'esprit, et je posai un doigt sur ses lèvres.

— Ce n'était pas la meilleure, n'est-ce pas ?

Il sourit et me souffla à l'oreille :

— Le magasin de meubles ?

— Tu parles. Je vais te donner un indice. Tu avais encore ta jambe, et nous avons eu huit jours de permission… au même moment, par une heureuse coïncidence.

— Ce n'était pas une coïncidence.

— Toujours le capitaine Bird ?

— Deux cents barres de chocolat, mais ça les valait.

— Tu es une fripouille, tu sais, Land… mais une fripouille avec beaucoup de charme. Bon, bref, nous avons décidé de partir faire du vélo en république de Galles.

Pendant que je parlais, le blindé s'évanouit, la nuit se dissipa, et nous marchions main dans la main à travers un petit bois au bord d'un ruisseau. C'était l'été, et l'eau gazouillait gaiement parmi les rochers ; la mousse spongieuse formait un tapis moelleux sous nos pieds nus. Il n'y avait pas un nuage dans le ciel, et le soleil filtrait à travers le feuillage. Ecartant les branches basses, nous suivîmes le bruit d'une cascade. Nous vîmes deux bicyclettes appuyées contre un arbre, les sacoches ouvertes, et une tente à moitié dressée sur le sol. Mon cœur battit plus fort au souvenir de cette journée d'été. Nous entreprîmes de monter la tente, puis nous arrêtâmes, submergés par le désir. Je serrai la main de Landen, et il noua les bras autour de ma taille. Il m'adressa son drôle de sourire oblique.

— Quand j'étais en vie, je repensais souvent à cet endroit, me confia-t-il. C'est un de mes souvenirs préférés et, étonnamment, ta mémoire semble l'avoir préservé avec exactitude.

— C'est vrai ?

Il m'embrassa doucement dans le cou. Je frissonnai et, du bout des doigts, caressai son dos nu.

— Tout à fait… *plock…* vrai.

— Qu'est-ce que tu dis ?

— Rien… *plock-plock…* pourquoi ?

— Oh non ! Pas maintenant !

— Quoi ? demanda Landen.

— Je crois que je vais me…

— … réveiller.

Mais je parlais dans le vide. J'étais dans ma chambre à Swindon, l'excursion dans ma mémoire ayant été inopportunément interrompue par Pickwick qui, plantée sur le tapis avec sa laisse dans le bec, émettait des *plock-plock* discrets. Je la considérai d'un œil torve.

— Pickers, tu es une vraie plaie. Juste quand j'en arrivais au meilleur morceau !

Elle me regarda, totalement inconsciente de ce qu'elle avait fait.

— Je vais te déposer chez maman, lui dis-je en m'asseyant et m'étirant. Je pars deux ou trois jours à Osaka.

Penchant la tête sur le côté, elle me contempla avec curiosité.

— Toi et Junior serez en de bonnes mains, je te le promets.

Je descendis du lit et marchai sur quelque chose de dur et de poilu. Je regardai l'objet et souris. C'était bon signe. Là, sur le tapis, il y avait une vieille écorce de noix de coco… mieux que ça, j'avais du sable collé sur mes pieds. Ma lecture de *Robinson Crusoé* n'avait donc pas été un flop complet.

14
Le Gravitube™

D'ici la fin de la décennie, nous nous proposons de créer un système de transport qui permettrait à un homme ou une femme d'effectuer un aller-retour New York-Tokyo en l'espace de deux *heures*…

JOHN F. KENNEDY, PRÉSIDENT DES ÉTATS-UNIS

Comme transports en commun à l'échelle planétaire il y eut tout d'abord les chemins de fer et les dirigeables. Le chemin de fer était rapide et pratique, mais ne permettait pas de traverser les océans. Les dirigeables pouvaient couvrir de plus grandes distances, mais ils étaient lents et sujets à des retards dus aux conditions météorologiques. Dans les années cinquante, il fallait compter une dizaine de jours pour se rendre en Australie ou en Nouvelle-Zélande. En 1960, une nouvelle forme de transport vit le jour : le Gravitube. Il promettait de vous conduire dans les délais prévus à n'importe quel point du globe. Quelle que fût la destination – Auckland, Rome ou Los Angeles –, la durée du voyage était la même : un peu plus de quarante minutes. Ce fut sans doute le plus grand exploit du génie civil que l'humanité eût jamais accompli.

VINCENT DOTT
Le Gravitube : la dixième merveille du monde

Pickwick tint à couver son œuf pendant tout le trajet jusque chez ma mère, émettant des *plock* nerveux dès que je dépassais trente kilomètres à l'heure. Je lui confectionnai un nid dans le placard-séchoir et la laissai s'affairer autour de son œuf, pendant que les autres dodos se dévissaient le cou derrière la fenêtre pour voir ce qui se passait. Le temps que maman me prépare un sandwich, je téléphonai à Bowden.

— Vous allez bien ? demanda-t-il. Votre téléphone était décroché !

— Ça va, Bowden. Quoi de neuf au bureau ?

— Tout le monde est au courant.

— Pour Landen ?

— Pour *Cardenio*. Quelqu'un a vendu la mèche à la presse. Vole Towers est assiégé par les équipes de télévision, à l'heure où je vous parle. Lord Volescamper a engueulé Victor parce qu'il croit que c'est nous.

— Ce n'est pas moi, en tout cas.

— Ni moi. Volescamper a déjà refusé une offre de cinquante millions de livres sterling ; tous les producteurs de la planète brûlent d'acheter les droits pour la première représentation. Au fait, sachez une chose : vous avez été lavée de tout soupçon par OS-1. Dans la mesure où Finnhal a été abattu par les tireurs de OS-14 hier matin, ils pensent que vous aviez peut-être raison.

— Comme c'est magnanime de leur part. Est-ce à dire que mon congé est terminé ?

— Victor aimerait vous voir le plus rapidement possible.

— Dites-lui que je suis malade. Je pars à Osaka.

— Pour quoi faire ?

— Mieux vaut ne pas savoir. Je vous appellerai.

Je reposai le combiné, et maman me servit des toasts au fromage avec une tasse de thé. Elle s'assit à l'autre bout de la table et feuilleta un numéro écorné de *Taupe Model*, celui qui parlait de moi.

— Tu as des nouvelles de Mycroft et Polly, maman ?

— J'ai eu une carte de Londres disant qu'ils allaient bien, mais qu'ils avaient besoin d'un pot de piccalilli et d'une clé dynamométrique. J'ai déposé tout ça à l'atelier de Mycroft, et ils ont disparu dans l'après-midi.

— Maman ?

— Oui ?

— Tu le vois souvent, papa ?

Elle sourit.

— Presque tous les matins. Il passe me dire bonjour. Parfois même, je lui prépare un casse-croûte…

Elle fut interrompue par un rugissement qui n'était pas sans rappeler un millier de tubas jouant à l'unisson. Le bruit se répercuta à travers la maison et fit trembler les tasses dans le vaisselier.

— Oh, mince ! s'exclama-t-elle. Encore les mammouths !

Et elle sortit en trombe.

C'était bien un mammouth, en chair et en os. Couvert de poils bruns et drus, aussi gros qu'un tank, il avait franchi le mur du jardin et reniflait la glycine d'un air méfiant.

— Va-t'en d'ici ! glapit maman, cherchant des yeux une arme quelconque.

Les dodos s'étaient sagement réfugiés derrière la remise. Abandonnant la glycine, l'animal gratta délicatement le sol du potager avec une longue défense incurvée, puis cueillit les légumes avec sa trompe, les enfourna dans sa bouche et mastiqua, lentement et ostensiblement. Les yeux exorbités de rage, maman était au bord de l'apoplexie.

— C'est la deuxième fois que ça arrive ! hurla-t-elle. Sors de mes hortensias, espèce de… de… *chose* !

Sans se préoccuper d'elle, le mammouth vida d'un trait tout le contenu de l'étang ornemental et piétina gauchement le mobilier de jardin.

— Une arme, déclara ma mère. Il me faut une arme. J'ai sué sang et eau pour entretenir ce jardin, et ce n'est pas un herbivore réactivé qui va en faire son quatre heures !

Elle s'engouffra dans la remise et reparut avec un balai à la main. Mais le mammouth n'avait pas grand-chose à craindre, même de ma mère. Avec ses cinq tonnes, il avait l'habitude de n'en faire qu'à sa tête. La seule bonne nouvelle, c'était qu'on n'avait pas affaire à tout le troupeau.

— Allez, ouste ! cria maman, levant le balai pour l'abattre sur l'arrière-train de l'animal.

— Ne bougez pas ! fit une voix forte.

Nous fîmes volte-face. Un homme en costume de safari avait sauté par-dessus le mur et accourait vers nous.

— Agent Durrell, OS-13, annonça-t-il, hors d'haleine, montrant son insigne à ma mère. Fessez le mammouth et vous serez en état d'arrestation.

Maman retourna sa fureur contre l'agent des OpSpecs.

— Comme ça, il boulotte mon jardin, et je suis censée ne rien faire ?

— *Elle* s'appelle Bouton d'Or, rectifia Durrell. Le reste du troupeau est parti à l'ouest de Swindon comme prévu, mais notre Bouton d'Or, elle est un peu rêveuse. Vous ne faites rien, en effet. Les mammouths sont une espèce protégée.

— Franchement ! dit ma mère, indignée. Si vous faisiez votre travail correctement, des honnêtes citoyens comme moi pourraient conserver leur jardin !

Le jardin, autrefois verdoyant, semblait avoir subi un bombardement. Bouton d'Or, sa panse volumineuse remplie de légumes du potager, enjamba le mur et se frotta à un réverbère qui se cassa comme une vulgaire brindille. Le pied atterrit lourdement sur le toit d'une auto dont le pare-brise vola en éclats. Bouton d'Or lâcha un barrissement tonitruant qui déclencha plusieurs alarmes de voiture, et au loin, un écho lui répondit. Elle s'arrêta, dressa l'oreille, puis s'en fut d'un pas alerte le long de la chaussée.

— Il faut que j'y aille, déclara Durrell, tendant une carte à maman. En appelant à ce numéro, vous pouvez réclamer des dommages et intérêts. Profitez-en pour demander notre brochure gratuite « Rendez votre jardin moins appétissant pour les proboscidiens ». Bonne fin de journée !

Il souleva son chapeau et franchit le mur pour rejoindre son coéquipier qui venait d'arriver au volant d'une Land Rover. Bouton d'Or lança un autre appel, et la Land Rover démarra sur les chapeaux de roues, laissant ma mère et moi au milieu de son jardin dévasté. Les dodos, sentant que le danger était passé, émergèrent de derrière la remise et entreprirent de gratter la terre labourée.

— C'est peut-être le moment d'opter pour un jardin japonais, soupira maman en lâchant le manche du balai. La régénération !

Jusqu'où vont-ils aller ? Il paraît qu'il y a un *gastornis* sauvage qui vit dans la forêt.

— C'est une légende urbaine, la rassurai-je tandis qu'elle commençait à nettoyer le jardin.

Je consultai ma montre. Il ne fallait pas que je traîne, si je voulais être ce soir à Osaka.

Je pris le train jusqu'à la gare internationale de Saknussum située à l'ouest de Londres. Là, je me frayai un passage dans le hall des départs et étudiai le tableau horaire. Le prochain plongeon longue distance pour Sydney était dans une heure. J'achetai un billet, me rendis à la hâte à l'enregistrement des bagages et me farcis pendant dix minutes la kyrielle de questions ineptes dans le cadre de la lutte antiterroriste.

— Je n'ai pas de sac, expliquai-je.

L'employée me regarda bizarrement. J'ajoutai donc :

— Enfin, j'en avais un, mais vous l'avez perdu la dernière fois que j'ai pris le Gravitube. En fait, je crois que je n'ai encore jamais récupéré mes bagages à l'arrivée.

Elle réfléchit un moment, puis demanda :

— *Si* vous aviez eu un sac que vous auriez préparé vous-même, et que vous n'auriez pas laissé sans surveillance, aurait-il pu contenir un des objets ci-dessous ?

Elle me montra une liste d'articles prohibés, et je secouai la tête.

— Désirez-vous un repas à bord ?

— Quel est mon choix ?

— Oui ou non.

— Non.

Elle aborda le point suivant de son questionnaire.

— A côté de qui préférez-vous être placée ?

— Une bonne sœur ou une mémé tricot, si possible.

— Hmm, fit la fille en scrutant la liste de passagers. Les bonnes sœurs, les mémés et les hommes intelligents et pas dragueurs sont déjà tous pris. Il reste le techno-pédant, l'avocat, l'ivrogne pleurnichard ou le bébé qui passe son temps à vomir.

— Le techno-pédant et l'avocat, alors.

Elle me marqua sur le plan.

— Il y aura un léger décalage dans la réception de l'excuse pour le retard du plongeon de Sydney, Miss Next. La raison de ce décalage n'a pas encore été établie.

Une collègue vint alors lui murmurer quelque chose à l'oreille.

— On vient de m'informer que la raison de l'excuse pour le retard a été retardée à son tour. Dès que nous aurons déterminé la cause de ce retard, nous vous en avertirons… conformément aux directives gouvernementales. Si la vitesse de la production de l'excuse ne vous convient pas, on vous rembourse 1 % du prix de votre billet. Bon plongeon.

Je reçus ma carte d'embarquement avec l'instruction de me rendre à la porte indiquée, une fois que le plongeon serait annoncé. Je remerciai l'employée, allai me chercher un café et un paquet de gâteaux et m'installai dans un siège. Le Gravitube semblait souffrir de retards chroniques. Tout autour de moi, les passagers avaient l'air de s'ennuyer ferme en attendant le départ. En principe, un plongeon, ça prenait moins d'une heure, indépendamment de la destination, mais malgré la mise au point d'un plongeon accéléré de vingt minutes vers les antipodes, on perdait toujours quatre heures d'un côté comme de l'autre, à attendre les bagages, la douane et Dieu sait quoi encore.

Le haut-parleur revint à la vie.

— Votre attention, s'il vous plaît. Les passagers du plongeon de 11 h 04 à destination de Sydney seront contents d'apprendre que le retard a été dû à un trop grand nombre d'excuses produites par la fabrique d'excuses de la compagnie du Gravitube. En conséquence, nous sommes heureux d'annoncer que, l'excédent d'excuses ayant été épongé, l'embarquement pour le plongeon de 11 h 04 à destination de Sydney aura lieu porte six.

Je terminai mon café et suivis le troupeau vers la navette prête à nous accueillir. J'avais déjà pris le Gravitube, mais jamais pour un plongeon longue distance. Mon récent tour du monde, je l'avais fait par Mantellic, qui ressemble davantage à un train. Je franchis le contrôle des passeports, montai dans la navette et fus conduite à ma place par une hôtesse dont le sourire figé me rappela les compétitions de natation synchronisée. Je m'assis à côté d'un homme avec une tignasse brune, absorbé dans la lecture du magazine *Les Histoires Extraordinaires*.

— Bonjour, dit-il d'une voix monocorde. C'est votre premier plongeon longue distance ?

— Oui.

— C'est mieux que n'importe quel grand huit, énonça-t-il d'un ton catégorique avant de replonger dans son magazine.

Pendant que je bouclais ma ceinture, un homme de haute taille vêtu d'un ample costume à carreaux vint s'asseoir à côté de moi. Agé d'une quarantaine d'années, il arborait une belle moustache rousse et un œillet à la boutonnière.

— Bonjour, Thursday, fit-il d'une voix amicale en me tendant la main. Permettez-moi de me présenter : Sassan LeRoussi.

J'ouvris de grands yeux, et il rit.

— Il fallait qu'on ait un peu de temps pour parler, et je n'ai encore jamais pris cet engin-là. Comment ça marche ?

— Le Gravitube ? C'est un tunnel qui passe par le centre de la Terre. On tombe en chute libre jusqu'à Sydney. Mais... mais... comment avez-vous fait pour me retrouver ?

— La Jurifiction a des yeux et des oreilles partout, Miss Next.

— Parlez-moi normalement, LeRoussi... ou vous risquez d'avoir affaire à la cliente la plus difficile de toute votre carrière.

Il me considéra avec intérêt tandis que l'hôtesse psalmodiait les consignes de sécurité, précisant que l'accès aux toilettes n'était possible qu'avec le retour de la gravité à 40 %.

— Vous êtes dans les OpSpecs, n'est-ce pas ? demanda LeRoussi, une fois que tout le monde fut confortablement installé et que les bagages à main furent placés dans des sacs dotés d'une fermeture éclair.

Je hochai la tête.

— La Jurifiction est une agence *interne* aux romans, et son rôle est de préserver l'intégrité des œuvres de fiction populaires. Le mot imprimé peut vous paraître solide, mais là d'où je viens, l'expression « caractère mobile » est infiniment plus lourde de sens.

— La fin de *Jane Eyre*, murmurai-je, comprenant soudain de quoi il retournait. Je l'ai changée, c'est bien ça ?

— J'en ai peur, acquiesça LeRoussi, mais ne l'avouez à personne, sauf à moi. C'est la plus grosse infraction à la fiction commise vis-à-vis d'une œuvre littéraire majeure depuis que quelqu'un a semé la zizanie dans *La Gloire aux comités* de Thackeray, à un point tel que nous avons été obligés de l'effacer dans son intégralité.

— Le départ est prévu dans deux minutes, annonça une voix dans le haut-parleur. Tous les passagers sont priés de regagner leurs places, d'attacher leur ceinture et de s'assurer que les enfants en bas âge sont bien harnachés.

— Et maintenant, que se passe-t-il ? demanda LeRoussi.

— Vous ne connaissez vraiment pas le Gravitube ?

Il jeta un coup d'œil autour de lui et baissa le ton.

— Je me sens un peu dépaysé dans votre monde, Miss Next. Je viens d'un univers d'imperméables et d'ombres profondes, d'intrigues alambiquées, de témoins effrayés, de parrains de la mafia, de filles à gangsters, de bars miteux et de dénouements spectaculaires six pages avant la fin.

Je devais avoir l'air ahurie car, baissant encore la voix, il siffla :

— Je suis un personnage de *fiction*, Miss Next. L'un des deux héros de la série policière Perkins et LeRoussi. Vous m'avez lu, je pense ?

— Hélas, non.

— C'est une série à tirage limité, soupira-t-il, mais on a eu de bons échos dans le *Digest du Roman policier*. J'ai été décrit comme un « personnage drôle et bien étoffé… avec quelques répliques mémorables. » *La Taupe* nous a mis sur sa liste des « Lectures de la semaine ». *Krapo* a été moins enthousiaste… mais après tout, qui s'intéresse aux critiques ?

— Vous êtes un personnage fictif ? dis-je finalement.

— Gardez ça pour vous, hein ! Bon, alors, le Gravitube ?

— Eh bien, répondis-je, rassemblant mes idées, dans quelques minutes, la navette va entrer dans le sas pour subir la dépressurisation.

— La dépressurisation ? Pour quoi faire ?

— Pour un voyage sans encombre. On échappe à la résistance de l'air – et un puissant champ magnétique nous évite de frôler les parois. Ensuite, c'est la chute libre sur treize mille kilomètres jusqu'à Sydney.

— Toutes les villes sont donc reliées entre elles ?

— Non, seulement Londres et New York avec Sydney et Tokyo. Si vous voulez aller de Buenos Aires à Auckland, vous devez d'abord prendre le Mantellic jusqu'à Miami, puis changer pour New York, embarquer dans le Gravitube de Sydney et reprendre un Mantellic jusqu'à Auckland.

— Et ça circule à quelle vitesse ? s'enquit LeRoussi avec une pointe d'appréhension.

— La vitesse maximum est de vingt-deux mille kilomètres à l'heure, répliqua mon voisin de derrière son magazine. Nous allons tomber avec une célérité croissante, mais une accélération *décroissante* jusqu'au centre de la Terre, stade auquel nous serons parvenus à notre célérité maximale. A partir de là, notre célérité va décroître jusqu'à notre arrivée à Sydney, où elle aura atteint le point zéro.

— Et c'est sans risque ?

— Tout à fait, le rassurai-je.

— Et s'il y a une autre navette qui arrive en sens inverse ?

— Impossible. Il n'y a qu'une seule navette par tube.

— Ce que vous dites est vrai, renchérit mon pédantesque voisin. Le danger pourrait provenir uniquement d'une défaillance du système de contrôle magnétique qui empêche le tube céramique, et nous avec, de fondre dans le noyau liquide de la Terre.

— Ne l'écoutez pas, LeRoussi.

— Est-ce probable ? demanda l'avocat.

— Ça n'est encore jamais arrivé, rétorqua l'autre lugubrement, et de toute façon, on ne nous le dirait pas.

LeRoussi rumina cette réponse pendant quelques instants.

— Dix secondes, annonça le haut-parleur.

Tout le monde dans la cabine se tut, entamant inconsciemment le compte à rebours. Le plongeon lui-même rappelait un peu le fait de franchir à toute allure un pont en dos d'âne, mais l'inconfort du départ – ponctué par les grognements des passagers – céda la place à une étrange et curieusement réjouissante sensation d'apesanteur. Bon nombre de gens voyagent en Gravitube pour cette raison seulement. Je me tournai vers LeRoussi.

— Ça va ?

Il hocha la tête et réussit à esquisser un pâle sourire.

— C'est un peu… bizarre, fit-il enfin en regardant sa cravate flotter devant ses yeux.

— Alors comme ça, je suis accusée d'infraction à la fiction ?

— Infraction à la fiction classe II, rectifia LeRoussi, déglutissant avec effort. Ce n'est pas comme si vous aviez agi avec préméditation. Même si on pouvait arguer de manière convaincante que vous avez amélioré la trame de *Jane Eyre*, il n'est pas possible d'échapper à une action en justice. Vous imaginez des gens faisant irruption dans *Les Quatre Filles du Dr March* pour essayer de sauver Beth ?

— Et pourquoi pas ?

— C'est hors de question. Pourtant, ce ne sont pas les tentatives qui manquent. Quand vous serez devant le juge, niez tout en bloc et jouez les imbéciles. Je m'efforce de faire ajourner le procès en raison du *fort soutien du lectorat.*

— Et ça va marcher ?

— Ç'a marché la fois où Falstaff est passé illégalement dans *Les Joyeuses Commères de Windsor* pour arranger l'histoire à sa sauce. Nous pensions qu'on le renverrait manu militari dans *Henri IV*, 2e partie. Mais non, son acte a été approuvé. Le juge était amateur d'opéra : ceci explique peut-être cela. Il n'y a pas eu d'opéra écrit sur vous par Verdi ou Vaughan Williams, eh ?

— Non.

— Dommage.

Le sentiment d'apesanteur ne dura pas longtemps. La décélération progressive nous rendit notre poids en douceur. A 40 % de la gravité normale, les voyants de bord s'éteignirent ; nous avions maintenant le droit de circuler dans la cabine.

Le techno-pédant à ma droite revint à l'attaque.

— … mais le plus beau dans tout ça, c'est la simplicité même du Gravitube, entonna-t-il. Puisque la force gravitationnelle reste invariable quelle que soit l'inclinaison du tunnel, le trajet jusqu'à Tokyo prendra autant de temps que celui jusqu'à New York… et il en serait de même pour Carlisle, s'il n'était pas plus rationnel d'utiliser le chemin de fer. Remarquez, poursuivit-il, si on pouvait recourir à un système d'induction des ondes pour maintenir l'accélération jusqu'à l'autre bout de l'écorce terrestre, on dépasserait les onze kilomètres à la seconde qui équivalent à la vitesse de libération.

— Bientôt, vous me direz qu'on va aller sur la lune, rétorquai-je.

— C'est déjà fait, chuchota mon voisin d'un air de conspirateur. Le gouvernement a construit une base secrète sur la face cachée de la lune, où des émetteurs contrôlent nos actes et pensées depuis le sommet de l'Empire State Building grâce aux communications interstellaires de formes de vie extraterrestres qui cherchent à dominer le monde avec l'accord explicite du groupe Goliath et d'une cabale de dirigeants mondiaux connue sous le nom de SPORK.

— Sans parler du gastornis qui vit dans la forêt, ajoutai-je.

— Comment le savez-vous ?

Je ne pris pas la peine de répondre et, trente-huit minutes seulement après notre départ de Londres, nous débarquions délicatement à Sydney. Un très léger déclic se fit entendre lorsque les verrous magnétiques se refermèrent sur la navette pour l'empêcher de retomber en arrière. Une fois les voyants de sécurité éteints et le sas pressurisé, nous gagnâmes la sortie, fuyant le techno-pédant qui tentait d'expliquer autour de lui que le groupe Goliath était responsable de l'épidémie de variole.

LeRoussi, qui semblait avoir pris un plaisir sincère à ce voyage, m'accompagna à la livraison des bagages, consulta sa montre et dit :

— Eh bien, voilà. Merci pour la compagnie. Il faut que j'aille défendre Tess pour la énième fois. Dans la première version du roman de Hardy, elle doit s'en tirer. Vous-même, essayez donc de trouver des circonstances atténuantes à vos actes. Si vous n'y arrivez pas, tâchez d'inventer un gros bobard. Plus c'est gros, mieux c'est.

— C'est ça, votre meilleur conseil ? Me parjurer ?

Il toussota poliment.

— Un avocat avisé a plus d'une corde à son arc, Miss Next. Ils ont convaincu Mrs. Fairfax et Grace Poole de témoigner contre vous. Ça ne se présente pas très bien, mais une cause n'est jamais perdue tant qu'elle n'est pas perdue. On disait que je n'arriverais pas à faire relaxer Henri V quand il avait ordonné le massacre de prisonniers de guerre français, mais j'y suis parvenu… idem quand Max de Winter a été accusé de meurtre. Personne ne s'attendait à ce qu'il s'en sorte. Personne. Tiens, au fait, pourriez-vous remettre cette lettre à notre ravissante petite Flakk ? Je vous en serais éternellement reconnaissant.

Il me tendit une lettre froissée de sa poche et tourna les talons.

— Attendez ! l'interpellai-je. C'est quand et où, l'audience ?

— Je ne vous l'ai pas dit ? Désolé. La partie civile a choisi le juge d'instruction du *Procès* de Kafka. Je n'y suis pour rien, croyez-moi. Demain, 9 h 25. Vous parlez l'allemand ?

— Non.

— Dans ce cas, on veillera à ce que ce soit une traduction anglaise. Présentez-vous à la fin du chapitre deux : nous passons après Herr K. Rappelez-vous ce que je vous ai dit. Allez, à demain !

Et il disparut avant que je lui demande comment diable j'allais pouvoir pénétrer dans le chef-d'œuvre kafkaïen de l'inextricable et frustrante bureaucratie.

Une demi-heure plus tard, je montai dans le Mantellic à destination de Tokyo. Il était presque vide, et je sautai dans un aérotrain en direction d'Osaka, arrivant dans le quartier des affaires à une heure du matin, quatre heures après avoir quitté Saknussum. Je pris une chambre d'hôtel et passai la nuit assise, à contempler les lumières scintillantes et à penser à Landen.

15

Autres bizarreries à Osaka

Je découvris ce don étrange que j'avais d'entrer dans les livres alors que j'étais encore petite fille, à l'école anglaise où mon père enseignait à Osaka. On m'avait priée de me lever et de lire un extrait de *Winnie l'Ourson* devant la classe. Je commençai par le chapitre neuf : « La pluie tombait, tombait, tombait... », quand je dus m'arrêter brusquement ; je sentais la Forêt des Rêves Bleus surgir rapidement tout autour de moi. Vite, je refermai le livre et revins, trempée et hagarde, dans ma salle de classe. Par la suite, je visitai la Forêt des Rêves Bleus depuis ma propre chambre et y vécus des aventures merveilleuses. Mais je pris garde, et ce dès mon plus jeune âge, de ne pas modifier la trame visible de la narration. Hormis le fait, s'entend, d'avoir appris à Jean-Christophe à lire et à écrire.

O. NAKIJIMA
Mes aventures dans le monde des livres

Osaka était une ville beaucoup moins clinquante que Tokyo, mais non moins animée. Je pris le petit déjeuner à l'hôtel, achetai le *Krapo Extrême-Oriental* et parcourus les actualités vues depuis l'Extrême-Orient – ce qui jetait une lumière intéressante sur toute l'affaire avec la Russie. Tout en mangeant, je réfléchissais au moyen de retrouver une femme dans une ville d'un million d'habitants. En dehors de son nom de famille et de son anglais impeccable, les indices étaient minces. Pour commencer, je demandai au concierge de me photocopier la liste de tous les Nakijima de l'annuaire. A ma stupéfaction, c'était un nom très courant : il y en avait 2 279. J'en appelai un au hasard, et une charmante Mrs. Nakijima me parla pendant dix minutes. Je la remerciai avec effusion et raccrochai, n'ayant pas compris un seul mot. Je soupirai, fis monter un grand pot de café dans ma chambre et m'attelai à la tâche.

Trois cent cinquante et une Nakijima plus tard, fatiguée et énervée, je me dis que je perdais mon temps ; si Mrs. Nakijima s'était retirée au fin fond de *Jane Eyre*, elle avait peu de chances d'attendre à côté d'un téléphone.

J'étirai en gémissant mes membres fourbus, terminai mon café froid et décidai de sortir faire un tour, histoire de me changer les idées. Tout en marchant, je scrutais les pages photocopiées pour essayer de cibler davantage ma recherche, quand le blouson d'un jeune homme attira mon regard.

Comme c'est la mode en Extrême-Orient, beaucoup de vêtements – vestes et T-shirts – portaient des inscriptions en anglais. Certaines avaient un sens, mais d'autres n'étaient qu'un assemblage de mots qui devaient paraître aussi branchés aux jeunes Japonais que les kanji nous semblaient raffinés, à nous. Depuis que j'avais vu un blouson décoré d'un étrange *100 % Chevrolet O.K. Fly-boy*, je m'attendais à tout. Mais cette fois, c'était différent. C'était un élégant blouson de cuir avec un message brodé au dos :

Suis-moi, l'étrangère !

Du coup, je le suivis. Je le suivis sur deux blocs avant d'apercevoir un autre blouson, très semblable au sien. Le temps de traverser le canal, j'avais vu l'inscription *Par ici, les OpSpecs*, puis *Jane Eyre pour la vie* ! et ensuite *Bad Boy Goliath.* Mais ce n'était pas tout. Comme répondant à un appel invisible, tous ces blousons, T-shirts et casquettes allaient *dans la même direction.* Des pensées d'Hispano-Suiza volantes et d'aérotrains piégés me vinrent soudain à l'esprit. Je sortis l'entroposcope de mon sac, le secouai et aperçus une légère démarcation entre le riz et les lentilles. L'entropie était en train de décroître. Je m'empressai de faire demi-tour. Au bout de trois pas, je m'arrêtai – une idée audacieuse m'avait traversé la tête. Mais oui, bien sûr... pourquoi ne pas tirer parti de la situation ? Je suivis les logos jusqu'à la place du marché la plus proche, où les lentilles et le riz formèrent – malgré les secousses répétées – des volutes bien distinctes. Le taux de coïncidences s'était accru à un point tel que tout le monde autour de moi portait quelque chose avec une inscription pertinente. *MycroTech, Charlotte Brontë, Goliath et Hispano-Suiza* étaient cousues ou collées sur des chapeaux, des vestes, des parapluies, des sacs, des chemises. Désespérément, je cherchai des yeux l'épicentre du phénomène. Et je le trouvai. Dans un espace inexplicablement vide au milieu du marché populeux, un vieux bonhomme était assis devant une petite table. Brun comme une noix et complètement chauve, il avait en face de lui une autre chaise qu'une jeune femme venait juste de libérer. Un morceau de carton usé, posé contre sa petite valise, proclamait en huit langues qu'il était diseur de bonne aventure de son métier. En anglais, on lisait : « J'ai la réponse que vous cherchez ! » Je n'en doutais pas un instant... mais étant donné les méthodes d'élimination employées jusque-là par mon adversaire invisible, il était probable, et en même temps très *improbable* d'un point de vue concret et matériel, que j'aille au-devant de ma mort. Je fis deux pas en direction du diseur de bonne aventure et secouai de nouveau l'entroposcope. Les dessins étaient plus nets, sans toutefois atteindre la séparation complète, cinquante-cinquante, dont j'avais besoin. Me voyant hésiter, le petit homme me fit signe d'approcher.

— S'il vous plaît ! fit-il. S'il vous plaît, venez. Moi *tout* vous dire !

Je marquai une pause et regardai autour de moi, guettant un signe de danger. Il n'y avait rien. Je me trouvais sur une place parfaitement paisible dans un quartier prospère d'une grande ville du Japon. Si mon agresseur anonyme était en train d'ourdir un coup, celui-ci me frapperait au moment où je m'y attendrais le moins.

Je piétinais, incertaine d'avoir choisi la bonne solution. Ce fut la vue d'un T-shirt qui n'avait rien à voir avec moi qui emporta le morceau. Si je laissais passer cette occasion, je pouvais toujours courir pour retrouver Mrs. Nakijima. Je sortis mon stylo-bille, l'ouvris et me dirigeai d'un pas assuré vers le vieux bonhomme qui me sourit de toutes ses dents.

— Vous venir, fit-il dans un mauvais anglais. Vous tout apprendre. Moi vous souhaiter bon vent.

Mais je ne m'arrêtai pas. Je glissai la main dans mon sac, tirai une page de Nakijima au hasard et, parvenue à la hauteur du petit homme brun, plantai mon stylo dans la feuille avant de prendre mes jambes à mon cou. Un cri horrifié échappa aux badauds : un éclair aveuglant s'abattit sur la place et foudroya le diseur de bonne aventure, qui manifestement n'était pas si doué que ça. Je ne repris mon souffle qu'une fois loin de cet endroit, parmi des polos sans histoires, des logos de créateurs ordinaires, et avec un entroposcope empli d'un mélange aléatoire. Prise de nausée, je m'assis sur un banc et faillis vomir dans la poubelle voisine, au grand dam d'une petite vieille assise à côté de moi. Je me ressaisis et regardai la Nakijima que la pointe de mon stylo avait transpercée. Si les coïncidences étaient à leur apogée comme je l'avais espéré, alors ça devait être la bonne. Je me tournai vers la petite vieille pour lui demander le chemin, mais elle était déjà partie. Je m'adressai alors à un passant. Il y avait, semblait-il, encore un peu d'entropie négative dans l'air : c'était à deux minutes de marche d'ici.

L'immeuble qu'on m'avait indiqué n'était pas en très bon état. Le plâtre qui recouvrait les fissures s'était fissuré, et la crasse sur la peinture écaillée commençait à s'écailler à son tour. Dans le hall d'entrée exigu, un portier âgé regardait la version doublée de *65 rue Morse*. Il m'envoya au quatrième étage, où je trouvai l'appartement de Mrs. Nakijima tout au bout du couloir. Le vernis sur la porte avait perdu son éclat, et la poignée en laiton était poussiéreuse et ternie : personne n'habitait là depuis un certain temps déjà. Je frappai malgré tout. Seul le silence me répondit. Je tournai alors lentement la poignée. A ma surprise, elle céda facilement, et la porte s'ouvrit en grinçant. Je jetai un œil autour de moi, poussai la porte et pénétrai à l'intérieur.

L'appartement de Mrs. Nakijima était banal au possible. Trois chambres, une cuisine et une salle de bains. Les murs et le plafond étaient peints dans une couleur neutre, le parquet était en bois clair. Apparemment, elle avait déménagé depuis quelques mois et emporté presque tout avec elle. A l'exception toutefois d'une petite table devant la fenêtre du salon, sur laquelle je trouvai quatre volumes fins reliés de cuir à côté d'une lampe de bureau en bronze. Je pris le premier livre. Il y avait le mot *Jurifiction* gravé sur la couverture, au-dessus d'un nom que je ne connaissais pas. Je voulus l'ouvrir, mais il paraissait scellé. J'essayai le deuxième livre, sans plus de succès. Devant le troisième, je suspendis mon geste. Je le caressai doucement, effleurai du bout des doigts la poussière qui s'était accumulée au dos. Mes cheveux se dressèrent dans ma nuque, un frisson me parcourut. Mais ce n'était pas la peur. C'était une légère pointe d'appréhension : ce livre-là allait s'ouvrir, j'en étais sûre. *Car il portait mon nom sur la couverture*. J'étais attendue. J'ouvris le volume. Sur la page de titre, il y avait un mot écrit de la main de Mrs. Nakijima, clair et concis :

A l'intention de Thursday Next, et en la remerciant d'avance du bon travail et des moments de qualité au sein de la Jurifiction. Je vous ai fait entrer dans un livre quand vous aviez neuf ans, mais maintenant, c'est à vous de jouer. Vous pouvez y arriver... et vous y arriverez. Je vous conseille de faire vite ; Mr. Maird-Haas est dans le couloir à l'instant où vous lisez ces lignes, et il ne vient pas faire la collecte pour les orphelins de la ChronoGarde.

Mrs. Nakijima

Je me précipitai pour pousser le verrou juste quand la poignée fut agitée de secousses. Il y eut une pause, puis on assena un grand coup sur la porte.

— Next ! fit la voix reconnaissable de Maird-Haas. Je sais que vous êtes là ! Ouvrez-moi, et nous irons chercher Jack ensemble.

A l'évidence, j'avais été suivie. Il me vint soudain à l'esprit que Goliath s'intéressait davantage au moyen d'entrer dans les livres qu'à Jack Maird lui-même. Ils avaient un trou d'un milliard de livres sterling dans le budget de leur secteur armement, et un Portail de la Prose, n'importe lequel, permettrait justement de le boucher.

— Allez au diable ! criai-je en retournant auprès de mon livre.

A la première page, sous un gros titre qui disait LISEZ-MOI D'ABORD !, il y avait la description d'une bibliothèque. Je ne me le fis pas dire deux fois : la porte ploya sous la violence du coup, et je vis la peinture se craqueler autour de la serrure. Si c'étaient Chalk et Cheese, ils ne mettraient pas bien longtemps à pénétrer dans l'appartement.

Je me détendis, inspirai profondément et lus d'une voix forte, intelligible et assurée, expressive et expansive. J'ajoutai des pauses et des inflexions, élevai le ton quand le texte le nécessitait. Je lus comme je n'avais encore jamais lu auparavant.

— « J'étais dans un long couloir sombre, lambrissé de boiseries et tapissé d'étagères depuis le sol recouvert d'une moquette moelleuse jusqu'au plafond voûté... »

Ça cognait de plus en plus fort ; pendant que je parlais, le chambranle de la porte éclata autour des gonds et s'effondra, avec Chalk qui tomba lourdement par-dessus, suivi de près par Cheese, qui atterrit sur lui.

— « La moquette était élégamment décorée de motifs géométriques, et le plafond, orné de bas-reliefs représentant des scènes tirées des classiques... »

— Next ! brailla Maird-Haas, passant la tête par la porte pendant que Chalk et Cheese se débattaient pour se relever. Aller à Osaka ne faisait pas partie du contrat ! Je vous avais dit de me tenir au courant. Il ne vous arrivera rien...

Mais si, justement, il m'arrivait quelque chose. Quelque chose de nouveau, quelque chose d'*autre*. Mon indicible aversion pour Goliath, le désir de leur échapper, le fait de savoir que sans l'accès aux livres, je ne reverrais jamais Landen – tout cela me donna la force de fléchir les barrières qui s'étaient durcies depuis ma première incursion dans *Jane Eyre* en 1958.

— « ... Tout là-haut, au-dessus de ma tête, régulièrement

espacées, se trouvaient des ouvertures circulaires joliment sculptées qui laissaient passer la lumière… »

Je voyais Maird-Haas avancer vers moi, mais il devenait de moins en moins tangible ; alors que ses lèvres remuaient, le son parvenait à mes oreilles avec une bonne seconde de retard. Je continuai à lire, et la pièce commença à *pffuiter* tout autour de moi.

— Next ! hurla Maird-Haas. Vous le regretterez, je le jure… !

— « … contribuant à l'atmosphère studieuse de la bibliothèque… »

— Garce ! entendis-je glapir Maird-Haas. Attrapez-la… !

Mais ses paroles furent comme un souffle de brise ; la pièce prit l'apparence d'une brume matinale et s'obscurcit. Je ressentis un léger picotement sur ma peau… l'instant d'après, j'avais disparu.

Je cillai deux fois, mais Osaka était loin derrière moi. Je refermai le livre, le rangeai soigneusement dans ma poche et jetai un coup d'œil alentour. J'étais dans un long couloir sombre, lambrissé de boiseries et tapissé d'étagères depuis le sol recouvert d'une moquette moelleuse jusqu'au plafond voûté. La moquette était élégamment décorée de motifs géométriques, et le plafond, orné de bas-reliefs représentant des scènes tirées des classiques. Sur chaque corniche trônait le buste en marbre d'un écrivain. Tout là-haut, au-dessus de ma tête, régulièrement espacées, se trouvaient des ouvertures circulaires joliment sculptées qui laissaient passer la lumière dont les reflets illuminaient le bois poli, contribuant à l'atmosphère studieuse de la bibliothèque. Au centre du couloir, il y avait une longue rangée de tables de lecture, dotées chacune d'une lampe en bronze à abat-jour vert. La bibliothèque semblait interminable ; d'un côté comme de l'autre, le couloir se fondait dans l'obscurité sans aucune fin définie. Mais c'était sans importance. Décrire la bibliothèque était comme aller voir un Turner et se répandre en commentaires sur le cadre. Sur tous les murs, pan après pan, étagère après étagère, il y avait des *livres*. Des centaines, des milliers, des millions de livres. Brochés, cartonnés, reliés de cuir, épreuves non corrigées, manuscrits, tout. Je m'approchai et posai les doigts sur les volumes immaculés. Ils étaient tièdes au toucher ; me penchant, je collai l'oreille contre leurs dos. J'entendis un bourdonnement lointain, le vrombissement de machines, des gens qui parlaient, un bruit de circulation, des mouettes, des rires, des vagues sur des rochers, le vent d'hiver dans les branchages, un tonnerre distant, une pluie battante, des enfants qui jouaient, le marteau d'un forgeron – un million de sons simultanés. Soudain, j'eus une révélation : les nuages se dissipèrent dans mon esprit et, en un éclair de lucidité, je compris la véritable nature des livres. Ce n'étaient pas simplement des mots assemblés sur une page pour créer une impression de réalité – chacun de ces volumes *était* la réalité. Ces livres-là ressemblaient à ceux que j'avais lus chez moi comme une photographie ressemble à son sujet. Ces livres étaient *vivants* !

Je longeai lentement le couloir, faisant courir mes doigts sur le dos des volumes et écoutant le cliquetis feutré qu'ils produisaient ; çà et là, je reconnaissais un titre familier. Au bout de deux cents mètres, j'arrivai à une intersection où un second couloir traversait le premier. Au milieu du croisement, il y avait un vide circulaire avec une rambarde en fer forgé, bordé d'un escalier en spirale. Je me penchai avec précaution. Une dizaine de mètres au-dessous, j'aperçus un autre étage, identique à celui-ci. Puis un autre, et un autre encore… et ainsi de suite, jusqu'au tréfonds de la bibliothèque. Je levai les yeux. C'était la même chose au-dessus, le puits circulaire et l'escalier en colimaçon se perdant dans les hauteurs vertigineuses. Je m'accoudai à la rambarde et regardai autour de moi.

— Eh bien, dis-je tout haut, je crois que je ne suis plus à Osaka.

16

Entretien avec le Chat

Le premier personnage que j'ai rencontré à la Jurifiction était le Chat du Cheshire, et ses apparitions sporadiques ont égayé les moments que j'ai passés là-bas. Il m'a donné beaucoup de conseils. Certains étaient bons, d'autres mauvais, et d'autres encore si incommensurablement incohérents que j'ai la tête qui tourne rien que d'y penser. Et pourtant, pendant tout ce temps, je n'ai jamais su son âge, ni d'où il venait ni où il disparaissait. C'était l'un des mystères mineurs de la Jurifiction.

THURSDAY NEXT
Chroniques de la Jurifiction

— Une visite ! s'exclama une voix derrière moi. Quelle *délicieuse* surprise !

Je me retournai et vis, à ma stupeur, un gros chat tigré au poil touffu perché sur l'étagère du haut. Il me fixait avec une sorte de démence bienveillante, et il était parfaitement immobile, à l'exception du bout de sa queue qui remuait de temps à autre. Je n'avais encore jamais eu affaire à un chat qui parle, mais, comme le disait mon père, les bonnes manières, ça ne mange pas de pain.

— Bonjour, monsieur le Chat.

Le Chat écarquilla les yeux, et son sourire s'évanouit. Il regarda à droite et à gauche, puis dit :

— Moi ?

J'étouffai un rire.

— Je n'en vois pas d'autre.

— Ah ! fit-il, me souriant à nouveau. C'est parce que vous souffrez d'une forme passagère de *cécité envers les chats.*

— C'est bien la première fois que j'entends parler de ça.

— C'est très courant, en fait, répliqua-t-il, désinvolte, en se léchant une patte et en la passant sur ses moustaches. Vous avez déjà entendu parler de la cécité verbale, quand on ne voit pas les balles ?

— Plutôt quand on ne peut pas lire, non ?

— C'est du pareil au même.

— Bon, admettons que je souffre de cécité aux chats, hasardai-je. Comment se fait-il alors que je vous vois, vous ?

— Si on changeait de sujet ? rétorqua le Chat, esquissant un geste circulaire de la patte. Que pensez-vous de cette bibliothèque ?

— C'est drôlement grand ici, murmurai-je en regardant autour de moi.

— Trois cents kilomètres dans chaque direction, dit le Chat négligemment en se mettant à ronronner. Vingt-six étages au-dessus du sol, vingt-six au-dessous.

— Vous devez avoir un exemplaire de chaque livre qui ait jamais été écrit, observai-je.

— Chaque livre qui *sera* jamais écrit, rectifia le Chat, plus quelques autres.

— Combien ?

— Ma foi, je n'ai pas compté, mais il y en a sûrement plus de douze.

Il sourit et cligna ses grands yeux verts. Soudain, je compris où je l'avais déjà vu.

— Vous êtes le Chat du Cheshire, n'est-ce pas ?

— J'étais le Chat du Cheshire, répondit-il d'un air légèrement accablé. Mais depuis qu'ils ont déplacé les frontières du comté, je suis devenu officiellement le Chat de l'Autorité Unitaire de Warrington, sauf que ça ne sonne pas pareil. Au fait, bienvenue à la Jurifiction. Ça va vous plaire ; tout le monde est complètement fou.

— Mais je n'ai nulle envie d'aller chez des fous, protestai-je avec indignation.

— Oh, vous ne sauriez faire autrement, dit le Chat. Nous sommes tous fous ici. Je suis fou. Vous êtes folle.

Je fis claquer mes doigts.

— Attendez une minute ! m'écriai-je. C'est la conversation que vous avez eue dans *Alice au Pays des Merveilles*, juste après que le bébé s'est transformé en cochon !

— Ah ! repartit le Chat, agacé, en battant de la queue. Vous croyez pouvoir écrire votre propre dialogue, hein ? J'en ai connu qui ont essayé : ce n'est pas joli à voir. Mais faites comme bon vous semble. Qui plus est, le bébé s'est transformé en pochon, et non en cochon.

— C'était bien un cochon, pourtant.

— Un pochon, répéta le Chat, obstiné. Je vais aller vérifier. Et vous aurez l'air maligne, tiens !

Sur ce, il disparut.

J'attendis, me demandant si j'allais découvrir des choses plus bizarres encore. Le temps de décider que non, ce n'était pas possible, le Chat commença à se matérialiser – la queue d'abord, puis le corps et, pour finir, la tête.

— Alors ?

— Bon, d'accord, grommela-t-il, c'était un cochon. J'ai des problèmes d'audition ; ça doit être tout ce poivre. L'un dans l'autre, j'ai failli oublier. Vous êtes nommée apprentie auprès de Miss Havisham.

— Miss Havisham ? Celle des *Grandes Espérances*[1] ?

— Pourquoi, vous en connaissez une autre ? Tout se passera bien, vous verrez… à condition de ne pas parler du mariage.

— Je tâcherai de m'en souvenir. Attendez un peu… apprentie ?

— Mais oui. Arriver jusqu'ici n'est que la moitié de l'aventure. Si vous voulez entrer chez nous, il faut apprendre les ficelles. Pour le moment, vous ne savez que vous déplacer. En vous exerçant par vous-même, vous pourriez acquérir de la précision et pénétrer dans un livre à la page désirée. Mais si vous souhaitez

1. Roman de Charles Dickens (1860-1861). *(N.d.T.)*

vous plonger dans la conception de l'intrigue ou faire une excursion au-delà du texte sur la pochette d'un disque, vous allez devoir suivre une formation. Voyons, quand Miss Havisham en aura terminé avec vous, vous serez capable de visiter sans sourciller les premiers brouillons, les personnages supprimés ou les chapitres coupés qui ne veulent plus rien dire, ou en tout cas pas grand-chose. Qui sait, vous aurez peut-être un aperçu du cœur même du livre, du noyau d'énergie central qui tient tout le roman.

— Vous voulez dire le dos ? demandai-je, pas encore tout à fait dans le coup.

Le Chat agita la queue, exaspéré.

— Mais non, bécasse, l'idée, la notion, *l'étincelle*. Une fois que vous aurez posé les yeux sur le concept brut d'un livre, tout ce que vous aurez vu ou ressenti jusque-là vous paraîtra aussi passionnant qu'un tapis d'escalier. Essayez d'imaginer un peu : vous êtes assise dans l'herbe par une belle soirée d'été face à un magnifique coucher de soleil ; l'air résonne d'une musique qui vous va droit au cœur, et vous avez un livre merveilleux dans les mains. Vous y êtes ?

— Je crois que oui.

— O.K., imaginez maintenant une *grosse* soucoupe de crème tiède devant vous et apprêtez-vous à la laper lentement, jusqu'à ce que vos moustaches soient complètement trempées.

Le Chat du Cheshire frissonna voluptueusement.

— Si vous faites tout cela et que vous le multipliez par mille, alors peut-être, je dis bien *peut-être*, vous aurez une idée de ce dont je parle.

— Je peux passer la crème ?

— Comme vous voudrez. C'est votre rêve, après tout.

Et, avec un tressaillement de queue, le Chat s'évanouit dans les airs. Je me tournai pour explorer mon environnement ; à ma surprise, le Chat du Cheshire était assis sur une étagère à l'autre bout du couloir.

— Vous me semblez un peu vieille pour une apprentie, poursuivit-il en repliant ses pattes et me contemplant avec une intensité troublante. Ça fait presque vingt ans qu'on vous attend. Qu'avez-vous donc fabriqué ?

— Je… je… ne savais pas que je pouvais faire ça.

— Dites plutôt que vous *saviez* que vous ne *pouviez* pas… ce qui n'est pas du tout pareil. La question est : Pensez-vous avoir ce qu'il faut pour nous être utile ici, à la Jurifiction ?

— Aucune idée, répondis-je en toute sincérité, en me raccrochant cependant à l'espoir que c'était mon unique chance de revoir Landen un jour.

Mais puisque je ne voyais pas pourquoi il serait le seul à poser des questions, je demandai :

— Et vous, vous faites quoi ?

— Moi, déclara le Chat fièrement, je suis le bibliothécaire.

— C'est vous qui gérez tous ces livres ?

— Absolument. Vous pouvez m'interroger sur n'importe quoi.

— *Jane Eyre.*

Tout ce que je voulais savoir, c'était son emplacement, mais je me rendis compte en écoutant le Chat qu'un bibliothécaire d'ici était très différent de ce que j'avais connu chez moi.

— Classé 728e œuvre de fiction la plus populaire, récita-t-il à la façon d'un perroquet. Nombre total de lecteurs : 82 581 430 à ce jour. Nombre de lectures en cours : 829 321 – dont 1 421 à l'instant où je vous parle. C'est un bon chiffre, sans doute parce que le livre a récemment fait les gros titres de l'actualité.

— Et quel est le livre le plus lu ?

— Jusqu'à présent ou en général, de tous les temps ?

— De tous les temps.

Le Chat réfléchit un moment.

— Parmi les romans, le plus lu est *Mort d'une pie moqueuse* de Harper Lee. Pas seulement parce que c'est un sacré bon bouquin, mais parce que de tous les grands classiques vertébrés, c'est le seul qui ait été bien traduit en arthropode. Et si vous arrivez à percer sur le marché des homards – pardon pour le calembour –, vous êtes assuré d'ici un milliard d'années de réaliser un gros chiffre de ventes. Le titre arthropode est *tlkîltlilkîxlkilkïkxlklï* ou, traduit mot à mot, *Le Passé inexistant de l'ange de mer*. Atticus Finch est un homard nommé Tklîkï, et il défend un limule appelé Klikïflik.

— Et par rapport à l'original, ça donne quoi ?

— Ce n'est pas trop mal, même si la scène avec les crevettes est un peu pénible. C'est aussi le lectorat crustacé qui a fait le succès de Daphne Farquitt.

— Daphne Farquitt ? répétai-je, étonnée. Mais ses livres sont *à vomir* !

— Pour nous seulement. Les arthropodes hautement évolués l'idolâtrent jusqu'à la folie. Ecoutez, je ne suis pas un fan de Farquitt, mais son mélo à quatre sous, *Le Seigneur des Hautes-Bourbes*, a déclenché l'une des guerres les plus sanglantes, les plus meurtrières, les plus brise-carapaces que la terre ait jamais connue.

Je commençais à perdre le fil de cette conversation.

— Donc, tous ces livres sont sous votre responsabilité ?

— En effet, répondit le Chat d'un ton léger.

— Et si je veux entrer dans un livre, il suffirait que je le prenne et que je le lise ?

— Ce n'est pas aussi simple. Vous ne pouvez entrer dans un livre que si quelqu'un d'autre a déjà réussi à y accéder et qu'il est ressorti par la bibliothèque. Chaque livre, vous le remarquerez, est relié en rouge ou en vert. Vert pour allez-y, rouge pour stop. C'est facile, en fait… vous n'êtes pas daltonienne, au moins ?

— Non. Bon, alors si je voulais entrer dans… je ne sais pas, moi, prenons un titre au hasard… *Le Corbeau*…

Mais en m'entendant, le Chat eut un mouvement de recul.

— Il y a des endroits qu'on ne devrait pas fréquenter ! murmura-t-il sur un ton de reproche en battant de la queue. Edgar Allan Poe en fait partie. Ses livres ne sont pas fixes ; ils sont empreints d'une certaine *étrangeté*. Comme le reste de la littérature gothique, d'ailleurs : Sade, mais aussi Webster, Wheatley et King. Allez là-bas et vous n'en reviendrez peut-être jamais ; ils ont une façon de vous engluer dans l'histoire telle que vous vous retrouvez coincé à votre insu. Tenez, je vais vous montrer quelque chose.

Et voilà que soudain nous étions dans un vaste et sonore vestibule, avec d'immenses colonnes doriques qui soutenaient un plafond haut et voûté. Le sol et les murs, en marbre rouge foncé, me firent penser au hall d'entrée d'un vieil hôtel... en quarante fois plus grand. Il y avait là assez de place pour garer un dirigeable *et* organiser en même temps une course aérienne. Un tapis rouge menait aux massives portes d'entrée, et les ornements en bronze brillaient comme de l'or.

— C'est ici que nous honorons nos amis boujeumés[1], dit le Chat à voix basse.

Il pointa la patte en direction d'un imposant monument de granite, de la taille de deux voitures retournées. On aurait dit un gros livre, ouvert au milieu, avec une silhouette pénétrant dans la page de gauche et se couvrant de texte au fur et à mesure qu'elle avançait. La page d'en face comportait des rangées de noms. Un maçon était en train d'en graver délicatement un nouveau, à l'aide d'un burin et d'un maillet. Il souleva respectueusement son chapeau et se remit au travail.

— Ce sont les agents secrets du contre-espionnage de la prose effacés ou disparus en mission, expliqua le Chat, perché au sommet du monument. Nous appelons cela le Boujeumorial.

Je désignai un nom sur la page de droite.

— Ambrose Bierce était un agent de la Jurifiction ?

— Un des meilleurs. Cher, cher Ambrose ! Un prosateur de génie, mais un peu trop impétueux. Il est allé – seul – dans *La Vie littéraire de Thingum Bob*, une nouvelle de Poe qui, à première vue, ne recelait aucun danger.

Le Chat soupira avant de continuer :

— Il cherchait à pénétrer par la petite porte dans les poèmes de Poe. Nous savons qu'on peut passer de *Thingum Bob* dans *Le Chat noir* par le biais d'un verbe instable au troisième paragraphe, et du *Chat noir* à *La Chute de la maison Usher* en louant simplement un cheval aux écuries de Nicée ; à partir de là, il espérait utiliser le poème à l'intérieur d'*Usher, Le Palais hanté*, comme tremplin pour accéder au reste de l'œuvre poétique de Poe.

— Et qu'est-il arrivé ?

1. Du mot *boojum*, inventé par Lewis Carroll dans son poème *La Chasse au Snark*. *(N.d.T.)*

— On n'a plus jamais entendu parler de lui. Deux collègues textplorateurs sont partis à sa recherche. L'un a perdu son souffle, et l'autre, ce pauvre Achab, a complètement disjoncté – il s'est cru poursuivi par une baleine blanche. Nous pensons qu'Ambrose a été soit emmuré avec une barrique d'amontillado, soit enterré vivant, soit qu'il a subi un autre sort innommable. Et il a été décidé de classer Poe en zone interdite.

— Alors, Antoine de Saint-Exupéry a disparu en mission, lui aussi ?

— Pas du tout, il s'est écrasé lors d'une sortie de reconnaissance.

— C'est une mort tragique.

— Et comment, rétorqua le Chat. Il me devait quarante francs *et* il m'avait promis de m'apprendre à jouer Debussy au piano uniquement avec des oranges.

— Des oranges ?

— Des oranges. Bon, allez, je vous laisse. Miss Havisham vous mettra au courant. Retournez par cette porte-là dans la bibliothèque, prenez l'ascenseur jusqu'au quatrième étage, première à droite, et les livres seront à une centaine de mètres sur votre gauche. *Les Grandes Espérances* est relié en vert, il ne devrait donc y avoir aucun problème.

— Merci.

— Mais de rien.

Et, avec un geste de la patte, le Chat commença à s'évanouir, tout doucement, à partir du bout de la queue. Il eut tout juste le temps de me demander de lui rapporter des boîtes de Grosminet au thon la prochaine fois que je rentrerais chez moi, avant de disparaître complètement. Je me retrouvai seule devant le Boujeumorial. Le toc-toc discret du maillet résonnait sous les hauteurs majestueuses du vestibule de la bibliothèque.

J'empruntai l'escalier de marbre et m'engouffrai dans l'un des ascenseurs en fer forgé ; puis je longeai le couloir jusqu'à ce que je tombe sur les étagères avec les romans de Dickens. Il y avait, notai-je, vingt-neuf éditions différentes des *Grandes Espérances*, depuis le premier brouillon jusqu'à l'édition finale personnellement revue par l'auteur. Je sortis le volume le plus récent, l'ouvris au chapitre un et entendis le bruissement du vent dans les arbres. Tandis que je le feuilletais, les sons changeaient d'une scène à l'autre, d'une page à l'autre. Je repérai la première mention de Miss Havisham, trouvai le bon endroit pour commencer et me mis à lire tout haut, m'efforçant de faire vivre les mots. Car ils étaient bel et bien vivants.

17

Miss Havisham

Les Grandes Espérances fut écrit en 1860-1861 pour relancer les ventes chancelantes de l'hebdomadaire *All the Year Round*, fondé par Dickens lui-même. Le roman fut considéré comme un immense succès. L'histoire de Pip, l'apprenti forgeron devenu un jeune homme de la bonne société grâce à un bienfaiteur anonyme, fit découvrir au lecteur toute une palette de personnages : Joe Gargery, le forgeron simple et respectable ; Abel Magwitch, le détenu que Pip aide au premier chapitre ; Jaggers, l'avocat ; Herbert Pocket, qui se lie d'amitié avec Pip et lui apprend à se tenir en société. Mais c'est Miss Havisham, abandonnée à l'autel et vivant tristement cloîtrée dans sa robe de mariée en lambeaux, qui vole la vedette à tous les autres. Elle reste incontestablement l'une des trouvailles les plus mémorables du livre.

MILLON DE FLOSS
« Les Grandes Espérances » : essai

Je me retrouvai dans une grande salle sombre qui sentait l'abandon et le renfermé. Les volets étaient clos ; seules quelques chandelles éparses dispensaient une lumière qui ne faisait qu'ajouter à l'atmosphère lugubre de la pièce. Au milieu, une longue table comportait les reliefs d'un banquet nuptial, sinistre collection d'argenterie ternie et de couverts poussiéreux. Dans les plats, on distinguait des restes séchés de nourriture, et au centre, un gros gâteau de mariage décoré de toiles d'araignée commençait à s'affaisser comme un édifice délabré. Cette scène, je l'avais lue de nombreuses fois, mais ce n'était pas pareil quand on la voyait de ses propres yeux ; d'abord, c'était plus coloré, et puis l'odeur de moisi transparaît rarement au travers d'une lecture. En face de moi, de l'autre côté de la pièce, il y avait Miss Havisham, Estella et Pip. Je les observai en silence.

Pip et Estella venaient de terminer une partie de cartes, et Miss Havisham, splendidement miteuse avec sa robe de mariée et son voile pourris, semblait hésiter avant de prendre une décision.

— Quand vous reverrai-je ? grogna-t-elle. Voyons, laissez-moi réfléchir.

— Aujourd'hui, nous sommes mercredi, m'dame..., commença Pip.

Mais elle lui coupa la parole.

— Allons, allons ! Je ne sais rien des jours de la semaine ; je ne sais rien des semaines de l'année. Revenez donc après six jours. Vous entendez ?

— Oui, m'dame.

Miss Havisham poussa un profond soupir et s'adressa à la jeune femme qui semblait passer le plus clair de son temps à fusiller Pip du regard ; de le voir aussi mal à l'aise dans cet environnement qui ne lui était pas familier l'emplissait visiblement de joie.

— Estella, emmenez-le en bas. Donnez-lui quelque chose à manger, et qu'il en profite pour jeter un coup d'œil autour de lui. Allez, Pip.

Ils quittèrent la pièce obscure, et je vis Miss Havisham contempler le plancher, puis les malles de vieux vêtements jaunis qui auraient dû l'accompagner dans son voyage de noces. Je la regardai retirer son voile, passer les doigts dans ses cheveux grisonnants et se débarrasser de ses souliers. Après s'être assurée que la porte était bien fermée, elle ouvrit un secrétaire plein non point d'attributs de sa misérable existence, mais de petits plaisirs qui devaient rendre sa vie ici un peu plus supportable. J'aperçus entre autres choses un walkman Sony, une pile de *National Geographic*, plusieurs romans de Daphne Farquitt et une de ces raquettes avec une balle en mousse fixée à un élastique. Elle continua à fourrager, sortit une paire de baskets et les enfila avec un soulagement manifeste. Elle s'apprêtait à nouer les lacets quand, en changeant de position, je me cognai à un guéridon. Havisham, les sens aiguisés par son long confinement dans une silencieuse introspection, pivota dans ma direction, fouillant la pénombre de son regard perçant.

— Qui est là ? s'enquit-elle d'un ton cassant. Estella, c'est vous ?

Ne jugeant pas utile de me cacher davantage, j'émergeai de l'obscurité. Elle m'examina d'un œil critique.

— Quel est votre nom, mon enfant ? demanda-t-elle, sévère.

— Thursday Next, m'dame.

— Ah ! La petite Next. Vous en avez mis du temps pour arriver jusqu'ici, hein ?

— Excusez-moi… ?

— Ne vous excusez jamais, ma fille… c'est une perte de temps, croyez-moi. Si seulement vous aviez sérieusement envisagé d'entrer à la Jurifiction après que Mrs. Nakijima vous a montré comment faire, à Haworth. Mais bon, je suis sûrement en train de gaspiller ma salive.

— Je n'avais pas la moindre idée… !

— Je ne prends pas souvent d'apprentis, poursuivit-elle sans me prêter attention, mais ils allaient vous envoyer chez la Reine Rouge. Or, la Reine Rouge et moi, on ne s'entend pas très bien. Vous êtes déjà au courant, je présume ?

— Non, je…

— La moitié de ce qu'elle raconte n'a aucun sens, et l'autre moitié est sans intérêt. Mrs. Nakijima vous a chaudement recommandée, mais il lui est déjà arrivé de se tromper ; au moindre pépin, je vous jetterai dehors en moins de temps qu'il n'en faut pour dire *ketchup*. Vous êtes douée pour nouer des lacets ?

Je laçai donc les baskets de Miss Havisham, ici même, à Satis House, parmi les oripeaux pourrissants de son mariage non avenu. Il eût été grossier de refuser, et puis ça ne me gênait nullement. Si Havisham était mon professeur, je devais faire tout ce qu'elle me demandait, dans les limites du raisonnable. Car une chose était sûre : sans son aide, je n'avais aucun moyen de pénétrer dans *Le Corbeau.*

— Il y a trois règles simples à respecter, si vous voulez rester avec moi, continua-t-elle sur le genre de ton qui ne tolère aucune contradiction. Règle numéro un : Vous faites *exactement* ce que je vous dis. Règle numéro deux : Vous me faites grâce de votre pitié. Je n'ai aucune envie qu'on m'aide de quelque façon que ce soit. Mes faits et gestes ne concernent que moi, et moi seule. Comprenez-vous ?

— Et la règle numéro trois ?

— Chaque chose en son temps. Je vous appellerai Thursday, et vous pouvez m'appeler Miss Havisham en tête à tête ; en société, je tiens à ce que vous m'appeliez madame. Je peux vous convoquer à n'importe quel moment, et vous accourrez aussitôt. Seuls les enterrements, les naissances et les concerts de Vivaldi passent en priorité. Est-ce bien clair ?

— Oui, Miss Havisham.

Je me levai, et elle me colla une chandelle sous le nez pour m'inspecter de plus près. J'en profitai pour la regarder à mon tour : malgré son teint pâlichon, ses yeux étincelaient, et elle était beaucoup moins vieille que je ne l'aurais cru ; il lui manquait juste deux semaines d'alimentation saine et un peu d'air frais. Je fus tentée de dire quelque chose pour égayer l'atmosphère sinistre du lieu, mais sa personnalité d'acier me retint. J'avais l'impression de me retrouver pour la première fois face à ma maîtresse d'école.

— Des yeux intelligents, marmonna Havisham. Honnête et dévouée. Intègre jusqu'à l'écœurement. Vous êtes mariée ?

— Oui…, bafouillai-je. Enfin… non.

— Voyons ! rétorqua-t-elle, en colère. Ma question est pourtant simple.

— J'*étais* mariée.

— Décédé ?

— Non. Enfin… oui.

— A l'avenir, je tâcherai de vous poser des questions plus compliquées, décréta Havisham, puisque les simples n'ont pas l'air de vous réussir. Avez-vous rencontré l'équipe de la Jurifiction ?

— J'ai rencontré Mr. LeRoussi… et le Chat du Cheshire.

— Bons à rien, l'un comme l'autre, trancha-t-elle. A la

Jurifiction, tout le monde est soit charlatan, soit imbécile – sauf la Reine Rouge, qui est les deux. On va aller à Norland Park pour que je vous les présente tous.

— Norland ? Jane Austen ? La maison des Dashwood ? *Raison et sentiments ?*

Mais Havisham n'écoutait pas. Elle souleva mon poignet pour jeter un coup d'œil à ma montre, puis m'empoigna par le coude et, avant que je ne comprenne ce qui m'arrivait, nous nous retrouvâmes dans la bibliothèque. Pendant que j'essayais de digérer ce brusque changement de décor, Miss Havisham ouvrit un livre qu'elle venait de prendre sur une étagère. Une nouvelle secousse, et nous atterrîmes cette fois dans une sorte d'arrière-cuisine.

— Qu'est-ce que c'était ? demandai-je, alarmée.

Je n'avais guère l'habitude de sauter de livre en livre, mais pour Havisham, bien rodée à ce genre de manœuvres, c'était une simple routine.

— Ça, répliqua-t-elle, c'était un transfert standard de livre à livre. Quand vous vous déplacez en solo, vous pouvez éviter de passer par la bibliothèque, ce qui n'est pas plus mal... les réflexions galvaudées du Chat ont de quoi vous filer la migraine. Mais puisque vous êtes avec moi, une brève halte est malheureusement nécessaire. A présent, nous sommes dans le contexte du *Procès* de Kafka. Derrière cette porte, c'est l'audition de Joseph K. Après, c'est à vous.

— Ah bon, fis-je, c'est tout ?

Miss Havisham ne releva pas le sarcasme, ce qui valait peut-être mieux, et je regardai autour de moi. La pièce était quasiment vide. Une cuve de blanchisseur trônait en son centre et, derrière la porte, du moins à en juger par le bruit, se tenait un meeting politique. Une femme sortit de la salle d'audience, lissa ses jupes, fit une révérence et retourna à sa lessive.

— Bonjour, Miss Havisham, dit-elle poliment.

— Bonjour, Esther. J'ai quelque chose pour vous.

Havisham lui tendit une boîte de bonbons à la réglisse.

— Sommes-nous à l'heure ? demanda-t-elle.

Derrière la porte, il y eut un grand éclat de rire, suivi d'une discussion animée.

— Ce ne sera pas long, répondit la blanchisseuse. LeRoussi et Hopkins sont déjà là. Vous voulez vous asseoir ?

Miss Havisham s'assit, mais moi je restai debout.

— J'espère que LeRoussi sait ce qu'il fait, grommela-t-elle. Le juge d'instruction est une sorte de quantité variable.

A côté, les rires et les applaudissements moururent subitement, et quelqu'un saisit la poignée de la porte. Une voix grave dit :

— Je voulais seulement vous faire remarquer, puisque vous ne semblez pas vous en rendre compte, qu'aujourd'hui vous avez dilapidé tous les avantages qu'une audience offre à un inculpé.

Consternée, je regardai Havisham, mais elle secoua la tête, comme pour me dire de ne pas m'inquiéter.

— Bande de voyous ! cria une autre voix, toujours derrière la porte. Vous pouvez vous les garder, vos audiences !

La porte s'ouvrit, et un jeune homme en costume sombre, le visage cramoisi, sortit en courant. Il tremblait de rage. L'homme qui avait parlé – le juge d'instruction, sans doute – haussa tristement les épaules, et la salle se mit à commenter l'éclat de Joseph K. Le magistrat, un petit gros qui respirait bruyamment, me regarda et dit :

— Thursday N. ?

— Oui, monsieur.

— Vous êtes en retard.

Et il referma la porte.

— Ne vous inquiétez pas, fit Miss Havisham gentiment, il dit toujours ça. Pour vous déstabiliser.

— Et ça marche. Vous ne venez pas avec moi ?

Elle fit non de la tête et posa sa main sur la mienne.

— Vous avez lu *Le Procès* ?

— Oui.

— Alors vous savez ce qui vous attend. Bonne chance, mon petit.

Je la remerciai, inspirai profondément, tournai la poignée de la porte et entrai, le cœur battant.

18

Le procès de Fräulein N.

Le Procès, cet énigmatique chef-d'œuvre de Franz Kafka sur la paranoïa bureaucratique, ne fut pas publié du vivant de l'écrivain. En fait, Kafka vécut sa courte existence dans une obscurité relative comme employé dans une compagnie d'assurances et légua ses manuscrits à son meilleur ami, à la condition qu'ils soient détruits. Combien d'autres œuvres majeures, soit dit en passant, disparurent-elles ainsi, à la mort de leur auteur ? Pour le savoir, il faudra explorer les sous-sols de la Grande Bibliothèque, vingt-six étages d'inédits. Parmi beaucoup d'âneries complaisantes et d'efforts vaillants mais infructueux sur le front littéraire, vous trouverez des pépites d'or pur. Pour la plus grande non-œuvre de non-fiction, descendez au treizième sous-sol, section MCML, étagère 2919/B12, où un plaisir rare et merveilleux vous attend : *Le Paillasson de Bunyan*, de John McSquurd. Mais prenez garde. Aucune incursion dans le *Puits des Histoires Perdues* ne devrait être entreprise en solo…

LE CHAT DE L'AUTORITÉ UNITAIRE DE WARRINGTON
Guide de la Grande Bibliothèque

Le tribunal était rempli d'hommes, tous vêtus de costumes sombres, qui bavardaient et gesticulaient sans arrêt. Une galerie faisait le tour de la salle ; là-haut aussi, des gens parlaient et riaient. L'air était quasi irrespirable, et la chaleur, suffocante. Je m'engageai lentement dans le passage étroit entre les hommes ;

la foule se reformait derrière moi, me propulsant presque en avant. Tout autour, ça discutait de la pluie et du beau temps, de l'affaire précédente, de ma tenue vestimentaire et des détails de mon procès – dont, visiblement, ils ne savaient rien. Au fond de la salle se dressait une estrade où trônait, derrière une table basse, le Juge d'Instruction. Assis sur une chaise haute, histoire de paraître plus grand, il luisait de transpiration. Un peu en retrait, des fonctionnaires et des greffiers du tribunal conversaient entre eux. Sur un côté de l'estrade se tenait l'individu sinistre qui avait frappé à ma porte à Swindon pour m'extorquer des aveux. A la main, il avait une liasse impressionnante de documents officiels. Ce devait être Mathew Hopkins, l'avocat général. LeRoussi, qui attendait à côté de lui, me rejoignit sitôt que je me fus approchée et me chuchota à l'oreille :

— Ceci n'est qu'une formalité pour décider s'il y a matière à procès. Avec un peu de chance, nous ferons renvoyer votre dossier devant un tribunal plus compréhensif. Ne faites pas attention au public : il est là juste pour servir le propos du narrateur et faire monter la paranoïa ; il n'a aucune incidence sur votre affaire. Nous allons réfuter toutes les charges.

Nous franchîmes les derniers pas qui nous séparaient de la tribune, et LeRoussi déclara :

— Herr Magistrat, mon nom est Sassan L., et je représente Thursday N. dans l'affaire *Jurifiction contre la Loi*, dossier numéro 142857.

Le Magistrat me regarda, sortit sa montre et dit :

— Vous devriez être là depuis une heure et cinq minutes.

Un murmure d'excitation s'éleva dans la foule. LeRoussi ouvrit la bouche, mais je le devançai.

— Je sais, répondis-je, ayant lu Kafka dans ma jeunesse et optant pour une approche radicale. *C'est ma faute.* J'implore l'indulgence de la cour.

Le Magistrat, qui n'avait pas bien entendu, entreprit de se répéter pour le bénéfice de la salle :

— Vous devriez être là depuis une heure et… Qu'avez-vous dit ?

— Que je m'excusais et implorais votre indulgence, monsieur.

— Oh, fit le Juge tandis que la salle se taisait. Dans ce cas, veuillez sortir et revenir, disons, d'ici une heure et cinq minutes. Comme ça, vous ne serez pas en retard par votre faute.

Le public se mit à applaudir, sans que je sache pourquoi.

— Comme il plaira à Votre Honneur, répliquai-je. Si le règlement de la cour l'exige, j'obéirai.

— Très bien, souffla LeRoussi.

— Oh, dit le Juge à nouveau.

Il consulta brièvement ses collègues, me regarda, momentanément décontenancé, et annonça :

— La décision du tribunal est que vous ayez une heure et cinq minutes de retard !

— Mais j'ai déjà une heure et cinq minutes de retard, répliquai-je parmi des applaudissements sporadiques.

— Alors, dit le Magistrat simplement, vous avez respecté le règlement de la cour, et nous pouvons commencer.

— Objection ! fit Hopkins.

— Objection rejetée.

Le Magistrat prit un calepin écorné sur la table, l'ouvrit et le passa à l'un de ses greffiers.

— Votre nom est Thursday N. Vous êtes peintre en bâtiment ?

— Non, dit LeRoussi, elle…

— Oui, interrompis-je. J'ai été peintre en bâtiment, Votre Honneur.

Un silence médusé accueillit ma déclaration. Au fond de la salle, quelqu'un cria « Bravo ! » avant d'être assommé par son voisin. Le Juge d'Instruction se pencha vers moi.

— Est-ce pertinent ? s'enquit Hopkins en s'adressant à la cour.

— Silence ! hurla le Magistrat.

Et il poursuivit, lentement et avec une extrême gravité :

— Vous êtes en train de me dire qu'à un moment donné, vous avez été peintre en bâtiment ?

— Tout à fait, Votre Honneur. Après l'école et avant d'entrer à l'université, j'ai peint des maisons pendant deux mois. On peut donc dire que j'ai été – à titre temporaire, certes – peintre en bâtiment.

Il y eut une nouvelle salve d'applaudissements et des murmures excités.

— Herr L. ? fit le Magistrat. Est-ce exact ?

— Nous avons plusieurs témoins pour en attester, Votre Honneur, répondit LeRoussi, rentrant dans son jeu.

La salle se tut.

Le Magistrat sortit un mouchoir, s'épongea soigneusement le front et, s'adressant directement à Hopkins :

— Herr H., vous m'avez dit, me semble-t-il, que l'accusée n'était *pas* peintre en bâtiment.

Hopkins eut l'air perturbé.

— Je n'ai pas dit qu'elle n'était pas peintre en bâtiment, Votre Honneur, j'ai simplement dit qu'elle était agent OS-27.

— A l'exclusion de tous les autres métiers ?

— Ben, non, bredouilla Hopkins, totalement déboussolé.

— Cependant, dans votre déclaration écrite sous serment, vous n'avez pas notifié qu'elle n'était pas peintre en bâtiment, n'est-ce pas ?

— Non, monsieur.

— Eh bien ! conclut le Magistrat, se renversant sur son siège parmi des éclats de rire et des applaudissements spontanés. Si vous présentez un dossier devant ma cour, Herr H., je tiens à ce que les faits énoncés le soient avec précision. Pour commencer, elle s'excuse d'être en retard, puis elle reconnaît volontiers avoir exercé la profession de peintre en bâtiment. La procédure ne tolère pas les ratés d'une accusation déficiente.

Hopkins se mordit la lèvre et vira au cramoisi.

— Je demande pardon à la cour, Votre Honneur, répondit-il, les dents serrées, mais mon accusation est parfaitement fondée. Pouvons-nous en exposer les chefs ?

— Bravo ! fit toujours le même spectateur au fond.

Le Magistrat réfléchit et me tendit son calepin crasseux avec un stylo à encre.

— Pour confirmer la thèse de l'accusation, nous allons procéder à un simple test, annonça-t-il. Fräulein N., voulez-vous écrire, je vous prie, la couleur la plus utilisée pour peindre les maisons à l'époque où vous étiez…

Et, se tournant vers Hopkins, il cracha :

— … peintre en bâtiment !

La salle croula sous les cris et les acclamations. Je notai la réponse sur la dernière page du calepin et le rendis au Juge.

— Silence ! lança ce dernier. Herr H. ?

— Quoi ? fit Hopkins de mauvaise grâce.

— Peut-être aurez-vous la bonté de dire à la cour la couleur que Fräulein N. a écrite sur mon carnet ?

— Votre Honneur, commença Hopkins, exaspéré, en quoi cela concerne-t-il la présente affaire ? Je suis arrivé ici en toute bonne foi, afin d'inculper Fräulein N. d'infraction à la fiction classe II, au lieu de quoi je me trouve embringué dans un délire sur les peintres en bâtiment. Je n'ai pas l'impression que ce tribunal représente la justice…

— Vous ne comprenez pas, répondit le Magistrat, se dressant et levant ses bras courts pour illustrer son propos, la façon de travailler de ce tribunal. C'est à l'avocat général non seulement de présenter un dossier clair et concis à la cour, mais de s'impliquer pleinement dans la procédure engagée pour atteindre cet objectif.

Et il se rassit parmi les applaudissements.

— Maintenant, poursuivit-il plus calmement, ou vous me dites ce que Fräulein N. a écrit dans ce carnet, ou je vous arrête pour avoir fait perdre son temps à la cour.

Deux gardes s'étaient frayé un passage dans la cohue et se tenaient à présent derrière Hopkins, prêts à se saisir de lui. Le Magistrat agita le calepin en fixant l'avocat d'un regard impérieux.

— Alors ? s'enquit-il. Quelle était la couleur la plus utilisée ?

— Bleu, dit Hopkins d'une voix accablée.

— Vous avez dit quoi ?

— Bleu, répéta Hopkins plus fort.

— Il a dit bleu ! tonna le Magistrat.

L'assistance se tut ; les gens se bousculaient pour voir la scène de plus près. Lentement, d'un geste théâtral, le Magistrat ouvrit le calepin pour dévoiler le mot *vert* écrit en travers de la page. Des cris fusèrent, et une pluie de couvre-chefs s'abattit sur nos têtes.

— Vert, et pas bleu, déclara le Magistrat en secouant la tête et faisant signe aux gardes. Vous avez déshonoré votre profession, Herr H. Vous êtes en état d'arrestation !

— Et de quoi m'accuse-t-on ? riposta Hopkins d'un ton arrogant.

— Il n'est pas en mon pouvoir de vous le dire, fit le Magistrat, triomphant. La procédure est en cours, et vous en serez informé en temps voulu.

— Mais c'est ridicule ! cria Hopkins alors même qu'on le traînait hors de la salle.

— Non, répondit le Magistrat, c'est Kafka.

Après le départ de Hopkins, et une fois le calme revenu, le Magistrat se tourna vers moi et dit :

— Vous êtes Thursday N., trente-six ans, une heure et cinq minutes de retard, profession : peintre en bâtiment ?

— Oui.

— Vous avez été déférée devant cette cour pour... quels sont les chefs d'inculpation ?

Silence.

— Où est l'avocat général ?

L'un des greffiers se pencha vers son oreille au milieu d'éclats de rire.

— En effet, dit le Magistrat avec sévérité. Quelle négligence de sa part. En l'absence de l'accusation, nous n'avons pas d'autre choix que de demander un renvoi.

Sur ce, il tira un gros tampon en caoutchouc de sa poche et l'apposa avec force sur les papiers que LeRoussi, en un éclair, avait réussi à poser devant lui.

J'eus tout juste le temps de placer un « Merci, Votre Honneur » ; m'empoignant par le bras, LeRoussi me glissa à l'oreille :

— Vite, filons d'ici !

Et il me propulsa vers la porte, entre les rangées de costumes sombres.

— Bravo ! hurla quelqu'un depuis la galerie. Bravo... et encore bravo !

En sortant, nous trouvâmes Miss Havisham en grande conversation avec Esther sur la perfidie des hommes en général, et du mari d'Esther en particulier. Elles n'étaient pas seules dans la pièce. Un Grec bronzé était assis, l'air maussade, à côté d'un Cyclope qui portait un bandage ensanglanté autour de la tête. Leurs avocats respectifs tenaient un discret conciliabule dans un coin.

— Comment ça s'est passé ? demanda Havisham.

— On a obtenu un renvoi, répondit LeRoussi, s'épongeant le front et me serrant la main. Bien joué, Thursday. Votre histoire de peintre en bâtiment m'a coupé la chique. C'était excellent, vraiment !

— Mais ce n'est qu'un renvoi, non ?

— Certes. Je n'ai jamais vu ce tribunal prononcer un seul acquittement. La prochaine fois, nous aurons affaire à un vrai juge… un juge que j'aurai choisi, moi !

— Et Hopkins, que va-t-il devenir ?

— Lui, rit LeRoussi, va avoir besoin d'un *très* bon avocat.

— Bien, dit Havisham en se levant. C'est l'heure pour nous d'aller à la foire. Venez !

Nous étions sur le point de sortir quand le Magistrat appela :

— Odysseus ? Inculpé de coups et blessures à l'encontre du Cyclope Polyphème ?

— Il a dévoré mes camarades… ! gronda Odysseus, furieux.

— Ça, c'est le procès de demain. Nous n'allons pas traiter cette affaire aujourd'hui. C'est à vous… et vous êtes en retard.

Là-dessus, le Juge d'Instruction referma la porte.

19

La foire aux livres

Mon apprentissage le plus rapide, je l'ai connu à la Jurifiction. Je crois que là-bas, mon arrivée avait été attendue beaucoup plus tôt. Très vite, Miss Havisham a mis à l'épreuve ma faculté d'entrer dans les livres, et j'ai été notée d'un lamentable 38 sur 100. Mrs. Nakijima avait 93, et Havisham, 99. J'aurais beau mémoriser un texte, il me faudrait toujours un livre pour me servir de support. Ç'avait ses inconvénients, mais ce n'était pas dramatique. Au moins, je pouvais lire un bouquin sans disparaître dedans…

THURSDAY NEXT
Chroniques de la Jurifiction

Une fois hors de la pièce, LeRoussi souleva son chapeau et s'éclipsa pour défendre un client qui croupissait actuellement dans une prison pour dettes. Le temps était couvert, mais doux. Me penchant par-dessus le balcon, je contemplai les enfants qui jouaient en bas, dans la cour.

— Bon ! déclara Havisham. Maintenant que cette histoire est réglée, on reprend l'entraînement. La foire aux livres de Swindon ouvre à midi, et j'ai envie de faire une ou deux bonnes affaires. Conduisez-moi là-bas.

— Tout de suite ?

— Servez-vous de votre tête, ma fille ! répliqua Havisham sèchement, fendant l'air de sa canne. Allons, allons ! Si vous ne pouvez pas m'y emmener directement, passez par chez vous, et nous prendrons la voiture… mais faites vite. La Reine Rouge a une longueur d'avance sur nous, et il y a une série de romans en coffret qu'elle convoite tout particulièrement. Il faut absolument qu'on y soit avant elle !

— Désolée, bredouillai-je, c'est impossible…

— Oubliez ce mot, *impossible*, explosa-t-elle. Le livre, ma fille, le *livre* !

Soudain, je compris. Je sortis le livre de la Jurifiction relié de cuir et l'ouvris. La première page, celle que j'avais déjà lue, était celle de la Grande Bibliothèque. Page deux, il y avait un extrait de *Raison et sentiments*, et page trois, une description détaillée de mon appartement à Swindon ; c'était d'une exactitude parfaite, jusqu'aux taches d'humidité sur le plafond de la cuisine et aux revues entassées sous le canapé. Les autres pages contenaient des règles et des instructions en petits caractères, des tuyaux et des indices, des conseils et des lieux à éviter. Il y avait des illustrations aussi, et des cartes comme je n'en avais encore jamais vu. En fait, il y avait beaucoup plus de pages que la reliure ne pouvait en contenir.

— Alors ? s'impatienta Havisham. On y va ?

Je retournai à la page avec la description de mon appartement. Je commençai à lire et sentis la main osseuse de Havisham m'agripper par le coude, tandis que les toits de Prague et les immeubles délabrés s'évanouissaient pour céder la place au décor familier.

— Ah ! fit-elle en regardant la petite cuisine d'un air méprisant. C'est là que vous habitez ?

— Pour le moment. Mon mari…

— Celui dont vous n'êtes pas sûre qu'il soit vivant ou mort, ni même si vous êtes mariés ?

— Lui-même, répondis-je fermement.

Ma réponse la fit sourire. Puis, dardant sur moi un œil torve :

— Vous n'auriez pas un motif caché pour suivre mon enseignement, hein ?

— Non, mentis-je.

— Vous n'êtes pas venue me voir avec une arrière-pensée ?

— Absolument pas.

— Et vous n'êtes pas non plus de ces *corsaires* du livre, en quête de richesses et d'aventures ?

Je secouai la tête. Mon projet pour sauver Landen n'allait pas forcément plaire à Havisham ; je décidai donc de le garder pour moi.

— Vous ne me dites pas toute la vérité, énonça-t-elle lentement, mais je ne vois pas très bien ce que vous me dissimulez. Les enfants sont de fieffés menteurs. Vos domestiques vous ont quittée récemment ?

Elle était en train de fixer la pile d'assiettes sales.

— Oui, mentis-je encore, histoire de ne pas m'attirer de nouvelles foudres. Trouver du personnel est une affaire délicate en 1985.

— Ce n'est pas un champ de roses au XIXe siècle non plus, fit Miss Havisham, s'appuyant à la table de la cuisine. Une bonne servante, ça ne reste pas. Et tout ça à cause d'*eux*, vous savez... ces menteurs, ces êtres infâmes.

— Etres infâmes ?

— Les hommes ! siffla-t-elle, venimeuse. Le sexe trompeur. Souvenez-vous de mes paroles, mon enfant : il ne vous arrivera rien de bon si vous succombez à leurs charmes... les charmes d'un serpent, croyez-moi.

— J'essayerai d'ouvrir l'œil, promis-je.

— Et de veiller sur votre vertu, dit-elle sévèrement.

— Cela va sans dire.

— Bien. Puis-je vous emprunter cette veste ?

Elle désignait le blouson de sport de Miles Hawke. Sans attendre de réponse, elle l'enfila et remplaça son voile par une casquette des OpSpecs. Satisfaite, elle demanda :

— La sortie, c'est par là ?

— Non, c'est le placard à balais. Pour sortir, c'est ici.

Nous ouvrîmes la porte et tombâmes nez à nez avec mon propriétaire. Le poing en l'air, il s'apprêtait à frapper.

— Ah ! gronda-t-il. Next !

— Vous m'avez donné jusqu'à vendredi.

— Je vais couper l'eau. Et le gaz.

— Vous ne pouvez pas faire ça !

— Si vous avez six cents livres ou un dodo version 1.2 sur vous, ricana-t-il, je me laisserai peut-être fléchir.

Mais son rictus se changea en grimace de frayeur quand la pointe de la canne de Miss Havisham se planta dans sa gorge. Elle le poussa violemment contre le mur du couloir. Il s'étouffa et voulut écarter la canne, mais Miss Havisham savait exactement quelle pression exercer : elle appuya plus fort, et il retint son geste.

— Ecoutez-moi bien ! aboya-t-elle. Si vous continuez à ennuyer Miss Next, vous aurez affaire à moi. Elle vous payera dans les temps, espèce de misérable… là-dessus, vous avez la parole de Miss Havisham !

Il haletait, le bout de la canne fiché dans la trachée. Les yeux voilés de panique, il ne put que hocher la tête avec difficulté.

— Parfait ! fit Miss Havisham, relâchant le bonhomme qui s'effondra comme une masse.

Puis, se tournant vers moi :

— Les infâmes ! Vous voyez, c'est ça, les hommes.

— Ils ne sont pas tous comme ça, hasardai-je.

— Balivernes, rétorqua Miss Havisham en empruntant l'escalier. Celui-là était parmi les moins pires. En tout cas, il n'a pas cherché à vous abuser par de belles paroles. J'irai même jusqu'à dire que je l'ai trouvé à peine répugnant. Vous avez une voiture ?

A la vue de ma Porsche bariolée, Miss Havisham haussa légèrement les sourcils.

— Je l'ai achetée telle quelle, expliquai-je.

— Je vois, répondit-elle d'un ton réprobateur. Les clés ?

— Je ne crois pas…

— Les *clés*, ma fille ! C'était quoi, la règle numéro un, déjà ?

— Faire tout ce que vous dites.

— Désobéissante peut-être, acquiesça-t-elle avec un mince sourire, mais pas oublieuse !

Je lui tendis les clés à contrecœur. Elle les saisit, une lueur dans l'œil, et s'installa promptement au volant.

— C'est un moteur à quatre cylindres ? s'enquit-elle, tout excitée.

— Non, c'est le modèle standard 1,6.

— Tant pis, grogna-t-elle en pompant la pédale d'accélérateur avant de mettre le contact. On fera avec.

Le moteur vrombit. Havisham m'adressa un sourire et un clin d'œil avant de l'emballer jusqu'au trait rouge et de passer la première d'un geste brusque. Nous démarrâmes sur les chapeaux de roues, l'arrière de la voiture chassant tandis que les pneus cherchaient à mordre sur le bitume.

J'avais rarement eu peur dans ma vie. Charger face à l'artillerie lourde de l'armée impériale russe avait un côté surréaliste qui engendrait une curieuse sensation de détachement, plutôt que de la frayeur. Affronter Hadès à Londres d'abord, sur le toit de Thornfield Hall ensuite avait été fort désagréable. Tout comme mener un raid de police, et les deux fois où je m'étais trouvée face au canon d'un pistolet n'avaient pas été une partie de plaisir non plus.

Mais rien de tout cela ne ressemblait, de près ou de loin, au sentiment d'une mort quasi certaine que j'éprouvai pendant que Miss Havisham conduisait. Nous dûmes enfreindre toutes les règles de la circulation jamais écrites. Nous évitâmes de justesse piétons, autres voitures et bornes ; nous brûlâmes trois feux rouges avant que Miss Havisham ne s'arrête à un carrefour pour laisser passer un poids lourd. Elle souriait, et bien que fantasque et limite suicidaire, sa conduite dénotait une certaine maîtrise, façon savant fou. Au moment même où je pensais que nous allions nous payer une boîte aux lettres, elle écrasa la pédale de frein, rétrograda… et manqua d'un cheveu la solide colonnette métallique.

— Le carburateur ne m'a pas l'air d'être très bien réglé ! beugla-t-elle parmi les cris affolés des passants. On va y jeter un coup d'œil, hein ?

Elle serra le frein à main ; nous dérapâmes sur un pavé et nous arrêtâmes à côté d'une terrasse de café, effrayant un groupe de bonnes sœurs qui coururent se mettre à l'abri. Havisham descendit et ouvrit le capot.

— Accélérez un bon coup, ma fille ! cria-t-elle.

Je m'exécutai et souris faiblement à un client du café qui me lança un regard noir.

— Elle ne sort pas souvent, expliquai-je.

Havisham regagna le siège du conducteur, appuya sur l'accélérateur et expédia en direction de la terrasse un nuage de fumée à l'odeur de caoutchouc brûlé.

— Voilà qui est mieux ! glapit-elle. Vous n'entendez pas ? C'est beaucoup mieux.

Moi, tout ce que j'entendais, c'était une sirène de police qui s'était mise en marche.

— Oh, nom de Dieu ! marmonnai-je.

Miss Havisham m'assena un grand coup sur le bras.

— Quoi, qu'est-ce que j'ai fait ?

— Vous avez blasphémé. S'il y a une chose que je hais plus que les hommes, c'est bien le blasphème… écartez-vous de mon chemin, bande de mécréants !

Des gens qui traversaient dans les clous s'égaillèrent, terrifiés, et Havisham passa à toute allure en brandissant un poing vengeur. Je me retournai. Une voiture de police nous suivait, les gyrophares allumés et les sirènes hurlantes. Je vis ses occupants s'arc-bouter dans le tournant ; Miss Havisham rétrograda, et nous prîmes un virage serré à gauche, à moitié sur le trottoir. Après une embardée pour éviter une mère avec sa poussette, nous nous retrouvâmes dans un parking. Nous fonçâmes entre les rangées de voitures en stationnement, mais la sortie était bloquée par un camion de livraison. Miss Havisham freina, passa la marche arrière et recula adroitement.

— On ne ferait pas mieux de s'arrêter ? demandai-je.

— Ne dites pas n'importe quoi, ma fille !

Elle regarda autour d'elle, à la recherche d'une issue tandis que la voiture de police venait embrasser notre pare-chocs arrière.

— La foire va ouvrir d'une minute à l'autre. C'est parti ! Accrochez-vous !

Il n'y avait qu'un moyen de sortir du parking : un passage entre deux bornes en béton qui semblait beaucoup trop étroit pour ma voiture. Mais Miss Havisham avait l'œil plus exercé que moi ; nous franchîmes l'ouverture, rebondîmes sur un talus herbeux, prîmes une rue à contresens et traversâmes une zone piétonne pour piler devant une énorme file d'attente qui s'était formée devant la foire aux livres de Swindon... juste au moment où l'horloge de la ville sonnait les douze coups de midi.

— Vous avez failli tuer huit personnes ! pantelai-je.

— Moi, j'en ai compté plutôt une douzaine, rétorqua Havisham en ouvrant la portière. De toute façon, on ne peut pas faillir tuer quelqu'un. Ou bien la personne est morte, ou bien elle ne l'est pas ; et il n'y en a pas un qui a été égratigné !

La voiture de police se gara derrière nous ; ses deux côtés portaient de profondes entailles – les bornes, sûrement.

— J'ai plus l'habitude de ma Bugatti que de ça, déclara Miss Havisham en me rendant les clés et en claquant la portière. Mais ce n'est pas mal non plus, hein ? J'aime bien la boîte de vitesses.

Je connaissais les deux policiers, et ils n'avaient pas l'air de trouver ça drôle. La police locale n'affectionnait pas particulièrement les OpSpecs, qui le leur rendaient bien. Ils n'auraient été que trop ravis de coincer l'un d'entre nous. Ils scrutèrent Miss Havisham, ne sachant comment exprimer leur courroux face à une violation aussi flagrante du code de la route.

— Vous, dit l'un des agents d'une voix qu'il maîtrisait avec peine, vous, madame, avez de gros ennuis.

Elle le toisa, hautaine.

— Jeune homme, vous ne connaissez même pas le sens de ce mot !

— Ecoutez, Rawlings, interrompis-je, pourrions-nous...

— Miss Next, répliqua-t-il fermement, votre tour viendra, O.K. ?

Je descendis de la voiture.

— Votre nom ?

— Miss *Dame-Rouge*[1], mentit Havisham sans vergogne, et ne vous fatiguez pas à me demander mon permis ou ma carte verte... je n'ai ni l'un ni l'autre !

L'agent mit un moment à digérer cette information.

1. En français dans le texte. *(N.d.T.)*

— J'aimerais que vous montiez dans ma voiture, madame. Je vous emmène au poste pour prendre votre déposition.

— Vous m'arrêtez ?

— Si vous refusez de venir avec moi, oui.

Havisham me jeta un coup d'œil, articulant silencieusement : « A trois. » Puis elle poussa un grand soupir et se dirigea vers la voiture de police d'une démarche théâtrale, tremblant de tous ses membres et se conduisant comme la personne âgée qu'elle n'était pas. Je regardai sa main pendant qu'elle me faisait signe – à l'insu des policiers : un doigt, deux et, finalement, alors qu'elle s'adossait un instant à l'aile de leur véhicule, le troisième et dernier doigt.

— *Attention !* hurlai-je en désignant le ciel.

Les deux hommes, se rappelant l'accident avec l'Hispano-Suiza survenu deux jours plus tôt, levèrent docilement le nez. Havisham et moi nous précipitâmes à la tête de la file d'attente, feignant d'y retrouver une connaissance. Sans perdre une seconde, les policiers s'élancèrent à notre poursuite, mais les portes s'ouvrirent, et la foule de bibliophiles de tous âges et tous les goûts littéraires se rua en avant, balayant les deux agents sur son passage et nous entraînant, Miss Havisham et moi, dans les entrailles de la librairie.

A l'intérieur, c'était une véritable émeute, et nous fûmes bientôt séparées. Devant moi, deux clients se disputaient un exemplaire dédicacé de *Sur la route* de Jack Kerouac qui finit par craquer au milieu. Je me frayai un passage au rez-de-chaussée entre les rayons Cartographie, Voyages et Développement Personnel. Je commençais à désespérer de revoir Havisham un jour quand j'entrevis une ample robe rouge dépassant d'un imperméable de couleur fauve. Je regardai la bordure écarlate traverser la salle et s'engouffrer dans l'ascenseur. J'accourus et glissai mon pied dans la porte juste avant qu'elle ne se referme. Le garçon d'ascenseur, un Neandertal, me considéra avec curiosité et rouvrit les portes pour me laisser entrer. La Reine Rouge me toisa avec hauteur et se dandina légèrement pour adopter une posture plus royale. D'une constitution robuste, elle portait ses cheveux auburn en chignon sous sa couronne, dissimulée à la hâte sous le capuchon de son imper. En dessous, elle était entièrement vêtue de rouge, et je soupçonnais que, sous son maquillage, sa peau était rouge aussi.

— Bonjour, Votre Majesté, dis-je de ma voix la plus polie.

— Pfff ! répondit la Reine Rouge.

Puis, après une pause :

— Vous êtes la nouvelle apprentie de cette pouffiasse de Havisham ?

— Depuis ce matin, madame.

— Une matinée de perdue, je parie. Vous avez un nom ?

— Thursday Next, madame.

— Vous pouvez faire une révérence, si vous le désirez.

J'obtempérai.

— Vous regretterez de ne pas avoir appris avec moi, ma chère… mais vous n'êtes encore qu'une enfant, et à cet âge-là, on fait difficilement la différence entre le bien et le mal.

— Quel étage, Votre Majesté ? s'enquit le Neandertal.

La Reine Rouge le gratifia d'un sourire éclatant, lui dit que s'il jouait cartes sur table, elle le ferait duc, puis ajouta, comme après réflexion :

— Troisième.

Il y eut un drôle de petit silence, de ceux qui surviennent seulement dans les ascenseurs ou dans la salle d'attente d'un dentiste. Nous fixions l'indicateur d'étage qui grimpait lentement avant de s'arrêter au deuxième.

— Deuxième étage, annonça le Neandertal. Histoire, Allégories, Allégories Historiques, Poésie, Théâtre, Théologie, Analyse Critique et Crayons.

Quelqu'un tenta de monter.

— Occupé ! aboya la Reine Rouge, d'une voix si terrifiante que la personne recula.

L'ascenseur repartit, et elle demanda, l'air mal assuré :

— Comment va Havisham, ces temps-ci ?

— Bien, je pense.

— Parlez-lui donc de son mariage.

— A mon avis, ce serait déraisonnable.

— Et comment ! fit la Reine, s'esclaffant comme une otarie.

Mais l'effet n'est pas inintéressant. On dirait le Vésuve, si mes souvenirs sont bons.

— Troisième étage, déclara le Neandertal. Littérature populaire, auteurs A-J.

Les portes s'ouvrirent sur une bataille rangée entre les amateurs de livres car, il faut bien l'admettre, il y avait quelques très bonnes affaires à la clé. J'avais déjà entendu parler de la folie littéraire, mais je ne l'avais encore jamais vue à l'œuvre.

— Voilà qui y ressemble davantage. Venez ! lança la Reine Rouge en se frottant les mains.

Elle sortit de l'ascenseur en envoyant valser une dame âgée au passage.

— Où êtes-vous, Havisham ? tonna-t-elle, regardant à droite et à gauche. Elle doit être… Oui ! Oui ! Ohé, Stella, espèce de vieux chameau !

Miss Havisham s'arrêta net et se tourna en direction de la Reine. D'un geste vif, elle tira un petit pistolet des plis de sa robe de mariée en loques. La Reine Rouge se baissa, et la balle arracha le coin d'une corniche en plâtre.

— On a ses nerfs ? cria la Reine.

Mais Havisham avait déjà disparu.

— Ha ! fit la Reine Rouge, se jetant dans la mêlée. Que le diable l'emporte… elle est partie vers les romans sentimentaux.

— Romans sentimentaux ? répétai-je, songeant à la haine que Havisham vouait aux hommes. Ça m'étonnerait fort !

Sans me prêter attention, la Reine Rouge fit un détour par le rayon Fantasy pour éviter la cohue autour de la gondole d'Agatha Christie. Connaissant le magasin mieux qu'elle, je me faufilai entre Haggard et Hergé, juste à temps pour voir Miss Havisham commettre sa première erreur. Dans sa hâte, elle avait bousculé une petite vieille en train d'étudier la réclame « Deux livres achetés, un offert » au rayon littérature contemporaine. La vieille dame – rompue à la tactique guerrière des soldes dans les grands magasins – para adroitement le coup et crocheta la cheville de Havisham avec le manche en bambou de son parapluie. Havisham s'écroula lourdement, le souffle coupé. Je m'agenouillai à côté d'elle tandis que la Reine Rouge passait devant nous en riant et en faisant : « Nananaire ! »

— Thursday ! haleta Miss Havisham pendant que plusieurs pieds chaussés de bas l'enjambaient. Les œuvres complètes de Daphne Farquitt dans un coffret en noyer... *foncez* !

Et je fonçai. Farquitt était tellement prolixe et tellement populaire qu'elle avait une étagère pour elle toute seule, et ses derniers romans vendus en coffret étaient en passe de devenir des objets de collection... pas étonnant qu'on se bagarre pour les avoir. Je plongeai dans la foule et me pris aussitôt un coup de poing sur le nez. Je chancelai, et on me poussa violemment par-derrière, tandis que quelqu'un d'autre – un complice, sans doute – me fourrait une canne entre les tibias. Je perdis pied et tombai sur le plancher dur. Ne me sentant pas en sécurité, je rampai hors de la bousculade et rejoignis Miss Havisham, réfugiée derrière les romans généreusement soldés de Du Maurier.

— Ce n'est pas aussi facile que c'en a l'air, hein, ma fille ? dit-elle avec un sourire oblique, pressant un mouchoir en dentelle blanche contre mon nez ensanglanté. Elle est encore loin de Farquitt, la harpie royale ?

— La dernière fois que je l'ai vue, elle se battait quelque part entre Ervine et Euripide.

— Nom d'un chien ! grogna Havisham. Ecoutez, ma fille, je crois que j'ai eu mon compte. Je me suis foulé la cheville et j'en ai assez. Mais vous... vous pourriez peut-être y arriver.

Je jetai un œil sur la bataille qui faisait rage tout autour ; juste à ce moment-là, un derringer de poche atterrit à côté de nous.

— Comme je m'attendais à ceci, poursuivit-elle, j'ai dressé une carte.

Elle déplia une feuille de papier à lettres de Satis House et désigna l'endroit où elle pensait que nous nous trouvions.

— Vous ne traverserez pas l'étage vivante. Il faudra grimper par-dessus les codes de procédure pénale, passer devant les caisses et le comptoir des retours, ramper sous les romans à l'eau de rose et combattre sur les deux derniers mètres pour atteindre le coffret de Farquitt. C'est une édition limitée de cent exemplaires – jamais je n'aurai une autre chance comme celle-là !

— C'est de la folie, Miss Havisham ! protestai-je, indignée. Je ne me battrai pas pour un coffret de romans de Daphne Farquitt !

Miss Havisham me lança un regard perçant. Au même moment, on entendit la détonation étouffée d'une arme de petit calibre et le bruit sourd de la chute d'un corps.

— C'est bien ce que je pensais ! ricana-t-elle. Vous êtes en train de faire dans votre culotte ! Comment espériez-vous affronter des périls inconnus à la Jurifiction si vous n'êtes pas capable de gérer quelques fanatiques de la lecture désireux de faire une bonne affaire ? Votre apprentissage s'arrête là. Bonne journée, Miss Next !

— Attendez ! C'est un *test* ?

— Que croyiez-vous que c'était ? Avec tout l'argent que j'ai, vous vous imaginez que je vais m'amuser à me bagarrer pour des livres que je peux lire gratis à la Bibliothèque ?

Résistant à la tentation de répondre « oui », je lui demandai :

— Ça ira si je vous laisse ici, madame ?

— Sans problème, répliqua-t-elle, faisant un croc-en-jambe à un homme qui passait par là, sans raison apparente. Allez, filez !

Je rampai sur la moquette, escaladai les codes de procédure pénale, atterris du côté des caisses où les vendeuses annonçaient les soldes avec une ferveur quasi messianique ; je les dépassai à pas de loup, plongeai sous la table des romans à l'eau de rose et émergeai à moins de deux mètres du présentoir des éditions spéciales de Daphne Farquitt. Par miracle, personne ne s'était encore emparé du coffret. Qui était *réellement* soldé : de 300 £ il était passé à 50. Je regardai sur ma gauche et aperçus la Reine Rouge qui jouait des coudes dans la foule. Croisant mon regard, elle me défia d'essayer de la battre. J'inspirai profondément et m'élançai dans le tourbillon de violence engendrée par la littérature populaire. Presque immédiatement, je reçus un coup à la mâchoire et un autre dans les reins ; je poussai un cri de douleur et battis précipitamment en retraite. Devant la section de J.G. Farrell, je rencontrai une femme qui avait l'arcade sourcilière ouverte. La Reine Rouge, entre-temps, se frayait un passage dans la mêlée, renversant les gens dans sa hâte d'arriver avant moi. Elle sourit, triomphante, ayant mis un coup de boule à une femme qui tentait de lui planter un marque-page argenté dans l'œil. Je fis un pas en avant et m'arrêtai : pour une femme enceinte, ce n'était peut-être pas l'idéal de prendre part à une échauffourée.

Je repris donc ma respiration et criai :

— *Mrs. Farquitt est en train de dédicacer ses livres au sous-sol !*

Il y eut un moment de silence, suivi d'un exode massif vers les escalators et les escaliers. La Reine Rouge, coincée dans la foule, fut entraînée par le courant ; en quelques secondes, la salle se vida. Daphne Farquitt était réputée pour sa discrétion : aucun de ses fans n'allait rater l'occasion de pouvoir la rencontrer en personne. Je m'approchai tranquillement du coffret, l'emportai au comptoir, payai et retrouvai Miss Havisham derrière les Du Maurier en solde, où elle feuilletait distraitement un exemplaire de *Rebecca*.

— Pas mal, fit-elle d'un air bougon. Vous avez le ticket de caisse ?

— Oui, madame.

— Et la Reine Rouge ?

— Egarée quelque part entre le sous-sol et ici.

Un mince sourire effleura les lèvres de Miss Havisham. Je l'aidai à se relever. Ensemble, nous nous dirigeâmes lentement vers la sortie, entre les hordes de clients surexcités.

— Comment avez-vous fait ? demanda Havisham.

— Je leur ai dit que Daphne Farquitt dédicaçait ses livres au sous-sol.

— C'est vrai ? s'exclama Miss Havisham, pivotant vers les escaliers.

— Mais non.

La prenant par le bras, je la propulsai vers la porte.

— C'est juste un bobard que je leur ai raconté.

— Oh, j'ai compris ! Excellent. Ingénieuse et intelligente. Mrs. Nakijima avait raison : vous ferez une bonne apprentie.

Elle me considéra un instant, l'air de réfléchir à quelque chose. Puis elle hocha la tête, sourit à nouveau et me tendit un simple anneau en or qui glissa facilement par-dessus mon petit doigt.

— Tenez, c'est pour vous. *Ne l'enlevez jamais.* Vous entendez ?

— Merci, Miss Havisham, c'est très joli.

— Joli, mon œil, Next. Gardez votre gratitude pour les grandes occasions, pas pour des vétilles. Allez, venez. Je connais une très bonne pâtisserie dans *La Petite Dorrit*… c'est moi qui régale !

Dehors, des ambulanciers étaient en train de charger les blessés, dont la plupart serraient encore dans les mains les restes de l'ouvrage pour lequel ils s'étaient si vaillamment battus. Ma voiture était partie – à la fourrière, très certainement –, et nous trottinâmes aussi rapidement que le permettait la cheville de Miss Havisham, jusqu'à ce que…

— Pas si vite !

Les policiers qui tantôt nous avaient prises en chasse nous bloquaient le passage.

— Vous cherchez quelque chose ? *Ceci*, peut-être ?

Ma voiture avait été chargée sur un semi-remorque.

— On prendra le bus, bredouillai-je.

— Vous prendrez la voiture, rectifia l'agent. *Ma* voiture… Dites donc, vous allez où comme ça ?

Il s'adressait à Miss Havisham qui, le coffret de Farquitt sous le bras, s'était mêlée à un groupe de femmes pour masquer son départ… vers *Les Grandes Espérances*, la pâtisserie dans *La Petite Dorrit* ou ailleurs. J'aurais bien voulu me joindre à elle, mais mes talents en la matière laissaient grandement à désirer. Je soupirai.

— Nous avons besoin d'explications, Next, déclara le policier d'un ton sévère.

— Ecoutez, Rawlings, cette dame, je ne la connais pas très bien. Quel est son nom, déjà ? Dame-Rouge ?

— C'est *Havisham*, Next… mais vous le savez, n'est-ce pas ? Cette « dame » est bien connue de la police : elle a commis soixante-quatorze infractions graves au code de la route ces vingt-deux dernières années.

— Ah bon ?

— Eh oui. Au mois de juin, elle a été épinglée au volant d'une

Higham Special traction à chaîne à 275 kilomètres à l'heure sur la M4. Ce n'est pas seulement irresponsable, c'est… pourquoi riez-vous ?

— Pour rien.

Le policier me dévisagea.

— Vous avez l'air de bien la connaître, Next. Pourquoi fait-elle ces choses-là ?

— Peut-être parce que là d'où elle vient, il n'y a pas d'autoroutes… ni de Higham Special 27 litres.

— Et où est-ce donc, Next ?

— Je n'en ai pas la moindre idée.

— Je pourrais vous coffrer pour association de malfaiteurs.

— Mais elle n'était pas en état d'arrestation, Rawlings, vous l'avez dit vous-même.

— Elle, peut-être pas, mais vous, si. Allez, montez.

20

Yorrick Kaine

En 1983, un homme d'allure jeune, Yorrick Kaine, fut élu à la tête des Whigs, à l'époque petit parti sans influence dont le projet de ramener la noblesse au pouvoir et de limiter le droit de vote aux seuls propriétaires terriens l'avait placé en marge de la scène politique. Sa position pro-Crimée, alliée à un désir de réunification britannique, lui valut le soutien des nationalistes, et en 1985, les Whigs avaient trois députés au Parlement. Ils bâtirent leur manifeste sur des tactiques populistes telles que la réduction de la taxe sur le fromage ou la possibilité de gagner un titre de duc à la loterie nationale. Politicien habile et stratège avisé, Kaine aspirait au pouvoir… et tous les moyens étaient bons pour y parvenir.

A.J.P. MILLINER
Les Nouveaux Whigs : des humbles débuts au Quatrième Reich

Il me fallut deux heures pour convaincre la police que je ne leur fournirais aucune information sur Miss Havisham, autre que son adresse. Imperturbables, ils feuilletèrent un code civil jauni et, pour finir, exhumèrent une loi obscure de 1621 sur le fait de « permissionner à une personne de mœurs condamnables de conduire un attelage ». Sauf qu'ils barrèrent « attelage » et le remplacèrent par « véhicule »… c'est pour vous dire le degré de leur désespoir. D'ici huit jours, j'allais être convoquée au tribunal. Je m'apprêtais à m'éclipser pour rentrer chez moi quand…

— Vous voilà, vous !

Je me retournai en espérant que je n'avais pas gémi trop fort.

— Bonjour, Cordelia.

— Ça va, Thursday ? Vous m'avez l'air un peu cassée !

— J'ai été victime de folie littéraire.

— Bon, trêve de bêtises… il faut que je vous présente au couple qui a remporté mon concours.

— Est-ce vraiment nécessaire ?

Flakk darda sur moi un œil impitoyable.

— C'est *très* souhaitable.

— O.K., d'accord. Où sont-ils ?

— Je… euh… je ne sais pas trop.

Elle se mordit la lèvre et consulta sa montre.

— Ils avaient promis d'être là il y a une demi-heure. Vous avez bien quelques minutes ?

Nous attendîmes donc ; Cordelia surveillait tour à tour sa montre et la porte d'entrée. Au bout de dix minutes, je m'excusai et filai au bureau des LittéraTecs.

— Thursday ! fit Bowden en me voyant entrer. J'ai dit à Victor que vous aviez la grippe. Comment ça s'est passé, à Osaka ?

— Très bien. J'ai pu pénétrer dans des livres sans le Portail de la Prose. Maintenant, j'y arrive toute seule… plus ou moins.

— Vous plaisantez ?

— Non. C'est comme si Landen était déjà revenu. J'ai vu *Le Procès* de l'intérieur et je viens juste d'aller à la foire aux livres de Swindon avec Miss Havisham.

— Comment est-elle ? s'enquit Bowden avec intérêt.

— Bizarre… et surtout, ne lui passez jamais le volant. Il y aurait dans les livres comme un équivalent de OS-27… mais je n'ai pas encore vraiment tiré les choses au clair. Quoi de neuf au bureau ?

Il me montra un exemplaire de *La Chouette*. Le gros titre disait : *Nouvelle pièce de Will découverte à Swindon. La Taupe* titrait : *Le miracle Cardenio* ! Et *Krapo*, comme il fallait s'y attendre : *L'as du croquet de Swindon Aubrey Jambe surpris dans sa baignoire avec un chimpanzé.*

— Le Pr Spoon l'a donc authentifié ?

— Et comment, répondit Bowden. L'un de nous devrait porter le rapport à Volescamper cet après-midi. Tenez, ceci est pour vous.

Il me tendit le sachet de substance rose et gluante avec le compte rendu du labo d'analyses. Je le remerciai et parcourus les conclusions du labo avec un intérêt qui n'avait d'égal que ma perplexité.

« Sucre, acides gras d'origine animale, calcium, sodium, maltodextrine, carboxyméthylcellulose, phénylalanine, composés complexes d'hydrocarbures et traces de chlorophylle. »

Je regardai la dernière page du compte rendu, mais ne m'en trouvai pas plus avancée. Le labo avait fidèlement répondu à ma demande d'analyse – sans m'apprendre quoi que ce soit.

— Qu'est-ce que ça veut dire, Bowd ?

— Alors là... Ils cherchent à établir un profil à partir de composés chimiques connus, mais pour l'instant, ça n'a rien donné. Si vous nous disiez où vous l'avez eu ?

— A mon avis, ce ne serait pas prudent. Je vais déposer le rapport sur *Cardenio* chez Volescamper... je tiens à tout prix à éviter Cordelia. Dites au labo que l'avenir de la planète est entre leurs mains : ça devrait le faire. Il faut que je sache ce que c'est, ce truc rose.

J'aperçus Cordelia qui m'attendait dans le hall, avec ses deux invités qui avaient fini par arriver. Malheureusement pour eux, Spike Stoker s'était trouvé dans les parages et, prête à tout pour distraire les gagnants de son concours, elle lui avait visiblement demandé de dire quelques mots. Leur mine pétrifiée d'horreur se passait de tout commentaire. Dissimulant mon visage derrière le rapport, je laissai Cordelia à ses relations publiques.

Je m'arrangeai avec une patrouille de police pour qu'ils me déposent au manoir délabré de Vole Towers où à présent régnait une grande animation. Une vingtaine de camions de télévision stationnaient dans l'allée de gravier envahie de mauvaises herbes.

Des antennes paraboliques se dressaient dans le ciel, transmettant les images à un émetteur situé à bord d'un dirigeable qui les répercutait en direct aux spectateurs du monde entier. La sécurité était assurée par les OS-14 qui restaient là à bavarder nonchalamment entre eux. Les discussions tournaient, semblait-il, autour de l'indiscrétion apparente d'Aubrey Jambe avec le chimpanzé.

— Salut, Thursday ! me dit un jeune et séduisant agent posté près de la porte d'entrée.

C'était embêtant car je ne le reconnus pas. Des inconnus qui me saluaient amicalement, ça m'arrivait souvent depuis l'éradication de Landen ; j'allais probablement finir par m'y habituer.

— Salut ! répondis-je sur le même ton. Qu'est-ce qui se passe ici ?

— Yorrick Kaine tient une conférence de presse.

— Ah bon ? fis-je, soudain méfiante. Et quel rapport avec *Cardenio* ?

— Tu n'es pas au courant ? Lord Volescamper a fait don de la pièce à Yorrick Kaine et au parti whig.

— Et pourquoi, demandai-je lentement, flairant une monumentale magouille politique, lord Volescamper entretiendrait-il des liens avec quelqu'un comme Kaine, cette espèce de réac gallophobe et va-t-en-guerre ?

L'OpSpec-14 haussa les épaules.

— Parce que c'est un lord et qu'il cherche à regagner un pouvoir perdu ?

Deux autres agents passaient par là, et l'un d'eux lança au jeune homme :

— Ça va, Miles ?

Le fringant OpSpec-14 répondit que oui, mais il se trompait. Ça n'allait pas – en tout cas, pas pour moi. Je pensais bien que je tomberais sur Miles Hawke un jour ou l'autre, mais pas comme ça, à l'improviste. Je le regardai bouche bée, priant pour qu'il ne remarque pas mon état de choc. Il était venu chez moi ; il me connaissait beaucoup mieux que je ne le connaissais, lui. Mon cœur cogna dans ma poitrine, et je voulus dire quelque chose de fin et de spirituel, mais ce qui sortit ressemblait plutôt à :

— *Asafaiquetant ?*

Déconcerté, il se pencha en avant.

— Pardon, qu'est-ce que tu viens de dire ?

— Rien, rien.

— Tu avais l'air un peu perturbée au téléphone, Thursday. Y a-t-il un problème avec notre *arrangement* ?

Je le dévisageai, momentanément sans voix, avant de balbutier :

— Non, non... aucun.

— Tant mieux ! fit-il. Il faut qu'on fixe une date ou deux.

— Absolument, acquiesçai-je, carburant à l'angoisse pure. Bon, je dois y aller... salut.

Et je repartis au trot sans lui laisser le temps d'ouvrir la bouche. A la porte de la bibliothèque, je m'arrêtai pour reprendre mon souffle. Tôt ou tard, je devrais lui parler franchement. Décidant que le plus tard serait le mieux, je franchis les massives portes en acier. Yorrick Kaine et lord Volescamper trônaient derrière une table, flanqués de Mr. Swaike et de deux vigiles qui se tenaient de part et d'autre du manuscrit, fièrement exposé à l'abri d'une vitre blindée. La conférence de presse battait son plein, et je tapotai Lydia Startright – qui se trouvait tout près – sur le bras.

— Salut, Lyds ! chuchotai-je.

— Bonjour, Thursday. Il paraît que c'est vous qui l'avez authentifié la première. C'est vraiment bien ?

— Excellent. Pratiquement à la hauteur de *La Tempête*. Que se passe-t-il ici ?

— Volescamper vient d'annoncer officiellement qu'il fait don de la pièce à Yorrick Kaine et aux Whigs.

— Pourquoi ?

— Allez savoir. Attendez, j'ai une question à poser.

Lydia leva la main, et Kaine pointa le doigt sur elle.

— Que comptez-vous faire de la pièce, Mr. Kaine ? Nous avons entendu parler, ici dans la région, d'une offre de cent millions de livres sterling.

— Bonne question, répliqua Yorrick Kaine en se redressant. Le parti whig remercie lord Volescamper de sa formidable générosité. Mon opinion est que *Cardenio* ne saurait appartenir à un individu ou un groupe ; nous nous proposons donc d'accorder des droits d'exploitation gratuits à quiconque voudrait le faire jouer sur scène.

La salle bourdonnait d'excitation. C'était un geste d'une largesse sans précédent, surtout de la part de Kaine, mais qui plus est, c'était une décision *juste*, et la presse se prit subitement de sympathie pour Yorrick. Ce fut comme s'il n'avait jamais suggéré d'envahir le pays de Galles ou de limiter le droit de vote – je trouvais ça de plus en plus louche.

Il y eut quelques autres questions à propos de la pièce ; Kaine avait réponse à tout : le conservateur acharné avait endossé l'habit d'un patriarche bienveillant et magnanime. Après la conférence de presse, je traversai la salle et abordai Volescamper, qui me regarda bizarrement.

— Le rapport Spoon, dis-je, lui tendant l'enveloppe en papier kraft. L'authentification… nous pensons que cela pourrait vous intéresser.

— Comment ? Oui, bien sûr !

Volescamper prit le rapport et y jeta un bref coup d'œil avant de le passer à Kaine, qui l'examina avec attention. Il ne me regarda même pas, mais dans la mesure où je n'entendais pas repartir comme un vulgaire saute-ruisseau, Volescamper se crut obligé de me présenter.

— Ah oui ! Mr. Kaine, voici Thursday Next, OpSpec-27.

Kaine leva les yeux du rapport, brusquement tout sucre et miel.

— Miss Next, ravi de vous connaître ! s'exclama-t-il. J'ai lu vos exploits avec le plus grand intérêt, et je tiens à souligner que votre intervention a considérablement amélioré la trame de *Jane Eyre*.

Mais son numéro de charme bidon me laissa de marbre.

— Vous croyez pouvoir changer le destin du parti whig, Mr. Kaine ?

— Actuellement, nous procédons à une restructuration du parti, répliqua Kaine d'un air sérieux. L'ancienne idéologie étant caduque, nous sommes en train de bâtir une nouvelle vision de l'avenir politique de notre pays. Un patriarche avisé à la tête de la nation, et un droit de vote limité aux citoyens responsables que sont les propriétaires terriens, voilà l'avenir, Miss Next… un gouvernement collectif est un non-sens qui a fait son temps.

— Et le pays de Galles ? demandai-je. Quelle est aujourd'hui votre position là-dessus ?

— Le pays de Galles fait historiquement partie de la Grande-Bretagne, déclara Kaine, un peu plus sur la défensive. Les Gallois inondent le marché anglais de produits à bas prix, et cela doit cesser… mais je n'ai *aucun* projet en ce qui concerne une réunification forcée.

Je le dévisageai un moment.

— Il faudrait arriver au pouvoir d'abord, Mr. Kaine.

Son sourire s'évanouit.

— Merci de m'avoir transmis le rapport, Miss Next, glissa Volescamper précipitamment. Puis-je vous offrir un verre avant que vous ne partiez ?

Je saisis l'allusion et me dirigeai vers la sortie. Une fois dehors, je considérai pensivement les camions des équipes de radiodiffusion. Yorrick Kaine avait bien calculé son coup.

21

Les Arts Modernes de Swindon 85

Le très irrévérend Joffy Next était ministre du culte de la première église de l'Etre Suprême Universel en Angleterre. L'ESU englobait un peu toutes les religions, arguant que, s'il n'y avait qu'un seul Dieu, Il n'aurait que faire des turpitudes matérielles, et la rationalisation de la foi serait tout à fait dans Son intérêt. Les paroissiens allaient et venaient comme bon leur semblait, priaient chacun à sa guise et se mélangeaient librement aux autres adeptes. Le mouvement connut un certain succès, mais ce que Dieu en pensait réellement reste un mystère.

PR. M. BLESSINGTON
L'Etre Suprême Universel

Je signai un chèque en bois pour récupérer ma voiture à la fourrière et rentrai chez moi manger un morceau et prendre une douche avant de me rendre à Wanborough, où Joffy avait organisé sa première exposition des Arts Modernes de Swindon. Comme il m'avait demandé une liste de mes collègues pour gonfler le nombre des invités, je m'attendais à y retrouver des gens du boulot. J'en avais même parlé à Cordelia qui, lorsqu'elle n'était pas en mode RP, pouvait être un sacré boute-en-train. L'exposition, qui avait lieu à l'église de l'Etre Suprême Universel, avait été inaugurée par Frankie Saveloy une demi-heure avant mon arrivée. Une grande animation semblait régner à l'intérieur. Les bancs avaient été retirés, et les artistes, les critiques, la presse et les acheteurs potentiels grouillaient parmi une collection d'œuvres hétéroclites. J'attrapai au passage un verre de vin sur le plateau d'un serveur, me souvins que je n'avais pas le droit de boire et le reniflai avec nostalgie avant de le reposer. Joffy, très classe en smoking et col d'ecclésiastique, se précipita à ma rencontre avec un énorme sourire.

— Salut, Nounouille ! s'écria-t-il en m'étreignant affectueusement. Content de te voir. Tu connais Mr. Saveloy ?

Et, sans attendre ma réponse, il me propulsa vers un individu bouffi qui se tenait tout seul dans un coin. Il me présenta rapidement et se sauva. Frankie Saveloy était l'animateur de *Kézako Quiz* et ressemblait plus à un crapaud dans la vie réelle qu'à l'écran. Je m'attendais à moitié à voir jaillir une langue longue et visqueuse pour choper une mouche égarée ; néanmoins, je souris poliment.

— Mr. Saveloy, dis-je en lui tendant la main.

Il l'emprisonna dans sa paluche moite.

— Enchanté, grogna-t-il en lorgnant sur mon décolleté. Je regrette de n'avoir pas pu vous inviter dans mon émission, mais c'est déjà un honneur pour vous de me rencontrer, n'est-ce pas ?

— Je dirais que c'est l'inverse, rétorquai-je en retirant ma main avec force.

— Ah ! fit Saveloy, souriant d'une oreille à l'autre, au point que j'eus peur que sa tête ne se décroche. Ma Rolls est garée dehors… ça ne vous dirait pas d'aller faire un tour ?

— Plutôt manger des clous rouillés.

Nullement désarmé, il s'esclaffa de plus belle.

— Dommage de ne pas profiter d'une aussi belle paire de nichons, Miss Next.

Je levai la main pour le gifler, mais mon geste fut intercepté par Cordelia Flakk, qui avait décidé d'intervenir.

— Tu ne changeras donc jamais, Frankie ?

Saveloy grimaça.

— Va au diable, Dilly… tu me gâches tout le plaisir !

— Venez, Thursday, si vous avez du temps à perdre, il y a plein d'autres crétins dans les parages.

Flakk avait troqué sa tenue rose bonbon contre une teinte plus discrète, mais qui avait toujours de quoi voiler une pellicule à quarante mètres de distance. Elle me prit par la main et m'entraîna vers quelques-uns des objets exposés.

— Vous m'avez menée en bateau, Thursday, déclara-t-elle avec humeur. Je ne vous demande que dix minutes de votre temps pour mes invités.

— Désolée, Dilly. J'ai été un peu bousculée. Où sont-ils ?

— Ils étaient tous les deux censés jouer dans *Richard III* au Ritz.

— Censés ?

— Ils sont arrivés en retard et, du coup, ont manqué le lever du rideau. Pouvez-vous, *s'il vous plaît*, leur accorder un petit moment demain ?

— Je vais essayer.

— Parfait.

Nous nous approchâmes d'une petite cohue : un des exposants était en train de présenter sa dernière œuvre à un public attentif composé principalement de critiques d'art ; vêtus de costumes noirs sans col, ils griffonnaient des notes sur leurs catalogues.

— Alors, fit l'un d'eux en contemplant l'œuvre à travers ses demi-lunes. Racontez-nous tout, Mr. Duchamp2924.

— Je l'ai intitulée *Au-dedans du Ça*, répondit le jeune homme d'une voix douce, fuyant les regards et joignant les bouts de ses doigts.

Il portait une longue cape noire et des favoris tellement pointus qu'en tournant brusquement, il risquait de crever un œil à quelqu'un.

— A l'instar de la vie, mon œuvre reflète les nombreuses couches qui nous enveloppent et nous entravent dans la société d'aujourd'hui. La couche externe – qui représente et contrebalance en même temps l'exosquelette rigide que nous secrétons tous – est dure, mince et cependant friable ; juste en dessous se trouve une couche plus souple, qui a la même forme et presque la même taille. En creusant, on découvre les différentes carapaces, chacune plus petite et pourtant guère plus malléable que la précédente. Le voyage est porteur de larmes, et une fois qu'on a atteint le cœur, on s'aperçoit qu'il n'y a presque rien là-dedans, et que la ressemblance avec la croûte externe est, en un sens, illusoire.

— C'est un oignon, dis-je à voix haute.

Il y eut un silence stupéfait. Plusieurs critiques d'art me regardèrent, regardèrent Duchamp2924, puis l'oignon.

J'espérais une réaction du genre : « Merci d'avoir attiré notre attention là-dessus. Nous avons failli nous couvrir de ridicule. » Mais pas du tout. Ils se contentèrent de demander :

— C'est vrai ?

Ce à quoi l'artiste rétorqua que c'était vrai *de facto*, mais faux d'un point de vue *figuratif*, et comme pour illustrer son propos, il tira de sa poche une botte d'échalotes.

— J'ai ici une autre pièce que j'aimerais vous montrer. Elle s'intitule *Au-dedans du Ça II (Groupé)*. Il s'agit d'un ensemble de formes concentriques tridimensionnelles réunies autour d'un noyau central…

Pendant que les critiques se démanchaient le cou avec un regain d'intérêt, Cordelia me traîna à l'écart.

— Vous m'avez l'air bien remontée ce soir, dit-elle avec un sourire. Venez, je voudrais vous présenter quelqu'un.

Elle me conduisit auprès d'un jeune homme au costume et aux cheveux bien coupés.

— Voici Harold Flex. Harry est l'agent de Lola Vavoum et une grosse pointure dans l'industrie du film.

Flex me serra la main avec reconnaissance et m'assura de l'*extraordinaire* respect que je lui inspirais.

— Il faut *absolument* qu'on porte votre histoire à l'écran, Miss Next. D'ailleurs, Lola est emballée.

— Oh non, répondis-je précipitamment, l'ayant senti venir. Non, non. Jamais de la vie.

— Thursday, vous feriez bien d'écouter Harry, implora Cordelia. C'est le genre de personnage capable de vous décrocher un contrat en or, de faire une promo du tonnerre pour les OpSpecs et de veiller à ce qu'on suive vos souhaits et recommandations à la lettre.

— Un film ? demandai-je, incrédule. Vous êtes cinglée ou

quoi ? N'avez-vous pas vu le *Adrian Lush Show* ? Goliath et les OpSpecs réduiront le pitch à sa plus simple expression.

— Nous présenterons ça comme une fiction, Miss Next, expliqua Flex. On a même le titre : *L'Affaire Jane Eyre*. Qu'en pensez-vous ?

— Je pense que vous avez tous les deux pété un fusible. Excusez-moi.

Laissant Cordelia et Mr. Flex à leurs messes basses, j'allai rejoindre Bowden plongé dans la contemplation d'une corbeille à papier remplie de gobelets en plastique.

— Comment peut-on faire passer ça pour de l'art ? questionna-t-il. Ça ressemble à une poubelle !

— C'est une poubelle. C'est pourquoi on l'a placée à côté du buffet.

— Oh ! fit-il.

Puis :

— Comment c'était, la conférence de presse ?

Il écouta mon récit et dit :

— Kaine cherche à récolter des voix. Forcément. Avec cent millions, il y a de quoi s'offrir pas mal de temps d'antenne, mais remettre *Cardenio* dans le domaine public, ça peut faire basculer le vote shakespearien – et ces électeurs-là, on ne les achète pas.

Je n'avais pas songé à ça.

— Autre chose ?

Bowden déplia une feuille de papier.

— Oui. J'essaie d'établir un programme pour mon numéro comique de ce soir.

— Ça dure combien ?

— Dix minutes.

— Faites voir.

Il m'avait choisie comme cobaye, malgré mes protestations que je n'étais peut-être pas la personne idéale pour ce type d'exercice. Lui-même ne trouvait pas les blagues drôles, même s'il comprenait le procédé utilisé.

— Je commencerais par les pingouins sur la banquise, suggérai-je pendant que Bowden prenait des notes. Ensuite, j'enchaînerais sur le mille-pattes domestique. Puis le cheval blanc dans le pub, et si ça marche, faites la tortue agressée par une bande d'escargots… mais n'oubliez pas la voix. Après, je verrais bien les chiens dans la salle d'attente du véto, et vous terminez par la rencontre avec le gorille.

— Et le lion et le babouin ?

— Bonne question. Essayez ça à la place du cheval blanc, si le mille-pattes fait un flop.

Bowden écrivit :

— Le mille-pattes… fait… un flop. Compris. Et celle de l'homme qui part chasser l'ours ? Je l'ai racontée à Victor, et il a recraché son Earl Grey par les deux narines.

— Gardez-la pour un rappel. Elle dure trois minutes, mais ne vous pressez pas… ménagez votre effet. D'un autre côté, si votre public est plutôt d'âge mûr et un peu vieux jeu, je laisserais tomber l'ours, le babouin et les chiens et opterais pour le lévrier et la course de chevaux… ou alors celle des deux Rolls.

— Un canapé, chérie ? demanda maman en me tendant le plateau.

— Il en reste aux crevettes ?

— Je vais voir.

Je la suivis dans la sacristie où elle et plusieurs autres membres de la Fédération des Femmes préparaient de quoi approvisionner le buffet.

— Maman, maman…

Je la rejoignis là où Mrs. Higgins, qui était sourde comme un pot, disposait des napperons sur des assiettes.

— Il faut que je te parle.

— Je suis occupée, trésor.

— C'est *très* important.

Elle interrompit sa tâche et m'emmena dans un coin de la sacristie, à côté d'une effigie en pierre élimée, probablement un disciple de St Zvlkx.

— Qu'est-ce qui est plus important que les canapés, ô fille-ma-fille ?

— Tu te rappelles, commençai-je, ne sachant pas trop comment lui présenter la chose, tu m'avais dit un jour que tu rêvais d'être grand-mère ?

— Ah, ça ! rit-elle. Je sais depuis un petit moment déjà que tu as un polichinelle dans le tiroir… je me demandais simplement quand est-ce que tu allais me l'annoncer.

— Attends une minute ! protestai-je, me sentant subitement flouée. Tu es censée être toute surprise et émue.

— C'est déjà fait, ma chérie. Serait-ce indélicat de demander qui est le père ?

— Mon mari, j'espère… et avant que tu ne me poses la question, la ChronoGarde l'a éradiqué.

Elle me serra longuement dans ses bras.

— *Ça*, je peux le comprendre. Est-ce que tu as l'occasion de le voir comme je vois ton père ?

— Non, répondis-je d'un air malheureux. Il n'existe que dans mes souvenirs.

— Mon pauvre canard ! s'exclama ma mère en m'embrassant. Mais à quelque chose malheur est bon… au moins, tu te souviens de lui. La plupart des gens ne gardent qu'une vague impression de ce qui aurait pu être. Il faut que tu viennes avec moi un soir aux Eradications Anonymes. Crois-moi, les disparus sont bien plus nombreux que tu ne l'imagines.

Je n'avais jamais vraiment parlé de l'éradication de papa avec ma mère. Toutes ses amies étaient convaincues que mes frères et moi étions les fruits de ses frasques de jeunesse. Pour ma mère qui était une femme à principes, ç'avait été presque aussi douloureux que la disparition de papa. N'étant pas moi-même une grande fan des « Anonymes » quels qu'ils soient, je préférai changer de conversation.

— Comment as-tu su que j'étais enceinte ?

Elle posa sa main sur la mienne et me sourit tendrement.

— Ça saute aux yeux, voyons. Tu manges comme quatre et tu passes ton temps à couver les bébés du regard. Quand Henry, le petit cousin de Mrs. Pilchard, est venu à la maison la semaine dernière, tu n'as pas arrêté de le tripoter.

— Je ne suis pas comme ça, d'habitude ?

— Certainement pas. Et ton décolleté s'est étoffé… cette robe te va mieux que jamais. C'est pour quand, juillet ?

A l'idée de cette maternité inéluctable, une vague de découragement me submergea. Au moment où j'avais appris la nouvelle, Landen avait été là, et tout m'avait semblé beaucoup plus facile.

— Maman, et si je me plante ? Je ne connais strictement rien aux bébés. J'ai passé ma vie d'adulte à courir après des criminels. Je sais démonter une mitraillette les yeux fermés, changer le moteur d'un blindé léger et toucher huit fois sur dix une pièce de deux pence à trente mètres de distance. Je ne suis pas sûre qu'un berceau au coin du feu soit ma tasse de thé.

— Moi non plus, je n'en étais pas sûre. Ce n'est pas un hasard si je cuisine comme un pied. Avant de rencontrer ton père, j'étais OS-3. Ça m'arrive encore de travailler pour eux, à l'occasion.

— Tu ne l'as pas connu au cours d'une excursion à Portsmouth ? fis-je lentement, incertaine de vouloir en entendre davantage.

— Pas du tout. Ça s'est passé tout à fait *autrement.*

— OS-3 ?

— Tu ne me croiras jamais, si je te le dis… alors, j'aime autant m'abstenir. Mais le fait est que j'ai été très heureuse d'avoir des enfants, le moment venu. Malgré vos disputes incessantes quand vous étiez petits et votre grogne d'ados, ç'a été une aventure merveilleuse. La mort d'Anton a obscurci notre ciel, mais l'un dans l'autre, ça en valait la peine – c'était beaucoup mieux que les OpSpecs.

Elle marqua une pause.

— Mais j'étais exactement comme toi, je ne me sentais pas prête, je craignais d'être une mauvaise mère. Comment tu trouves que je m'en suis sortie ?

Elle me sourit avec affection.

— Tu t'en es très bien sortie, maman.

Je l'embrassai à mon tour.

— Je t'aiderai de mon mieux, mon cœur, mais ne compte pas

sur moi pour changer les couches ou lui apprendre la propreté, et d'autre part, les mardis et jeudis soir, c'est *niet.*

— OS-3 ?

— Non, répondit-elle, bridge et bowling.

Elle me tendit un mouchoir et je m'essuyai les yeux.

— Tout ira bien, mon cœur.

— Merci, maman.

Marmonnant qu'elle avait un million de bouches à nourrir, elle retourna à ses occupations. Je la suivis du regard en souriant. Je croyais connaître ma mère, mais je me trompais. Au fond, les enfants savent très peu de choses sur leurs parents.

— Thursday ! dit Joffy lorsque j'eus émergé de la sacristie. A quoi sers-tu si tu ne te mêles pas à la foule ? Tu veux bien te charger de présenter à ce nanti de Flex Zorf, le peintre neandertal ? Je t'en serai éternellement reconnaissant. Bonté gracieuse ! lâcha-t-il en fixant le portail de l'église. C'est Aubrey Jambe.

En effet. Mr. Jambe, le capitaine de l'équipe de croquet de Swindon, malgré sa récente incartade avec le chimpanzé, continuait à fréquenter les manifestations mondaines comme si de rien n'était.

— Je me demande s'il est venu avec le chimpanzé, observai-je.

Joffy me lança un regard noir et repartit jouer les maîtres de cérémonie. Je trouvai Cordelia et Mr. Flex en train de discuter des mérites d'un tableau minimaliste du peintre gallois Tegwyn Wedimedr... tellement minimaliste qu'il n'était même pas là. Ils contemplaient un mur blanc avec un crochet fiché dans le plâtre.

— Qu'est-ce que ça vous évoque, Harry ?

— Ça évoque... *rien*, Cords, mais d'une manière très particulière. Quel est son prix ?

Cordelia se pencha pour lire l'étiquette.

— Ça s'appelle *Au-delà de la satire* et ça vaut mille deux cents livres, une bagatelle. Tiens, Thursday ! On a changé d'avis, pour le film ?

— Nan. Avez-vous rencontré Zorf, le peintre neandertal ?

Je les escortai vers l'endroit où il exposait. Quelques-uns de ses amis étaient là, et j'en reconnus un : c'était Stiggins de OS-13.

— Bonsoir, Stig.

Il inclina poliment la tête et me présenta à un Neandertal plus jeune, vêtu d'un bleu de chauffe maculé de taches de peinture.

— Bonsoir, Thursday. Voici notre ami Zorf.

Le jeune Neandertal me serra la main, et j'expliquai qui étaient Harry et Cordelia.

— Ma parole, c'est une œuvre très intéressante, Mr. Zorf, dit Harry en examinant la masse de vert, de jaune et d'orange sur une toile de deux mètres sur deux. Qu'est-ce que ça représente ?

— N'est-ce pas évident ? répliqua le Neandertal.

— Mais oui, bien sûr, fit Harry, tournant la tête dans tous les sens. Ce sont des jonquilles, n'est-ce pas ?

— Non.

— Un coucher de soleil ?

— Non.

— Un champ d'orge ?

— Non.

— Je donne ma langue au chat.

— Vous n'y êtes pas du tout, Mr. Flex. Si vous posez la question, c'est que vous ne comprendrez jamais. Pour un Neandertal, un coucher de soleil n'est qu'une journée qui se termine. *Les Blés jaunes* de Van Gogh n'est que le pauvre rendu d'un champ. Les seuls peintres parmi les sapiens que nous comprenons vraiment sont Pollock et Kandinsky : ils parlent notre langage. Notre peinture n'est pas faite pour vous.

Je regardai le petit groupe de Neandertals qui contemplaient, émerveillés, les tableaux abstraits de Zorf. Mais Harry, qui n'en était pas à une boulette près, n'avait pas complètement renoncé.

— Je peux essayer encore une fois ? demanda-t-il à Zorf, qui hocha la tête.

Il scruta la toile en plissant les yeux.

— C'est…

— L'espoir, fit une voix à proximité. C'est l'espoir. Espoir en l'avenir des Neandertals. C'est un fervent désir… d'enfant.

Zorf et les autres Neandertals se tournèrent vers la personne qui avait parlé. C'était mamie Next.

— Exactement ce que j'allais dire, déclara Flex.

Mais nul ne fut dupe, saut peut-être lui-même.

— Madame fait preuve d'un discernement peu commun chez son espèce, dit Zorf avec un petit grognement que je supposai être un rire. Voulez-vous ajouter votre touche à notre tableau ?

Ça, c'était un honneur. Mamie Next s'avança, prit le pinceau que Zorf lui tendait, confectionna un mélange subtil dans les tons turquoise et traça plusieurs traits fins dans la partie gauche. Il y eut des exclamations étouffées parmi les Neandertals ; les femmes du groupe se voilèrent prestement le visage tandis que les hommes – Zorf y compris – levaient la tête et, les yeux au plafond, se mettaient à fredonner doucement. Mamie se joignit à eux. Flex, Cordelia et moi échangeâmes un regard déconcerté. Au bout d'un moment, le fredonnement cessa, les femmes relevèrent leurs voiles, s'approchèrent lentement de mamie, reniflèrent ses habits et touchèrent son visage avec leurs grosses mains. En quelques minutes, tout fut terminé ; les Neandertals regagnèrent leurs places et se replongèrent dans la contemplation des œuvres de Zorf.

— Bonsoir, petite Thursday, fit mamie, se tournant vers moi. Viens, on va trouver un coin tranquille pour causer.

Nous nous éloignâmes en direction de l'orgue de l'église et nous assîmes sur deux chaises en plastique dur.

— Qu'est-ce que tu as peint sur son tableau ? demandai-je.

Ma grand-mère me gratifia de son plus beau sourire.

— Quelque chose de controversé et cependant d'amical. J'ai travaillé autrefois avec des Neandertals et je connais leurs us et coutumes. Comment va ton petit mari ?

— Il est toujours éradiqué, répondis-je, morose.

— Ce n'est pas grave, dit mamie, me soulevant le menton pour m'obliger à la regarder. Il y a *toujours* de l'espoir. Tu verras, comme moi en mon temps, à quel point ça peut être rigolo, la vie.

— Je sais. Merci, mamie.

— Ta mère sera un rempart pour toi, sois-en certaine.

— Elle est là, si tu veux la voir.

— Non, non, dit mamie à la hâte. Elle doit être occupée. Pendant qu'on y est, poursuivit-elle dans le même souffle, tu n'aurais pas idée de livres susceptibles de faire partie des « dix classiques les plus ennuyeux » ? Je me sens prête à partir.

— Mamie !

— Fais-moi plaisir, petite Thursday.

Je soupirai.

— Que dirais-tu du *Paradis Perdu* ?

Mamie poussa un gémissement.

— Quelle horreur ! J'ai eu du mal à tenir debout pendant une semaine… il y a de quoi vous dégoûter définitivement de la religion !

— *Ivanhoé ?*

— Pas terrible, mais il y a des moments qui rachètent le reste. Je ne le compte pas dans les dix premiers.

— *Moby Dick ?*

— Suspense et action ponctués de passages d'un ennui incommensurable. Je l'ai lu deux fois.

— *A la recherche du temps perdu ?*

— En anglais ou en français, on s'endort autant.

— *Pamela ?*

— Ah, enfin on parle de choses sérieuses. J'ai dû me le farcir dans mon adolescence. Ç'avait peut-être trouvé un écho en 1741, mais aujourd'hui, le seul écho provient des ronflements de malheureux qui commettent l'erreur de s'y atteler.

— Et *Le Voyage du pèlerin* de John Bunyan ?

Mais mamie n'écoutait plus.

— Tu as de la visite, ma chère. Regarde là-bas, derrière le calmar empaillé dans le piano, juste à côté de la Fiat 500 sculptée dans du dentifrice gelé.

Ces deux-là, qui avaient l'air totalement déplacés, étaient à n'en pas douter des OpSpecs, mais *pas* Moran et Sursis. Visiblement, OS-5 avait connu un nouveau bouleversement. Je demandai à ma grand-mère si je pouvais la laisser seule et allai à leur rencontre. Je les trouvai en train de fixer d'un œil dubitatif un tuba aplati intitulé *L'indivisible triplicité de la mort*.

— Qu'en pensez-vous ? dis-je.

— Je ne sais pas, fit le premier agent nerveusement. Je… je… ne suis pas vraiment porté sur l'art.

— Même si vous l'étiez, ça ne vous avancerait pas à grand-chose, ironisai-je. OpSpecs-5 ?

— Oui, comment avez-vous…

Il s'interrompit et tâtonna à la recherche d'une paire de lunettes noires.

— Enfin, non. Jamais entendu parler d'OpSpecs, et encore moins d'OpSpecs-5. Ça n'existe pas. Oh, zut. Je crois que je ne suis pas très doué pour ça.

— Nous cherchons quelqu'un qui se nomme Thursday Next, fit sa coéquipière dans un murmure sonore, ajoutant, au cas où je n'aurais pas capté le message : C'est *officiel.*

Je poussai un soupir. A l'évidence, OS-5 était à court de volontaires. Cela ne m'étonnait guère.

— Que sont devenus Moran et Sursis ?

— Ils ont été…, commença le premier agent.

Mais l'autre lui planta son coude dans les côtes.

— Jamais entendu parler d'eux.

— Je suis Thursday Next, leur dis-je, et à mon avis, vous courez un danger dont vous ne semblez pas avoir conscience. D'où sortez-vous ? OS-14 ?

Ils ôtèrent leurs lunettes noires et me regardèrent avec appréhension.

— Je viens de OS-22, répondit le premier. Mon nom est Bush. Et elle, c'est Rye ; elle est de…

— … OS-28, dit la femme. Merci, Blake, je sais parler – laissez-moi faire. Vous n'êtes pas capable d'ouvrir la bouche sans mettre les pieds dans le plat.

Bush s'enferma dans un silence boudeur.

— OS-28 ? Vous êtes inspecteur des impôts ?

— Et alors ? rétorqua Rye avec défi. Il faut bien prendre des risques pour obtenir de l'avancement.

— A qui le dites-vous.

Je les escortai vers un coin tranquille, à côté d'une allumette géante entièrement fabriquée avec des morceaux du Parlement.

— Du moment que vous savez dans quoi vous vous embarquez. Qu'est-il arrivé à Moran et Sursis ?

— Ils ont été réaffectés, expliqua Bush.

— Vous voulez dire morts ?

— Non, s'exclama-t-il, décontenancé. Je veux dire réa... Oh, Seigneur ! C'est *ça* que ça signifie ?

Je soupirai. Ces deux-là n'allaient pas faire de vieux os.

— Vos prédécesseurs, camarades, sont morts tous les deux... et ceux d'avant aussi. Quatre agents disparus en moins d'une semaine. Et les notes de travail de Moran, où sont-elles ? Elles ont été détruites par accident ?

— Ne soyez pas ridicule ! rit Bush. Quand on les a récupérées, elles étaient parfaitement intactes ; c'est après qu'elles ont été placées dans la déchiqueteuse par un nouveau membre du personnel qui l'a confondue avec un photocopieur.

— Vous n'avez rien du tout pour mener votre enquête ?

— Sitôt qu'il a compris que c'était une déchiqueteuse, je... pardon, *il* l'a arrêtée, et nous nous sommes retrouvés avec ceci.

Il m'a tendu deux documents réduits à l'état de moignons. Le premier était une photo d'une jeune femme sortant d'un magasin, les bras chargés de paquets. Comme par hasard, son visage avait été détruit par la déchiqueteuse. Je retournai la photo. Au dos, quelqu'un avait crayonné : « A.H. quitte Dorothy Perkins après avoir fait ses courses avec une carte de crédit volée. »

— A.H. signifie Achéron Hadès, expliqua Bush d'un ton assuré. On a été autorisés à lire une partie de son dossier. Il est capable de mentir en pensée, parole et action.

— Je sais. C'est moi qui l'ai rédigé. Mais là, ce n'est pas Hadès. Achéron n'impressionne pas la pellicule.

— Alors qui recherche-t-on ? s'enquit Rye.

— Aucune idée. Qu'y a-t-il sur l'autre document ?

Ce n'était qu'une simple page écrite à la main où Moran avait consigné le résultat de leurs observations.

« ... 9 h 34 : contact avec la cible aux soldes de Camp Hopson. 11 h 03 : pause jus de carotte et galette d'avoine – part sans payer. 11 h 48 : Dorothy Perkins. 12 h 57 : déjeuner. 14 h 45 : continue à faire les magasins. 17 h 20 : se dispute avec directeur de Tammy Girl pour une paire de jambières rendues. 17 h 45 : perte de contact. 21 h 03 : contact rétabli à la discothèque le HotBox. 23 h 02 : A.H. quitte le HotBox en compagnie d'un homme. 23 h 16 : perte de contact... »

J'abaissai la feuille.

— Ce n'est pas vraiment ce que je qualifierais d'actes de grand banditisme.

— C'est vrai, acquiesça Rye d'un air sombre.

— Quels sont vos ordres ?

— C'est top secret, annonça Bush qui commençait à assimiler les ficelles du métier juste quand il ne fallait pas.

— Ne pas vous lâcher d'une semelle, dit Rye qui, elle, comprenait la situation bien mieux que son collègue. Et envoyer un rapport au siège toutes les demi-heures par trois moyens différents.

— On vous utilise comme un appât vivant. Si j'étais vous, je prendrais mes jambes à mon cou et retournerais vite fait à OS-22 et 28.

— Et rater tout ça ? riposta Rye.

Elle remit ses lunettes noires ; avec ça, elle avait tout à fait la tête de l'emploi. OS-5 était la fonction la plus élevée à laquelle ils pourraient jamais accéder. Je leur souhaitais seulement de vivre assez longtemps pour en profiter.

Le vernissage se termina vers dix heures et demie. Je mis ma grand-mère, endormie et un peu pompette, dans un taxi. Saveloy essaya de m'embrasser, mais j'étais trop rapide pour lui, et Duchamp2924 réussit à vendre une installation nommée *Au-dedans du Ça VII – dans un bocal, mariné*. Zorf refusa de vendre ses tableaux à quiconque ne voyait pas ce qu'ils représentaient, mais il en fit cadeau aux Neandertals qui en avaient saisi le sens, arguant que le lien entre une peinture et son propriétaire ne devait pas être terni par une chose aussi bassement triviale que l'argent de l'homo sapiens. Le tuba aplati trouva également preneur ; l'acquéreur demanda à Joffy de le lui déposer à la maison et, s'il n'était pas là, de le glisser sous la porte. Je rentrai chez moi, après être passée chez maman pour récupérer Pickwick, qui n'était pas sortie du séchoir pendant tout le temps que j'étais à Osaka.

— Elle tenait à ce qu'on la nourrisse là-dedans, expliqua ma mère, et je ne te raconte pas les ennuis avec les autres dodos ! Tu en laisses entrer un, et tout le monde veut suivre.

Elle me remit l'œuf de Pickwick enveloppé dans un torchon. Pickwick elle-même sautillait sur place d'un air extrêmement contrarié, et je dus lui montrer l'œuf, histoire de la rassurer. Puis nous reprîmes la route, toujours à la même vitesse vertigineuse de trente kilomètres à l'heure ; une fois à la maison, l'œuf fut placé dans le placard à linge, et Pickwick se percha dessus, de fort méchante humeur : elle en avait assez d'être trimballée à droite et à gauche.

22

Voyages avec mon père

> La première fois que j'ai accompagné mon père dans un de ses déplacements, j'étais beaucoup plus jeune. Nous avons assisté à la première du *Roi Lear* au Globe en 1602. La salle était crasseuse, malodorante et passablement bruyante, mais en dehors de ça, c'était une première comme une autre. Nous sommes tombés sur un dénommé Bendix Scintilla, encore un voyageur solitaire dans le temps. Il a dit qu'il zonait dans l'Angleterre élisabéthaine pour échapper aux patrouilles de la ChronoGarde. Plus tard, papa m'a expliqué que Bendix avait été un grand combattant pour la cause, mais qu'il avait perdu le goût de vivre après l'éradication de son meilleur ami et coéquipier. Je savais ce qu'il ressentait, mais je n'ai pas suivi son exemple.
>
> THURSDAY NEXT
> *Journal intime*

Papa débarqua au petit déjeuner. J'étais en train de feuilleter le *Krapo* du matin quand il arriva. Le soudain revirement dans le destin politique de Yorrick Kaine faisait la une de tous les journaux. L'ancien clown triste de la vie publique devançait dans les sondages le parti au pouvoir. Tout cela grâce à Shakespeare. Le monde s'immobilisa abruptement, l'image à la télévision se figea, et tous les bruits se fondirent en un sourd bourdonnement… la même note soutenue de manière indéfinie. Papa avait le don d'arrêter les horloges ; le temps marquait le pas chaque fois qu'il venait me rendre visite. Ce talent, il l'avait acquis au prix fort, et pour lui, il n'y avait pas de retour en arrière possible.

— Salut, papa, lançai-je d'un ton enjoué. Comment va ?

— Ça dépend, répondit-il. Pas de nouvelles de Winston Churchill ?

— Pas encore.

— Damned ! marmonna-t-il en s'asseyant.

La vue du gros titre du journal lui fit hausser les sourcils : *Ce chimpanzé n'est qu'un simple animal de compagnie, déclare l'as du croquet.*

— Comment va ta mère ?

— Bien. La fin du monde est toujours prévue pour la semaine prochaine ?

— J'en ai bien peur. Est-ce qu'elle parle jamais de moi ?

— Tout le temps. Tiens, j'ai le rapport du labo.

— Hmm, fit mon père en chaussant ses lunettes. Carboxyméthylcellulose, phénylalanine et hydrocarbures. Graisses animales ? Ça n'a aucun sens !

Il me rendit le rapport.

— Je ne comprends pas, dit-il tout bas en suçotant une branche de ses lunettes. Le cycliste a survécu, et pourtant, le monde a été anéanti. Ce n'était peut-être pas lui. L'ennui, c'est qu'il ne s'est passé rien d'autre à ce moment et à cet endroit précis.

— Si.

— Quoi donc ?

Je ramassai le sachet avec de la bouillie rose.

— Tu m'as donné ceci.

Papa fit claquer ses doigts.

— Mais oui, c'est ça. L'événement clé, c'est que je t'ai remis ce sachet, et pas la mort du cycliste. Tu n'as dit à personne d'où ça provenait ?

— Non.

Il réfléchit un instant.

— Ma foi, déclara-t-il finalement, prévenir l'Apocalypse n'est pas une science exacte. Attendons de connaître la suite des événements pour y voir clair. Et le reste, comment ça va ?

— Goliath a éradiqué Landen, répliquai-je lugubrement.

— Qui ça ?

— Mon mari.

— Ah ! fit-il, subitement pensif. Pour une raison particulière ?

— Ils veulent sortir Jack Maird du *Corbeau*.

— Bien sûr ! s'exclama-t-il. La bonne vieille méthode du chantage. J'en suis navré, Pupuce. Mais il ne faut pas te décourager. Nous avons un dicton à ce sujet : « On ne meurt jamais vraiment tant qu'on ne nous oublie pas. »

— Donc, dis-je lentement, si je l'oublie, il disparaîtra ?

— Tout à fait, répondit mon père, se servant une tasse de café. C'est pour ça que j'ai tant de mal à réactualiser Churchill et Nelson ; je dois trouver quelqu'un qui se souvient d'eux pour arriver à comprendre à quel moment ça a dérapé.

Il rit et se leva.

— Allez, habille-toi, on s'en va !

— Où ça ?

— Où ça ? Mais chercher ton mari, voyons !

Pour une bonne nouvelle… Je me ruai dans la chambre pendant que papa lisait le journal et mangeait des céréales.

— Maird-Haas m'a dit qu'ils avaient sécurisé l'été 47 de façon à ce que même un moucheron transtemporel ne puisse pas y pénétrer, lui annonçai-je, hors d'haleine.

— Dans ce cas, il va falloir ruser. Ils s'attendent à ce qu'on arrive au bon endroit et au bon moment. Eh bien, nous, on arrivera au bon endroit, mais au *mauvais* moment, et ensuite, on n'aura plus qu'à patienter. Ça vaut le coup d'essayer, non ?

Je souris.

— Absolument !

Il y eut une succession d'éclairs rapides, et nous nous retrouvâmes dans une Humber Snipe qui roulait, tous feux éteints, le long d'un ruban d'eau noire par une nuit de pleine lune. A distance, des faisceaux lumineux fouillaient le ciel, et on entendait le grondement lointain d'un bombardement.

— Où sommes-nous ? demandai-je.

Papa rétrograda.

— Pas loin de Henley-on-Thames, dans l'Angleterre occupée, en novembre 1946.

Je regardai le fleuve et sentis mon estomac se nouer.

— C'est ici… ici que Landen… tu sais… dans l'accident de voiture ?

— C'est le lieu, oui, mais pas le jour. Si nous nous y étions rendus directement, on aurait déjà Lavoisier sur le dos. Tu as joué à chat perché ?

— Bien sûr.

— C'est un peu la même chose. Il faut être rusé, sournois, patient… et savoir tricher à l'occasion. O.K., nous y sommes.

Nous étions arrivés à un virage en épingle à cheveux. Un virage facile à rater pour un automobiliste distrait qui finirait alors dans l'eau. Je frissonnai.

Nous descendîmes, et papa traversa la route en direction d'un bouquet de bouleaux argentés qui poussaient parmi les ronces et les fougères mortes. C'était un bon poste d'observation, à une dizaine de mètres du tournant. Mon père posa à terre un sac en plastique qu'il avait à la main, et nous nous assîmes dans l'herbe, le dos contre l'écorce lisse d'un grand bouleau.

— Et maintenant ?

— On attend six mois.

— *Six mois ?* Papa, tu es fou ? On ne peut pas rester assis là pendant six mois !

— Tellement de choses à apprendre, et si peu de temps, dit mon père rêveusement. Tu veux un sandwich ? Ta mère me les prépare tous les matins. Je ne raffole pas spécialement de corned-beef à la crème anglaise, mais ça a son charme… et ça cale bien.

— Six mois ? répétai-je.

Il mordit dans son sandwich.

— Leçon numéro un du voyage dans le temps, Thursday. Tout d'abord, nous sommes tous des voyageurs dans le temps. L'énorme majorité ne réussit à avancer que de vingt-quatre heures par jour. Mais si on accélère…

Les nuages gagnèrent de la vitesse au-dessus de nos têtes, et les arbres tremblèrent plus rapidement dans la brise. A la lueur de la lune, je remarquai que le fleuve charriait ses eaux dix fois plus vite ; un convoi de poids lourds passa en un éclair.

— Là, nous en sommes à une vingtaine de journées par jour,

chaque minute étant compressée en trois secondes. Si on ralentit, on redeviendra visibles. En l'état actuel des choses, un observateur extérieur pourrait *croire* qu'il a aperçu un homme et une femme assis au pied de ces arbres, mais en y regardant de plus près, il ne verrait rien car on ne serait déjà plus là. Tu n'as jamais eu l'impression de voir quelqu'un, puis de constater, au deuxième coup d'œil, qu'il a disparu ?

— Si, bien sûr.

— Il y a des chances pour que ce soit la ChronoGarde qui passe.

L'aube se levait. Une patrouille de la Wehrmacht trouva notre voiture abandonnée et entreprit de fouiller les environs avant de faire venir une dépanneuse. Le trafic sur la route défilait à toute allure, et les nuages couraient dans le ciel.

— Joli, hein ? fit mon père. Tout cela me manque, mais je n'ai pas le temps, en ce moment. Même à cinquante journées par jour, il nous faudrait attendre trois ou quatre jours l'accident de Landen. Vu que j'ai mon rendez-vous chez le dentiste, on va activer un peu les choses.

Les nuages accélérèrent ; passants et véhicules n'étaient plus que des traits indistincts. Les ombres projetées par les arbres s'allongèrent au soleil de l'après-midi ; bientôt, le soir tomba, et les nuages se teintèrent de rose avant que le crépuscule n'absorbe les dernières lueurs du jour. Les étoiles parurent, puis la lune, qui roula rapidement dans le ciel. Les constellations tournoyèrent autour de l'étoile polaire ; le ciel bleuit dans l'aube naissante, et le soleil entama promptement son ascension à l'est.

— Huit mille cinq cents journées par jour, expliqua mon père. C'est ma partie préférée. Regarde les feuilles !

Le soleil se levait et se couchait à présent en moins de dix secondes. Les piétons étaient invisibles, tout comme nous l'étions à leurs yeux, et pour qu'on puisse apercevoir une voiture, il fallait qu'elle soit garée depuis deux heures au bas mot. Mais les feuilles ! Elles passèrent du vert au brun ; les branches extérieures n'étaient plus qu'une masse confuse en mouvement, et le fleuve, un miroir ondulant sans une seule ride. Les plantes moururent, le ciel chargé vira au gris, et les plages d'obscurité se firent de plus en plus longues. Des lumières minuscules scintillaient le long de la route ; juste en face de nous, une Kübelwagen abandonnée fut vite démantelée et balancée à l'eau.

— Je ne m'en lasserai jamais, papa. Est-ce que tu voyages toujours comme ça ?

— Aussi doucement, non. C'est pour les touristes, ça. Généralement, nous frôlons les dix milliards de journées par jour, voire plus. Et si on veut aller en arrière, il faut se déplacer plus vite encore.

— Se déplacer plus vite pour aller en arrière ?

Ce raisonnement me laissait perplexe.

— Assez pour le moment, Pupuce. Ouvre les yeux et profite du spectacle.

Je me rapprochai de lui ; l'air s'était refroidi, et une épaisse couche de neige recouvrit la route et la forêt.

— Bonne année, dit mon père.

— Des flocons ! m'écriai-je, enchantée, tandis que des pousses vertes perçaient sous la neige et fleurissaient, ployant en direction du soleil bas.

La neige s'évanouit, le fleuve déborda, et des tas de détritus s'agglutinèrent autour de la Kübelwagen renversée qui rouillait à vue d'œil. Le soleil grimpa de plus en plus haut dans le ciel ; bientôt, il y eut des crocus et des jonquilles.

— Tiens ! dis-je, surprise, en voyant le rameau d'un petit arbuste pousser dans la jambe de mon pantalon.

— Oriente-le dans l'autre sens, me conseilla mon père.

Lui-même dévia d'un geste le cours d'une ronce qui menaçait de le ligoter. Mon rameau ondula le long de ma paume tel un asticot vert et changea de direction. Je fis de même avec les suivants, mais papa, lui, alla plus loin et, d'une main experte, fabriqua une jolie rosette avec sa ronce.

— J'ai vu des stagiaires prendre racine au sens propre du terme, expliqua-t-il. C'est de là qu'elle vient, l'expression. Mais en même temps, ça peut être marrant. On avait une collègue nommée Jekyll qui a formé un cœur à partir d'un chêne quatre fois centenaire pour l'offrir à son petit ami.

L'air s'était réchauffé et, au moment où mon père consultait son chronographe, nous commençâmes à décélérer. Les six mois avaient passé en moins de trente minutes. Le temps de revenir à une journée par jour, il faisait nuit à nouveau.

Je regardai autour de moi. La route était déserte. J'ouvris la bouche pour parler, mais il posa un doigt sur ses lèvres. Une Morris 8 surgit du tournant, fit une embardée pour éviter un renard et atterrit sur le toit dans le fleuve. Je voulus me lever, mais mon père me retint d'une poigne de fer. Le conducteur – ce devait être Bathyr – s'extirpa le premier, puis replongea et revint à la surface avec une femme. Il la hissa sur la berge et s'apprêtait à regagner la voiture immergée quand un homme de haute taille vêtu d'une capote se matérialisa à côté de lui et plaça la main sur son bras.

— Allons-y ! dit mon père.

Nous nous précipitâmes hors du bosquet.

— Laissez-le ! cria mon père. Qu'il fasse ce qu'il a à faire !

Il empoigna l'intrus et, avec un cri perçant, l'homme se volatilisa. Bathyr, désarçonné, s'élança dans l'eau, mais en l'espace de quelques secondes, six ChronoGardes, dont Lavoisier, débarquèrent sur la berge. L'un d'eux plaqua le père de Landen au sol pour l'empêcher de retourner auprès de sa voiture.

— Non ! hurlai-je et, dégainant mon pistolet, le pointai sur l'homme qui tenait Bathyr.

— Non ! hurlai-je et, dégainant mon pistolet, le pointai sur l'homme qui tenait Bathyr.

— Non ! hurlai-je et, dégainant mon pistolet, le pointai sur l'homme qui tenait Bathyr.

— Non ! hurlai-je et, dégainant mon pistolet, le pointai sur l'homme qui tenait Bathyr.

— Non ! hurlai-je et, dégainant mon pistolet, le pointai sur l'homme qui tenait Bathyr.

— Non ! hurlai-je et, dégainant mon pistolet, le pointai sur l'homme qui tenait Bathyr.

— Non ! hurlai-je et, dégainant mon pistolet, le pointai sur l'homme qui tenait Bathyr.

— Non ! hurlai-je et, dégainant mon pistolet, le pointai sur l'homme qui tenait Bathyr.

— Non ! hurlai-je et, dégainant mon pistolet, le pointai sur l'homme qui tenait Bathyr.

— Non ! hurlai-je et, dégainant mon pistolet, le pointai sur l'homme qui tenait Bathyr.

— Non ! hurlai-je et, dégainant mon pistolet, le pointai sur l'homme qui tenait Bathyr.

— Non ! hurlai-je et, dégainant mon pistolet, le pointai sur l'homme qui tenait Bathyr.

— Non ! hurlai-je et, dégainant mon pistolet, le pointai sur l'homme qui tenait Bathyr.

L'instant d'après, je me retrouvai désarmée, choquée et désorientée à la suite de ce bref passage dans une boucle. Je me sentais comme un disque rayé. Deux OS-12 ne me quittaient pas des yeux, tandis que mon père et Lavoisier haussaient le ton à proximité. Bathyr pantelait et sanglotait dans la terre humide en étreignant sa femme qui n'avait toujours pas repris connaissance.

— Bande de salauds ! lâchai-je. C'est mon mari qui est là-dedans !

— Encore tellement à apprendre, marmonna Lavoisier.

Je me relevai et me postai à côté de mon père.

— Ce nourrisson n'est pas votre mari, c'est une statistique des accidents de la route… ou pas. Ça va dépendre de votre père.

— Larbin du groupe Goliath, Lavoisier ? fit mon père calmement. Vous me décevez.

— La fin justifie les moyens, colonel. Si vous vous étiez rendu, je n'aurais pas eu besoin de recourir à ces mesures extrêmes. Par ailleurs, la ChronoGarde ne peut pas fonctionner sans ses sponsors.

— Et, en retour, vous leur rendez de menus services ?

— Je viens de vous le dire, la fin justifie les moyens. Et, avant que vous ne brandissiez le spectre de la corruption, sachez que cette opération conjointe Goliath/ChronoGarde a été pleinement approuvée par la Chambre des communes. Bon, alors, c'est très simple. Tellement simple que même vous pouvez le comprendre. Rendez-vous, et votre fille récupérera son mari, qu'elle décide ou non de collaborer avec Goliath. Comme vous le voyez, je suis d'une humeur magnanime.

Je regardai papa et le vis se mordiller la lèvre. Il se frotta les tempes et soupira. Toutes ces années passées à se battre contre la corruption – même à deux doigts de la réactualisation de Landen, je ne voulais pas qu'il soit privé de liberté à cause de nous. Qu'avait-il dit, déjà ? « On ne meurt jamais vraiment tant qu'on ne nous oublie pas. » Or le souvenir de Landen était encore très vivace dans mon esprit… nous allions trouver une autre solution.

Au moment même où papa ouvrait la bouche pour acquiescer à contrecœur, je dis :

— Non.

— Comment ? s'exclama Lavoisier.

— Non, répétai-je. Papa, ne fais pas ça… je leur ramènerai Jack Maird, on s'arrangera.

Mon père sourit et posa la main sur mon épaule.

— Bah ! fit Lavoisier. Il n'y en a pas un pour racheter l'autre !

Il fit signe à ses hommes qui levèrent leurs armes. Mais papa fut prompt à réagir. Je sentis ses doigts se resserrer sur mon épaule, et nous décampâmes. Le soleil resurgit rapidement pendant que nous faisions un bond dans le temps, laissant Lavoisier et son équipe plusieurs heures en arrière, avant qu'ils ne comprennent ce qui leur arrivait.

— Essayons de les semer, marmonna mon père. Quant à cette histoire de Chambre… foutaises. L'éradication de Landen est un assassinat en bonne et due forme. Au fond, c'est le genre d'information qu'il me fallait pour faire tomber Lavoisier.

Les jours n'étaient plus qu'une fulgurante succession de lumière et d'obscurité tandis que nous foncions vers le futur. Bizarrement, nous ne bougions pas de l'endroit où nous nous trouvions. C'était le monde qui vieillissait autour de nous.

— On n'est pas à la vitesse maximum, expliqua papa. Il pourrait me doubler sans réfléchir. Attention à…

Lavoisier et ses acolytes apparurent l'espace d'un éclair dans leur course vers le futur. Papa s'arrêta net, et je chancelai légèrement lorsque nous regagnâmes le temps réel. Nous nous écartâmes de la route, et un camion style années cinquante nous dépassa en cornant.

— Et maintenant ?

— Je crois qu'on s'est débarrassés de lui. Zut... !

Et nous repartîmes – Lavoisier venait de reparaître. Un moment, nous le perdîmes de vue, mais il revint bientôt et nous emboîta le pas, calquant sa vitesse sur la nôtre tandis que nous traversions l'histoire. Papa ralentit, Lavoisier aussi. Il accéléra, Lavoisier fit de même. On aurait dit un jeu transtemporel du « suivez le guide ».

— Ce n'est pas au vieux singe qu'on apprend à faire la grimace, sourit Lavoisier.

Bientôt, il fut rejoint par deux de ses comparses qui nous escortèrent dans notre voyage.

— Je savais que vous viendriez, déclara-t-il, triomphant, en s'avançant lentement vers nous.

Le temps filait de plus en plus vite. Une nouvelle route fut construite à l'endroit où nous nous tenions, puis un pont, des maisons, des boutiques.

— Rendez-vous. Je vous garantis un procès équitable.

Les deux autres ChronoGardes s'emparèrent de mon père et le maintinrent fermement.

— Je vous ferai pendre pour ça, Lavoisier. Jamais la Chambre n'approuvera un tel acte. Ramenez Landen à la vie, et je vous promets de ne rien dire.

— C'est tout ? rétorqua Lavoisier avec dédain. Qui va-t-on croire, à votre avis ? Vous, avec vos antécédents, ou moi, le troisième officier le plus gradé de la ChronoGarde ? D'autre part, votre tentative maladroite de sauver Landen a brouillé toutes les pistes que j'aurais pu laisser en le liquidant.

Il pointa son arme sur mon père. Les deux agents se cramponnaient à papa pour l'empêcher d'accélérer, et nous fûmes ballottés légèrement lorsqu'il essaya. Le moins qu'on puisse dire, c'est que ça sentait le roussi. A en juger par les marques de véhicules sur la route, nous nous rapprochions des années quatre-vingt. Encore un peu, et nous arriverions en 1985. Soudain, j'eus une idée. Les ChronoGardes n'étaient-ils pas censés être en grève ces jours-ci ?

— Dites donc, les gars, lançai-je, seriez-vous des briseurs de grève, par hasard ?

Les deux agents se regardèrent, consultèrent leurs chronographes et se tournèrent vers Lavoisier. Le plus grand des deux parla le premier.

— Elle a raison, monsieur. Ça ne me dérange pas de brutaliser et de tuer des innocents, et je vous suivrais les yeux fermés en temps *normal*, mais…

— Mais quoi ? s'enquit Lavoisier, irrité.

— … mais je suis un membre fidèle de mon syndicat, et pas un briseur de grève.

— Pareillement, renchérit l'autre agent en hochant la tête.

Lavoisier sourit d'un air engageant.

— Ecoutez, les gars, je payerai personnellement…

— Je regrette, Mr. Lavoisier, répondit l'agent avec une pointe d'indignation, mais on nous a appris à n'accepter aucun contrat individuel.

Ils disparurent en un clin d'œil. Décembre arriva, et le monde vira au rose. A la place de la route, il y avait maintenant plusieurs centimètres de cette bouillie rose que mon père m'avait montrée. Nous avions dépassé le 12 décembre 1985, et la verdure, les saisons, les nuages n'étaient plus qu'une masse crémeuse et opaque qui s'étendait à perte de vue.

— Sauvés par une grève du personnel, rit papa. Allez donc raconter ça à vos copains du Parlement !

— Bravo, dit Lavoisier, sarcastique.

Il abaissa son pistolet. Sans ses sbires pour retenir mon père et l'empêcher de s'échapper, il ne pouvait pas faire grand-chose.

— Bravo. Ce n'est qu'un au revoir, mes amis… jusqu'à la prochaine fois.

Je sentis papa se raidir, et nous accélérâmes notre course à travers le temps. La bouillie rose fut balayée, découvrant la terre et les rochers ; devant mes yeux, le fleuve s'éloigna de nous, s'insinua dans une plaine inondable, puis coula sous nos pieds et ondula tel un serpent avant de se transformer en lac. Nous avancions de plus en plus vite, et je vis la terre s'arc-bouter ; son écorce ploya et se tordit sous l'effet de la tectonique des plaques. Les plaines s'affaissèrent pour former des mers, et des montagnes se dressèrent à leur place. Une nouvelle végétation vit le jour tandis que des millions d'années défilaient en un éclair. De vastes forêts apparaissaient et disparaissaient. Nous étions recouverts, puis découverts, tantôt dans la mer, tantôt à l'intérieur d'un rocher, tantôt pris dans les glaces, tantôt à trente mètres du sol. Encore des forêts, un désert, une chaîne de montagnes émergeant rapidement à l'est pour se faire laminer quelques secondes plus tard.

— Ça alors, dit mon père. Lavoisier à la solde de Goliath. Qui l'aurait cru ?

— Papa ? demandai-je face à un soleil visiblement plus grand et plus rouge. Comment fait-on pour revenir ?

— On ne peut pas revenir. Une fois que le présent a eu lieu, j'entends. On continue jusqu'à ce qu'on arrive à notre point de départ. C'est comme un rond-point. Loupe la sortie, et tu es obligée de refaire le tour. Simplement, les sorties sont un peu plus nombreuses, et le rond-point est beaucoup plus grand.

— Grand comment ?

— Très grand.

— Donne-moi un ordre de grandeur, insistai-je.

— Grand comme grand. Tais-toi maintenant… on y est presque.

Soudain, on n'y était pas *presque*, on y était tout court, en train de prendre le petit déjeuner chez moi, papa feuilletant le journal, et moi surgissant de ma chambre. Je m'arrêtai et m'assis, découragée, à la table.

— Au moins, on aura essayé, dit mon père.

— Eh oui, répondis-je en fixant le plancher. Merci, papa.

— Ne t'inquiète pas, fit-il avec bonté. Les éradications les mieux faites laissent toujours quelque chose derrière, à partir de quoi on peut réactualiser. Il y a forcément un moyen – il suffit de le trouver. On le ramènera, Pupuce… il n'est pas question que mon petit-fils ou ma petite-fille grandisse sans père.

Sa détermination me rassura, et je le remerciai.

— Bien, déclara-t-il en refermant le journal. Au fait, tu as pu avoir des places pour le concert des sœurs Nolan ?

— J'y travaille.

— C'est excellent, paraît-il. Bon, le temps n'attend pas, comme on dit chez nous…

Il pressa ma main et disparut. Le monde repartit, la télé se remit en marche, et j'entendis des *plock-plock* étouffés : Pickwick s'était encore arrangée pour s'enfermer dans le placard. Je lui ouvris, et elle hérissa ses plumes d'un air gêné avant de partir en quête de sa gamelle d'eau.

***

J'allai travailler, mais au bureau, c'était le calme plat. J'en profitai donc pour lire en catimini le manuel de la Jurifiction, un peu comme on feuillette un magazine féminin en classe. Je fus tentée d'expérimenter quelques-uns de leurs « conseils pratiques » (p. 28) pour entrer dans un livre, mais Havisham me l'avait expressément défendu, tant que je n'avais pas acquis les bases du métier. A la fin de la journée, j'avais appris des choses sur la procédure d'évacuation d'urgence (p. 34) et découvert, à mon étonnement, que Heathcliff avait fait carrière à Hollywood sous le nom de Buck Stallion avant de regagner *Les Hauts de Hurlevent* (p. 71). Il y était question également de quarante-six tentatives avortées pour sauver Beth dans *Les Quatre Filles du Dr March* (p. 74), du Programme d'Echange de Personnages (p. 81), de l'usage de vers holorimiques pour repêcher des renégats ou Saute-Pages, comme on les appelait (p. 96) et de la manière d'utiliser les fautes, les coquilles et les doubles négations pour alerter les collègues, en cas de défaillance du système d'évacuation d'urgence (p. 105). Mais le guide ne contenait pas que des instructions. Les dix dernières pages étaient en fait des niches renfermant tout un outillage bien trop volumineux pour tenir dans le bouquin. Je trouvai ainsi une sorte de pistolet d'alarme, avec l'inscription « Marqueur de texte Mk IV » en bas de page. Une autre page se composait d'une vitre avec une poignée, comme celles qui abritent un extincteur. Par-dessus, on lisait :

« EN CAS D'URGENCE ABSOLUE*, BRISER LE VERRE ». L'astérisque, constatai-je, l'estomac légèrement noué, renvoyait à une note qui spécifiait : *« Il est à signaler que la destruction personnelle n'est pas considérée comme une urgence absolue. »* J'étais en train de potasser comment rédiger à la main une brève description de l'endroit où l'on est pour pouvoir y retourner (p. 136) quand l'heure de la quille sonna. Je me joignis à l'exode général et souhaitai bonne chance à Bowden pour son numéro d'humoriste. Ça n'avait pas l'air de l'angoisser outre mesure, mais de toute façon, Bowden n'était pas quelqu'un d'angoissé.

De retour à la maison, je trouvai mon propriétaire sur le pas de ma porte. Après s'être assuré que Miss Havisham n'était pas dans les parages, il déclara :

— Le temps est écoulé, Next.

— Vous avez dit samedi, répliquai-je en tournant la clé dans la serrure.

— J'ai dit vendredi.

— Et si je vous donnais l'argent lundi, quand les banques seront ouvertes ?

— Et si je vous prenais votre dodo et vous faisais cadeau de trois mois de loyer ?

— Et si vous vous le carriez là où je pense ?

— Ça ne paie pas d'insulter son propriétaire, Next. Vous avez l'argent, oui ou non ?

Je réfléchissais fébrilement.

— Non... mais vous avez dit vendredi, et la journée de vendredi n'est pas encore terminée. En fait, il me reste plus de six heures pour réunir la somme.

Il me regarda, regarda Pickwick qui avait passé la tête par la porte pour voir qui c'était, puis consulta sa montre.

— Très bien. Mais vous avez intérêt à me régler à minuit dernier carat, sinon il vous en cuira.

Il me jeta un regard noir et me laissa seule sur le palier.

J'offris un marshmallow à Pickwick dans une vaine tentative pour la faire tenir sur une patte. Elle me contempla bêtement, si bien que je finis par renoncer ; je la nourris et changeai le papier dans son panier avant d'appeler Spike à OS-17. Ce n'était pas le plan idéal, mais il avait le mérite d'être le seul, et en soi c'était un argument de poids. Au bout d'un moment, on bascula mon appel sur son téléphone de voiture. Je lui exposai mon problème, et il répondit que les caisses du service étaient pleines, vu que personne ne voulait travailler avec lui ; nous convînmes donc d'un taux horaire ridiculement élevé, du lieu et de l'heure du rendez-vous. En raccrochant, je réalisai que j'avais omis de préciser une chose : que je préférais ne pas avoir affaire aux vampires. Oh, et puis zut. J'avais trop besoin d'argent.

23

Une partie de rigolade avec Spike

LA GAZETTE DE VAN HELSING : Avez-vous capturé un grand nombre d'ESM ?

AGENT STOKER : Oh ! oui. La capture d'Etres Suprêmes Maléfiques, ou ESM comme on les appelle, était notre pain quotidien, à OS-17. Comment est-il possible qu'il y ait plusieurs Etres Suprêmes Maléfiques, je n'en ai pas la moindre idée. Chaque ESM que j'aie jamais épinglé se considérait non seulement comme la pire incarnation du mal pur qui ait foulé cette terre, mais comme la seule et unique incarnation du mal pur qui ait foulé cette terre. Ça devait être une surprise – et pas très agréable, j'imagine – de se retrouver enfermé avec des milliers d'autres ESM, tous pareils, dans leurs bocaux en verre au Centre de Contention des Abominations. Je ne sais pas d'où ils viennent. Il doit y avoir une fuite quelque part, genre robinet qui goutte (rires). On ferait bien de changer le joint.

AGENT « SPIKE » STOKER, OS-17 (retraité)
Interviewé pour la Gazette de Van Helsing, *1996*

Les événements que je m'apprête à relater eurent lieu en hiver de l'année 1985, dans une localité dont aujourd'hui encore, par souci des convenances, il serait prudent de taire le nom. Disons simplement que le petit village où je me rendis ce soir-là était désert, et ce depuis un certain temps déjà. Les maisons étaient à l'abandon ; le pub, l'épicerie du coin et la mairie n'étaient plus que des coquilles vides. Tandis que je roulais lentement à travers le village plongé dans l'obscurité, je vis des rats grouiller parmi les détritus, et de petites poches de brouillard se former dans le faisceau de mes phares. Arrivée au vieux chêne à la croisée des chemins, je m'arrêtai, éteignis les phares et scrutai le paysage macabre. On n'entendait rien, pas un souffle de vent dans les arbres, pas le moindre bruit humain à distance pour me réchauffer le cœur. Il n'en avait pas toujours été ainsi. Jadis, des enfants avaient joué ici, des voisins s'étaient interpellés amicalement, des tondeuses avaient vrombi le dimanche après-midi, et des échos d'un match de cricket avaient filtré de la place du village. Tout cela était fini, à présent. Disparu par une nuit d'hiver, cinq ans plus tôt, lorsque les forces du mal s'étaient emparées du village et de tous ses habitants. Je regardai autour de moi. Mon souffle s'échappait sous forme de vapeur dans le soir immobile. A la façon dont la charpente noircie des maisons dévastées trouait le ciel, on aurait dit que le souvenir de cette nuit-là était resté gravé dans le matériau même des ruines. Une autre voiture était garée à proximité et, adossé à la portière, il y avait l'homme qui m'avait entraînée ici. Il était grand et musclé et affrontait des horreurs que, Dieu merci, je n'aurais jamais à combattre. Il le faisait, le cœur empli de courage et de sens du devoir à parts égales, et quand je m'approchai, un sourire éclaira son visage, et il parla.

— C'est un putain de trou perdu, hein, Thurs ?

— Tu l'as dit, bouffi, répondis-je, contente d'avoir de la compagnie. On a tout de suite des tas de trucs flippants qui vous viennent à l'esprit.

— Comment ça va, vous ? Votre homme, il a toujours un problème existentiel ?

— Toujours… mais j'y travaille. Alors, qu'est-ce qui se passe ici ?

Spike joignit les mains et les frotta l'une contre l'autre.

— Ah oui ! Merci d'être venue. C'est un boulot, là, que je ne peux pas faire seul.

Je suivis son regard jusqu'à l'église délabrée et le cimetière qui la flanquait. L'endroit était sinistre, même pour un OpSpec-17 qui avait tendance à considérer n'importe quel décor simplement glauque comme un cadre idéal pour faire la fête. Il était entouré d'une double barrière de barbelés ; personne ne l'avait franchie depuis l'époque des « troubles ». Les esprits errants des âmes damnées piégées dans le cimetière avaient anéanti toute forme de vie végétale, non seulement dans l'enceinte du lieu, mais dans le court périmètre alentour : l'herbe s'était rabougrie à deux mètres de la clôture ; les arbres se dressaient, inanimés, au clair de lune. En vérité, les barbelés étaient là autant pour interdire l'accès aux curieux et aux inconscients, que pour empêcher les morts vivants de prendre le large. Dans un cercle de bois d'if calciné, juste avant la clôture extérieure, se trouvait l'ultime ligne de défense contre les morts vivants qu'ils ne pouvaient traverser, et pourtant ce n'était pas faute d'avoir essayé. De temps à autre, un membre de la légion des âmes perdues du Seigneur des Ténèbres réussissait à passer la clôture intérieure. Là, il tombait sur les détecteurs de mouvement disposés à trois mètres d'intervalle. Les morts vivants faisaient peut-être d'excellents serviteurs pour le Seigneur des Ténèbres, mais en matière d'électronique ils étaient d'une nullité crasse. Le fuyard errait généralement entre les deux clôtures jusqu'à ce que le soleil matinal ou le lance-flammes d'un OS-17 réduise en cendres sa carcasse sans vie et délivre l'âme tourmentée pour qu'elle puisse poursuivre en paix son périple à travers l'éternité.

Je contemplai l'église en ruine, les tombes éparses du cimetière profané, et frissonnai.

— Qu'est-ce qu'on doit faire ? Mettre le feu aux carapaces ambulantes des zombies ?

— Euh, non, dit Spike, gêné, se dirigeant vers le coffre de sa voiture.

Il l'ouvrit et me tendit un chargeur avec des balles en argent. Je rechargeai mon arme et fronçai les sourcils.

— Alors quoi ?

— Les forces des ténèbres sont en marche, Thursday. Un autre Etre Suprême Maléfique est en train d'arpenter la terre.

— Un autre ? Comment est-ce arrivé ? Il s'est échappé ?

Spike soupira.

— On a eu des restrictions budgétaires ces dernières années, et le transport des ESM est assuré aujourd'hui par une entreprise privée. Il y a trois mois, ils se sont emmêlé les pinceaux et, au lieu de le conduire direct au Centre de Contention, ils l'ont laissé à la maison de retraite de St Merryweather.

— D'après TNN, c'était la légionellose.

— C'est ce qu'on dit toujours dans ces cas-là. Enfin, bref, il y a un imbécile qui a ouvert le bocal, et ça s'est mis à barder grave. J'ai réussi à le coincer, mais transférer l'ESM dans son bocal est une opération délicate… c'est là que je vais avoir besoin de vous.

— Est-ce que ça implique d'aller là-dedans ?

Je lui montrai l'église. Comme pour mieux illustrer mon propos, deux chats-huants surgirent sans bruit du beffroi et passèrent au ras de nos têtes.

— J'en ai bien peur. Mais ça devrait aller. Cette nuit, c'est la pleine lune, or ils évitent de se balader dès qu'il y a le moindre soupçon de clarté – vous verrez, ça va être du gâteau.

— Que faut-il que je fasse ? demandai-je, mal à l'aise.

— Je ne peux pas vous l'expliquer car il risque de m'entendre, mais restez à côté de moi et faites exactement ce que je vous dis. Vous avez compris ? Quoi qu'il arrive, vous devez faire *exactement* ce que je vous dis.

— O.K.

— Promis ?

— Je vous le promets.

— Non, il faut me le promettre *sérieusement*.

— D'accord… je vous le promets *sérieusement*.

— Parfait. Je vous nomme officiellement OpSpec-17. Prions, voulez-vous ?

Se laissant tomber à genoux, Spike marmonna une courte prière dans sa barbe – à propos du fait de nous délivrer du mal, et qu'il espérait que sa mère serait en tête de liste d'attente pour le remplacement de la prothèse de la hanche, et que Cindy ne le jetterait pas comme une vieille chaussette en apprenant comment il gagnait sa vie. Pour ma part, je dis ce que je disais d'habitude, en ajoutant cependant que si Landen me voyait, pouvait-il, s'il vous plaît, garder un œil sur moi.

Spike se leva.

— Prête ?

— Prête.

— Alors, que la lumière soit.

Il sortit de la voiture un fourre-tout vert et un fusil à pompe. Nous approchâmes du portail rouillé, et je sentis un souffle glacé dans mon cou.

— Vous sentez ? s'enquit Spike.

— Oui.

— Il n'est pas loin. Nous le rencontrerons ce soir, je vous le garantis.

Il déverrouilla le portail qui s'ouvrit en grinçant : les gonds n'avaient pas été huilés depuis un bon moment. D'ordinaire, les agents utilisaient leur lance-flammes à travers les barbelés ; personne ne prenait la peine de pénétrer là-dedans, à moins d'avoir une mission particulière à accomplir. Spike verrouilla le portail derrière nous, et nous traversâmes le no man's land des morts vivants.

— Et les détecteurs de mouvement ?

Un biper retentit dans sa voiture.

— Je suis à peu près le seul à recevoir le signal. Helsing est au courant ; si jamais ça tourne mal, il viendra remettre de l'ordre demain matin.

— Merci de me rassurer.

— Vous inquiétez pas, répliqua Spike avec un sourire. Tout se passera bien.

Nous atteignîmes le second portail. Une odeur de moisi, l'odeur de cadavres depuis longtemps ensevelis, me monta aux narines. Le temps l'avait atténuée, ça sentait presque les feuilles mortes à présent, mais on ne pouvait pas s'y tromper. Une fois à l'intérieur, nous franchîmes rapidement le porche à moitié écroulé. Le cimetière était dans un triste état. Toutes les tombes avaient été retournées, et les restes de ceux qui étaient là depuis trop longtemps pour pouvoir être ressuscités jonchaient le sol. Ceux-là avaient eu de la chance. Les morts plus récents avaient été enrôlés de force au service du Seigneur des Ténèbres – et ce n'est pas quelque chose qu'on a envie de mettre sur son CV, à supposer qu'on en ait encore un.

— Ce qu'ils peuvent être bordéliques, ces gens-là, murmurai-je tandis que nous nous frayions un chemin parmi les ossements humains vers la lourde porte en chêne.

— J'ai écrit un poème à Cindy, dit Spike tout bas en fourrageant dans sa poche. S'il m'arrive malheur, vous le lui donnerez, hein ?

— Donnez-le-lui vous-même. Il ne vous arrivera rien… je l'ai entendu de votre propre bouche. Et ne dites pas de choses comme ça, ça me file les chocottes.

— C'est vrai, fit Spike en remettant le poème dans sa poche. Désolé.

Il inspira profondément, posa la main sur la poignée, la tourna et poussa la porte. Dedans, il faisait moins noir que je ne l'aurais cru ; le clair de lune filtrait par les vitraux brisés et les brèches dans la toiture. Malgré la pénombre, on y voyait à peu près. L'église n'était guère en meilleur état que le cimetière. Les bancs avaient été balancés pêle-mêle et cassés en mille morceaux. Le lutrin gisait à terre, et tout l'édifice portait les traces d'un vandalisme sans nom.

— On fait comme à la maison, Votre Malfaisance ? lança Spike avec un rire jovial.

Passant derrière moi, il ferma la porte massive, tourna la grosse clé métallique dans la serrure et me la remit pour plus de sécurité.

Je jetai un œil alentour, mais ne vis personne. La porte de la sacristie était fermée à clé. Je regardai Spike.

— Il n'a pas l'air d'être là.

— Oh si, il est bien là… il suffit de le débusquer. Le mal est capable de se dissimuler dans toutes sortes de recoins. Ce qu'il faut, c'est le bon fox-terrier pour le faire sortir de sa tanière… métaphoriquement parlant, bien sûr.

— Bien sûr. Et où est-elle, cette tanière métaphorique ?

La mine sévère, Spike pointa le doigt sur sa tempe.

— Là-dedans. Il croyait pouvoir me dominer de l'intérieur,

mais je l'ai isolé quelque part dans les lobes frontaux. J'ai un certain nombre de souvenirs déplaisants qui m'aident à dresser une barrière entre lui et moi… l'ennui, c'est que je n'arrive plus à le déloger.

— Je connais ça, répondis-je, songeant à Hadès qui avait fait irruption dans ma mémoire, alors que je prenais le thé avec Landen.

— Ah oui ? Eh bien, voilà, ça ne va pas être facile de l'éjecter. Je pensais que la vue de son cadre naturel le ferait réémerger spontanément, mais ça n'en a pas l'air. Attendez un peu, je vais tenter le coup.

Spike s'appuya contre un reste de banc, grogna et poussa pendant quelques minutes, en faisant de drôles de grimaces tandis qu'il cherchait à expulser l'esprit du mal. On aurait dit qu'il voulait faire sortir une boule de bowling par sa narine gauche. Finalement, épuisé par l'effort, il abandonna.

— Salopard, va. C'est comme essayer d'attraper une truite dans un torrent de montagne avec un gant de boxe. Tant pis. J'ai un plan B qui devrait fonctionner.

— Le fox métaphorique ?

— Exactement. Thursday, sortez votre arme.

— Et maintenant ?

— Tirez sur moi.

— Où ça ?

— Dans la tête, dans la poitrine… qu'est-ce que vous croyez ? Dans le pied ? Le coup doit être fatal.

— Vous plaisantez !

— Pas le moins du monde.

— Et ensuite ?

— Bonne question. J'aurais dû commencer par là.

Il ouvrit le fourre-tout, et je vis un aspirateur.

— Il marche sur piles, m'expliqua Spike. Dès que son esprit pointe le bout de son nez, vous l'aspirez.

— Aussi simple que ça ?

— Aussi simple que ça. Pour capturer un ESM, il ne faut pas avoir inventé la poudre, Thursday… il faut juste avoir le cœur bien accroché. Allez, tuez-moi.

— Spike… !

— Quoi ?

— Je ne peux pas faire ça !

— Mais vous avez promis – promis *sérieusement*.

— Si j'avais su ce que ça voulait dire, rétorquai-je, exaspérée, jamais je n'aurais accepté.

— Le travail d'un OpSpec-17 est tout sauf une partie de plaisir, Thursday. J'ai eu ma dose et, croyez-moi, avoir ce machin logé à l'intérieur de mon crâne n'est pas aussi facile qu'il n'y paraît. Je n'aurais jamais dû le laisser entrer en premier lieu, mais ce qui est fait est fait. Maintenant, vous êtes obligée de me tuer, et me tuer pour de bon.

— Vous êtes fou !

— Incontestablement. Mais regardez autour de vous. Vous m'avez suivi jusqu'ici. Lequel est le plus fou de nous deux ? Le fou ou la folle qui le suit ?

— Ecoutez…, commençai-je. Qu'est-ce que c'est ?

Un coup sourd venait d'être frappé à la porte de l'église.

— Malédiction ! s'exclama Spike. Les morts vivants. Pas nécessairement dangereux, et cette façon de marcher en se dandinant est plutôt un handicap… mais si on se fait coincer, on risque quelques ennuis. Une fois que vous m'aurez abattu et que vous aurez capturé ce guignol, vous serez peut-être forcée de tirer dans le tas pour pouvoir sortir. Prenez mes clés ; ça, c'est pour les portails intérieur et extérieur. Les serrures sont un peu grippées ; il faudra tourner la clé vers la gauche…

— Je vois le tableau.

Un autre coup fit écho au premier. On entendit un fracas à la sacristie, et une silhouette passa derrière une fenêtre basse.

— Ils sont en train de se rassembler ! dit Spike d'un ton lugubre. Vous feriez bien de vous dépêcher.

— Je ne peux pas !

— Si, vous pouvez, Thursday. Je vous pardonne. J'ai eu une belle carrière. Saviez-vous que sur trois cent vingt-neuf OpSpecs-17 qui ont jamais existé, deux seulement sont arrivés à l'âge de la retraite ?

— On vous l'a dit, ça, quand vous avez postulé pour ce poste ?

Il y eut un bruit de pierre contre pierre : une dalle funéraire sur le sol de l'église s'écarta lentement. Le mort vivant qui cognait à la porte fut rejoint par un deuxième, puis par un troisième larron. Dehors, on les entendait qui s'éveillaient. Malgré la pleine lune, l'esprit du mal appelait ses serviteurs, et ils accouraient… en titubant.

— Allez-y ! fit Spike d'un ton pressant. Hâtez-vous, avant qu'il ne soit trop tard.

Je levai mon arme et la pointai sur lui.

— *Allez-y !*

J'accentuai la pression sur la détente au moment même où une silhouette chancelante émergeait de la tombe béante derrière lui. Du coup, je braquai mon arme sur la créature – la pauvre, elle était tellement desséchée qu'elle tenait à peine debout –, mais elle sentit notre présence et trébucha dans notre direction.

— Ne tirez pas sur lui, tirez sur moi ! s'écria Spike, alarmé. On a un boulot à faire, Thursday, *s'il vous plaît* !

Sans m'occuper de lui, j'appuyai sur la détente. Le percuteur retomba avec un *schlock* inoffensif.

— Hein ? fis-je en réarmant mon pistolet.

Mais Spike me devança : son coup de feu désintégra la tête du monstre qui s'effondra en un tas de peau parcheminée et de poussière d'os. Les grattements à la porte s'intensifièrent.

— Bordel de Dieu, Next, pourquoi n'avez-vous pas fait ce que je vous ai dit ?

— Quoi ?

— J'ai fait exprès de placer cette balle à blanc au début de votre chargeur, espèce d'idiote.

— Pourquoi ?

Il se tapota la tête.

— Pour obliger l'autre guignol, là, à sortir – il ne va pas parasiter un hôte qui est sur le point de claquer. Vous tirez à blanc, il sort, Spike n'est pas mort, on l'aspire… CQFD.

— Pourquoi ne me l'avez-vous pas dit ? demandai-je avec humeur.

— Vous étiez censée *vouloir* me tuer ! Il incarne peut-être tout le mal que recèle le cœur des hommes, mais ce n'est pas un crétin.

— Oups.

— Comme vous dites, tête de pioche ! Bon, allez, on se tire d'ici.

— Il n'y a pas de plan C ? hasardai-je tandis que nous gagnions la sortie.

— Bon sang, non, répondit Spike en tâtonnant avec la clé. Je ne suis pas allé au-delà de B.

Une autre créature était en train de se dresser derrière une table renversée qui jadis avait servi à exposer les attributs de la fête des moissons ; je l'atteignis avant même qu'elle ne soit complètement debout. Puis je me tournai vers Spike qui avait glissé la clé dans la serrure en marmonnant qu'il aurait mieux fait de travailler à SommeWorld™.

— Ecartez-vous de la porte, Spike.

Alerté par mon ton sérieux, il se retourna et se trouva face au canon de mon automatique.

— Eh, oh, doucement, Thursday, c'est le bout qui mord.

— La fête est finie, Spike.

— C'est une blague, n'est-ce pas ?

— Pas du tout. Vous avez raison, Spike. Je dois vous tuer, c'est la seule solution.

— Euh… du calme, Thursday, vous semblez prendre cette affaire un peu trop à cœur, non ?

— L'Etre Suprême Maléfique doit être arrêté, vous l'avez dit vous-même.

— D'accord, j'ai dit ça, mais on peut revenir demain avec un plan C.

— Il n'y a pas de plan C, Spike. C'est fini, terminé. Fermez les yeux.

— Attendez !

— Fermez-les !

Il ferma les yeux ; je pressai la détente et bougeai la main en même temps. La balle traversa trois couches de vêtements, lui érafla l'épaule et se logea dans le bois vermoulu de la porte. Cela produisit l'effet escompté : avec un gémissement inhumain, une entité diaphane comme un nuage de fumée jaillit des narines de Spike et se coagula en une version éthérée d'un vieux torchon crasseux.

— Beau travail ! murmura Spike, l'air infiniment soulagé.

Et, reculant d'un pas, il fouilla dans le sac qui contenait l'aspirateur.

— Ne le laissez pas s'approcher de vous.

Je m'écartai de l'ectoplasme qui se déplaçait dans ma direction.

— Floué ! fit une voix basse. Floué par un simple mortel, comme c'est déprimant !

Les coups, de plus en plus forts, provenaient maintenant de la porte de la sacristie ; les gonds commençaient à céder dans le mortier friable.

— Continuez à le faire parler ! hurla Spike en sortant l'aspirateur.

— Un aspirateur, railla la voix. Spike, vous me vexez.

Sans répondre, Spike déroula le tuyau et mit l'appareil en marche.

— Jamais un aspirateur ne pourra me contenir, se moqua la voix. Croyez-vous vraiment pouvoir m'enfermer dans un sac comme un tas de poussière ?

Sur ce, Spike aspira le petit esprit en un clin d'œil.

— Il n'avait pas l'air d'avoir très peur, soufflai-je tandis qu'il tripotait les boutons de sa machine.

— Ce n'est pas un aspirateur comme les autres, Thursday. James, du bureau d'études, l'a conçu pour moi. Voyez-vous, contrairement à un aspirateur traditionnel, celui-ci fonctionne selon le principe du double cyclone qui piège la poussière et les esprits malins grâce à une puissante force centrifuge. Dans la mesure où il n'y a pas de sac, il n'y a pas de déperdition d'énergie ; on peut donc utiliser un moteur de faible puissance. Il y a un tuyau, et une petite brosse pour les tapis d'escalier.

— On trouve des esprits malins dans les tapis d'escalier ?

— Non, mais mon tapis d'escalier a besoin d'être nettoyé aussi.

Je regardai le récipient en verre où une vapeur blanchâtre tournoyait à toute vitesse. Avec dextérité, Spike plaça le couvercle sur le bocal et le détacha de l'appareil. Il le leva : dedans, furieux et passablement étourdi, il y avait un esprit du mal, pris au piège en bonne et due forme.

— Comme je l'ai dit, poursuivit Spike, pas besoin d'avoir inventé la poudre. Quoique, vous m'avez fait peur… j'ai cru que vous alliez me tuer pour de bon.

— Ça, rétorquai-je, c'était le plan D.

— Spike… espèce de… de… de… salopard ! fit la petite voix à l'intérieur du bocal. Vous souffrirez les pires tourments de l'enfer pour ça.

— Mais oui, c'est cela, répondit Spike, plaçant le bocal dans le fourre-tout.

Il mit le sac en bandoulière, remplaça la cartouche usagée dans son fusil à pompe et ôta la sécurité.

— Venez, ces macchabées commencent à me taper sur les nerfs. Celui qui en descend le moins est une lavette.

La porte s'ouvrit à la volée, et une foule de cadavres surpris dégringola à l'intérieur, en un enchevêtrement de torses putréfiés et de membres décharnés. Spike tira le premier, et après avoir expédié toute la bande, nous nous ruâmes dehors, esquivâmes les plus lambins des morts vivants et fauchâmes les autres sur le chemin du portail.

— La question Cindy, dis-je tandis que la tête d'une carcasse depuis longtemps trépassée explosait sous le feu du fusil à pompe. Avez-vous suivi mes conseils ?

— Et comment, répondit Spike en balayant un autre cadavre ambulant. Pieux et crucifix dans le garage, et tous les vieux numéros de la *Gazette de Van Helsing* au salon.

— Elle a reçu le message ? demandai-je, surprenant un zombie planqué derrière une pierre tombale.

— Elle n'a rien dit, fit-il, décapitant deux corps desséchés, mais ce qui est drôle, c'est que je trouve maintenant des numéros de *Sniper magazine* dans les toilettes… et dans la cuisine, je suis tombé sur un bouquin intitulé *Les meilleurs tueurs à gages de la pègre.*

— Peut-être qu'elle cherche à son tour à vous dire quelque chose ?

— Oui, acquiesça Spike, mais quoi ?

Je liquidai dix morts vivants ce soir-là, et Spike, seulement huit… ce fut donc lui, la lavette. Nous partageâmes une soupe de poisson avec du pain fraîchement cuit dans un routier et plaisantâmes sur les événements que nous venions de vivre, pendant que l'ESM nous insultait depuis son bocal. Je touchai mes six cents livres sterling, et mon propriétaire ne réussit pas à me prendre Pickwick. L'un dans l'autre, je n'avais pas perdu ma soirée.

24

Salaire au rendement, Miles Hawke et Norland Park

Le principe du salaire au rendement était une plaie chez les OpSpecs tout comme ça l'est encore aujourd'hui. Comment peut-on évaluer un travail aussi extraordinairement varié ? J'aurais adoré voir la tête des membres du comité de révision écoutant le compte rendu détaillé des activités de l'agent Stoker. En général, et ça ne surprenait personne, les entretiens avec lui duraient une vingtaine de secondes, et il en ressortait comme toujours avec un A++ : « Service exceptionnel, prime mensuelle recommandée ».

THURSDAY NEXT
Ma vie chez les OpSpecs

Vannée, je dormis bien cette nuit-là ; je m'attendais à voir Landen, au lieu de quoi, bizarrement, je rêvai de Humpty Dumpty[1]. J'allai travailler, m'arrangeai pour éviter Cordelia, puis dus me rendre à l'entretien d'évaluation qui faisait partie de notre système de salaire au rendement. Victor nous aurait donné à tous un A++, mais malheureusement, ça ne dépendait pas de lui ; c'était le domaine réservé du commissaire Braxton Hicks.

— Ah, Next ! m'accueillit-il d'un ton jovial. Content de vous voir. Tenez, prenez place.

1. Personnage d'une comptine populaire anglaise. *(N.d.T.)*

Je le remerciai et m'assis. Il regarda mon dossier de ces derniers mois et se caressa pensivement la moustache.

— Le golf, ça marche ?

— Je n'ai jamais commencé.

— Ah bon ? s'étonna-t-il. La première fois qu'on s'est vus, vous aviez l'air très intéressée, pourtant.

— J'ai eu beaucoup de travail.

— Tout à fait. Eh bien, depuis trois mois que vous êtes chez nous, vos résultats paraissent globalement excellents. Tout ce manège avec *Jane Eyre*, ç'a été une opération remarquable, un grand plus pour l'image de marque des OpSpecs. Comme ça, les ronds-de-cuir qui sont à Londres ont pu constater que le bureau de Swindon se débrouille très bien par ses propres moyens.

— Merci.

— Non, sérieusement, je le pense. Tout ce travail de relations publiques que vous avez accompli. La maison vous est très reconnaissante et, qui plus est, *moi* je vous suis reconnaissant. Sans vous, j'aurais pu passer à la trappe. J'aimerais vous serrer la main et – ça ne m'arrive pas souvent, vous savez – parrainer votre adhésion à mon club de golf. En tant que membre à part entière, rien de moins… privilège normalement réservé aux hommes.

— Vous êtes trop généreux, répondis-je en me levant.

— Asseyez-vous, Next. Ça, c'était l'aspect positif.

— Pourquoi, il y a autre chose ?

— Oui, déclara-t-il, changeant abruptement d'attitude. *Malgré* tout ça, depuis une quinzaine de jours votre conduite laisse énormément à désirer. J'ai ici une plainte de la part de Mrs. Hathaway34, disant que vous n'avez pas réussi à identifier son faux *Cardenio*.

— Je lui ai expliqué que c'était un faux en des termes non équivoques.

— Ça, c'est votre version, Next. Je n'ai pas vu votre rapport à ce sujet.

— Je n'ai pas cru utile d'en rédiger un, monsieur.

— Il faut absolument que tout le travail administratif soit à jour, Next. Si le nouveau règlement sur la comptabilité des

OpSpecs est adopté, nous serons obligés de rendre des comptes chaque fois que quelqu'un éternuera, alors autant vous y faire tout de suite. Et quelle est cette histoire du Neandertal que vous avez assommé ?

— Un malentendu, monsieur.

— Hmm. Ceci aussi est un malentendu ?

Il posa sur le bureau la copie d'un procès-verbal.

— *Permissionner à une personne de mœurs condamnables de conduire un ~~attelage~~ véhicule*. Vous avez laissé votre voiture à une espèce de folle furieuse, puis vous l'avez aidée à échapper aux autorités. Mais à quoi pensiez-vous, bon sang ?

— A faire le plus grand bien, monsieur.

— Certainement pas, aboya-t-il en me tendant un récépissé. L'agent Tillen qui est en charge des fournitures m'a donné ça. Vous avez déposé une demande pour un nouveau Browning.

Je fixai en silence le bout de papier. Mon Browning d'origine avait été égaré quelque part sur l'autoroute dans une faille spatiotemporelle.

— Ceci est très grave, Next. Ce document spécifie que vous avez « perdu » une arme propriété des OpSpecs lors d'une mission non autorisée qui relevait de la compétence de OS-12. Ce flagrant irrespect pour le matériel de la maison me met très en colère, Next. N'oubliez pas que nous avons un budget à tenir.

— Et voilà, nous y sommes, marmonnai-je.

— Que dites-vous ?

— Que je finirai par le récupérer, monsieur.

— Peut-être bien. Mais le matériel égaré entre dans les dépenses courantes et non dans le budget annuel. Or nous sommes obligés de nous serrer la ceinture, ces jours-ci. Votre escapade dans *Jane Eyre*, même si ç'a été un succès, nous a coûté de l'argent. Tout bien réfléchi, je dois malheureusement vous attribuer un F – « peut mieux faire ».

— Un F ? Monsieur, je proteste !

— Cet entretien est terminé, Next. Je regrette, mais la décision ne m'appartient pas.

— C'est OS-1 qui a décidé de me punir ? demandai-je, indignée. En huit ans de carrière, je n'ai jamais eu une note inférieure à un A !

— Inutile d'élever le ton, mon petit, répondit Hicks posément, me menaçant de l'index comme on le fait avec son épagneul. L'entretien est terminé. J'en suis profondément navré, croyez-moi.

Justement, je n'en croyais pas un mot... mais je me doutais bien que les ordres venaient d'en haut. Je soupirai, me levai et, après l'avoir salué, me dirigeai vers la porte.

— Minute ! fit Braxton. Il y a autre chose.

Je me retournai.

— Oui ?

— Apprenez à garder votre sang-froid.

— C'est tout ?

— Non.

Il me remit un paquet de vêtements emballés sous cellophane.

— Le service est désormais sponsorisé par le Comité pour la Promotion des Tartines Grillées. Vous trouverez là-dedans un chapeau, un T-shirt et un gilet. Mettez-les dès que vous pourrez et préparez-vous à vous divertir aux frais de la princesse.

— Mais... !

— Ne vous plaignez pas. Si vous n'aviez pas mangé ce toast sur le plateau du *Adrian Lush Show*, jamais ils ne nous auraient contactés. Plus d'un million de livres de subventions... on ne crache pas sur une somme pareille, surtout avec des gens comme vous qui gaspillent notre argent. Fermez la porte en sortant, voulez-vous ?

Mais la matinée n'était pas finie. En émergeant du bureau de Braxton, je faillis entrer en collision avec Flanker.

— Ah ! dit-il. Next. Deux mots, si vous le permettez...

Ce n'était pas une requête, c'était un ordre. Je le suivis dans une salle d'interrogatoire vide, et il referma la porte.

— Vous m'avez l'air d'être tellement dans la merde, Next, que vous allez finir par avoir des yeux bruns.

— J'ai déjà les yeux bruns, Flanker.

— Alors, c'est que vous êtes en plein dedans. Je vais être direct. Hier, vous avez gagné 600 £.

— Eh bien ?

— Ici, on apprécie très moyennement le travail au noir.

— C'était Stoker, de chez OS-17. Il m'a embauchée… le tout dans les règles.

Flanker se tut. Ses informateurs lui avaient manifestement joué un sale tour.

— Je peux partir maintenant ?

Il soupira.

— Ecoutez, Thursday, reprit-il plus calmement, il faut que nous sachions ce que mijote votre père.

— Pourquoi, où est le problème ? La grève vous prive de moyens pour empêcher le cataclysme de la semaine prochaine ?

— Les navigateurs indépendants vont nous régler ça, Next.

C'était du pur bluff.

— Vous n'avez pas la moindre idée de l'apocalypse qui nous attend – pas plus que Lavoisier, papa ou moi, hein ?

— Peut-être, répondit Flanker, mais ici, chez les OpSpecs, nous sommes beaucoup plus qualifiés pour n'avoir aucune idée sur la question que vous ou votre déphasé de père.

— Déphasé ? répétai-je rageusement en me levant. Mon père ? Vous plaisantez, j'espère. Dans ce cas, pourquoi votre cher Lavoisier aurait-il éradiqué mon mari, je vous le demande ?

Flanker me dévisagea en silence pendant quelques instants.

— Ceci est une accusation très sérieuse, observa-t-il. Vous avez des preuves ?

— Bien sûr que non, ripostai-je, incapable de contenir ma fureur. C'est tout l'intérêt de l'éradication, non ?

— Depuis le temps que je connais Lavoisier, j'ai toujours eu le plus grand respect pour son intégrité. Accuser des gens à tort et à travers ne vous avancera à rien, soyez-en certaine.

Je me rassis et me passai la main sur le visage. Papa avait raison. Mettre Lavoisier en cause était une entreprise vouée à l'échec.

— Je peux partir ?

— Je n'ai rien pour vous retenir, Next. Mais je trouverai bien quelque chose. Chaque agent cherche à tirer son épingle du jeu. Il suffit d'ouvrir l'œil.

— Comment ça s'est passé ? demanda Bowden une fois que j'eus regagné le bureau.

— J'ai eu un F, marmonnai-je, me laissant tomber sur ma chaise.

— Flanker, décréta-t-il en essayant sa casquette *Mangez des tartines grillées*. Ça ne peut être que lui.

— Et votre spectacle ?

— Très bien.

Il expédia la casquette dans la corbeille à papier.

— Le public a paru trouver ça très drôle. A tel point qu'ils voulaient me voir revenir régulière… qu'est-ce que vous faites ?

Je me laissai glisser à terre en toute hâte et me cachai sous la table. Je n'avais plus qu'à m'en remettre à la présence d'esprit de mon collègue.

— Salut ! lança Miles Hawke en entrant dans la pièce. Quelqu'un a-t-il vu Thursday ?

— Je crois qu'elle est allée à son entretien d'évaluation, répondit Bowden, aussi imperturbable dans le mensonge qu'il devait l'être dans son spectacle d'humoriste. Je peux prendre un message ?

— Non, dites-lui simplement de me contacter.

— Vous ne voulez pas l'attendre ici ? fit Bowden.

Je lui assenai un coup de pied sous la table.

— Non, il faut que je file. Vous lui direz que je suis passé, O.K. ?

Il sortit, et je me relevai. Bowden, contrairement à son habitude, était plié de rire.

— Qu'est-ce que ç'a de drôle ?

— Rien… pourquoi vous ne voulez pas le voir ?

— Parce que, si ça se trouve, je porte son enfant.

— Parlez plus fort. Je vous entends à peine.

— Si ça se trouve, répétai-je dans un murmure rauque, je porte son enfant !

— Vous ne m'aviez pas dit que c'était Land… quoi, qu'est-ce que c'est encore ?

J'avais plongé une nouvelle fois en voyant arriver Cordelia Flakk. Les mains sur les hanches, elle scruta le bureau d'un air contrarié.

— Avez-vous vu Thursday aujourd'hui ? demanda-t-elle à Bowden. Il faut absolument qu'elle rencontre les gens que je lui ai amenés.

— Je ne sais pas très bien où elle est.

— Ah bon ? C'est qui, alors, que j'ai vu se planquer sous cette table ?

— Salut, Cordelia, dis-je de sous la table. J'ai fait tomber mon crayon.

— Mais oui, c'est ça.

Je réémergeai et me perchai sur mon bureau.

— Vous me décevez, Bowden, déclara Cordelia sèchement, avant de se tourner vers moi. Allons, Thursday, nous avons promis à ces personnes qu'elles vous rencontreraient. Vous n'avez quand même pas l'intention de les lâcher ? C'est votre public, après tout.

— Ce n'est pas *mon* public, Cordelia, c'est le vôtre. C'est vous qui avez monté le coup.

— J'ai dû leur payer une autre nuit au Finis, implora-t-elle. La note de frais ne cesse de grimper. Ils sont en bas, là. Je savais que vous viendriez pour votre évaluation. Comment ça s'est passé, au fait ?

— Je préfère ne pas répondre.

Je regardai Bowden, qui haussa les épaules. En quête d'une échappatoire, je pivotai sur ma chaise vers Victor qui venait de soumettre à l'Analyseur Métrique une éventuelle suite de *1984* intitulée *1985*. Les autres collègues vaquaient chacun à leurs occupations. De toute évidence, j'allais devoir me remettre aux RP.

— D'accord, soupirai-je. Ça marche.

— C'est mieux que de se cacher sous le bureau, fit Bowden. Ce genre de galipettes ne doit pas être très indiqué pour le bébé.

Il plaqua la main sur sa bouche, mais il était trop tard.

— Le bébé ? répéta Cordelia. Quel bébé ?

— Merci, Bowden.

— Désolé.

— Toutes mes félicitations ! s'exclama Cordelia en m'étreignant. Et qui est l'heureux papa ?

— Je ne sais pas.

— Vous voulez dire qu'il n'est pas encore au courant ?

— Non, je veux dire que je ne sais pas. Mon mari, j'espère.

— Vous êtes mariée ?

— Non.

— Mais vous avez dit…

— En effet, répliquai-je, sarcastique. On s'y perd, hein ?

— Très mauvais, ça, marmonna Cordelia d'un air sombre, s'asseyant sur le bureau pour recouvrer ses esprits. Notre agent vedette mise en cloque sous un abribus par quelqu'un qu'elle ne connaît même pas !

— Ce n'est pas ça du tout… je n'ai pas été « mise en cloque », et qui vous a parlé d'abribus ? Le mieux serait peut-être de garder ça pour vous et de faire comme si Bowden n'avait rien dit.

— Toutes mes excuses, murmura Bowden, penaud.

Cordelia bondit sur ses pieds.

— Bonne idée, Next. On dira à tout le monde que vous faites de la rétention d'eau ou que vous souffrez de troubles alimentaires dus au stress. (Son visage s'allongea.) Non, ça n'ira pas. *Krapo* nous démasquera tout de suite. Vous ne pourriez pas vous marier vite fait ? Tenez, que diriez-vous de Bowden ? Bowden, vous ne voulez pas rendre un service à la collectivité ?

— Je sors avec une OS-13, répondit-il précipitamment.

— Zut ! marmonna Flakk. Une suggestion, Thursday ?

Mais c'était un domaine de la vie de Bowden dont je ne savais rien.

— Vous ne m'avez jamais dit que vous sortiez avec une OS-13.

— Je ne suis pas obligé de *tout* vous dire.

— Quand même, je suis votre coéquipière !

— Et alors, vous ne m'avez jamais parlé de Miles.

— Miles ? s'écria Cordelia. Le beau, le séduisant, l'irrésistible Miles Hawke ?

— Merci, Bowden.

— Désolé.

— Mais c'est merveilleux ! exulta Cordelia en tapant dans ses mains. Un couple éblouissant ! Le mariage OpSpec de l'année ! Ça vaut une couverture d'enfer. Il est au courant ?

— Non. Et vous n'avez pas à le lui dire. Qui plus est – *Bowden* – l'enfant n'est peut-être même pas de lui.

— Ce qui nous ramène à la case départ, maugréa Cordelia. Ne bougez pas, je vais chercher mes gagnants. Bowden, ne la perdez pas de vue !

Et elle disparut.

Bowden me dévisagea un moment avant de demander :

— Vous croyez vraiment que le bébé est de Landen ?

— Je l'espère.

— Vous n'êtes pas mariée, Thurs. Vous pensez l'être, mais c'est faux. J'ai consulté les archives. Landen Parke-Laine est mort en 1947.

— Cette fois-ci. Mon père et moi sommes allés…

— Vous n'avez pas de père, Thursday. C'est spécifié sur votre extrait de naissance. A mon avis, vous devriez parler à l'un de nos stressperts.

— Et finir sur les planches dans un numéro d'humoriste, arrangeant les cailloux ou comptant les voitures bleues ? Non, merci.

Il y eut une pause.

— Il *est* très beau, dit Bowden.

— Qui ça ?

— Mais Miles Hawke, voyons.

— Oh ! Oui, c'est vrai.

— Très poli, tout le monde l'aime.

— Je sais.

— Un enfant sans père…

— Bowden, je ne suis pas amoureuse de lui, et ce n'est pas son bébé… O.K. ?

— O.K., O.K. N'en parlons plus.

Il y eut un nouveau silence. Je jouais avec un crayon, et Bowden regardait par la fenêtre.

— Et ces voix ?

— Bowden… !

— C'est pour votre bien, Thursday. Vous me les avez mentionnées vous-même, et les agents Vouzzon, Hantandew et Parlay vous ont entendue parler à quelqu'un dans le couloir.

— Les voix se sont arrêtées, déclarai-je, catégorique. Ça ne se reproduira plus[1]. Oh, merde[2].

— Comment ça, « oh, merde » ?

— Ce n'est rien... enfin, voilà, quoi. Il faut que j'aille aux toilettes, vous voulez bien m'excuser ?

Bowden secoua tristement la tête. Je le plantai là et, deux minutes plus tard, j'étais aux toilettes pour femmes. Après m'être assurée que tous les boxes étaient vides, je dis :

— Miss Havisham, vous êtes là[3] ?

— Comprenez bien, Miss Havisham, que dans mon monde, les coutumes sont différentes du vôtre. Ici, on jure à tout bout de champ[4].

— J'arrive, madame.

Je me mordis la lèvre, me ruai hors des toilettes, m'emparai de mon guide de la Jurifiction et de mon blouson, et rebroussai chemin, quand...

— Thursday ! retentit une voix stridente qui ne pouvait appartenir qu'à Flakk. J'ai ici les gagnants dans le couloir...

— Désolée, Cordelia, je dois aller au pipi-room.

— Et vous imaginez me faire avaler ça encore une fois ?

— Cette fois, c'est vrai.

— Et le livre ?

— Je lis toujours sur les toilettes.

Elle plissa ses yeux, et je plissai les miens en retour.

— Entendu, dit-elle finalement, mais je viens avec vous.

Elle sourit aux deux heureux gagnants de son concours débile qui poireautaient dans le couloir. Ils lui rendirent son sourire à

1. Miss Next ? Havisham à l'appareil.

2. J'espère avoir mal entendu !

3. Je suis là, ma fille, mais je suis choquée par votre langage grossier !

4. Ah bon ? Eh bien, je ne veux pas l'entendre dans la bouche de mes apprentis. Enfin, je vous pardonne. J'ai besoin de vous, tout de suite. Rejoignez-moi à Norland Park, chapitre 5, premier paragraphe – vous trouverez ça dans le guide que Mrs. Nakijima a laissé à votre intention.

travers la porte en verre dépoli, et nous trottinâmes jusqu'aux toilettes.

— Dix minutes, me lança-t-elle lorsque je me fus enfermée dans un box.

J'ouvris le livre et commençai à lire :

Beaucoup de larmes furent versées lors des ultimes adieux à la demeure tant aimée. « Cher, cher Norland ! dit Marianne tandis qu'elle errait seule devant la maison, le dernier soir qu'elles passaient là-bas…

Le petit réduit en mélamine s'évapora peu à peu, cédant la place à un vaste parc baigné par le soleil couchant ; la brume adoucissait les ombres et illuminait la façade dans la lumière déclinante. Il y avait une légère brise et, devant la maison, la silhouette solitaire d'une jeune fille en robe victorienne, châle et bonnet. Elle déambulait lentement, couvant d'un œil attendri…

— Vous lisez toujours à voix haute dans les toilettes ? s'enquit Cordelia derrière la porte.

— Toujours, répondis-je. Et si vous ne me lâchez pas, ça peut durer indéfiniment.

… quand cesserai-je de te regretter ? quand apprendrai-je à me sentir chez moi ailleurs ? Oh, foyer heureux, si tu savais ce que je souffre en te contemplant d'ici, de cet endroit d'où peut-être je ne te contemplerai jamais plus ! Et vous, arbres familiers ! Mais vous resterez…

La maison reparut ; la jeune fille parlait doucement, et nos voix se fondaient, au fur et à mesure que je pénétrais dans le livre. J'étais assise non plus sur une dure cuvette standard dans les toilettes des OpSpecs, mais sur un banc de jardin en fer forgé, peint en blanc. Je m'arrêtai de lire lorsque je fus certaine que j'étais complètement dans *Raison et sentiments* et écoutai Marianne achever son monologue :

… insensibles aux changements chez ceux qui se promènent dans votre ombrage ! Mais qui sera là pour en profiter ? »

Elle poussa un soupir mélodramatique, joignit les mains sur sa poitrine et sanglota sans bruit une minute ou deux. Puis elle enveloppa du regard la grande maison à la façade blanche et se tourna vers moi.

— Bonjour ! fit-elle d'un ton amical. Je ne vous ai encore jamais vue par ici. Vous travaillez pour la Juri-machin-truc ?

— On ne doit pas faire attention à ce qu'on dit ? balbutiai-je, regardant nerveusement autour de moi.

— Ciel, non ! s'exclama Marianne avec un rire enchanteur. Le chapitre est terminé, et puis ce livre est écrit à la *troisième personne*. Nous sommes libres de nos faits et gestes jusqu'à demain matin, quand nous partirons pour le Devon. Les deux chapitres suivants sont surchargés en exposition – je n'y ai pratiquement rien à faire, et je parle encore moins ! Ma pauvre, vous avez l'air perdue. C'est la première fois que vous entrez dans un livre ?

— J'ai déjà été dans *Jane Eyre*.

Marianne haussa théâtralement les sourcils.

— Pauvre, chère, douce Jane ! J'aurais détesté être l'héroïne d'un récit à la première personne. On est toujours sur le qui-vive, il y a toujours quelqu'un pour lire dans vos pensées ! Ici, nous faisons ce qu'on nous dit de faire, mais nos pensées nous appartiennent. Et c'est beaucoup plus agréable, croyez-moi.

— Que savez-vous au sujet de la Jurifiction ? demandai-je.

— Ils ne vont pas tarder à arriver. Mrs. Dashwood a beau être infecte avec maman, elle comprend ce qu'est l'instinct de conservation. Il ne faudrait pas qu'on subisse le même sort tragique que *Confusion et ressentiment*, n'est-ce pas ?

— C'est un roman d'Austen ? Je n'en ai jamais entendu parler.

Marianne s'assit à côté de moi et posa la main sur mon bras.

— Maman dit que c'était un *collectif socialiste*, me confia-t-elle dans un murmure. Il y a eu une révolution… ils ont pris le contrôle du livre et décrété que tous les personnages avaient une importance égale, de la duchesse au cordonnier. Vous imaginez un peu ? La Jurifiction a tenté d'intervenir, mais il était trop tard : même Ambrose n'a rien pu faire. Le roman tout entier a été... *boujeumé* !

Elle prononça ce dernier mot avec tant de sérieux que j'aurais éclaté de rire, n'était-ce l'expression intense de son regard brun.

— Mais comment je parle !

Elle se leva d'un bond, frappa dans ses mains et esquissa une pirouette sur la pelouse.

— ... *insensibles aux changements chez ceux qui se promènent dans votre ombrage...*

S'interrompant, elle plaqua la main sur sa bouche et son nez, et pouffa, embarrassée.

— Quelle godiche ! marmonna-t-elle. Je l'ai déjà dit, ça. Adieu, Miss... désolée, mais je ne connais pas votre nom.

— Thursday... Thursday Next.

— Quel drôle de nom.

Elle fit une petite révérence à moitié comique.

— Moi, je suis Marianne Dashwood, et je vous souhaite la bienvenue, Miss Next, dans *Raison et sentiments*.

— Merci. Je suis sûre que je serai bien ici.

— Très certainement. Nous nous sentons tous extrêmement bien ici – ça se voit, à votre avis ?

— Ça saute aux yeux, Miss Dashwood.

— Appelez-moi Marianne, si cela vous agrée.

Elle s'arrêta, réfléchit un instant, sourit poliment, jeta un coup d'œil par-dessus son épaule et dit :

— Pourrais-je avoir l'audace de vous demander une faveur ?

— Bien sûr.

Elle se rassit et plongea son regard dans le mien.

— Je ne sais si j'aurais l'audace de vous demander à quelle époque se situe votre propre livre.

— Je ne viens pas d'un livre, Miss Dashwood... je viens du monde réel.

— Oh ! s'exclama-t-elle. Je vous prie de m'excuser. Je ne voulais surtout pas dire par là que vous n'étiez pas réelle ou quoi. Dans ce cas, à quelle époque se situe votre propre monde ?

Sa curieuse logique me fit sourire, et je répondis : 1985. Visiblement satisfaite de ma réponse, elle se pencha plus près.

— Pardonnez mon impertinence, mais pourriez-vous me rapporter quelque chose, la prochaine fois que vous viendrez ?

— Du genre… ?

— Des Menthos. *J'adore* les Menthos. Vous connaissez, bien sûr ? C'est mou et ç'a un goût de menthe… oh, et si ça ne vous ennuie pas, plusieurs paires de collants en nylon… et des piles AA ; une douzaine, ça serait parfait.

— O.K. Autre chose ?

Marianne réfléchit.

— Elinor m'en voudrait à mort de demander des faveurs à des inconnus, mais il se trouve qu'elle a un faible pour Marmite[1]… et un peu de vrai café pour maman.

Je lui promis que je ferais mon possible. Elle me remercia avec effusion, enfila un casque en cuir et des lunettes d'aviateur qu'elle cachait sous son châle, me prit brièvement la main, puis partit en courant.

1. Sorte de pâte à tartiner à base d'extraits végétaux. *(N.d.T.)*

25

La Jurifiction bat le rappel

Boujeum : terme utilisé pour décrire l'annihilation totale d'un mot/ligne/personnage/intrigue secondaire/livre /série. Complète et irréversible, la nature d'un boujeum continue à faire l'objet de spéculations effrénées. D'anciens membres de la Jurifiction émettent l'hypothèse qu'un boujeum pourrait représenter l'accès à une « anti-bibliothèque » quelque part au-delà des « confins de l'imagination ». Il est possible que le semi-mythique *Snark* détienne la clé de ce qui, aujourd'hui encore, reste une énigme.

Bowdleriseurs : groupe de fanatiques qui cherchent à expurger tous les textes existants. Nommés ainsi d'après Thomas Bowdler qui voulait faire de Shakespeare une « lecture familiale » en coupant certaines répliques ; il croyait que ce faisant, « le génie transcendantal du poète brillerait indiscutablement d'un plus grand éclat ». Bowdler est mort en 1825, mais le flambeau a été repris par des groupuscules clandestins désireux de poursuivre son œuvre, coûte que coûte. Jusqu'à présent, toutes les tentatives pour infiltrer les Bowdleriseurs se sont soldées par un échec.

LE CHAT DE L'AUTORITÉ UNITAIRE DE WARRINGTON
Guide de la Grande Bibliothèque (glossaire)

Je suivis Marianne des yeux et, réalisant que son « qui sera là pour en profiter » marquait la fin du chapitre cinq – le chapitre six commençant au moment où les Dashwood avaient déjà pris la route –, je décidai de rester pour voir à quoi ressemblait une fin de chapitre. Si je m'attendais à un coup de tonnerre ou à quelque chose de tout aussi spectaculaire, j'allais être déçue. Rien ne se passa. Les feuillages bruissaient doucement, on entendait de temps à autre le roucoulement d'une tourterelle et, devant moi, un écureuil roux sautillait dans l'herbe. Un bruit de moteur parvint à mes oreilles ; quelques minutes plus tard, un biplan décolla du pré derrière les rhododendrons, décrivit deux cercles autour de la maison et s'éloigna en direction du soleil couchant. Je me levai, traversai la pelouse méticuleusement entretenue, saluai un jardinier qui souleva son chapeau en réponse et m'approchai de la porte d'entrée. Bien que jamais décrit très en détail dans *Raison et sentiments*, Norland était aussi imposant que je me l'étais imaginé. La maison se trouvait au cœur d'un grand parc planté çà et là de chênes majestueux. A distance, on apercevait des bois et un ou deux clochers d'église. Devant la porte d'entrée, il y avait une Bugatti 35B et un énorme destrier blanc harnaché comme pour une bataille, qui broutait indolemment des touffes d'herbe. Un gros chien blanc était attaché à la selle avec une corde, et il avait déjà réussi à s'enrouler trois fois autour d'un arbre.

Je gravis les marches et tirai sur le cordon de la cloche. Au bout d'un temps, un valet en uniforme parut et me considéra d'un air interrogateur.

— Thursday Next, dis-je. Pour la Jurifiction… Miss Havisham.

Le valet, qui avait de gros yeux globuleux et une tête arrondie comme une grenouille, ouvrit la porte et annonça :

— Miss Havisham, Thursday Next… pour la Jurifiction.

J'entrai dans le vestibule désert et fronçai les sourcils. A qui ce valet m'avait-il annoncée, au juste ? Je me retournai pour lui poser la question, mais il s'inclina avec raideur et se dirigea – d'une démarche infiniment lente, me sembla-t-il – vers le fond du vestibule, où il ouvrit une porte et s'écarta en fixant un point au-dessus de ma tête. Je le remerciai et me retrouvai dans la salle de bal, décorée dans les tons blanc et bleu clair ; les murs, lorsqu'ils ne comportaient pas de moulures délicates, étaient ornés de miroirs aux lourds cadres dorés. La verrière du plafond laissait filtrer la lumière du soir, mais déjà les domestiques étaient en train de préparer les candélabres.

Voilà bien longtemps que les locaux de la Jurifiction n'avaient pas été utilisés comme salle de bal. Tout l'espace disponible était envahi de canapés, tables, classeurs métalliques et bureaux croulant sous des piles de papier. Sur un côté, une table avait été dressée avec de grosses cafetières électriques et de savoureux en-cas servis dans de la porcelaine fine. Une vingtaine de personnes se trouvaient là ; certains étaient assis, d'autres bavardaient, d'autres encore regardaient devant eux d'un air vague. Au fond de la pièce, j'aperçus Sassan LeRoussi qui parlait dans une espèce de pavillon de phonographe relié à la terre par un flexible en cuivre. J'essayai d'attirer son attention, quand :

— S'il te plaît, fit une voix toute proche, dessine-moi un mouton.

C'était un petit garçon âgé d'une dizaine d'années, pas plus. De sous ses boucles dorées, il me fixait avec une intensité qui me troubla grandement.

— S'il te plaît, dessine-moi un mouton.

— Faites ce qu'il vous demande, me conseilla une voix familière. Une fois qu'il est lancé, il ne vous lâche plus.

C'était Miss Havisham. Docilement, je dessinai un mouton du mieux que je pus et tendis la feuille de papier au gamin, qui s'en fut, très content du résultat.

— Bienvenue à la Jurifiction.

Vêtue à nouveau de sa robe de mariée en loques, Miss Havisham boitillait encore depuis l'échauffourée à la foire aux livres.

— Je ne vais pas vous présenter d'entrée de jeu à tout le monde, mais il y a une ou deux personnes ici que vous devriez rencontrer.

Me prenant par le bras, elle me conduisit auprès d'une dame habillée à l'ancienne mode qui surveillait les domestiques, chargés d'alimenter le buffet.

— Voici Mrs. John Dashwood qui nous accueille gracieusement sous son toit. Mrs. Dashwood, Miss Thursday Next… ma nouvelle apprentie.

Je serrai la main qu'on me tendait délicatement, et elle eut un sourire poli.

— Bienvenue à Norland Park, Miss Next. Vous avez beaucoup de chance d'avoir Miss Havisham pour enseignante – elle accepte très peu d'élèves. Mais dites-moi, puisque je ne suis pas très coutumière de la littérature contemporaine… de quel livre venez-vous ?

— Je ne viens pas d'un livre, Mrs. Dashwood.

D'abord décontenancée, Mrs. Dashwood sourit plus poliment encore, puis s'accrocha à mon bras, marmonna une amabilité à l'adresse de Miss Havisham à propos de « faire mieux connaissance » et m'escorta vers la table de thé.

— Comment trouvez-vous Norland, Miss Next ?

— Très joli, Mrs. Dashwood.

— Puis-je vous offrir une côtelette crousticieuse ? demanda-t-elle, très clairement agitée, en me tendant une petite assiette et une serviette. Ou peut-être une tasse de thé ?

— Non, merci.

— J'irai droit au fait, Miss Next.

— Ç'a l'air de vous tenir à cœur.

Elle jeta un coup d'œil furtif à droite et à gauche et baissa la voix.

— Est-ce que dehors tout le monde pense que mon mari et moi avons été *très* cruels, d'avoir spolié les filles et leur mère de l'héritage d'Henry Dashwood ?

Elle me regardait *très* sérieusement, tellement sérieusement que j'eus envie de sourire.

— Ma foi…, commençai-je.

— Oh, j'en étais sûre ! souffla Mrs. Dashwood, pressant le dos de sa main contre son front en un geste théâtral. J'avais dit à John que nous devrions revenir sur notre décision… j'imagine que *dehors*, on nous voue aux gémonies et on maudit notre nom ?

— Pas du tout, répondis-je, m'efforçant de la consoler. Du point de vue narratif, sans vous, il n'y aurait pas d'intrigue à proprement parler.

Tirant un mouchoir de sa manchette, Mrs. Dashwood essuya

ses yeux qui, pour autant que je puisse voir, ne contenaient pas la moindre trace d'humidité.

— Ce que vous dites est tellement vrai, Miss Next. Merci pour vos gentilles paroles… mais si vous entendez médire de moi, je vous en prie, expliquez-leur que c'était une décision de mon mari, et Dieu sait que j'ai essayé de l'en dissuader !

— Mais bien sûr, la rassurai-je.

Puis je m'excusai et partis à la recherche de Miss Havisham.

— On appelle ça le *syndrome du personnage secondaire*, me dit-elle. C'est très courant quand un personnage secondaire par essence joue un rôle important. Elle et son mari nous ont laissé l'usage de cette pièce après le micmac avec *Confusion et ressentiment*. En échange, nous avons placé tous les romans de Jane Austen sous une protection rapprochée, afin que cela ne se reproduise plus. Nous avons une salle de contrôle de satellites dans les caves du château d'Elseneur, gérée par Mr. Falstaff… c'est lui, là-bas.

Elle désigna un homme corpulent au visage rubicond, en conversation avec un autre agent. Tous deux rirent aux éclats à une remarque de Falstaff.

— A qui parle-t-il ?

— A Vernham Deane, héros d'un roman de Daphne Farquitt. Comme Mr. Deane est un membre loyal de la Jurifiction, on ne lui en veut pas de…

— OÙ EST HAVISHAM ? beugla une voix tonitruante.

Les portes s'ouvrirent à la volée, et une Reine Rouge très échevelée fit irruption dans la pièce clopin-clopant. Toute la salle se tut. A l'exception, naturellement, de Miss Havisham, qui lâcha d'un ton inutilement provocateur :

— On dirait que la chasse aux bonnes affaires, ça ne réussit pas à tout le monde, hein ?

Les autres agents, réalisant qu'ils assistaient à un énième round dans une bataille de longue date qui ne les concernait guère, retournèrent à leurs occupations.

La Reine Rouge arborait un très vilain coquard à l'œil et avait deux doigts dans une gouttière. Elle avait payé cher les soldes à la foire aux livres.

— Qu'avez-vous en tête, Majesté ? s'enquit Havisham posément.

— Mêlez-vous encore une fois de mes affaires, grogna la Reine Rouge, et je ne réponds plus de mes actes !

Je me dandinai inconfortablement d'un pied sur l'autre. J'aurais bien voulu m'éloigner pour échapper à l'altercation, mais d'un autre côté, il fallait bien quelqu'un pour les séparer, si jamais elles en venaient aux mains. Je restai donc à ma place.

— Vous n'avez pas l'impression de prendre les choses un peu trop à cœur, Majesté ? demanda Havisham, sans se départir de la déférence due au rang de sa rivale. Ce n'était que du Farquitt, après tout !

— En *coffret* ! rétorqua la Reine Rouge avec froideur. Vous m'avez délibérément privée du cadeau que je comptais offrir à mon cher et bien-aimé époux. Et vous savez pourquoi ?

Miss Havisham pinça les lèvres sans répondre.

— *Parce que vous ne supportez pas de me voir heureuse en ménage !*

— Foutaises, répliqua Miss Havisham avec colère. On vous a coiffée au poteau en bonne et due forme.

— Mesdames et… euh, mesdames et Majestés, s'il vous plaît, dis-je d'un ton conciliant. Est-ce bien le moment et l'endroit pour se disputer ?

— Ah oui ! fit la Reine Rouge. Savez-vous pourquoi nous utilisons *Raison et sentiments* ? Pourquoi Miss Havisham a absolument tenu à ce qu'on se retrouve ici ?

— Ne l'écoutez pas, murmura Miss Havisham. C'est tout et n'importe quoi. Les paroles de Sa Majesté dépassent sa pensée.

— Je vais vous dire pourquoi, continua la Reine Rouge rageusement. Parce que dans *Raison et sentiments*, il n'y a pas une seule image forte de père ou de mari !

Miss Havisham garda le silence.

— Regardez donc les choses en face, Havisham. Ni les Dashwood, ni les Steele, ni les frères Ferrar, ni Eliza Brandon ni Willoughby n'ont un père pour les guider. Votre haine des hommes ne vous entraîne-t-elle pas un peu trop loin ?

— Elle se berce d'illusions, fit Havisham.

Puis, après une brève pause :

— Question pour question, Majesté : dites-nous, sur *quoi* régnez-vous, au juste ?

La Reine Rouge s'empourpra – ce qui n'était pas évident, vu sa carnation d'origine – et tira de sa poche un petit pistolet de duel. Tout aussi rapide, Havisham dégaina sa propre arme, et elles se firent face, frémissantes de rage, se tenant mutuellement en joue. Par chance, le tintement d'une cloche attira leur attention, et elles baissèrent leurs armes.

— L'Homme à la Cloche ! siffla Miss Havisham, me prenant par le bras et me propulsant vers un personnage vêtu en crieur public, debout sur une estrade. *Le spectacle va commencer !*

Le petit groupe de gens se massa autour du crieur. La Reine Rouge et Miss Havisham étaient côte à côte ; elles semblaient avoir oublié leur différend. Je contemplai la curieuse assemblée et me demandai ce que je faisais là. Mais si je voulais apprendre à voyager dans les livres, il fallait que j'en sache davantage. Je dressai donc l'oreille.

L'Homme à la Cloche reposa sa cloche et consulta une liste de notes.

— Tout le monde est là ? Où est le Chat ?

— Ici, ronronna le Chat, perché en équilibre précaire sur le cadre doré d'un miroir.

— Bien. Est-ce qu'il manque quelqu'un ?

— Shelley[1] est parti faire du bateau, dit une voix au fond. Il devrait être de retour d'ici une heure, si le temps ne tourne pas.

— O.K., reprit l'Homme à la Cloche. La séance numéro 40 311 de la Jurifiction est maintenant ouverte.

Il refit tinter sa cloche, toussota et jeta un œil sur un clipboard.

— Le premier point, hélas, est une mauvaise nouvelle.

Un silence respectueux se fit dans la salle. Il marqua une pause, choisissant ses mots avec soin.

— Nous sommes tous, je pense, parvenus à la conclusion que

1. Percy Bysshe Shelley (1792-1822) : poète anglais qui a péri en mer, au cours d'une tempête au large des côtes italiennes. *(N.d.T.)*

David et Catriona ne reviendront pas parmi nous. Cela fait dix-huit séances déjà, il nous faut donc croire qu'ils ont été... *boujeumés*.

Il se tut un instant, pensif.

— Nous garderons de David et Catriona Balfour le souvenir d'amis, collègues, dignes membres de notre institution, héros de *Kidnappé* et *Catriona*[1], courageux textplorateurs – ils ont découvert le moyen de pénétrer dans Barchester[2], ce dont nous leur serons à jamais reconnaissants. Je demande une minute de silence à la mémoire des Balfour.

Nous baissâmes tous la tête. Une fois la minute écoulée, l'Homme à la Cloche reprit la parole.

— Bien, sans vouloir vous offenser, ceci nous rappelle qu'il faut toujours signer le registre des sorties, pour qu'on puisse savoir où vous êtes – surtout si vous êtes en train d'explorer de nouvelles voies. N'oubliez pas non plus les numéros d'ISBN : ils n'ont pas été conçus uniquement à des fins de catalogage. Les cartes de Mr. Bradshaw ont peut-être leur charme, mais...

— Qui est Bradshaw ? chuchotai-je.

— *Commandant* Bradshaw, expliqua Havisham. Un personnage hors du commun, à la retraite maintenant... il a été l'un des premiers textplorateurs.

— ... mais elles sont vieilles et truffées d'erreurs, poursuivit l'Homme à la Cloche. Les nouvelles technologies sont là pour qu'on s'en serve, les gars. Ceux qui désirent suivre une formation pour apprendre à utiliser les numéros d'ISBN dans leurs déplacements inter-livres, voyez le Chat.

Il parcourut la salle du regard, comme pour mieux asseoir son propos, puis déplia un papier et rajusta ses lunettes.

— Bien. Deuxième point. Nouvelle recrue. Thursday Next. Où êtes-vous ?

Les uns et les autres regardèrent autour d'eux, jusqu'à ce que j'agite la main pour me signaler à leur attention.

— Vous voilà. Thursday est apprentie auprès de Miss

1. Romans de Robert Louis Stevenson (1886 et 1893). *(N.d.T.)*

2. Siège imaginaire des romans d'Anthony Trollope (1815-1882). *(N.d.T.)*

Havisham. Je suis sûr que vous serez tous d'accord pour lui souhaiter la bienvenue dans notre petite famille.

— Alors comme ça, on n'a pas aimé la fin de *Jane Eyre* ? s'enquit quelqu'un d'un ton hostile.

Tout le monde suivit des yeux un homme entre deux âges qui monta sur l'estrade. Le silence se fit autour de nous.

— Qui est-ce ? sifflai-je.

— Harris Tweed, répondit Havisham. Arrogant et dangereux, mais tout à fait remarquable… pour un homme.

— Qui a approuvé sa candidature ? demanda Tweed.

— Elle n'a pas posé de candidature, Harris, fit l'Homme à la Cloche. Sa nomination était décidée depuis des lustres. Par ailleurs, le fait d'avoir débarrassé *Jane Eyre* de l'infâme Hadès me semble être une preuve suffisante de sa valeur.

— Mais elle a modifié le roman ! s'écria Tweed, furieux. Qui dit qu'elle ne recommencera pas ?

— J'ai fait pour le mieux, déclarai-je d'une voix forte, décidée à me défendre contre Tweed.

Il eut l'air surpris – à croire qu'on lui tenait rarement tête.

— N'était-ce Thursday, nous n'aurions plus de roman, dit l'Homme à la Cloche. Or un roman entier avec une fin différente vaut mieux qu'un demi-roman sans fin du tout.

— Ce n'est pas ce qui est écrit dans le règlement.

Miss Havisham intervint alors, à mon grand soulagement.

— Les détectives littéraires *réellement* compétents sont aussi rares que des hommes sincères, Mr. Tweed. Vous pouvez comme moi voir clairement son potentiel. Ou bien vous avez peur qu'on marche sur vos plates-bandes ?

— Pas du tout, voyons, protesta Tweed. Mais si elle était là pour une tout autre raison ?

— Je me porte garante pour elle ! tonna Miss Havisham. Et je réclame un vote à main levée. Si la majorité d'entre vous se défie de mon jugement, levez la main, et je la renverrai là d'où elle vient.

Ce fut dit avec une férocité telle que personne, pensais-je, n'oserait lever la main ; pour finir, il y en eut un qui osa – Tweed lui-même qui, après avoir évalué la situation, décida que la meilleure façon de déclarer forfait était de le faire de bonne grâce. Il sourit faiblement, s'inclina et déclara :

— Je retire toutes les objections.

J'exhalai un soupir tandis que Havisham m'adressait un clin d'œil en me poussant du coude.

— Bien, fit l'Homme à la Cloche après que Tweed eut regagné sa place. Comme je le disais, nous souhaitons la bienvenue à Miss Next, et je ne veux pas de ces tours stupides qu'on joue généralement aux nouvelles recrues, d'accord ?

Il balaya l'assistance d'un regard sévère avant de revenir à sa liste.

— Troisième point. Nous avons un Saute-Pages illégal en provenance de Shakespeare : ceci est donc la priorité absolue. Son nom est Feste ; il travaillait comme bouffon dans *La Nuit des Rois*. Il s'est enfui après une nuit de débauche avec sir Toby. Qui veut partir à sa recherche ?

Une main se leva dans la foule.

— Fabien ? Merci. Vous serez peut-être obligé de le remplacer pendant quelque temps ; emmenez Falstaff avec vous, mais je vous en prie, sir John… soyez discret. On vous a permis de rester dans *Les Joyeuses commères*, mais il ne faudrait pas pousser le bouchon trop loin.

Falstaff se leva, s'inclina gauchement, rota et se rassit.

— Quatrième point : un intrus dans la série des Sherlock Holmes, du nom de Mycroft – il apparaît de façon inopinée dans *L'interprète grec* et se fait passer pour son frère. Personne n'a entendu parler de ça ?

Je me tassai sur moi-même… pourvu qu'ils n'en sachent pas assez sur mon monde pour avoir eu vent de notre lien de parenté. Espèce de vieux renard ! Il avait donc reconstruit le Portail de la Prose. Je me couvris la bouche pour cacher mon sourire.

— Non ? reprit l'Homme à la Cloche. Ma foi, Sherlock semble croire qu'il s'agit bel et bien de son frère, et jusque-là, on n'a pas constaté de dégâts… mais je me dis que ce serait une bonne occasion pour essayer d'accéder à la série des Sherlock Holmes. Quelqu'un a des suggestions ?

— Que pensez-vous de *Double assassinat dans la rue Morgue* ? proposa Tweed parmi les rires et les huées.

— Silence ! Des suggestions *sensées*, s'il vous plaît. Poe est en zone interdite, et il y restera. Il se peut que *Double assassinat dans la rue Morgue* ouvre une voie d'accès à toutes les autres histoires policières qui lui ont succédé, mais je ne prendrai pas ce risque. Bon, alors… d'autres suggestions ?

— *Le Monde perdu ?*

Il y eut quelques gloussements, mais qui cessèrent rapidement ; cette fois Tweed était sérieux.

— Les autres œuvres de Conan Doyle pourraient bien être reliées à la série des Sherlock Holmes, ajouta-t-il gravement. Je sais qu'on peut entrer dans *Le Monde perdu.* Il faut juste trouver le moyen d'aller au-delà.

Je sentis comme un malaise dans la salle ; les agents de la Jurifiction marmonnaient entre eux.

— Quel est le problème ? soufflai-je.

— Les récits d'aventures exposent aux plus grands dangers celui qui veut tracer une nouvelle voie, chuchota Miss Havisham. Le pire qu'on puisse attendre d'un roman sentimental ou d'une saga familiale est une gifle ou une mauvaise brûlure au contact d'un fourneau. Accéder aux *Mines du roi Salomon* a coûté la vie à deux agents.

L'Homme à la Cloche reprit :

— Le dernier textplorateur à avoir pénétré dans *Le Monde perdu* a été abattu par lord Roxton.

— Gomez était un amateur, rétorqua Tweed. Moi, je peux me débrouiller par moi-même.

L'Homme à la Cloche réfléchit à sa proposition, pesa le pour et le contre et soupira.

— O.K., allez-y. Mais je veux un rapport toutes les dix pages, compris ? Bien. Cinquième point…

Il y eut du bruit de la part de deux jeunes collaborateurs occupés à rigoler entre eux.

— Hé, dites donc, les gars. Je ne parle pas juste pour le plaisir.

Ils se turent.

— O.K. Cinquième point : des anomalies orthographiques.

On nous a signalé des mots à l'orthographe bizarre dans des textes du XIXe et du XXe siècle, alors ouvrez l'œil. Il s'agit vraisemblablement de texteurs qui s'amusent, mais il *se pourrait* que le virus orthographique soit de retour.

Il y eut des gémissements dans l'assemblée.

— Allons, allons, du calme… j'ai dit seulement : « Il se pourrait. » Le dictionnaire de Samuel Johnson l'a vaincu après l'épidémie de 1744, et le Lavinia-Webster ainsi que l'OED contrôlent la situation, mais il faut se méfier de l'apparition de nouvelles souches. Je sais bien que c'est fastidieux, mais je veux que la moindre faute d'orthographe soit rapportée au Chat, qui la transmettra à l'agent Libris au Grand Central du Texte.

Il fit une pause pour marquer son effet et darda sur nous un œil perçant.

— On ne peut pas se permettre de négliger le problème, les amis. O.K. Sixième point : il y a trente et un pèlerins dans les *Contes de Cantorbéry*, mais seulement vingt-quatre récits. Mrs. Cavendish, n'étiez-vous pas chargée de les surveiller ?

— On les a placés sous surveillance depuis une semaine, répondit une femme vêtue avec un luxe tapageur, mais dès qu'on regarde ailleurs, il y a un nouveau récit qui se fait boujeumer. Quelqu'un doit l'effacer de l'intérieur.

— Deane ? Une idée de ce qui se trame ?

Le héros romantique de Daphne Farquitt consulta une liste.

— On commence à entrevoir une ligne directrice, dit-il. Le premier à disparaître, ç'a été *La Femme du marchand*, suivi du *Conte du chapelier*, de *La Queue du colporteur*, de *La Vengeance du cocu*, du *Merveilleux cul de la donzelle* et, plus récemment, du *Concours des pets. Le Conte du cuisinier* est déjà à moitié parti – celui qui est derrière tout ça semble avoir un problème avec la saine vulgarité des textes chauceriens.

— En ce cas, fit l'Homme à la Cloche d'un air grave, nous avons affaire, selon toute apparence, à une cellule active de Bowdleriseurs. *Le Conte du meunier* sera le prochain sur la liste. Je veux une surveillance vingt-quatre heures sur vingt-quatre, et il nous faudrait aussi quelqu'un sur place. Des volontaires ?

— J'y vais, déclara Deane. Je prendrai la place de l'aubergiste – il n'y verra pas d'inconvénient.

— Bien. Tenez-moi informé de vos investigations.

— Vous permettez ? dit Sassan LeRoussi en levant la main.

— Oui, LeRoussi ?

— Si vous devez remplacer l'aubergiste, Deane, pouvez-vous demander à Chaucer d'y aller mollo avec l'histoire de sir Topaz ? Il est assigné en justice pour diffamation et, pour dire les choses crûment, on risque de se prendre une sacrée déculottée au moment du verdict.

Deane hocha la tête, et l'Homme à la Cloche retourna à ses notes.

— Septième point. Alors là, ça devient sérieux, les gars.

Là-dessus, il exhiba une vieille bible.

— Dans cette édition de 1631, le septième commandement donne ceci : *Tu commettras l'adultère.*

Dans la salle, certains furent choqués, d'autres s'esclaffèrent.

— J'ignore qui a fait ça, mais ce n'est vraiment pas drôle. Bidouiller les systèmes d'exploitation internes, l'idée peut séduire les plaisantins, mais ce n'est pas digne et pas intelligent. Une blague occasionnelle, passe encore, mais ceci n'est pas un incident isolé. J'ai aussi une édition de 1716 qui invite les fidèles à *pécher plus*, et une bible de Cambridge de 1653 qui nous dit que *les impies hériteront du royaume des cieux*. Ecoutez, je ne veux pas qu'on m'accuse de manquer d'humour, mais c'est quelque chose que *je ne puis tolérer*. Si je trouve le petit rigolo qui a fait ça, ce sera un mois de vacances forcées à l'intérieur de *La Fourmi et l'abeille*.

— Marlowe ! dit Tweed, déguisant cela en quinte de toux.

— Pardon ?

— Ce n'est rien. Une mauvaise toux… désolé.

L'Homme à la Cloche le dévisagea un moment, puis reposa la bible profanée et regarda sa montre.

— Bien, c'est terminé pour aujourd'hui. Je procéderai à des briefings individuels tout à l'heure. Nos remerciements à Mrs. Dashwood pour son hospitalité, et Perkins… c'est votre tour de nourrir le Morlock.

Perkins poussa un gémissement. Le groupe commença à se disloquer ; les conversations reprirent. L'Homme à la Cloche dut hausser la voix pour se faire entendre.

— Le changement d'équipe se fera dans huit coups piqués, et… votre attention, s'il vous plaît !

Les membres de la Jurifiction s'interrompirent.

— Soyez prudents, tous.

L'Homme à la Cloche fit tinter sa cloche, et chacun retourna à ses occupations. Je croisai le regard de Tweed ; il sourit et, formant un pistolet avec sa main, le pointa sur moi. Je fis pareil, et il rit.

— Roi Pellinore, dit l'Homme à la Cloche à un monsieur hirsute et velu aux cheveux blancs, revêtu d'une demi-armure. On a aperçu la Bête de la Queste dans le contexte de *Middlemarch*.

Le roi Pellinore ouvrit de grands yeux, marmonna quelque chose comme « Comment comment, eh eh ? », puis se redressa de toute sa hauteur, ramassa un heaume sur la table voisine et sortit en cliquetant de la pièce. L'Homme à la Cloche cocha sa liste, consulta le point suivant et se tourna vers nous.

— Next et Havisham, dit-il. Quelque chose de simple, dans un premier temps. Une blourde à boucher. C'est dans *Les Grandes Espérances*, Miss Havisham, comme ça vous pourrez rentrer directement à la maison.

— Parfait, s'exclama-t-elle. Que doit-on faire ?

— Page deux, expliqua l'Homme à la Cloche. Abel Magwitch s'échappe – à la nage, suppose-t-on – d'un ponton avec une « énorme chaîne » au pied. Normalement, il devrait couler à pic. Or, sans Magwitch, pas d'évasion, pas de carrière en Australie, pas d'argent à remettre à Pip, pas d'« espérances », pas de récit. Pourtant, il faut qu'il ait toujours ses fers quand il atteint le rivage, afin que Pip aille chercher une lime pour le libérer ; vous allez donc devoir bidouiller le contexte. Des questions ?

— Non, répondit Miss Havisham. Thursday ?

— Euh… non plus.

Le discours de l'Homme à la Cloche m'avait filé le tournis. J'allais marcher quelque temps dans l'ombre de Miss Havisham – ce qui, réflexion faite, était une très bonne place.

— Bien.

L'Homme à la Cloche signa un récépissé et l'arracha de son carnet.

— Donnez ça à Wemmick à la réserve.

Sur ce, il nous laissa et convoqua Foyle et la Reine Rouge pour leur parler d'une personne disparue, un dénommé Cass dans *Silas Marner.*

— Vous avez compris quelque chose ? demanda Miss Havisham.

— Pas vraiment.

— Tant mieux, sourit-elle. Déboussolé, c'est comme ça que tout stagiaire à la Jurifiction devrait aborder sa première mission !

26

Mission numéro un : une blourde bouchée dans *Les Grandes Espérances*

Blourde : terme utilisé pour désigner un trou narratif dans le tissu d'un récit, qui rend celui-ci invraisemblable à première vue. Une blourde accidentelle peut n'occasionner aucun dégât pendant des millions de lectures, puis soudain, la narration peut prendre une tournure tout à fait catastrophique. D'où le dicton en vogue à la Jurifiction : « Une ligne de changée, beaucoup de temps de gagné. »

Marqueur de texte : un dispositif d'urgence qui ressemble extérieurement à un pistolet d'alarme. Conçu par le bureau d'études de la Jurifiction, le marqueur de texte permet à un agent en difficulté de « marquer » le texte dans lequel il se trouve à l'aide d'un code personnalisé composé de caractères gras, italiques, soulignés, etc. Ainsi, un autre agent peut se rendre directement à la bonne page pour lui porter secours. Le système fonctionne aussi longtemps que le sauveteur guette le signal.

LE CHAT DE L'AUTORITÉ UNITAIRE DE WARRINGTON
Guide de la Grande Bibliothèque (glossaire)

Miss Havisham m'envoya lui chercher une tasse de thé, et je me rendis au buffet.

— Bonsoir, Miss Next, fit un jeune homme vêtu d'une culotte de golf et d'un blouson de sport.

Porteur d'une moustache bien taillée et d'un monocle vissé dans l'œil, il sourit et me tendit la main.

— Vernham Deane, le goujat attitré du *Seigneur des Hautes-Bourbes*, D. Farquitt, 246 pages, édition brochée, £ 3.99.

Je serrai sa main.

— Je sais ce que vous pensez, dit-il tristement. Personne n'a une très haute opinion de Daphne Farquitt, mais elle vend beaucoup de livres et elle a toujours été gentille avec moi – sauf le chapitre où je séduis la servante du manoir des Hautes-Bourbes avant de la faire expulser brutalement de la maison. Je ne voulais pas faire ça, croyez-moi.

Il me dévisageait avec la même ferveur que Mrs. Dashwood, quand elle s'était justifiée sur sa conduite dans *Raison et sentiments*. Visiblement, une vie préréglée n'était pas toujours une sinécure.

— Je n'ai pas lu le livre, mentis-je pour ne pas m'empêtrer dans les complications de l'intrigue à la Farquitt – au risque d'y passer plusieurs jours.

— Ah ! répondit-il avec un certain soulagement, avant d'ajouter : Vous êtes en de bonnes mains avec Miss Havisham. C'est quelqu'un de solide et de fiable, mais un peu à cheval sur les principes. On a pas mal de raccourcis ici que les membres plus âgés ignorent ou réprouvent ; me permettrez-vous de vous servir de guide, un de ces jours ?

Sa sollicitude me toucha.

— Merci… très volontiers, Mr. Deane.

— Vern, dit-il. Appelez-moi Vern. Ecoutez, ne vous fiez pas trop aux numéros ISBN. L'Homme à la Cloche est du genre technophile, et bien que le système de positionnement ISBN *puisse* paraître attractif, à votre place je garderais une carte de Bradshaw sur moi, juste au cas où.

— J'y penserai, Vern, merci.

— Et ne vous inquiétez pas pour ce vieux Harris. Il aboie plus qu'il ne mord. Il me regarde de haut parce que je viens d'un roman de gare, mais franchement… je ne vaux pas moins que lui !

Il servit le thé avant de continuer :

— Il a été formé à une époque où les stagiaires étaient expédiés dans *Le Voyage du pèlerin* et devaient se débrouiller pour s'en sortir tout seuls. Du coup, il trouve que nous, les jeunes, sommes des chiffes molles. Pas vrai, Tweed ?

Harris Tweed se tenait à côté avec une tasse à café vide.

— Sur quoi êtes-vous en train de déblatérer, Deane ? s'enquit-il, la mine orageuse.

— Je disais à Miss Next que vous nous prenez tous pour des mollassons.

Harris se rapprocha, considéra Deane d'un œil torve, puis posa son regard sombre sur moi. Grisonnant, il devait avoir dans les cinquante ans. On aurait dit que la peau de son visage provenait d'un crâne de trois tailles au-dessous du sien.

— Est-ce que Havisham vous a parlé du Puits des Histoires Perdues ? me demanda-t-il.

— Le Chat l'a mentionné. Des livres inédits, il a dit, je crois.

— Pas seulement inédits. Le Puits des Histoires Perdues, c'est là que de vagues projets germent pour former des ébauches de plans. C'est la pouponnière des idées. La Matrice du Monde. Descendez là-dedans et vous verrez des intrigues en gestation se lover sur les étagères comme autant de formes de vie primitives. Les esprits de personnages grossièrement esquissés volettent dans les couloirs en quête d'une intrigue et d'un dialogue, avant qu'on ne les tisse dans un récit. S'ils ont de la chance, le livre trouve un éditeur et remonte dans la Grande Bibliothèque au-dessus.

— Et s'ils n'ont pas de chance ?

— Ils restent au sous-sol. Mais il y a autre chose. Sous le Puits des Histoires Perdues, il existe un *autre* sous-sol. Le vingt-septième. On n'en parle pas trop. C'est là que les personnages supprimés, les intrigues mal ficelées, les idées avortées et les agents félons de la Jurifiction sont bannis pour une douloureuse éternité. Pensez-y.

J'étais trop ahurie pour répondre. Tweed nous décocha un regard noir, remplit sa tasse de café et s'en alla. Sitôt qu'il fut hors de portée de voix, Vernham se tourna vers moi.

— Des sornettes que tout ça. Il n'y a pas de vingt-septième sous-sol.

— C'est un peu comme le Jabberwock pour faire peur aux enfants ?

— Pas tout à fait, non, répliqua Deane pensivement. Car le Jabberwock existe, voyez-vous. Un type hypersympa – très doué pour la pêche à la mouche et il joue du bongo, aussi. Je vous le présenterai un jour.

J'entendis Miss Havisham qui m'appelait.

— Il faut que j'y aille.

Vern consulta sa montre.

— Bien sûr. Bonté divine, déjà ? Bon, allez, à plus.

Malgré les paroles rassurantes de Vern, les menaces de Harris Tweed m'avaient laissé un sentiment de malaise. Encourais-je ses foudres, si jamais je pénétrais de mon propre chef dans un livre de Poe ? Et combien de temps fallait-il que je m'entraîne avant même de *songer* à secourir Jack Maird ? Je retournai auprès de Miss Havisham en pensant à Landen, à la Jurifiction, aux voyages à travers les livres. Son bureau, notai-je, était aussi éloigné de celui de la Reine Rouge que le permettaient les dimensions de la salle. Je plaçai son thé devant elle.

— Que savez-vous au sujet du vingt-septième sous-sol ? lui demandai-je.

— Ce sont des sornettes, répondit-elle, absorbée dans le rapport qu'elle était en train de rédiger. Quelqu'un d'ici cherche à vous effrayer ?

— En quelque sorte, oui.

Je regardai autour de moi. Une grande animation semblait régner dans la pièce ; des agents se volatilisaient et se matérialisaient pendant que l'Homme à la Cloche circulait entre les bureaux en lisant des instructions sur son clipboard. Mon regard se posa sur un pavillon brillant relié à un appareil en bois et laiton par un flexible de cuivre. Ça me fit penser à un antique phonographe – quelque chose de l'époque de Thomas Edison.

Levant les yeux, Miss Havisham remarqua que je m'efforçais de déchiffrer l'inscription sur la plaque de laiton et dit :

— C'est un NDBDP-phone, comme dans « notes de bas de page ». On s'en sert pour communiquer. De livre à livre ou avec l'extérieur. Ces appareils-là sont d'une valeur inestimable. Essayez-le, si vous voulez.

Je pris le pavillon et jetai un œil à l'intérieur. Tout au fond, il y avait un bouchon de liège fixé à une courte chaîne. Je me tournai vers Miss Havisham.

— Donnez le titre du livre, la page, le personnage et, si vous tenez vraiment à être précise, la ligne et le mot.

— Aussi simple que ça ?

— Aussi simple que ça.

Je sortis le bouchon et entendis une voix qui disait :

— Service opérateurs. Vous désirez ?

— Oh ! oui… euh, de livre à livre, s'il vous plaît.

Je pensai au bouquin que j'étais en train de lire et choisis une page et une ligne au hasard.

— *Je vais vous raconter une histoire de brigands*, page 156, quatrième ligne.

— Ne quittez pas. Merci d'utiliser NDBDP Communications.

Il y eut une série de déclics, puis une voix masculine parvint à mes oreilles.

— *… et nos cœurs, quoique vaillants et impavides, tels des tambours étouffés…*

L'opératrice reprit la ligne.

— Désolée, nous avons des interférences. Je vous passe la communication. Merci d'utiliser nos services.

Je distinguai ensuite un sourd brouhaha de conversations et le bruit de machines d'un bateau. Ne sachant pas quoi dire, je balbutiai :

— Antonio ?

Une voix interloquée me répondit. Je m'empressai de remettre le bouchon en place.

— Vous vous y ferez, dit Havisham gentiment en reposant son rapport. Bonté gracieuse, que de paperasse ! Venez, on va aller voir Wemmick à la réserve. Comme je l'aime bien, vous l'aimerez bien aussi. Je ne vous demande pas grand-chose au cours de cette première mission – juste de rester près de moi et d'observer. Vous avez fini votre thé ? On y va !

Naturellement, je n'avais pas fini, mais Miss Havisham m'empoigna par le coude et, avant que je n'aie le temps de réagir, nous nous retrouvâmes dans l'immense vestibule, devant le Boujeumorial. Nos pas résonnèrent sur les dalles tandis que nous nous approchions d'un petit comptoir, long d'à peine deux mètres, encastré dans le mur de marbre rouge foncé. Une pancarte écornée nous invitait à prendre un numéro et à attendre notre tour.

— Privilège du rang ! s'écria gaiement Miss Havisham en gagnant la tête de la file d'attente.

Quelques agents de la Jurifiction levèrent les yeux, mais la plupart étaient trop occupés à potasser leurs feuilles de route en vue de leur prochaine destination.

Devant nous, Harris Tweed était en train de s'équiper pour son voyage dans *Le Monde perdu*. Sur le comptoir, il y avait une tenue complète de safari, un havresac, une paire de jumelles et un revolver.

— … et un fusil de chasse Rigby .416, plus soixante cartouches de munitions.

Le magasinier déposa un étui en acajou sur le comptoir et secoua la tête, accablé.

— Vous êtes sûr que vous ne préféreriez pas un M-16 ? Il en faut, je parie, pour arrêter un stégosaure qui vous fonce dessus.

— Un M-16 ne manquera pas d'éveiller des soupçons, Mr. Wemmick. Et quelque part, je suis attaché à la tradition.

Mr. Wemmick soupira et tendit le clipboard à Tweed pour qu'il signe. Celui-ci grommela des remerciements, signa le récépissé du dessus, le fit tamponner avant de le récupérer, ramassa son barda, salua respectueusement Miss Havisham tout en m'ignorant, puis murmura :

— *… un long couloir sombre, lambrissé de boiseries et tapissé d'étagères…*

Sur ce, il se volatilisa.

— Bonjour, Miss Havisham, fit Mr. Wemmick poliment sitôt que nous nous fûmes avancées. Comment vous portez-vous ?

— Comme un charme, Mr. Wemmick. Et comment va Mr. Jaggers ?

— Tout à fait bien, dirais-je, Miss Havisham, tout à fait bien.

— Voici Miss Next, Mr. Wemmick. Elle est chez nous depuis peu de temps.

— Enchanté !

Mr. Wemmick correspondait trait pour trait à sa description dans *Les Grandes Espérances*, à savoir petit, le visage légèrement grêlé, et ce depuis une quarantaine d'années.

— Où allez-vous, toutes les deux ?

— A la maison, répondit Miss Havisham en déposant son récépissé sur le comptoir.

Mr. Wemmick prit le papier et le contempla un moment avant de disparaître dans la réserve où il se mit à fourrager bruyamment.

— La réserve nous est indispensable dans notre travail, Thursday. Wemmick dresse son propre inventaire. Evidemment, tout doit être répertorié et rendu, mais il n'y a pas grand-chose qu'il ne possède pas. N'est-ce pas, Mr. Wemmick ?

— Absolument ! fit une voix derrière un gros tas de costumes turques et un bison gonflable plus vrai que nature.

— Au fait, vous savez nager ? demanda Miss Havisham.

— Oui.

Mr. Wemmick revint avec une pile d'objets.

— Gilets de sauvetage – à des fins de sauvetage – deux. Corde – en cas de problème – une. Bouée de sauvetage – pour aider Magwitch à flotter – une. Argent liquide – pour frais occasionnels – dix shillings et quatre pence. Capes – pour déguiser lesdits agents Next et Havisham, résistantes, noires – deux. Casse-croûte – deux. Signez ici.

Miss Havisham prit le stylo et marqua une pause.

— Nous aurons besoin de mon bateau, Mr. Wemmick, fit-elle en baissant la voix.

— Je vais leur NDBDP-phoner, Miss H., répliqua-t-il avec un grand clin d'œil. Vous le trouverez à la jetée.

— Pour un homme, vous n'êtes pas mal du tout, Mr. Wemmick ! Thursday, prenez le matériel.

Je ramassai le lourd sac en toile.

— Dickens est accessible à pied d'ici, expliqua Havisham, mais ce serait un bon exercice pour vous si vous nous y transportiez directement – il y a plus de quatre-vingt mille kilomètres d'étagères.

— Ah… O.K., je sais faire ça, marmonnai-je en lâchant le sac.

Je sortis mon guide de voyage et trouvai le passage sur la bibliothèque.

— Accrochez-vous à moi et pensez *Dickens* en lisant.

J'obtempérai ; une seconde plus tard, nous étions au bon endroit dans la bibliothèque.

— Comment c'était ? demandai-je, très fière.

— Pas mal, dit Havisham. Mais vous avez oublié le sac.

— Désolée.

— Je vous attends ici.

Je me retransportai dans le vestibule, récupérai le sac en essuyant au passage quelques vannes amicales de la part de Deane, et revins – par erreur, à l'emplacement d'une série de romans d'aventures pour fillettes hardies, de Charles *Pickens*. Je soupirai, relus le passage de la bibliothèque et rejoignis enfin Miss Havisham.

— Ceci est le registre des sorties, dit-elle sans lever les yeux d'une des tables de lecture. Nom, destination, date, heure… je l'ai déjà rempli. Vous êtes armée ?

— Toujours. Vous pensez qu'il va y avoir du grabuge ?

Miss Havisham sortit son petit pistolet, débloqua le double canon, le fit pivoter vers le haut et me regarda avec le plus grand sérieux.

— Je pars *toujours* du principe qu'il y aura du grabuge, Thursday. J'ai fait partie du SPH – Service de Protection de Heathcliff – dans *Les Hauts de Hurlevent* pendant deux ans et, croyez-moi, les pro-Cath ont tout essayé. Je l'ai personnellement sauvé de la mort à huit reprises.

Elle retira la cartouche brûlée, la remplaça par une neuve et rabattit le canon.

— Mais, *Les Grandes Espérances* ? Qu'est-ce qu'on risque, là-dedans ?

Elle retroussa sa manche et me montra une cicatrice livide sur son avant-bras.

— Les choses peuvent se gâter salement même chez les Bisounours. Pour ne rien vous cacher, j'ai eu de la chance de m'en tirer vivante.

Je devais avoir l'air perturbée car elle demanda :

— Ça va ? Vous pouvez vous désister à n'importe quel moment, vous savez. Un seul mot, et vous serez de retour à Swindon en moins de temps qu'il n'en faut pour dire « Mrs. Trotwood ».

Ce n'était pas une menace. Elle m'offrait une porte de sortie. Je songeai à Landen et au bébé. J'avais survécu à la foire aux livres et à *Jane Eyre* sans trop de dégâts – à quel point le « bidouillage » du contexte d'un roman de Dickens pouvait-il poser problème ? Et puis, j'avais besoin de m'entraîner.

— Quand vous voulez, Miss Havisham.

Elle hocha la tête, redescendit sa manche, prit *Les Grandes Espérances* sur l'étagère et l'ouvrit sur la table.

— On doit entrer *avant* le véritable début du récit – c'est donc un exercice un peu particulier. Vous m'écoutez ?

— Oui, Miss Havisham.

— Bien. Je n'ai pas envie de recommencer plusieurs fois. Tout d'abord, faites-nous pénétrer dans le livre.

J'entrepris de lire tout haut la première page, après m'être bien assurée que je tenais le sac, ce coup-ci :

... Nous habitions dans la région des marais, près de la Tamise, à moins de vingt milles de la mer en suivant la courbure du fleuve. Il me semble que j'acquis pour la première fois une impression fort claire et précise de l'identité des choses par une froide et mémorable fin d'après-midi. C'est en un tel moment que je me rendis compte avec certitude que ce terrain désolé et couvert d'orties était un cimetière ; et que feu Philip Pirrip, habitant de la paroisse, ainsi que Georgiana, son épouse, étaient morts et enterrés ; et qu'Alexander, Bartholomew, Abraham, Tobias et Roger, leurs enfants en bas âge, étaient morts et enterrés, eux aussi ; et que la zone plate, sombre et inhabitée qui s'étendait au-delà du cimetière, coupée de petits murs, de tertres et de barrières, où paissaient quelques bêtes éparses, n'était autre que les marais ; et que la ligne basse et grise qui la limitait était le fleuve ; et que le lointain repaire sauvage d'où accourait le vent était la mer ; et que le petit ballot frissonnant qui commençait à avoir peur de toutes ces choses et se mettait à pleurer, c'était Pip[1]...

Et voilà, on y était, parmi les pierres tombales tout au début des *Grandes Espérances*. L'air était humide et froid ; de la mer montait le brouillard. A l'autre bout du cimetière, un petit garçon recroquevillé entre les dalles usées parlait tout seul en fixant deux stèles plantées sur le côté. Mais il y avait aussi quelqu'un d'autre. Tout un groupe de gens, en fait, occupés à creuser derrière l'enceinte de l'église. Ils étaient éclairés dans le jour déclinant par deux torches électriques alimentées par un petit générateur qui ronronnait un peu plus loin.

— Qui est-ce ? murmurai-je.

— O.K., siffla Havisham qui n'avait pas bien entendu. Maintenant, on peut se transporter où on veut en… Que dites-vous ?

Je hochai la tête en direction du groupe. L'un des hommes poussa une brouette le long d'une planche et la vida sur un gros tas de gravats.

— Bonté divine ! s'exclama Miss Havisham, se dirigeant vers eux d'un pas énergique. Mais c'est le commandant Bradshaw !

Je lui emboîtai le pas et m'aperçus bientôt que les fouilles étaient de nature archéologique. Des piquets étaient fichés dans la terre, reliés par une ficelle, délimitant la zone où des bénévoles s'affairaient avec des truelles, essayant de faire le moins de bruit possible. L'homme assis sur le siège pliant avait une allure de chasseur de gros gibier : il portait un costume de safari, un casque colonial, un monocle et une grosse moustache en broussaille. Et il semblait mesurer moins d'un mètre. Quand il se leva de son siège, il m'apparut même plus courtaud que ça.

— Ma parole, c'est la p'tite Havisham ! fit-il dans un murmure rauque. Chaque fois que je vous vois, vous avez encore rajeuni !

Miss Havisham le remercia et fit les présentations. Bradshaw me serra la main et me souhaita la bienvenue à la Jurifiction.

1. Traduction de Sylvère Monod, Gallimard 1999.

— Qu'est-ce que vous fabriquez, Trafford ? demanda Havisham.

— Je dirige une mission archéologique pour le compte de la Fondation Charles Dickens, ma mie. Certains de leurs spécialistes pensent que *Les Grandes Espérances* commencent non pas dans ce cimetière, mais dans la maison de Pip, alors que ses parents sont encore en vie. Comme il n'y a pas de preuve écrite, on a décidé de creuser un peu pour voir s'il ne reste pas de traces de scènes antérieures.

— Vous avez trouvé quelque chose ?

— On a exhumé une idée retravaillée qui a fini dans *Notre ami commun*, quelques vers grivois et un gribouillis indéchiffrable… c'est tout.

Havisham lui souhaita bonne chance, et nous prîmes congé.

— Ce n'est pas très courant ?

— Vous ne trouverez pas grand-chose de *courant* par ici, répondit-elle. C'est tout l'intérêt de notre boulot. Où allions-nous, déjà ?

— On devait se transporter dans le contexte du roman, avant le début de l'histoire.

— Oui, ça y est. Pour avancer, il suffit de se concentrer sur le numéro de la page ou, si vous préférez, sur un événement particulier. Pour reculer *au-delà* de la première page, il faut penser à un numéro de page négatif ou à un événement qui se serait produit avant que le livre commence.

— Comment dois-je me représenter un numéro de page négatif ?

— Visualisez quelque chose… un albatros, mettons.

— Oui ?

— O.K., maintenant faites-le disparaître.

— Oui ?

— Maintenant, faites disparaître un *autre* albatros.

— Comment ? Je n'ai plus d'albatros en stock !

— Bon, imaginons que je vous ai prêté un albatros pour combler votre déficit en oiseaux marins. Combien d'albatros avez-vous à présent ?

— Aucun.

— Parfait. Détendez-vous pendant que je récupère mon albatros.

Une sensation de froid m'envahit, et je grelottai ; l'espace d'un éclair, un vide vaguement en forme d'albatros s'ouvrit et se referma devant moi. Le plus étrange, c'était qu'en cet instant fugitif, je *compris* le principe de l'opération – puis ça s'évanouit, comme un rêve au réveil. Je cillai et regardai Havisham.

— Cela, annonça-t-elle, c'était un albatros négatif. Essayez maintenant... mais avec des numéros de page au lieu d'albatros.

Je m'efforçai de mon mieux de me représenter un numéro de page négatif, mais je n'y parvins pas et me retrouvai dans le jardin de Satis House, avec deux gamins qui serraient les poings, prêts à se jeter l'un sur l'autre. Très vite, Miss Havisham se matérialisa à mes côtés.

— Qu'est-ce que vous faites ?

— J'essaie...

— Eh non, vous n'essayez pas, ma fille. Il y a deux sortes de gens en ce monde, ceux qui font et ceux qui essaient. Vous faites partie de la seconde catégorie, et je m'emploie à vous faire passer dans la première. Allez, concentrez-vous !

Je refis une tentative et, cette fois, atterris dans un curieux décor *semblable* au cimetière du premier chapitre, mais avec des tombes, l'enceinte et l'église à peine plus substantielles que des découpages en carton-pâte. Les deux personnages, Magwitch et Pip, étaient eux aussi bidimensionnels et figés comme des statues – à part les yeux qui pivotèrent vers moi lorsque je fis mon apparition.

— Hé, toi, siffla Magwitch entre ses dents, sans bouger un muscle. Dégage.

— Je vous demande pardon ?

— Dégage ! répéta-t-il plus férocement.

Pendant que je me grattais la tête, perplexe, Havisham me rejoignit, attrapa ma main et nous transporta vers notre destination finale.

— Qu'est-ce que c'était ? soufflai-je.

— Le frontispice. Vous n'êtes pas très douée, hein ?

— J'ai bien peur que non, répondis-je avec la nette impression d'être la dernière des pommes.

— Ça ne fait rien, dit Miss Havisham d'un ton radouci. On arrivera quand même à faire de vous un agent de la Jurifiction.

*
* *

Nous nous dirigeâmes vers la jetée obscure où nous attendait son bateau. Ce n'était pas n'importe quel bateau. C'était un Riva, tout en boiseries vernies et chromes étincelants. Je montai à bord du superbe canot et rangeai le matériel tandis que Miss Havisham s'installait à la place du skipper.

Décidément, dès qu'elle était en présence d'un engin puissant, elle semblait retrouver un second souffle. Sur son ordre, je larguai les amarres et nous propulsai sur les eaux noires et huileuses de la Tamise. Le canot tangua légèrement quand j'allai m'asseoir à côté de Havisham qui mit en marche le double moteur Chevrolet dans un rugissement guttural et nous pilota en douceur vers l'obscurité du fleuve. Je sortis deux capes du sac, en enfilai une et lui donnai l'autre. Elle se tenait à la barre ; le vent jouait dans ses cheveux gris et soulevait son voile en loques.

— N'est-ce pas un peu anachronique ? demandai-je.

— Officiellement, *si*, répliqua-t-elle, louvoyant pour éviter une petite barque. Mais comme nous sommes dans le contexte, la veille du début de l'histoire, je serais arrivée avec une escadrille d'avions de chasse et le cirque Barnum au grand complet que personne n'y aurait trouvé à redire. Si on avait dû faire ça à un moment ou un autre *en cours* de narration, là il aurait fallu se débrouiller avec les moyens du bord – ce qui peut être un handicap.

Nous remontions le fleuve contre un courant de plus en plus rapide. Il était minuit passé, et j'étais contente de porter la cape. Des écharpes de brouillard s'élevaient de la mer et s'amoncelaient en vastes bancs, obligeant Miss Havisham à ralentir ; en une vingtaine de minutes, le brouillard s'épaissit, et nous étions seules dans une obscurité froide et suintante. Miss Havisham coupa le moteur, éteignit les feux de navigation, et nous dérivâmes gentiment avec le courant.

— Sandwich et potage ? offrit-elle, jetant un œil dans le panier-repas.

— Merci, madame.

— Voulez-vous mon Wagon Wheel[1] ?

— J'allais justement vous proposer le mien.

Nous entendîmes les navires-prisons avant de les voir : des hommes qui toussaient et juraient, des cris de peur. Miss Havisham remit le moteur en marche, et le canot glissa lentement en direction du bruit. Le brouillard se dissipa alors, et nous aperçûmes une grosse masse noire au-dessus de l'eau. Les seules lumières visibles étaient les lampes à huile qui luisaient par les sabords de batterie. Le vieux bâtiment de guerre était solidement maintenu par des chaînes d'ancre rouillées autour desquelles flottaient des amas de débris. Après avoir vérifié le nom du navire, Miss Havisham ralentit et arrêta le moteur. Nous glissâmes le long du flanc de la prison, et je me servis de la gaffe pour nous repousser. Les sabords étaient situés au-dessus de nous, hors de notre portée, mais tandis que nous longions silencieusement le navire, nous tombâmes sur une corde improvisée qui pendait depuis un hublot du pont supérieur. J'attachai rapidement le canot à un anneau d'amarrage, et il pivota pour se placer dans le sens du courant.

— Et maintenant ? chuchotai-je.

Miss Havisham désigna la bouée de sauvetage, que je me hâtai de fixer à la corde.

— C'est tout ?

— C'est tout, acquiesça-t-elle. Ce n'était pas grand-chose, hein ? Attendez… ! Vous avez vu, là ?

Elle pointait le doigt sur la coque du navire où une étrange créature s'était collée à l'un des sabords. Elle avait de grandes ailes de chauve-souris maladroitement repliées dans le dos, et son corps était parsemé çà et là de touffes de poils emmêlés. Ajoutez à cela une tête de renard, des yeux bruns tristes et un

1. Biscuit à la guimauve, nappé de chocolat, gelée ou caramel. *(N.d.T.)*

bec long et fin, profondément inséré dans le bois du sabord. Sans se préoccuper de nous, la chose continua à se nourrir avec de discrets bruits de succion.

Miss Havisham leva son pistolet et tira. La balle effleura la créature qui lâcha un cri de surprise éraillé et, dépliant ses larges ailes, s'envola dans la nuit.

— Zut ! fit Miss Havisham, abaissant son arme et replaçant la sécurité. Raté !

Le bruit avait alerté les gardiens sur le pont.

— Qui va là ? hurla l'un d'eux. J'espère que vos intentions sont honnêtes, sinon, par saint George, vous allez tâter du plomb de mon mousquet !

— C'est Miss Havisham, répondit Havisham d'un ton offusqué. En mission pour la Jurifiction, sergent Wade.

— Toutes mes excuses, Miss Havisham, fit le gardien, contrit, mais nous avons entendu un coup de feu.

— C'était moi. Vous avez des grammasites sur votre navire.

— Ah bon ?

Se penchant au-dehors, l'homme regarda autour de lui.

— Je ne vois rien.

— Parce qu'il est parti, espèce d'ahuri, marmonna Havisham dans sa barbe, avant d'ajouter tout haut : Eh bien, ouvrez l'œil, et si vous en voyez un, je veux qu'on me prévienne sur-le-champ !

Le sergent Wade lui promit de le faire, nous souhaita une bonne nuit et se retira.

— C'est quoi, un grammasite ? demandai-je en surveillant nerveusement les parages, au cas où la drôle de créature réapparaîtrait.

— Une forme de vie parasite qui vit à l'intérieur des livres et se nourrit de grammaire, expliqua Havisham. Je ne suis pas une experte, mais celui-ci m'avait bien l'air d'un adjectivore. Vous voyez le sabord dont il était en train de se gaver ?

— Oui.

— Décrivez-le-moi.

Je regardai le sabord et fronçai les sourcils. Je m'attendais à ce qu'il soit vieux ou foncé ou mouillé ou vermoulu, mais il n'était rien de tout cela. Il n'était ni vide ni stérile non plus. C'était un sabord, point barre.

— L'adjectivore se nourrit d'adjectifs qualificatifs, mais normalement il laisse le sujet intact. Nous avons des verminators pour les combattre, mais il y a trop peu de grammasites dans Dickens pour causer de sérieux dégâts… pour le moment.

— Et comment font-ils pour passer d'un livre à l'autre ?

Je me demandais si les vers correcteurs de Mycroft n'étaient pas une espèce de grammasite à l'envers.

— Ils s'infiltrent par les couvertures grâce à une substance appelée glysserine. C'est pourquoi les étagères à la bibliothèque ne mesurent jamais plus d'un mètre quatre-vingts – et je vous conseille d'adopter la même méthode chez vous. J'ai déjà vu des grammasites réduire une bibliothèque à un amas indigeste de noms et de numéros de page. Vous avez lu *Tristram Shandy* de Sterne ?

— Oui.

— Les grammasites.

— J'ai encore beaucoup à apprendre, dis-je doucement.

— Assurément. J'essaie de convaincre le Chat de rédiger un nouveau guide qui comprendrait un bestiaire, mais il a trop à faire… et tenir un stylo, ce n'est pas évident quand on a des pattes. Allons-y, sortons de ce brouillard et voyons de quoi notre canot est capable.

Sitôt que nous nous fûmes éloignées du navire-prison, Miss Havisham redémarra et rebroussa chemin tout en gardant un œil attentif sur le compas, mais même ainsi nous manquâmes nous échouer à plusieurs reprises.

— Comment connaissez-vous le sergent Wade ?

— En tant que représentante de la Jurifiction dans *Les Grandes Espérances*, c'est mon rôle de connaître tout le monde. S'il y a le moindre problème, j'en suis informée en premier.

— Chaque livre a donc son représentant ?

— Parmi ceux qui relèvent de la compétence de la Jurifiction, oui.

Le brouillard ne se leva pas. Nous passâmes le reste de cette nuit glaciale à manœuvrer entre les embarcations amarrées le long de la berge. Ce fut seulement à l'aube qu'on y vit suffisamment clair pour pouvoir atteindre une vitesse de croisière de dix nœuds.

Nous laissâmes le canot à la jetée, et Havisham insista pour que je nous ramène toutes les deux dans sa chambre à Satis House, ce que je réussis du premier coup, recouvrant par là même un peu d'assurance que j'avais perdue dans la débâcle du frontispice. J'allumai des bougies et attendis qu'elle soit couchée avant de retourner chez Wemmick, à la réserve. Je fis signer l'autre moitié du récépissé, remplis un formulaire pour un gilet de sauvetage égaré, et je m'apprêtais à rentrer chez moi quand un Harris Tweed écorché et couvert de bleus se matérialisa devant le comptoir. Ses habits étaient en lambeaux ; il avait perdu une botte et la plus grande partie de son matériel. Apparemment, *Le Monde perdu* ne lui avait pas trop réussi. Croisant mon regard, il pointa un doigt sur moi.

— Ne dites rien. Pas un mot !

Pickwick ne dormait pas quand j'arrivai à la maison à six heures du matin. Il y avait deux messages sur mon répondeur : un de la part de Cordelia, et un autre de la part d'une Cordelia *très* en pétard.

27

Joffy et Landen, encore

George Formby, de son vrai nom George Hoy Booth, naquit à Wigan en 1904. A l'exemple de son père, il choisit de faire carrière dans le music-hall sous le signe de l'ukulélé, et lorsque la guerre éclata, il était déjà une vedette des variétés, du théâtre pour enfants et du cinéma. Durant les premières années du conflit, lui et sa femme Beryl multiplièrent des tournées sur le front doublées d'apparitions dans une série de films à succès. En 1942, lui et Gracie Fields étaient considérés comme les stars du spectacle les plus populaires du pays. Lorsque l'invasion de l'Angleterre se révéla imminente, bon nombre de dignitaires et de célébrités furent expédiés par bateau au Canada. George et Beryl choisirent de rester et de combattre, selon le mot de George, « jusqu'à la dernière balle au bout du bout de l'embarcadère de Wigan ! » Passé à la clandestinité aux côtés de la résistance anglaise et des régiments loyaux des Volontaires de la Défense du Territoire, Formby dirigea la radio St George, une radio interdite par l'ennemi qui diffusait des chansons, des blagues et des messages à l'intention de destinataires secrets aux quatre coins du pays. Toujours cachés, toujours en mouvement, les Formby utilisèrent leurs nombreux contacts dans le nord pour faire passer clandestinement des aviateurs alliés au pays de Galles, resté neutre dans le conflit, et pour former des cellules de résistants qui harcelaient l'envahisseur nazi. L'ordre donné par Hitler en 1944 de « faire brûler tous les banjos et ukulélés en Angleterre » prouve à quel point son action était prise au sérieux. Le fameux commentaire de George, après la signature de l'armistice – « Ah là là, on se sent déjà mieux ! » –, devint une rengaine nationale. Dans l'Angleterre républicaine de l'après-guerre, il fut nommé président honoraire à vie, poste qu'il occupa jusqu'à son assassinat.

JOHN WILLIAMS
L'Extraordinaire destin de George Formby

Après deux ou trois jours de travail de routine et un morne week-end sans Landen, je me retrouvai dans mon lit à fixer le plafond en écoutant le clink-clink des bouteilles de lait et le clic-clic des pattes de Pickwick sur le carrelage de la cuisine. Les cycles de sommeil n'étaient pas très au point chez les espèces régénérées, allez savoir pourquoi. Il n'y avait pas eu de coïncidences majeures ces derniers jours, sauf peut-être le soir du vernissage chez Joffy, où les deux OS-5 chargés de surveiller Bush et Rye moururent dans leur voiture à la suite d'une intoxication au monoxyde de carbone. Apparemment, leur véhicule avait un pot d'échappement défectueux. Rye et Bush me suivaient tout sauf discrètement depuis quarante-huit heures. Je les laissais faire ; ils ne me gênaient pas – ni moi, ni mon agresseur invisible. Car si ç'avait été le cas, ils ne seraient déjà plus de ce monde.

J'avais d'autres préoccupations en tête que OS-5. D'ici trois jours, le monde serait réduit à une masse gluante de sucre et de protéines… du moins, à en croire mon père. Ce monde rose et visqueux, je l'avais vu de mes propres yeux ; d'un autre côté, je m'étais vue tomber sous les balles à la gare de Cricklade : le futur n'était donc pas immuable, Dieu merci. Le rapport du labo ne m'apprenait rien de neuf ; la bouillie rose ne correspondait à aucun composé chimique connu. Il se trouvait que jeudi prochain était également le jour des élections générales, et Yorrick Kaine entendait bien tirer profit de son « généreux » partage de *Cardenio*. Remarquez, il avait pris ses précautions : le texte ne devait être divulgué publiquement que *le lendemain* des élections. Seulement, si la mélasse rose l'emportait, il risquait de connaître la plus courte carrière de Premier ministre de toute l'histoire de la politique. En fait, jeudi prochain pouvait bien être le dernier jeudi pour nous tous.

Je fermai les yeux et songeai à Landen. Il était là tel que je me le rappelais le mieux : assis dans son bureau, me tournant le dos, sourd et aveugle à tout ce qui l'entourait, en train d'écrire. Le soleil entrait à flots par la fenêtre, et le cliquetis familier de sa vieille Underwood sonnait comme une agréable mélodie à mes oreilles. Il s'interrompait de temps à autre pour se relire, apporter une correction, le crayon entre les dents, ou simplement histoire de faire une pause. Je m'adossai au chambranle en dissimulant un sourire. Il marmonna la phrase qu'il venait d'écrire, s'esclaffa et se mit à taper plus vite, actionnant la touche « retour » avec panache. Il tapa ainsi, avec enthousiasme, pendant près de cinq minutes, puis il s'arrêta, sortit le crayon et pivota lentement vers moi.

— Salut, Thursday.

— Salut, Landen. Je ne voulais pas te déranger ; si tu préfères que je… ?

— Non, non, fit-il précipitamment, ça peut attendre. Je suis content de te voir. Comment ça va ?

— Je m'ennuie, lui répondis-je avec accablement. Après la Jurifiction, le travail chez les OpSpecs, c'est du pipi de chat. J'ai toujours Flanker sur le dos, Goliath à mes trousses, et ce type, Lavoisier, qui se sert de moi pour arriver jusqu'à papa.

— Je ne peux rien faire pour t'aider ?

Je me perchai sur ses genoux, et il me massa la nuque. C'était le paradis.

— Comment va Junior ?

— Junior est plus petit qu'une fève – un peu plus à gauche, s'il te plaît –, mais il se fait sentir. La limonade est assez efficace contre les nausées ; j'ai dû en boire toute une piscine à ce jour.

Il y eut une pause.

— Il est de moi ? demanda Landen.

Je me cramponnai à lui sans rien dire. Il comprit et me tapota l'épaule.

— Parlons d'autre chose. Comment ça se passe, à la Jurifiction ?

— Ma foi, dis-je en me mouchant bruyamment, je ne suis pas très douée pour voyager dans les bouquins. Je veux te récupérer, Land, mais je n'aurai qu'une seule chance de pénétrer dans *Le*

Corbeau, et il ne faut pas que je me plante. Je n'ai pas eu de nouvelles de Havisham depuis presque trois jours… et je ne sais pas quelle sera ma prochaine mission.

Landen secoua lentement la tête.

— Mon cœur, je ne veux pas que tu ailles dans *Le Corbeau.*

Je le regardai.

— Tu m'as bien entendu. Laisse Jack Maird là où il est. Combien de gens seraient morts pour qu'il puisse s'enrichir avec son arnaque au fusil à plasma ? Mille ? Dix mille ? Ecoute, ta mémoire te jouera peut-être des tours, mais je serai toujours là, les bons moments…

— Mais je ne veux pas que les bons moments, Land. Je veux *tous* les moments. Les emmerdes, les disputes, cette sale manie que tu as de vouloir tenir jusqu'à la prochaine station-service et de tomber systématiquement en panne d'essence. De te curer le nez, de péter au lit. Mais par-dessus tout, je veux les moments qui ne sont pas encore arrivés – l'avenir. *Notre* avenir ! Je vais faire sortir Maird, Landen… tu peux compter là-dessus.

— Bon, alors changeons de sujet encore une fois. Dis-moi, ça m'inquiète un peu, qu'on essaie de te tuer avec cette histoire de coïncidences.

— Je suis capable de gérer la situation toute seule.

Il me contempla d'un air grave.

— Je n'en doute pas une seconde. Seulement voilà, je ne vis que dans ta mémoire – et, sous une forme de mioche braillard, dans celle de maman, je pense. Sans toi, je ne suis rien, rien du tout. Or, si jamais celui qui jongle avec l'entropie réussit son prochain coup, nous serons tous les deux bons pour le grand saut… sauf que toi, tu auras un monument funéraire et la stèle réglementaire des OpSpecs.

— Je comprends ce que tu veux dire, même si c'est un peu brouillon. As-tu remarqué comment j'ai manipulé les coïncidences pour retrouver Mrs. Nakijima ? C'était malin, non ?

— C'était brillant. A la réflexion, tu ne vois aucun lien – à part la personne visée – entre les trois agressions ?

— Non.

— Tu en es sûre ?

— Sûre et certaine. J'y ai pensé des milliers de fois. Sans résultat.

Landen réfléchit, se toucha la tempe du bout du doigt et sourit.

— Ne sois pas aussi catégorique. J'y ai jeté un œil de mon côté et… bref, je vais te montrer quelque chose.

Nous étions de retour sur le quai de l'aérotrain à South Cerney. Mais ce n'était pas un souvenir vivant, contrairement à d'autres que j'avais partagés avec Landen ; on aurait dit une image vidéo figée – et, comme une image vidéo figée, c'était flou et ça tressautait un peu.

— O.K., et maintenant ? m'enquis-je tandis que nous longions le quai.

— Regarde autour de toi. Vois s'il y a quelqu'un que tu reconnais.

Je montai dans la rame et fis le tour des acteurs du drame, tous statufiés. Les visages qu'on distinguait le mieux étaient ceux du machiniste, de la dame cossue, de la maîtresse de Pixie Frou-Frou et de la femme aux mots croisés. Les autres n'étaient que de vagues silhouettes féminines, rien de plus – sans aucune étiquette mnémonique pour marquer leur singularité. Je les désignai de la main.

— Bien, dit Landen. Et elle, là-bas ?

Elle, c'était la jeune femme assise sur le banc, en train de retoucher son maquillage. Nous nous approchâmes, et je scrutai avec attention ce visage banal qui se profilait obscurément au fin fond de ma mémoire.

— Je n'ai fait que l'entrapercevoir, Land. Frêle, âgée d'une vingtaine d'années, avec des chaussures rouges. Et alors ?

— Elle était là quand tu es arrivée. Tous les trains s'arrêtent dans toutes les gares, et pourtant elle n'est pas montée. Tu ne trouves pas ça louche ?

— Pas vraiment.

— Non, fit Landen, consterné, il n'y a pas de quoi fouetter un chat. A moins que…, sourit-il. Regarde ça.

La gare de l'aérotrain recula pour céder la place au terrain du côté d'Uffington, le jour du pique-nique. Je levai les yeux avec appréhension. L'énorme Hispano-Suiza était suspendue en l'air, moins de quinze mètres au-dessus de nos têtes.

— Il n'y a rien qui te vient à l'esprit ? demanda Landen.

Je jetai un regard alentour. Encore un tableau curieusement figé. Tout et tous étaient là : le major Tchao, Laura Baye, mon ancien capitaine de croquet, les mammouths, la nappe à carreaux, même le fromage de contrebande. Je me tournai vers Landen.

— Rien, Land.

— Tu es sûre ? Regarde bien.

Je soupirai et les passai en revue, les uns après les autres. Laura Baye, une ancienne camarade de classe dont le petit copain avait mis le feu à son propre pantalon à la suite d'un pari ; Sara Nara, qui avait perdu une oreille à Bilohirsk au cours d'un exercice et avait fini par épouser le général Spottiswode ; le pro du croquet, Alf Widdershaine, qui m'avait appris à « roquer » sur toute la longueur du terrain.

— Qui est-ce ? demandai-je en montrant un souvenir miroitant devant moi.

— La femme qui a dit s'appeler Fleur More-Tell. Elle ne te rappelle pas quelqu'un ?

Je contemplai ses traits indistincts. Sur le coup, je n'avais pas prêté attention à elle, mais en effet, il me semblait bien l'avoir déjà vue quelque part.

— Possible, répondis-je. Je l'aurais déjà rencontrée ?

— C'est à toi de me le dire, Thursday, fit Landen avec un haussement d'épaules. C'est *ta* mémoire. Mais si tu veux un indice, regarde ses chaussures.

Je les remarquai alors. Des chaussures rouge vif qui auraient bien pu être celles de la fille sur le quai de la gare.

— Il doit y avoir plus d'une paire de chaussures rouges dans le Wessex, Land.

— Tu as raison. Je te l'avais dit, c'est un peu tiré par les cheveux.

J'eus une idée et, avant que Landen n'ait le temps d'ajouter un mot, nous nous retrouvâmes sur la place à Osaka avec des Japonais porteurs de logos, le diseur de bonne aventure figé avec le doigt en l'air, la foule tout autour, flamboiement désordonné dc vacarme visuel, les inscriptions dont je me souvenais émergeant par contraste dans cet océan de visages anonymes. Je cherchai anxieusement parmi eux quelque chose qui puisse ressembler à une jeune Européenne.

— Tu trouves ? s'enquit Landen, les mains sur les hanches, en observant l'étrange scène.

— Non. Attends une minute, revenons un peu en arrière.

Je reculai d'une minute dans le passé et je la vis, se levant de la chaise du diseur de bonne aventure au moment où il m'était apparu. Je me rapprochai et examinai la silhouette floue. Je louchai sur ses chaussures et là, dans un vague recoin de ma mémoire, il y avait le souvenir que je cherchais. Ses chaussures étaient définitivement rouges.

— C'est elle, n'est-ce pas ? dit Landen.

— Oui, murmurai-je en fixant l'apparition évanescente en face de moi. Mais ça ne m'avance à rien ; je n'ai pas assez d'éléments pour l'identifier avec certitude.

— Toute seule, peut-être pas. Mais depuis que je suis ici, j'ai compris une chose ou deux sur la manière dont ta mémoire fonctionne. Essaie de superposer les images.

Je repensai à la femme sur le quai, la plaçai par-dessus la silhouette entrevue sur le marché et, pour finir, ajoutai le spectre qui se faisait appeler More-Tell. Les trois images oscillèrent un instant avant de coïncider. Ce n'était pas terrible. Il m'en fallait plus. Jc sortis de ma mémoire la photo à demi déchirée que Bush et Rye m'avaient montrée. Ça collait parfaitement ; Landen et moi examinâmes le résultat.

— Qu'en dis-tu ? demanda Landen. Vingt-cinq ans ?

— Un peu plus vieille, peut-être, marmonnai-je en regardant de près l'amalgame de mon adversaire pour essayer de le fixer dans mon esprit.

Elle avait un visage ordinaire, un léger maquillage, et des cheveux blonds coupés en un carré asymétrique. Elle n'avait pas l'air d'une tueuse. Je rassemblai toutes les informations en ma possession – ce qui ne fut pas bien long. L'enquête avortée des OpSpecs me fournit plusieurs clés : le nom de Hadès qui revenait à plusieurs reprises, les initiales A.H., le fait qu'elle impressionnait la pellicule photo. De toute évidence, ce n'était pas Achéron déguisé, mais il se pouvait…

— Et *merde*.

— Quoi ?

— C'est Hadès.

— Impossible. Tu l'as tué.

— J'ai tué Achéron. Il avait un frère nommé Styx… il pourrait bien avoir une sœur, non ?

Nous échangeâmes un regard nerveux et considérâmes le mnémonographe devant nous. Par certains côtés, elle ressemblait à Hadès. Comme lui, elle était grande et avait des lèvres minces. En soi, ce n'était pas suffisant ; il y a beaucoup de gens grands avec des lèvres minces, et tous ne sont pas forcément de mauvais génies. C'étaient ses yeux qui ne trompaient pas, l'orage qui semblait couver dans son regard.

— Pas étonnant qu'elle soit furieuse contre toi, murmura Landen. Tu as occis son frère.

— Merci, Landen. Tu as toujours le mot pour réconforter.

— Désolé. Bon, alors nous savons que le H dans A.H. signifie Hadès. Mais le A ?

— L'Achéron était un affluent du fleuve Styx, dis-je tout bas. Tout comme le Phlégéthon, le Cocyte, Léthé et… *Aornis*.

Jamais encore je ne m'étais sentie aussi déprimée au moment d'identifier un suspect. Mais il y avait quelque chose qui me tarabustait. Quelque chose que je ne pouvais pas voir, comme lorsqu'on écoute la télé d'une pièce voisine. On entend une musique dramatique, sans avoir la moindre idée de ce qui se passe.

— Allez, courage, sourit Landen en me frottant l'épaule. Elle a déjà foiré son coup à trois reprises… peut-être que ça n'arrivera pas !

— Il y a autre chose, Landen.

— Quoi ?

— J'ai oublié. Je n'ai jamais su. C'est au sujet de… je ne me souviens plus.

— Inutile de t'adresser à moi, dit Landen. Je peux te sembler réel, mais je ne le suis pas – je ne suis que le souvenir que tu as de moi. Je ne peux pas en savoir plus que toi.

Aornis avait disparu, et lui-même commençait à s'estomper.

— Il faut que tu y ailles, fit-il d'une voix caverneuse. Rappelle-toi ce que je t'ai dit à propos de Jack Maird.

— Ne pars pas ! criai-je. Je voudrais rester là encore un petit moment. Ma vie n'est pas très drôle, actuellement. Je crois que le bébé est de Miles, Aornis cherche à me tuer, et Goliath et Flanker…

Trop tard. Je m'étais réveillée. J'étais toujours au lit, déshabillée, les draps froissés. L'horloge m'annonça qu'il était neuf heures passées de quelques minutes. Je fixai le plafond d'un œil torve, me demandant comment j'avais fait pour me fourrer dans un pétrin pareil et si j'aurais pu faire quelque chose pour y échapper. A la réflexion, je décidai que non. Ce que, dans mon état de confusion mentale, je pris pour un bon signe. J'enfilai donc un T-shirt et m'en fus en traînant les pieds dans la cuisine ; je remplis la bouilloire et mis une poignée d'abricots secs dans la gamelle de Pickwick après avoir essayé, toujours en vain, de la faire tenir sur une seule patte.

Je secouai l'entroposcope, juste au cas où – contente de découvrir que tout était normal –, et j'étais en train de chercher du lait frais dans le frigo quand on sonna à la porte. Je trottinai jusqu'à l'entrée, saisis mon automatique sur la table et demandai :

— Qui est-ce ?

— Ouvre, Nounouille.

Je reposai le pistolet et ouvris la porte. Joffy sourit en entrant et haussa les sourcils devant mon apparence débraillée.

— Tu as pris ta journée ?

— Je n'ai pas le cœur à aller bosser depuis que Landen n'est plus là.

— Qui ça ?

— Peu importe. Café ?

Nous allâmes dans la cuisine. Joffy caressa Pickwick sur la tête, et je vidai le vieux marc de la cafetière. Il s'assit à la table.

— Tu as vu papa récemment ?

— La semaine dernière. Ça allait. Combien tu as gagné, avec ton expo ?

— Plus de deux mille livres en commissions. Je voulais me servir de cet argent pour réparer le toit de l'église, puis je me suis dit, zut – je n'ai qu'à le claquer en alcool, curry et filles de joie.

Je ris.

— Mais bien sûr, Joff.

Je rinçai les tasses et regardai par la fenêtre.

— Que puis-je pour toi, Joff ?

— Je suis venu chercher les affaires de Miles.

Je suspendis mon geste et pivotai vers lui.

— Redis-moi ça.

— Je suis venu…

— Oui, ça, j'ai compris, mais… mais d'où connais-tu Miles ?

Joffy rit, puis voyant que j'étais sérieuse, fronça les sourcils.

— Il m'a dit que tu ne l'avais pas reconnu l'autre jour à Vole Towers. Tu es sûre que ça va ?

Je haussai les épaules.

— Pas vraiment, Joff… mais dis-moi : d'où le connais-tu ?

— Nous sortons ensemble, Thurs – tu n'as quand même pas oublié ça ?

— Miles et toi ?

— Ben oui. Et pourquoi pas ?

Pour une bonne nouvelle…

— Alors, ses vêtements sont chez moi parce que…

— … nous nous retrouvons ici de temps à autre.

Je m'efforçai de rassembler mes idées.

— Vous vous retrouvez ici… en cachette ?

— Exact. Les OpSpecs sont vieux jeu, tu le sais bien : ils n'aiment pas trop que leur personnel fraternise avec le clergé.

Je ris tout haut et essuyai les larmes qui m'étaient montées aux yeux.

— Frangine ? fit Joffy en se levant. Qu'est-ce qu'il y a ?

Je le serrai fort dans mes bras.

— Il n'y a rien, Joff. Tout baigne ! Ce n'est pas son bébé que je porte !

— Le bébé de Miles ? Je ne vois pas bien comment. Attends un peu, frangine… tu es en cloque ? Qui est le père ?

Je souris à travers mes larmes.

— Landen, répondis-je avec une confiance renouvelée. Par Dieu, c'est Landen !

Transportée de joie, je me mis à sauter sur place. N'ayant rien de mieux à faire, Joffy se joignit à moi jusqu'à ce que Mrs. Scroggins, dans l'appartement du dessous, cogne au plafond avec un manche à balai.

— Ma très chère sœur, dit Joffy sitôt que nous nous fûmes arrêtés, qui au nom de saint Zvlkx est Landen ?

— Landen Parke-Laine, babillai-je, aux anges. La ChronoGarde l'a éradiqué, mais il s'est passé autre chose, et j'ai toujours son bébé, donc tout devrait s'arranger, n'est-ce pas ? Et il faut que je le ramène parce que si Aornis réussit à m'avoir, il n'existera plus, plus jamais jamais – et le bébé non plus, et ça je ne le supporterai pas, ça fait trop longtemps que je merde, je vais donc aller dans *Le Corbeau* quoi qu'il arrive – autrement je risque de péter un plomb !

— Je suis très heureux pour toi, dit Joffy lentement. Tu as complètement perdu ta petite tête de nounouille, mais je suis heureux tout de même.

Je courus au salon, fouillai sur mon bureau, retrouvai la carte de Maird-Haas et composai le numéro. Il répondit à la deuxième sonnerie.

— Ah, Next, fit-il d'un ton triomphant. On a changé d'avis ?

— J'irai dans *Le Corbeau* comme vous me le demandez, Maird-Haas. Essayez de me doubler, et je vous enfermerai, vous et votre demi-frère, dans le pire roman de Daphne Farquitt que je pourrai trouver. Croyez-moi, je peux le faire… et je le ferai, si nécessaire !

Il y eut un silence.

— Je vous envoie une voiture.

Il raccrocha, et je reposai le combiné sur son support. J'inspirai profondément, reconduisis Joffy à la porte une fois qu'il eut rassemblé les affaires de Miles, puis me douchai et m'habillai. Ma décision était prise. J'allais récupérer Landen, coûte que coûte. Je n'avais pas encore de plan cohérent, mais ça ne me gênait pas – ce ne serait pas la première fois.

28

Le Corbeau

Le Corbeau était assurément le plus beau et le plus célèbre des poèmes d'Edgar Allan Poe, celui qu'il préférait personnellement et qu'il aimait à réciter dans des soirées de poésie. Publié en 1845, il s'inspire de très près de *Lady Geraldine's Courtship* d'Elizabeth Barrett, ce que Poe reconnut dans sa dédicace d'origine, mais qu'il omit opportunément de signaler dans son essai *Genèse d'un poème* ; du coup, ses accusations de plagiat portées contre Longfellow tendent à perdre de leur crédibilité. Génie tourmenté, Poe souffrit également d'un rapport inversé fortune/célébrité : plus il était célèbre, moins il avait d'argent. *Le Scarabée d'or*, l'une de ses nouvelles les plus populaires, se vendit à plus de 300 000 exemplaires, mais ne lui rapporta que cent dollars. Avec *Le Corbeau*, ce fut encore pire. L'un des plus grands poèmes en langue anglaise ne lui fit gagner au total que la somme dérisoire de neuf dollars.

MILLON DE FLOSS
Qui a mis le Poe dans poème ?

La sonnette de la porte retentit au moment où je mettais mes chaussures. Mais ce n'était pas Goliath. C'étaient les agents Bush et Rye. Je fus sincèrement heureuse de constater qu'ils étaient toujours en vie ; peut-être qu'au fond, ils ne faisaient pas très peur à Aornis. Là-dessus, j'étais entièrement d'accord avec elle.

— Son nom est Aornis Hadès, leur expliquai-je en sautillant pour essayer d'enfiler mon autre chaussure. C'est la sœur d'Achéron. Mais ne songez même pas à vous en prendre à elle. On sait qu'on est près du but quand on cesse de respirer.

— Ouah ! s'exclama Bush, tapotant ses poches à la recherche d'un stylo. Aornis Hadès ! Comment avez-vous découvert ça ?

— Je l'ai entraperçue à plusieurs reprises au cours de ces dernières semaines.

— Vous devez avoir une bonne mémoire, observa Rye.

— On m'a aidée.

Bush trouva un stylo qui ne marchait pas et emprunta un crayon à sa coéquipière. La mine se cassa. Je lui prêtai le mien.

— Comment s'appelle-t-elle, déjà ?

Je le lui épelai, et il le nota avec une lenteur telle que c'en devenait douloureux.

— Bien ! déclarai-je, une fois qu'ils eurent terminé. A propos, les gars, qu'est-ce que vous faites ici ?

— Flanker voudrait vous voir.

— Je suis occupée.

— Plus maintenant, répondit Rye, extrêmement gênée, en se tordant les mains. Je regrette… mais vous êtes en état d'arrestation.

— Qu'est-ce que c'est, cette fois ?

— Possession de substance illicite.

Voilà qui était intéressant. N'ayant visiblement pas trouvé la cause de l'Apocalypse de demain, il avait monté un coup pour m'obliger à coopérer. Je m'y attendais, à vrai dire, mais là, ce n'était vraiment pas le moment. J'avais un rendez-vous dans *Le Corbeau* que je me devais d'honorer.

— Ecoutez, les gars, je ne suis pas juste occupée, je suis *réellement* occupée, et Flanker qui vous envoie ici avec un motif bidon nous fait simplement perdre notre temps, à vous et à moi.

— Ce n'est pas un motif bidon, dit Rye, sortant un mandat d'arrêt. Il s'agit de fromage. De fromage de contrebande. OS-1 a trouvé un pavé de fromage aplati sous une Hispano-Suiza avec vos empreintes digitales. Ce fromage-là provient d'une saisie, Thursday. Il devait partir pour l'incinérateur.

Je gémis tout haut. C'était exactement ce que cherchait Flanker. Une simple infraction interne qui, en temps normal, m'aurait valu un blâme... mais qui pouvait, le cas échéant, me conduire en prison. Autrement dit, le bon vieux chantage des familles. Sans leur laisser le temps de reprendre leur souffle, je leur claquai la porte au nez et m'échappai par l'escalier d'incendie. Je les entendis hurler quand je me précipitai sur la chaussée, pile au moment où Maird-Haas arrivait en bas de chez moi. C'était la première et la dernière fois de ma vie que j'allais être contente de le voir.

Et me voilà partie, sans trop savoir si j'étais tombée de Charybde en Scylla ou de Scylla en Charybde. On m'avait fouillée à la recherche d'armes ou d'un micro caché, et on m'avait confisqué mon automatique, mes clés et le guide de la Jurifiction. Maird-Haas conduisait, et j'étais assise à l'arrière – coincée entre Chalk et Cheese.

— Vous savez quoi, curieusement, ça me fait plaisir de vous voir.

N'obtenant pas de réponse, j'attendis une dizaine de minutes, puis demandai :

— Où allons-nous ?

Comme ils ne répondaient toujours pas, je leur tapotai les genoux.

— Dites, les gars, vous êtes partis en vacances, cette année ?

Chalk me regarda un moment, regarda Cheese et fit :

— On est allés à Majorque.

Sur ce, il retomba dans le silence.

*
* *

Une heure plus tard, nous arrivions au centre de recherche de Goliath à Aldermaston. Encerclé d'une triple clôture de barbelés, avec des gardes armés qui patrouillaient en compagnie de tigres à dents de sabre, c'était un labyrinthe de bâtisses aveugles revêtues d'aluminium et de bunkers en béton alternant avec tout un réseau de sous-stations électriques et de gros conduits d'aération.

Nous franchîmes le portail et nous garâmes sur une petite aire de stationnement, à côté d'un énorme logo de Goliath en marbre auquel Maird-Haas, Cheese et Chalk adressèrent une courte prière de contrition et de dévotion sans faille vis-à-vis du groupe. Après quoi, nous nous remîmes en route et passâmes devant des kilomètres de tuyaux, des bâtiments, des véhicules militaires, des camions et tout un tas de bric-à-brac.

— Soyez honorée, Next, dit Maird-Haas. Rares sont ceux qui ont le privilège de voir d'aussi près les installations de notre groupe bien-aimé.

— Je me sens devenir toute petite, Mr. Maird-Haas.

Nous approchâmes d'un édifice trapu coiffé d'un dôme en béton. Ici, la sécurité était encore plus stricte qu'à l'entrée : Maird-Haas, Chalk et Cheese se firent contrôler leurs nœuds de cravate. Le garde ouvrit une lourde porte blindée donnant sur un couloir brillamment éclairé qui conduisait vers une rangée d'ascenseurs. Nous descendîmes au douzième sous-sol, franchîmes un nouveau contrôle et longeâmes un autre couloir, entre des portes avec des plaques en laiton fixées au bois verni indiquant ce qui se passait à l'intérieur. Nous dépassâmes les *Calculateurs électroniques*, les *Tachyon Communications*, la *Cheville Carrée dans un Trou Rond* et nous arrêtâmes devant le *Projet Livres*. Maird-Haas poussa la porte, et nous entrâmes.

La pièce ressemblait au laboratoire de Mycroft, à cette différence près que les appareils avaient l'air nettement plus sophistiqués et infiniment plus coûteux. Alors que les machines de mon oncle étaient assemblées avec des bouts de ficelle, du carton et de la colle au caoutchouc, celles d'ici avaient été fabriquées à partir d'alliages de haute qualité. Tous les appareils de mesure étaient flambant neufs, et il n'y avait pas le moindre atome de poussière. C'était un capharnaüm… mais un capharnaüm de luxe. Il y avait là cinq ou six techniciens au teint blafard – à croire qu'ils ne voyaient jamais la lumière du jour – qui nous regardèrent avec curiosité ; à mon avis, ils ne devaient pas avoir beaucoup de visites. Au milieu de la pièce se dressait un portique, un peu comme ceux qu'on utilise pour la détection de métaux, entièrement enveloppé de fil de cuivre. Le fil qui formait au bout un faisceau de la largeur d'un bras d'homme était relié à une machine qui ronronnait et cliquetait dans son coin. A notre arrivée, un technicien appuya sur un interrupteur ; il y eut un grésillement, un dégagement de fumée, et tout s'éteignit. C'était bien un Portail de la Prose, mais ce qui nous intéresse directement ici, c'est surtout le fait qu'il ne marchait pas.

Je désignai le portique entortillé dans du cuivre ; il s'était mis à fumer, et les techniciens s'affairaient tout autour avec des extincteurs.

— Ce machin-là est censé être un Portail de la Prose ?

— Hélas, oui, admit Maird-Haas. Comme vous le savez, ou peut-être pas, tout ce que nous avons réussi à synthétiser est une espèce d'infâme bouillasse pâteuse à partir de volumes un à huit du *Monde du fromage*.

— Jack Maird a dit que c'était du cheddar.

— Jack a toujours eu tendance à exagérer. Par ici, Miss Next.

Nous passâmes devant une grosse presse hydraulique bidouillée pour essayer d'ouvrir l'un des bouquins que j'avais trouvés chez Mrs. Nakijima. L'engin d'acier gémissait et poussait de toutes ses forces, mais le livre demeurait obstinément fermé. Plus loin, un technicien tentait vaillamment de brûler un trou dans un autre livre, avec autant de succès, tandis qu'un collègue examinait une radiographie du bouquin. Il avait un peu de mal car les deux ou trois mille pages de texte, plus les nombreuses « pièces jointes », toutes agglutinées les unes aux autres, ne se prêtaient pas aisément à la lecture.

— A quoi servent ces ouvrages, Next ?

Mais je n'étais pas d'humeur à faire un exposé ; j'étais là pour récupérer Landen, point barre.

— Vous voulez que je vous ramène Jack Maird, oui ou non ?

Il me dévisagea brièvement avant de laisser tomber le sujet, et nous dépassâmes plusieurs autres expériences pour pénétrer dans une pièce qui contenait une table, une chaise et… Lavoisier. Quand nous entrâmes, il était occupé à lire un recueil de poèmes d'Edgar Poe. Il leva les yeux.

— Monsieur Lavoisier, je crois que vous connaissez déjà Miss Next, dit Maird-Haas.

— Nos chemins se sont croisés, répondis-je lentement en toisant Lavoisier qui paraissait beaucoup plus vieux et manifestement très mal à l'aise dans ce décor.

J'eus l'impression qu'il n'aimait pas plus Goliath que moi. Il ne dit pas un mot ; il nous salua juste d'un hochement de tête, referma le livre et se leva. Nous restâmes un instant debout, en silence.

— Eh bien, allez-y, déclara Maird-Haas finalement. Faites ce que vous avez à faire, et Lavoisier réactualisera votre mari comme s'il ne s'était rien passé. Personne ne saura qu'il avait disparu… à part vous, évidemment.

Je me mordis la lèvre. Je m'apprêtais sans doute à prendre le plus grand risque de ma vie. Il me fallait miser sur l'apparente hostilité de Lavoisier à l'égard de Goliath – au fond, la ChronoGarde n'avait que faire de Landen ou de Jack Maird – et il existait plus d'un moyen d'épingler mon père. Je n'avais pas d'autre choix que de me jeter à l'eau.

— Votre seule promesse ne suffit pas, Maird-Haas.

— Ce n'est pas *ma* promesse, Next… c'est le label de garantie Goliath. Croyez-moi, c'est de l'acier trempé.

— Le *Titanic* aussi l'était, rétorquai-je. D'après mon expérience, une garantie de Goliath ne garantit rien du tout.

Nous nous défiâmes du regard.

— Vous voulez quoi, alors ? demanda-t-il.

— Un : que Landen soit réactualisé tel qu'il était. Deux : je veux qu'on me rende mon livre et qu'on me délivre un sauf-conduit pour sortir d'ici. Trois : je veux une déposition signée comme quoi vous avez fait appel à Lavoisier pour éradiquer Landen.

Je le regardais sans ciller en espérant que mon audace allait payer.

— Sur le premier point, c'est O.K. Sur le deuxième : vous aurez votre livre *après*. Vous vous en êtes servie pour disparaître à Osaka, et je ne tiens pas à ce que ça recommence. Le troisième point : impossible.

— Pourquoi ? Le retour de Landen n'est pas compatible avec vos aveux signés… mais je pourrais les utiliser si un jour vous me refaites le même coup.

— Peut-être, intervint Lavoisier, que vous accepterez ceci en gage de ma bonne foi.

Il me tendit une enveloppe en papier kraft. Je l'ouvris et en sortis une photo de Landen et moi à notre mariage.

— Je n'ai rien à gagner à l'éradication de votre mari et tout à perdre. Votre père… eh bien, nous finirons par l'avoir. Mais vous avez la parole d'un commandant de la ChronoGarde, si ça vous va.

Je regardai Lavoisier, puis Maird-Haas, puis la photo. C'était celle, normalement, qui trônait sur le manteau de cheminée chez ma mère.

— Où avez-vous eu ça ?

— Dans un autre temps, un autre lieu, répondit Lavoisier. Et en prenant un risque considérable, Miss Next. Landen n'est rien pour nous – je ne suis ici que pour aider Goliath. Une fois ma mission terminée, je les laisserai à leurs grenouillages… mais pas avant.

Maird-Haas se trémoussa légèrement et lui lança un regard noir. Tant mieux, leur animosité réciproque jouait en ma faveur.

— Bon, alors allons-y, dis-je. Mais j'ai besoin d'une feuille de papier.

— Pour quoi faire ? s'enquit Maird-Haas.

— Pour rédiger une description détaillée de ce charmant donjon, si je veux pouvoir revenir, voilà pourquoi.

Il fit signe à Chalk qui m'apporta un papier et un stylo. Je m'assis à la table et écrivis une description de la pièce avec un luxe de détails. D'après le guide, cinq cents mots suffisaient si on voyageait en solo, mille mots si on devait ramener quelqu'un ; j'en écrivis donc quinze cents, juste au cas où. Pendant tout ce temps, Maird-Haas regardait par-dessus mon épaule pour s'assurer que je ne décrivais pas une autre destination.

— Je vous reprends ça, Next, dit-il, s'emparant du stylo sitôt que j'eus terminé. Ce n'est pas que je ne vous fais pas confiance…

J'inspirai profondément, ouvris le recueil de poèmes d'Edgar Allan Poe et parcourus la première strophe des yeux.

Un soir, sur le minuit blême, pendant que je méditais, las et faible,
Sur un plan pour me venger de cette maudite Thursday Next,
Cette affaire Jane Eyre, si étrange, plonge mon âme dans une telle fange
Que je sens ma rage monter, monter de ma prison de texte.
Faites-moi sortir ! dis-je. Tirez-moi de cette prison de texte,
ou je vous casserai la tête !

A l'évidence, il était toujours aussi en pétard. Je poursuivis ma lecture :

Ah, clairement je me souviens que par un morne mois de septembre
Cette espèce d'OpSpec infâme me piégea dans *Le Corbeau.*
J'avais hâte que demain vienne me délivrer de cette peine,
Que j'emprunte enfin une arme pour faire sienne ma douleur.
Cette ignoble créature n'est rien d'autre qu'une roulure,
A elle les ténèbres – pour toujours !

— Il ne changera pas, murmurai-je.

— Je ne le laisserai pas toucher à un seul de vos cheveux, Miss Next, m'assura Maird-Haas. Il sera arrêté en moins de temps qu'il n'en faut pour dire *ketchup*.

Je rassemblai donc mes esprits, m'excusai auprès de Miss Havisham d'être une élève indisciplinée, m'éclaircis les idées et la voix et entrepris de relire le poème tout haut, de manière claire et intelligible.

Il y eut un lointain roulement de tonnerre et un battement d'aile tout près de mon visage. Il faisait noir comme dans un four ; le vent se déchaînait, gonflant mes habits et me rabattant mes cheveux dans les yeux. Un éclair zébra brièvement le ciel, et je me rendis compte avec surprise que j'étais loin au-dessus du sol, cernée par des nuages lourds d'une tempête en furie. La pluie me martela le visage avec une soudaine férocité, et je m'aperçus, à la pâle lueur de la lune, que j'étais emportée vers un gros nuage d'orage illuminé de l'intérieur par des éclairs. Je commençais à croire que j'avais commis une *très* grosse erreur en me lançant dans cette aventure sans aucune préparation, quand je remarquai une minuscule tache de lumière jaune parmi la pluie battante. La tache grandit, devint un ovale, lequel ovale se transforma en fenêtre, avec châssis, vitrage et rideaux au-dedans. Je volais de plus en plus vite, et juste au moment où je m'attendais à entrer en collision avec la vitre ruisselante, je me retrouvai à l'intérieur, trempée comme une soupe et à bout de souffle.

La pendule de la cheminée sonna minuit lentement, posément. Je repris mes esprits et regardai autour de moi. Les meubles étaient en chêne foncé ; les draperies, d'une lugubre nuance de violet, et la tapisserie, lorsqu'elle n'était pas recouverte d'étagères de livres ou de mezzo-tinto morbides, était d'une horrible couleur marron. Pour tout éclairage, il y avait une solitaire lampe à huile dont la mèche mal taillée vacillait et fumait. La pièce était en désordre ; un buste de Pallas fracassé gisait sur le sol ; les livres qui autrefois avaient orné la bibliothèque étaient éparpillés un peu partout, dos brisés et pages arrachées. Pis encore, certains volumes avaient servi à alimenter le feu ; l'âtre était jonché d'un fatras de papier carbonisé. Mais ce n'était pas cela qui retint mon attention. Devant moi se trouvait l'infortuné narrateur du *Corbeau*, un jeune homme de vingt et quelques années, assis dans un large fauteuil, ligoté et bâillonné. Il me jeta un regard implorant et marmonna quelque chose à travers son bâillon, se débattant dans ses liens. Je retirai le bâillon, et il se mit à parler d'un ton pressant, comme si sa vie en dépendait.

— *« Ce n'est qu'un visiteur*, débita-t-il rapidement, *qui frappe à ma porte… un visiteur et rien de plus ! »*

Là-dessus, il disparut dans la pièce voisine.

— Le diable vous emporte, Sebastian ! fit une voix odieusement familière à côté. Je vous aurais bien cloué à votre fauteuil, si seulement ce cercueil poétique m'avait fourni un marteau et des clous… !

Mais celui qui parlait s'interrompit brusquement en entrant dans la pièce. Jack Maird était dans un triste état. Ses cheveux jadis soigneusement coupés en brosse s'étaient transformés en une tignasse emmêlée, et ses traits pincés étaient mangés par une barbe hirsute. Ses yeux hagards étaient cerclés de noir à cause du manque de sommeil. Son élégant costume était froissé et déchiré ; son épingle de cravate sertie de diamants avait perdu son éclat. Son assurance pleine de morgue avait cédé la place à la détresse née de la solitude et, lorsque son regard rencontra le mien, je vis les larmes monter et ses lèvres se mettre à trembler. Pour quelqu'un qui haïssait Maird autant que je pouvais le haïr, le spectacle était jubilatoire.

— Thursday ! croassa-t-il dans un cri étranglé. Sortez-moi d'ici ! Ne m'abandonnez pas une seconde de plus dans ce lieu infâme ! La pendule qui ne cesse de sonner minuit, le tapotement, le corbeau… oh, Seigneur Dieu, le *corbeau* !

Il tomba à genoux et éclata en sanglots tandis que le jeune homme regagnait joyeusement la pièce et commençait à y remettre de l'ordre en marmonnant :

— *« Ce n'est qu'un visiteur qui demande à entrer... ! »*

— Je serais heureuse de vous laisser ici, Mr. Maird, mais j'ai conclu un marché. Venez, on rentre à la maison.

Je saisis l'agent de Goliath par le revers de son veston et me mis à lire la description de la chambre forte au centre de recherche. Je sentis qu'on me tirait en arrière, le tapotement s'accrut, et j'eus tout juste le temps d'entendre l'étudiant déclamer :

— *« Monsieur ou madame, sincèrement, j'implore votre pardon... »*

L'instant d'après, nous étions de retour au labo de Goliath à Aldermaston. J'étais contente car je ne m'attendais pas à ce que ce soit aussi facile, mais mon autosatisfaction s'évanouit quand, au lieu de l'arrêter, le demi-frère de Jack le serra chaleureusement dans ses bras.

— Jack ! fit Maird-Haas, ému. Bienvenue parmi nous !

— Merci, Ross. Maman va bien ?

— Elle a dû se faire refaire la hanche.

— Encore ?

— Minute ! les interrompis-je. Qu'en est-il de *votre* part du contrat ?

— Chaque chose en son temps, murmura Maird-Haas avec un sourire déplaisant. Vous avez un ou deux autres petits boulots à faire pour nous avant qu'on vous rende votre mari.

— Ben, voyons ! ripostai-je avec colère en avançant d'un pas.

Chalk posa une main massive sur mon épaule.

— Où est-elle, hein, la garantie en acier trempé de Goliath ?

— Goliath ne fait pas de promesses, répondit Maird-Haas lentement pendant que Jack cillait d'un air ahuri. La marge bénéficiaire est trop faible. J'aimerais que vous restiez chez nous quelque temps… vos talents sont trop précieux pour qu'on les gaspille. Si ça se trouve, vous allez vous plaire ici.

— Lavoisier ! hurlai-je en me tournant vers le Français. Vous avez promis ! La parole d'un commandant de la ChronoGarde… !

Il me toisa avec froideur.

— Après ce que vous m'avez fait, rétorqua-t-il d'un ton cassant, ceci est la plus douce des revanches. Puissiez-vous pourrir en enfer.

— Qu'est-ce que je vous ai fait ?

— Pour le moment, rien, répondit-il, s'apprêtant à partir. Mais ça viendra.

Je le regardai fixement. Je ne savais pas ce que j'allais lui faire, mais j'espérais bien que c'était douloureux.

— Oui, dis-je d'une voix plus posée, vous pouvez compter sur moi.

Il quitta la pièce sans un coup d'œil en arrière.

— Merci, monsieur ! lui cria Maird-Haas. Cette photo de mariage, c'était un trait de génie !

Je me jetai sur lui, mais Chalk et Cheese m'empoignèrent. Je me débattis longuement, furieusement… et vainement. Mes épaules s'affaissèrent, et je contemplai le sol. Landen avait eu raison. Je n'aurais pas dû céder.

— Je veux broyer son fantôme, dit Jack Maird avec un regard dans ma direction, pour apaiser ce cœur palpitant. Votre arme, Mr. Cheese.

— Non, Jack, fit Maird-Haas. Avec ses facultés uniques,

Miss Next pourrait nous ouvrir un marché vaste et hautement profitable.

Maird fit face à son demi-frère.

— As-tu la moindre idée des horreurs innommables que je viens de vivre ? M'avoir pigé… je veux dire *piégé* dans *Le Corbeau* est une chose que Next n'aura guère le loisir de regretter. Non, Ross, cette petite pute va faire taire ma douleur !

Maird-Haas le secoua par les épaules.

— Oublie *Le Corbeau*, Jack. Tu es chez toi, à présent. Ecoute-moi : cette petite pute vaut potentiellement des *milliards*.

Maird marqua une pause pour reprendre ses esprits.

— Bien sûr, murmura-t-il finalement. Une source intarissable de consommateurs. Combien de cochonneries crois-tu qu'on peut écouler auprès de masses ignorantes dans la littérature du XIXe siècle ?

— Tout à fait, opina Maird-Haas, et nos déchets non traités… enfin on va pouvoir les entreposer quelque part. Des richesses inouïes attendent le groupe. Et si jamais ça ne marche pas, eh bien, il sera toujours temps de la liquider.

— Quand est-ce qu'on commence ? demanda Maird que le retour dans le cocon natal semblait ravigoter à vue d'œil.

— Ça va dépendre, dit Maird-Haas en me regardant, de Miss Next.

— Plutôt mourir, déclarai-je.

Et je le pensais vraiment.

— Oh ! fit Maird-Haas. Comment, vous ne savez pas ? Aux yeux du monde extérieur, vous êtes déjà morte. Vous ne croyiez tout de même pas pouvoir survivre pour aller raconter partout ce qui se passe ici ?

Je tentai d'imaginer un quelconque moyen d'évasion, mais je n'avais rien sous la main – ni arme, ni livre, rien du tout.

— Je n'ai pas encore décidé, poursuivit Maird-Haas d'un ton condescendant, si vous êtes tombée dans une cage d'ascenseur ou si vous êtes entrée en collision avec une machine. Vous avez des préférences ?

Il eut un rire bref et cruel. Je ne répondis pas. Il n'y avait pas grand-chose à répondre à *cela*.

— J'ai bien peur, ma fille, dit Maird-Haas tandis qu'ils se dirigeaient en file indienne vers la porte, emportant le guide de la Jurifiction avec eux, que vous ne soyez l'invitée du groupe pour le restant de votre vie naturelle. Mais tout ne sera pas négatif. Nous sommes prêts à réactualiser votre mari. Vous ne le reverrez certes pas, mais il sera en vie – aussi longtemps que vous coopérerez, ce dont je ne doute pas un instant.

Je fusillai les deux Maird du regard.

— Tant que j'ai de l'air dans mes poumons, jamais je ne vous aiderai.

Un tic nerveux agita la paupière de Maird-Haas.

— Mais bien sûr que vous nous aiderez, Next… sinon pour Landen, du moins pour votre enfant. Oui, nous sommes au courant. Bon, allez, on vous laisse. Et pas la peine de chercher un quelconque bouquin pour jouer la fille de l'air, vous n'en trouverez pas !

Il sourit à nouveau et sortit de la chambre forte. La porte se referma avec un fracas qui se répercuta sur les murs et me secoua jusqu'au tréfonds de mon être. Je m'assis sur la chaise, la tête dans les mains, et versai des larmes de colère, de dépit… et de chagrin.

29

Sauvée

La libération de Thursday par Miss Havisham de la chambre forte de Goliath est un de ces exploits dont on tisse les légendes. Non seulement personne n'avait encore tenté une chose pareille, mais qui plus est, personne n'y avait *songé* auparavant. Cela les fit connaître toutes les deux et valut à Havisham sa huitième – et à Thursday sa première – couverture dans notre revue, *Caractère Mobile*. Le lien qui existait entre elles s'en trouva renforcé. Dans les annales de la Jurifiction, il y avait déjà eu des associations exemplaires telles que Beowulf & Sneed, Falstaff & Tiggywinkle, Voltaire & Flark. Ce jour-là marque le début d'une collaboration parmi les plus célèbres de l'histoire de la Jurifiction…

LE CHAT DE L'AUTORITÉ UNITAIRE DE WARRINGTON
Comptes rendus de la Jurifiction

Le plus remarquable dans le fait d'être enfermée dans une chambre forte douze étages au-dessous du labo de recherche de Goliath n'était pas tant l'isolement que le *silence*. On n'entendait ni le bourdonnement de la climatisation, ni des bribes de conversations à travers la porte, rien. Je pensai à Landen, à Miss Havisham, à Joffy, à Miles, puis au bébé. Qu'est-ce que Maird-Haas pouvait bien mijoter ? Je me levai et arpentai la pièce crûment éclairée par des tubes au néon. Il y avait un grand miroir sur le mur, une sorte de poste de surveillance, sans doute. A côté se trouvait un cabinet de toilette, et dans un petit placard, je découvris un matelas en mousse et quelques objets de première nécessité qu'on avait dû laisser là à mon intention.

Je passai vingt minutes à explorer tous les coins et recoins dans l'espoir de tomber sur quelque chose, n'importe quoi – un roman de gare abandonné – qui me permettrait de m'évader. Il n'y avait rien, pas le moindre bout de crayon. Je me rassis alors sur l'unique chaise et, les yeux clos, m'efforçai de me remémorer la bibliothèque et sa description dans mon guide. Je récitai même tout haut le premier paragraphe du *Conte de deux cités* que j'avais jadis appris à l'école. Sans le support d'un texte, il m'était impossible de me déplacer dans les livres, mais comme je n'avais rien à perdre, j'essayai toutes les citations, tous les extraits ou poèmes qu'il m'était jamais arrivé de retenir par cœur, depuis Ovide jusqu'à De La Mare. Lorsque j'eus épuisé mon répertoire, je m'attaquai aux limericks… et, pour finir, je racontai à voix haute les blagues de Bowden. Sans l'ombre d'un résultat.

Je déroulai le matelas en mousse, m'allongeai et fermai les yeux dans l'espoir de revoir Landen en rêve et de lui exposer mon problème. Au lieu de quoi, l'anneau que m'avait donné Miss Havisham se mit à chauffer terriblement ; il y eut une sorte de *pffuitt*, et une silhouette se dressa en face de moi.

C'était Miss Havisham, et elle n'avait pas l'air de très bonne humeur. Sans me laisser le temps de lui exprimer ma joie de la voir, elle pointa un doigt sur moi.

— Vous, jeune fille, êtes dans un sacré pétrin !

— Ne m'en parlez pas.

Ce n'était pas le genre de remarque désinvolte qu'elle avait envie d'entendre, et elle s'attendait certainement à ce que je saute sur mes pieds à son arrivée ; elle m'assena donc un douloureux coup de canne sur le genou.

— Aïe ! fis-je, ayant reçu le message.

Je me relevai.

— D'où sortez-vous ?

— Les Havisham vont et viennent comme bon leur semble,

rétorqua-t-elle d'un ton impérieux. Pourquoi diantre ne m'avez-vous rien dit ?

— Je... je pensais que vous n'apprécieriez pas que j'entre dans un livre de mon propre chef... surtout dans un livre de Poe, balbutiai-je, penaude, m'attendant à un torrent d'insultes – pire que ça, à l'éruption du Vésuve.

Mais non, l'ire de Miss Havisham était dirigée contre tout autre chose.

— Ce n'est pas ça qui m'intéresse, lâcha-t-elle d'un air hautain. Ce que vous fabriquez pendant votre temps libre avec des éditions bon marché est le cadet de mes soucis.

— Ah !

Je scrutai son visage sévère, essayant de deviner quelle bêtise j'avais pu commettre.

— Vous auriez dû m'en parler ! dit-elle en faisant un pas vers moi.

— Du bébé ? bredouillai-je.

— Mais non, imbécile... de *Cardenio* !

— *Cardenio ?*

Nous entendîmes un faible déclic du côté de la porte ; quelqu'un était en train de tripoter la serrure. Apparemment, l'arrivée de Havisham n'était pas passée inaperçue.

— Ça doit être Chalk et Cheese. Vous feriez mieux de partir.

— Sûrement pas ! Nous partirons ensemble. Vous avez beau être la dernière des gourdes, vous êtes sous ma responsabilité. L'ennui, c'est que quatre mètres de béton armé, c'est un peu décourageant – j'aurai besoin d'un texte écrit pour nous sortir de là. Vite, passez-moi votre guide !

— On me l'a confisqué.

La porte s'ouvrit sur Maird-Haas qui souriait jusqu'aux oreilles.

— Tiens, tiens, dit-il, enfermez une croqueuse de livres et vous en récupérez deux pour le prix d'une !

Il jeta un coup d'œil sur la vieille robe de mariée et comprit.

— Bonté divine ! Serait-ce... Miss Havisham ?

Pour toute réponse, l'intéressée sortit son petit pistolet et tira sur lui. Maird-Haas poussa un glapissement et bondit en arrière. La porte se referma en claquant.

— Il nous faut un livre, fit Havisham d'un air sombre. N'importe lequel – même une brochure ferait l'affaire.

— Il n'y a rien ici, Miss Havisham.

Elle balaya la pièce du regard.

— Vous en êtes sûre ? Il doit bien y avoir *quelque chose* !

— J'ai regardé partout… il n'y a rien.

Elle haussa un sourcil et m'inspecta de pied en cap.

— Enlevez votre pantalon, ma fille, et ne me répondez pas « Quoi ? » avec votre impudence habituelle. Faites ce qu'on vous dit.

Je m'exécutai donc, et Havisham tourna et retourna le pantalon entre ses mains, comme si elle cherchait quelque chose.

— Ça y est ! s'exclama-t-elle, triomphante, au moment même où la porte s'ouvrait et une bombe lacrymogène sifflante était projetée à l'intérieur.

Je suivis son regard ; elle avait trouvé… *l'étiquette avec les instructions de lavage*. Je devais avoir l'air incrédule car elle déclara d'un ton offusqué :

— Moi, ça me suffit !

Puis elle répéta tout haut :

— *« Laver à l'envers, laver et sécher séparément, laver à l'envers, laver et sécher séparément… »*

Nous émergeâmes en surfant sur l'odeur âcre de détergent et de fer surchauffé. Le paysage, d'une blancheur immaculée, était dénué de relief ; fermement campée sur mes pieds, je ne voyais que du blanc autour de mes chaussures, et c'était pareil au-dessus et sur les côtés. Miss Havisham, dont la robe crasseuse ressemblait plus que jamais à une guenille dans ce décor blanc, contemplait les occupants solitaires de ce monde insolite et désert : cinq symboles en caractères gras, de la taille d'une cabane de jardin, alignés tels des menhirs. Il y avait une cuve grossièrement esquissée avec le nombre 60 dessus, un fer à repasser, le séchage en tambour et deux autres dont je n'étais pas très sûre. Je touchai le premier symbole, qui se révéla tiède et réconfortant ; ils semblaient tous être faits de coton compressé.

— Que disiez-vous à propos de *Cardenio* ? demandai-je, ne comprenant toujours pas les raisons de sa colère.

— Ah oui, *Cardenio*, répliqua-t-elle, irritée, en examinant les gros symboles de lavage avec intérêt. Comment se fait-il qu'un exemplaire impeccable d'une pièce disparue resurgit tout d'un coup, comme par miracle, eh ?

— Vous voulez dire…

Je venais enfin de comprendre.

— Vous voulez dire qu'il provient de la Grande Bibliothèque ?

— Evidemment ! Ce bouffon écervelé de LeRoussi vient juste de le signaler, et nous avons besoin de votre aide pour le récupérer… Quelles sont ces formes, là ?

— Des représentations iconographiques des instructions de lavage, répondis-je en renfilant mon pantalon.

— Hmm, fit Miss Havisham. Ça risque d'être délicat. Nous sommes à l'intérieur d'une étiquette, mais il n'y a rien de semblable dans la bibliothèque – or il nous faut passer dans un livre qui y est. Je peux le faire en l'absence de texte, mais j'ai besoin d'une destination. Existe-t-il des livres sur les étiquettes de lavage ?

— Probablement, mais je ne vois pas lesquels.

Soudain, j'eus une idée.

— Il doit s'agir forcément d'un livre sur les étiquettes de lavage ?

Havisham haussa les sourcils.

— Parce qu'on trouve ces symboles dans le mode d'emploi des lave-linge, où l'on nous explique ce qu'ils signifient.

— Hmm, répéta Miss Havisham pensivement. Et vous avez un lave-linge ?

Par chance, j'en avais un… et, plus heureusement encore, il avait échappé au dérapage temporel. Je hochai la tête avec enthousiasme.

— Bien. Maintenant, le plus important : connaissez-vous la marque et le modèle ?

— Hoover Electron 1000… non ! 800 Deluxe… je crois.

— Vous croyez ? Vous *croyez* ? Il vaudrait mieux en être sûre, ma fille, ou il ne restera de nous que deux noms gravés sur le Boujeumorial. Bon, alors. Vous en êtes *sûre* ?

— Oui, acquiesçai-je avec conviction. Hoover Electron 800 Deluxe.

Elle posa les mains sur le symbole de la cuve et se concentra, les dents serrées, le visage congestionné par l'effort. Je lui pris le bras et, au bout d'une minute ou deux, pendant lesquelles je la sentis trembler de crispation, nous passâmes de l'étiquette de lavage au mode d'emploi de la Hoover.

— *Ne laissez pas le tuyau d'évacuation s'enrouler, cela pourrait empêcher la machine de se vider*, dit un petit homme en bleu de chauffe Hoover, debout à côté d'un lave-linge flambant neuf.

Nous étions dans une buanderie étincelante de propreté, qui devait faire à peine trois mètres sur trois. Il n'y avait ni porte ni fenêtres – juste un évier, un sol carrelé, des robinets d'arrivée d'eau chaude et froide et une seule prise murale. En guise de meubles, un lit dans le coin, une table, une chaise et un placard.

— *N'oubliez pas que pour lancer un programme, vous devez tourner le bouton de commande*. Excusez-moi, ajouta-t-il, on est en train de me lire. Je suis à vous dans une seconde. *Si vous avez sélectionné coton synthétique, repassage limité ou délicat…*

— Thursday ! fit Miss Havisham.

Ses jambes semblaient se dérober sous elle, et son visage avait pris la couleur de sa robe de mariée.

— Ç'a été une sacrée…

J'eus tout juste le temps de la rattraper ; doucement, je l'allongeai sur le petit lit gigogne.

— Miss Havisham ? Ça va ?

Elle tapota ma main d'un geste encourageant, sourit et ferma les yeux. On voyait bien qu'elle était contente d'elle – même si l'exercice l'avait lessivée.

Je remontai l'unique couverture sur elle, m'assis au bord du lit bas, dénouai mes cheveux et me frottai la tête. J'avais une confiance absolue en Miss Havisham, mais tout de même, se retrouver coincée dans le mode d'emploi d'un lave-linge était quelque peu perturbant.

— … *jusqu'à la rotation du tambour. Votre machine terminera son programme par une vidange et un essorage…* Bonjour ! dit le bonhomme en bleu de chauffe. Moi, c'est Cullards… je ne reçois pas beaucoup de visites.

— Thursday Next, répondis-je en lui serrant la main. Et voici Miss Havisham, de la Jurifiction.

— Ciel ! fit Mr. Cullards en grattant son crâne chauve et en souriant d'un air malicieux. La Jurifiction, hein ? Vous ne voyagez pas par les sentiers battus, vous. La seule visite que j'ai eue… excusez-moi… *Réglage D : blanc économique, articles en coton peu salis ou linge de couleur qui déteint à haute température…* c'était quand on a eu le nouveau supplément concernant les lainages – ça fait six ou sept mois déjà. On ne voit pas le temps passer.

Il avait l'air d'un type plutôt jovial. Il réfléchit un instant, puis demanda :

— Voulez-vous une tasse de thé ?

Je le remerciai, et il mit la bouilloire à chauffer.

— Alors, quoi de neuf ? s'enquit Mr. Cullards en rinçant sa seule et unique tasse. Quand est-ce qu'elles vont sortir, les nouvelles machines, vous avez une idée ?

— Je regrette, je n'en sais rien du tout…

— Je suis prêt à passer à quelque chose d'un peu plus moderne. J'ai commencé par les aspirateurs, puis j'ai été promu dans la Hoovermatic T5004, puis transféré dans l'Electron 800 après qu'ils ont cessé de fabriquer les modèles à deux tambours. On m'a offert de m'occuper de la 1100 Deluxe, mais j'ai préféré attendre la sortie de la Logic 1300.

Je jetai un regard sur la petite pièce.

— Et vous ne vous ennuyez jamais ?

— Jamais ! déclara Cullards en versant l'eau chaude dans la théière. Au bout de dix ans de service, je pourrai postuler pour un job dans le mode d'emploi de n'importe quel appareil ménager : robot de cuisine, mixeur, micro-ondes – qui sait, si je travaille vraiment dur, j'arriverai peut-être jusqu'à la télé ou la radio. C'est ça, l'avenir d'un travailleur manuel qui veut réussir. Lait, sucre ?

— S'il vous plaît.

Il se pencha plus près.

— La direction s'est mis en tête que seuls les jeunes sont aptes à faire de l'audiovisuel, mais ils se trompent. La plupart des gamins dans les magnétoscopes ont à peine six mois de Walkman derrière eux avant qu'on les transfère. Pas étonnant que personne ne les comprenne.

— Je n'y avais jamais songé, avouai-je.

Nous causâmes ainsi pendant une demi-heure. Il m'expliqua qu'il prenait des cours de français et d'allemand pour pouvoir entrer dans les modes d'emploi multilingues, puis me fit part de ses tendres sentiments pour Tabitha Doehooke, qui travaillait dans les mixeurs Kenwood. Nous étions en train de parler des retombées sociologiques des appareils électroménagers et du rôle qu'ils avaient joué dans le mouvement féministe lorsque Miss Havisham remua.

— Compeyson… ! marmonna-t-elle sans s'éveiller. Espèce de menteur, voleur, escroc, suppôt de…

— Miss Havisham ?

Elle cessa de marmonner et ouvrit les yeux.

— Next, ma fille, pantela-t-elle. J'ai besoin…

— Oui ? demandai-je, me penchant sur elle.

— … d'une tasse de thé.

— Ça marche ! dit Mr. Cullards joyeusement, versant une nouvelle tasse.

Miss Havisham s'assit, but trois tasses de thé et mangea également le biscuit que Cullards avait gardé pour son anniversaire en mai prochain. Je fis les présentations, et elle hocha poliment la tête avant d'annoncer qu'il était temps de partir.

Nous nous dîmes au revoir, et Mr. Cullards me fit promettre de nettoyer le compartiment à lessive de ma machine ; dans un moment d'inattention, j'avais laissé échapper que je ne l'avais pas encore fait, bien que mon lave-linge ait déjà presque trois ans d'âge.

*
* *

Le court transfert dans la section essais et documents de la Grande Bibliothèque était un jeu d'enfant pour Miss Havisham ; de là, nous nous transportâmes – *pffuitt* – dans sa salle de bal délabrée des *Grandes Espérances*, où le Chat du Cheshire et Harris Tweed nous attendaient en bavardant avec Estella. Le Chat parut sincèrement soulagé de nous voir ; Harris, pour sa part, se contenta de froncer les sourcils.

— Estella ! dit Miss Havisham d'un ton abrupt. Evitez, je vous prie, de parler à Mr. Tweed.

— Oui, Miss Havisham, répondit Estella docilement.

Havisham remplaça ses baskets par les moins confortables souliers de mariage.

— Il y a Pip qui attend dehors, hasarda Estella avec une pointe de nervosité. Sauf votre respect… m'dame est en retard d'un paragraphe.

— Eh bien, Dickens n'a qu'à radoter un peu plus longtemps. Il faut que j'en finisse avec Miss Next.

L'œil noir, Miss Havisham se tourna vers moi. Je ne l'avais encore jamais vue perdre son sang-froid, et franchement, je n'y tenais pas.

— Merci de m'avoir secourue, m'dame, fis-je rapidement. Je vous en suis très reconnaissante.

— Humph ! répliqua-t-elle. Ne vous attendez pas à ce que je vole à votre secours chaque fois que vous vous fourrez dans le pétrin, ma fille. Alors, c'est quoi, cette histoire de bébé ?

Sentant l'orage venir, le Chat du Cheshire disparut sous prétexte d'avoir du « catalogage » à faire, et même Tweed marmonna qu'il devait aller inspecter *Lorna Doone* à la recherche de grammasites, avant de s'éclipser.

— Alors ? répéta Havisham sans me quitter des yeux.

Comme je la craignais un peu moins à présent, je décidai de me mettre à table. Je lui racontai donc l'éradication de Landen, l'offre de Goliath, Jack Maird dans *Le Corbeau* et même le Portail de la Prose de Mycroft. Pour faire bonne mesure, je conclus en insistant sur mon amour pour Landen et le fait que j'étais prête à tout pour le retrouver.

— Par amour ? Bah ! dit-elle en congédiant Estella d'un geste de la main, histoire qu'elle ne se fasse pas d'idées. Et qu'est-ce que c'est, d'après votre expérience tristement limitée ?

Elle n'avait pas l'air de vouloir sortir de ses gonds. Enhardie, je lui rétorquai :

— Je pense que vous le savez, m'dame. Vous avez déjà été amoureuse, me semble-t-il.

— Foutaises et balivernes, ma fille !

— La souffrance que vous éprouvez aujourd'hui n'est-elle pas égale à l'amour que vous avez ressenti autrefois ?

— Vous êtes à deux doigts d'enfreindre ma règle numéro deux !

— Je vais vous dire ce qu'est l'amour. C'est un dévouement aveugle, une volonté inconditionnelle de s'abaisser, une soumission totale, une foi et une confiance envers et contre soi-même, contre le monde entier, son cœur et son âme qu'on offre au bourreau !

— C'est pas mal du tout, ça, fit Havisham, me considérant avec curiosité. Pourrais-le le réutiliser ? Dickens n'y verra pas d'inconvénient.

— Bien sûr.

— Je crois, déclara-t-elle après un moment d'hésitation, que je vais classer vos complexes problèmes conjugaux dans la rubrique *veuvage*, ce qui me sied parfaitement. Réflexion faite – même si ça va à l'encontre du bon sens –, je vous garde comme apprentie. C'est tout. On a besoin de vous pour récupérer *Cardenio*. Allez !

Je laissai Miss Havisham dans la pièce obscure avec les attributs de son mariage qui n'avait jamais eu lieu. Depuis les quelques jours que je la connaissais, j'en étais venue à l'aimer beaucoup, et j'espérais bien un jour pouvoir payer de retour sa bonté et arriver à égaler sa force d'âme.

30

Cardenio, le retour

Saute-Pages : personnage sorti de son livre et circulant dans le contexte (plus rarement dans le récit même) d'un autre livre. Un Saute-Pages peut être perdu, en vacances, participant au Programme d'Echange de Personnages ou bien un malfaiteur qui nourrit un dessein criminel (cf. Bowdleriseurs).

Texteur : terme argotique attribué à un Saute-Pages (voir ci-dessus) relativement inoffensif qui surfe de livre en livre en quête d'aventures ; il apparaît rarement dans l'histoire, mais peut occasionner de petits changements dans le texte et/ou la trame du récit.

LE CHAT DE L'AUTORITÉ UNITAIRE DE WARRINGTON
Guide du voyage dans les livres (glossaire)

Harris Tweed et le Chat du Cheshire me ramenèrent dans la bibliothèque. Nous nous assîmes en face du Boujeumorial, et Harris me toisa pendant que le Chat – qui était la courtoisie même – allait me chercher un chausson à la viande au snack-bar situé à côté de la réserve.

— Où vous a-t-elle trouvée ? aboya Harris.

Je commençais à m'habituer à son agressivité. S'il avait réellement eu une piètre opinion de moi, je ne serais sans doute pas là à l'heure qu'il était.

Le Chat passa la tête entre nous :

— Chaud ou froid, le chausson ?

— Chaud, s'il vous plaît.

— Ça marche.

Et il disparut à nouveau.

Je racontai le saut de Havisham de la chambre forte de Goliath à l'étiquette de lavage. Tweed était clairement impressionné. Il avait appris le métier avec le commandant Bradshaw, dont la précision dans les déplacements était aussi approximative que celle de Havisham était parfaite – d'où l'intérêt du commandant pour les cartes.

— Une étiquette de lavage. Alors là, chapeau. Peu de professionnels s'aviseraient de se transporter au jugé dans un texte de moins de cent mots. Elle a pris de sacrés risques avec vous, Miss Next. Qu'en dites-vous, le Chat ?

— Je dis, répondit le Chat en me tendant un chausson fumant, que vous avez oublié de me rapporter les boîtes de Grosminet que vous m'aviez promises, hmm ?

— Désolée, dis-je. La prochaine fois.

— Ça marche.

— Bien, fit Harris. Au boulot, maintenant. Dites-moi, qui sont les principaux acteurs dans la découverte de *Cardenio* ?

— Voyons, commençai-je. Il y a lord Volescamper, un pair d'Angleterre. Il affirme l'avoir trouvé dans sa bibliothèque. Un brave type… un peu à l'ouest. Et puis, il y a Yorrick Kaine, un Whig qui espère profiter de la diffusion gratuite de la pièce pour faire pencher le vote shakespearien en sa faveur, aux élections de demain.

— Je vais essayer de voir de quel livre ils proviennent… à supposer que ce soit le cas, dit le Chat en s'évanouissant.

— Vous croyez que c'est possible ? demandai-je. Volescamper était déjà là avant la guerre, et Kaine est sur la scène politique depuis au moins cinq ans.

— Ça ne veut rien dire, Miss Next, rétorqua Harris impatiemment. Mellors a eu une femme et une famille à Slough pendant une vingtaine d'années, et Heathcliff a travaillé trois ans à Hollywood sous le nom de Buck Stallion – dans les deux cas, on n'y a vu que du feu.

— Mais *Cardenio* vient de la bibliothèque, non ?

— Sans l'ombre d'un doute. Malgré un dispositif de sécurité sophistiqué, quelqu'un a réussi à le subtiliser sous les moustaches du Chat... lequel en est fort marri.

— Vous avez dit *Whig* ou *figue* ? s'enquit le Chat qui venait de réapparaître.

— J'ai dit *Whig*, répondis-je. Et j'aimerais que vous cessiez un peu d'apparaître et de disparaître d'une manière si soudaine : vous me donnez le tournis.

— Entendu, dit le Chat ; et cette fois, il s'effaça très lentement, en commençant par le bout de la queue et en finissant par le sourire[1].

— Il ne m'a pas l'air très perturbé, observai-je.

— Les apparences sont trompeuses... et plutôt trois fois qu'une, en ce qui concerne le Chat. Nous n'avons su pour *Cardenio* qu'hier seulement. L'Homme à la Cloche a failli en avoir une attaque. Il était prêt à monter une expédition folle, de celles qui sont généralement vouées au boujeum. Dès que j'ai découvert que Kaine allait placer *Cardenio* dans le domaine public, j'ai su qu'il fallait agir vite.

— Mais enfin, questionnai-je, légèrement étourdie par cette avalanche d'informations, pourquoi *Cardenio* doit-il absolument rester dans l'obscurité ? C'est une pièce magnifique.

— Je doute fort que vous puissiez comprendre, fit Tweed sèchement, mais croyez-moi, il y a d'excellentes raisons pour que *Cardenio* reste dans l'ombre. Ce n'est pas un hasard si seules sept pièces d'Eschyle ont survécu, sur cent et quelques, ou si *Le Paradis reperdu* demeurera inconnu à jamais.

— Pourquoi ?

— Parce que. Et puis, si dans le monde des livres on découvre qu'on peut tirer profit du chapardage à la bibliothèque, vous imaginez le bordel.

— O.K.

J'avais l'habitude de la politique du secret chez les OpSpecs.

— Mais alors, pourquoi je suis ici ?

1. Extrait d'*Alice au Pays des Merveilles*, traduction Henri Parisot (Flammarion, 1979).

— Ce n'est évidemment pas la place d'une apprentie ; cependant, vous connaissez la topographie de Vole Towers et vous avez rencontré les principaux suspects. Savez-vous où est gardé le manuscrit ?

— Dans un coffre-fort à clé et à combinaison à l'intérieur de la bibliothèque.

— Parfait. Mais tout d'abord, il faut pouvoir entrer. Vous souvenez-vous d'un autre livre dans cette bibliothèque ?

Je réfléchis un instant.

— Il y avait une première édition rare du *Déclin et la Chute* d'Evelyn Waugh.

— Allez, venez, dit-il brusquement. Ne traînons pas. C'est parti.

Nous prîmes l'ascenseur jusqu'à l'étage W de la bibliothèque, trouvâmes le livre en question et fûmes bientôt dedans, traversant sur la pointe des pieds la cour de Scone College où la fête battait son plein. Tweed se concentra sur le transfert vers l'extérieur et, quelques secondes plus tard, nous nous tenions dans la bibliothèque fortifiée de Vole Towers.

— Le Chat, dit Harris, contemplant la pièce en désordre, vous êtes là[1] ?

— Un simple « oui » suffira. Envoyez les perceurs de coffres-forts via *Le Déclin et la Chute*. S'ils tombent sur le capitaine Grimes, ils ne doivent lui prêter de l'argent sous aucun prétexte. Du nouveau sur Volescamper ou Kaine[2] ?

— Damnation ! s'exclama Tweed. Ç'aurait été trop beau qu'ils soient suffisamment stupides pour apparaître sous leur propre nom.

Deux hommes se matérialisèrent soudain à côté de nous, et il leur indiqua le coffre. L'un d'eux portait un élégant habit de

1. Grand et fort, moustaches repassées, abreuvé et nourri, bottes aux pieds, prêt à…

2. Pas encore – aucun de ces noms n'apparaît dans le registre des personnages fictifs. Je suis en train d'explorer le royaume des personnages inédits dans le Puits des Histoires Perdues… ça risque de prendre un certain temps.

soirée ; l'autre, plus sobrement vêtu d'un costume en laine, ouvrit un fourre-tout qui contenait un superbe assortiment d'outils de cambriolage. Après avoir scruté le coffre d'un œil expert, l'aîné des deux ôta sa veste, prit le stéthoscope que lui tendait son camarade et ausculta la paroi métallique tout en tournant délicatement la roue de la combinaison.

— N'est-ce pas Raffles ? chuchotai-je. Le gentleman cambrioleur ?

Harris hocha la tête et consulta sa montre.

— Avec son assistant, Bunny. Si eux n'y arrivent pas, alors personne n'y arrivera.

— A votre avis, qui a volé *Cardenio* ?

— Vous en posez, des questions, Next. On a une liste de suspects longue comme votre bras – il y a plusieurs millions de candidats possibles dans le monde des livres ; n'importe lequel d'entre eux aurait pu retourner sa veste, déserter son livre, chiper *Cardenio* et venir se planquer ici.

— Et comment pouvez-vous dire si quelqu'un est un imposteur ou pas ?

Harris me regarda.

— Avec beaucoup de difficulté. Pensez-vous que je suis d'ici, de votre monde ?

Je contemplai le petit homme en costume de tweed à chevrons et, doucement, lui touchai la poitrine du bout du doigt. Il me semblait aussi réel que quiconque j'avais rencontré dans les livres ou en dehors. Il respirait, souriait, se renfrognait – comment pouvais-je deviner ?

— Je ne sais pas. Vous venez d'un polar des années vingt ?

— Faux, répondit Harris. Je suis tout aussi réel que vous. Je travaille trois jours par semaine comme aiguilleur de l'aérotrain. Mais comment puis-je le prouver ? Je pourrais très bien être un personnage mineur dans quelque roman obscur. La seule façon de le savoir avec certitude serait de me placer en observation pendant deux mois – un personnage fictif serait incapable de rester au-delà de ce délai en dehors de son livre. Mais assez parlé de ça. Notre objectif numéro un est de récupérer le manuscrit. Ensuite, on pourra commencer à chercher celui qui a fait ça.

— Il n'y a pas plus rapide ?

— Si, il existe un moyen, à ma connaissance. Aucun personnage fictif n'accepterait de se prendre une balle ; si vous tirez sur eux, il y a des chances qu'ils regagnent leur bouquin.

— C'est un peu comme la chasse aux sorcières. Si elles coulent et se noient, c'est qu'elles sont innocentes…

— Ce n'est pas l'idéal, grommela Harris. Je suis le premier à le reconnaître.

En une demi-heure, Raffles avait mis à jour la combinaison et reporté son attention sur l'autre dispositif de fermeture. Il était en train de percer un trou au-dessus du bouton de la combinaison, et le vrombissement assourdi de la perceuse nous mettait les nerfs à vif. Les yeux rivés sur lui, nous l'exhortions silencieusement à se dépêcher quand un bruit à la lourde porte de la bibliothèque nous fit tourner la tête. Harris et moi bondîmes sur les côtés tandis que la roue du mécanisme de verrouillage pivotait pour extraire les pênes en acier des mortaises du cadre métallique. La porte s'ouvrit lentement. Raffles et Bunny, habitués à être dérangés, ramassèrent leurs outils et se cachèrent sous une table.

— Le manuscrit sera remis à la publication demain matin à la première heure, dit Kaine en entrant avec Volescamper.

Tweed pointa son automatique sur eux, et les deux hommes sursautèrent. Je refermai et verrouillai la porte.

— Qu'est-ce que ça signifie ? fit Volescamper d'une voix outrée. Miss Next ? Est-ce vous ?

— En chair et en os, Volescamper. Désolée, mais je dois vous fouiller.

Tous deux se soumirent sans protester à la fouille ; ils n'étaient pas armés, mais Yorrick Kaine avait viré au rouge écarlate.

— Bande de voleurs ! éructa-t-il. Comment osez-vous ?

— Non, répondit Harris, leur faisant signe d'avancer, et à Raffles, de reprendre son travail. Nous sommes venus récupérer *Cardenio*… qui n'appartient à aucun de vous deux.

— Voyons, je ne sais pas de quoi vous parlez, commença Volescamper, visiblement scandalisé. Cette maison est cernée par des agents de OS-14 ; il n'y a pas d'issue possible. Quant à vous, Miss Next, je suis profondément déçu par votre perfidie.

— Qu'en pensez-vous ? demandai-je à Harris. Son indignation m'a l'air authentique.

— C'est vrai… mais il a moins à gagner dans cette affaire que Kaine.

— Vous avez raison. Moi, je parie sur Kaine.

— Mais qu'est-ce que vous racontez ? se récria Kaine, furieux. Ce manuscrit appartient à la littérature ; comment comptez-vous écouler une œuvre de cette valeur-là sur le marché libre ? Vous croyez peut-être vous en tirer, mais je mourrai plutôt que de vous laisser mettre la main sur un héritage littéraire qui nous revient à tous !

— Ma foi, ajoutai-je, Kaine est drôlement convaincant lui aussi.

— Rappelez-vous que c'est un politicien.

— Bien sûr, acquiesçai-je en faisant claquer mes doigts. J'avais oublié. Et si ce n'était ni l'un ni l'autre ?

Je n'eus pas le temps de poursuivre ; nous entendîmes un fracas quelque part à l'entrée de la maison, suivi d'une explosion. Un gémissement bas, guttural, parvint à nos oreilles, puis un homme cria, en proie à une terreur mortelle. Un frisson me parcourut l'échine, et je vis que tout le monde dans la pièce avait ressenti la même chose. Même Raffles l'impavide marqua une pause avant de retourner à son travail avec un peu plus de précipitation.

— Le Chat ! s'exclama Harris. Que se passe-t-il[1] ?

— La Bête de la Queste ! Le Glatissant ? Avertissez le roi Pellinore *immédiatement*[2] !

— La Bête de la Queste ? répétai-je. C'est grave ?

— Pire que grave. Pensez à quelque chose d'immonde, de répugnant, de néfaste, pensez fuite. La Bête de la Queste est née

1. J'espère me tromper, mais vous avez la Bête de la Queste qui arrive par le sud-est – elle est à cent mètres de la maison.

2. Il est dans *Middlemarch* actuellement. Je vais essayer de le joindre par NDBDP-phone… mais vous savez bien qu'il est sourd comme un pot.

dans la tradition orale d'*avant* les livres ; c'est l'amalgame de toutes les horreurs sombres et fétides jamais surgies des recoins les plus dépravés de l'imagination humaine – le tout emballé dans un seul paquet nauséabond. Elle a beaucoup de noms, mais un seul but : la mort et la destruction. Dès qu'elle aura franchi la porte, tous ceux qui se trouvent encore dans cette pièce vont tomber raides morts.

— La porte *blindée* ?

— Aucun obstacle ne résiste à la Bête – à l'exception des Pellinore qui la pourchassent depuis des années !

Harris se tourna vers Kaine et Volescamper.

— Mais ceci nous éclaire sur un point. L'un de vous deux est bien un personnage de fiction. L'un de vous deux a invoqué la Bête de la Queste. Je veux savoir qui c'est !

Kaine et Volescamper se regardèrent, le regardèrent, me regardèrent et, pour finir, regardèrent la porte d'acier. Un nouveau gémissement étouffé se fit entendre. Le bruit de la mitraillette à l'entrée se tut, et dans un craquement retentissant de bois qui volait en éclats, la Bête se fraya un chemin à travers la maison, direction la bibliothèque.

— Le Chat ! hurla Tweed. Où est ce roi Pellinore que je vous ai demandé[1] ?

— Essayez encore, marmonna Harris. Il nous reste quelques minutes. Next… vous n'avez pas une idée ?

Mais pour une fois, j'étais à sec. Entre les monstres cauchemardesques sortis du ça *au-dehors*, un personnage fictif se faisant passer pour un individu réel *au-dedans*, et moi au milieu, me demandant ce que je fichais là, la pensée créatrice n'était pas franchement à l'ordre du jour. Je marmonnai des excuses et secouai la tête.

Il y eut un nouveau craquement : la Bête progressait dans le couloir parmi les hurlements terrifiés et les coups de feu sporadiques.

— Raffles ! glapit Tweed. Vous en avez pour longtemps ?

1. Il ne répond pas. Vous savez, ça me rappelle la fois où Démogorgon a rencontré Méduse en 1923, au concours de Miss Immonde…

— Deux minutes, vieux, répondit le monte-en-l'air sans lever les yeux.

Il avait fini de percer le trou et versait maintenant à l'intérieur ce qui ressemblait à de l'azote liquide.

A l'extérieur, la bataille faisait rage. On entendait des cris, des explosions de grenades et des rafales d'armes automatiques jusqu'au moment où un formidable fracas fit vaciller les lumières et dégringoler des livres, après quoi tout redevint silencieux.

Nous échangeâmes un regard. Soudain, un coup léger résonna contre la porte, comme si on l'avait frappée avec la pointe d'une lance.

— Dieu soit loué ! lâcha Tweed, soulagé. Le roi Pellinore doit être là. Next, ouvrez la porte.

Mais je n'en fis rien. Me méfiant d'abominables créatures surgies des obscures profondeurs du cerveau humain, je retins mon geste. Fort heureusement, d'ailleurs. Le coup d'après fut plus violent, et le suivant, plus violent encore. La porte blindée trembla.

— Malédiction ! s'écria Tweed. Pourquoi n'y a-t-il jamais un Pellinore dans les parages quand on en a besoin ? Raffles, nous n'avons plus beaucoup de temps... !

— Encore quelques minutes, dit Raffles tranquillement, tapotant la porte du coffre avec un marteau pendant que Bunny tirait sur la poignée de cuivre.

Tweed me regarda. La porte de la bibliothèque s'ébranla sous un nouvel assaut ; l'acier se fissura, et la roue du mécanisme de fermeture tomba à terre. La question n'était plus de savoir *si* le Glatissant allait pouvoir entrer, mais *quand*.

— O.K., fit Tweed à contrecœur, m'empoignant par le coude. C'est bon... Raffles, Bunny, on s'en va !

— Un petit instant, répondit le cambrioleur sans se départir de son calme.

Il avait l'habitude de travailler dans l'urgence et n'aimait pas abandonner en cours de route, quelles qu'en soient les conséquences.

La porte d'acier s'incurva de plus belle, et la fissure s'agrandit sous les coups de boutoir de la Bête. Des livres tombèrent des étagères dans un nuage de poussière, et une odeur pestilentielle commença à se répandre dans l'air. Alors que la Bête s'apprêtait à charger une nouvelle fois, j'eus ce qui m'avait tant manqué en l'espace de cette dernière demi-heure. J'eus une *idée*. J'attirai Tweed à moi et lui murmurai à l'oreille.

— Non ! dit-il. Et si… ?

Je lui réexpliquai ; il sourit, et je commençai :

— Comme ça, l'un de vous est un personnage fictif.

Je les dévisageai tous les deux.

— Il faut qu'on sache lequel, ajouta Tweed, les mettant en joue.

— Ça pourrait être Yorrick Kaine…

Je regardai Kaine qui me considérait d'un œil torve, se demandant à quoi on jouait.

— … un politicien raté…

— … un va-t-en-guerre enragé…

— … prêt à étouffer les libertés civiques ?

Tweed et moi échangions les répliques de plus en plus vite ; dehors, les assauts à la porte rythmaient les coups de marteau de Raffles.

— Ou alors c'est Volescamper…

— … seigneur d'un antique royaume, qui voudrait…

— … essayer de…

— … regagner son pouvoir avec l'aide…

— … de ses amis du parti Whig ?

— Mais le plus important, dans ce dialogue…

— … qui rebondit entre…

— … nous deux, c'est qu'un personnage de fiction…

— … aurait du mal à dire lequel d'entre nous est en train de parler.

— Et vous savez quoi, avec tout ça, *je me suis oublié en quelque sorte* !

Une nouvelle charge secoua la porte. Un éclat d'acier siffla près de mon oreille. Le battant était quasiment dégondé – au prochain coup, le monstre allait fondre sur nous.

— Vous n'avez plus qu'à vous poser une simple question : *Lequel d'entre nous est en train de parler ?*

— C'est vous ! cria Volescamper, pointant le doigt – à juste titre – sur moi.

Kaine, dévoilant ses origines fictives de par son incapacité à suivre un dialogue sans sujet, désigna… Tweed.

Il se reprit rapidement, mais il était trop tard. Frémissant de rage, il nous fit face. Le piège que nous avions tendu lui avait fait perdre ses manières exquises ; le charme avait cédé la place à la rogne, la courtoisie policée à des menaces maladroites.

— Ecoutez-moi, grogna-t-il en s'efforçant de reprendre la situation en main, vous êtes très mal barrés, tous les deux. Essayez de m'arrêter, et je vous le ferai regretter : un seul coup de NDBDP-phone de ma part, et vous passerez la prochaine éternité à traquer les grammasites dans le Webster.

Mais Tweed n'était pas tombé de la dernière pluie non plus.

— J'ai bouché des blourdes dans *Dracula*, répondit-il, placide. Je ne suis pas facile à impressionner. Rappelez le Glatissant et levez les mains au-dessus de la tête.

— Laissez-moi *Cardenio*… au moins jusqu'à demain.

Changeant abruptement de tactique, Kaine esquissa un sourire forcé.

— En retour, je vous donnerai tout ce que vous voulez. Argent, pouvoir… titre de comte, Cornouailles, programme d'échange de personnages dans Hemingway : choisissez, et Kaine vous l'offrira !

— Vous n'avez rien de valable à offrir, Mr. Kaine, rétorqua Tweed, resserrant les doigts sur son pistolet. Pour la dernière fois…

Mais Kaine n'avait aucune intention de se faire prendre, vivant ou autre. Il nous maudit tous les deux, nous souhaitant un douloureux séjour dans le douzième cercle de l'enfer, et s'évanouit tandis que Tweed tirait sur lui. La balle alla se loger, inoffensive, dans un jeu broché de numéros du magazine *Punch*. Au même moment, la porte s'ouvrit à la volée. Mais au lieu de l'horreur puante jaillie des abysses de la perversité humaine, seul un souffle d'air glacé s'engouffra dans la pièce, avec, dans son sillage, l'odeur tenace de la mort. La Bête de la Queste avait disparu aussi promptement que son maître, regagnant la tradition orale et les livres qui auraient eu le malheur de la faire figurer dans leurs pages.

— Le Chat ! hurla Tweed en rengainant son arme. Nous avons un Saute-Pages ! Il me faut un limier, vite[1] !

L'air hagard, Volescamper s'assit sur la chaise la plus proche.

— Vous voulez dire, bégaya-t-il, incrédule, enfin quoi, Kaine était… ?

— … entièrement fictif, oui, répondis-je, posant une main sur son épaule.

— Alors, *Cardenio* ne faisait pas partie de la bibliothèque de mon grand-père ?

La mélancolie avait succédé au désarroi.

— Je regrette, Volescamper. Kaine a volé le manuscrit et utilisé votre bibliothèque comme couverture.

— Et si j'étais vous, ajouta Tweed, moins charitable, j'irais là-haut et ferais mine d'avoir dormi pendant tout ce temps. Vous ne nous avez jamais vus, jamais entendus, vous ne savez *rien* de ce qui est arrivé ici.

— Bingo ! cria Raffles.

La poignée du coffre pivota, brisant la serrure gelée à l'intérieur. La porte s'ouvrit en grinçant. Raffles me tendit le manuscrit, puis Bunny et lui disparurent dans leur propre livre, avec les remerciements de la Jurifiction pour toute récompense… ce qui, dans leur cas, valait son pesant d'or.

Je passai *Cardenio* à Tweed. Il plaça une main révérencieuse sur la pièce et sourit… exceptionnellement.

— Un dialogue sans sujet, Next – c'était bien trouvé. Qui sait, on finira peut-être par faire de vous un vrai agent de la Jurifiction.

— Je vous remer…

— Le Chat ! beugla-t-il à nouveau. Où est ce satané limier[2] ?

Un gros chien de chasse à l'air triste surgit de nulle part, nous contempla lugubrement, poussa un soupir résigné et se mit à renifler les livres éparpillés sur le sol avec une minutie de professionnel. Tweed fixa une laisse à son collier.

— Si j'étais du genre à m'excuser, admit-il en tirant sur la

1. Voilà, voilà !
2. Tout de suite, Tweedy.

laisse du chien qui avait flairé la piste d'un des jurons de Kaine, je vous présenterais mes excuses. Vous venez avec moi à la chasse au Kaine ?

C'était tentant, mais je me rappelai la prédiction de papa... et puis, il fallait que je pense à Landen.

— Je dois sauver le monde demain, déclarai-je, surprise moi-même du ton désinvolte sur lequel je l'avais annoncé.

Tweed, en revanche, ne parut nullement étonné.

— Bon, alors ce sera pour la prochaine fois. Allez, vas-y, cherche !

Le chien aboya d'excitation et bondit en avant ; Tweed se cramponna farouchement à la laisse, et tous deux disparurent dans une fine brume et une odeur de papier brûlé.

— Ça veut dire, fit lord Volescamper, rompant le silence d'une voix morne, que je ne serai pas dans le gouvernement de Kaine, pour finir ?

— La politique, c'est surfait, lui répondis-je.

— Vous avez peut-être raison, acquiesça-t-il en se levant. Eh bien, bonne nuit, Miss Next. Je n'ai rien vu, rien entendu, n'est-ce pas ?

— Rien du tout.

En soupirant, Volescamper contempla le chaos qui régnait dans sa maison. Arrivé à la porte défoncée, il se tourna vers moi :

— J'ai toujours été un gros dormeur. Tenez, passez prendre une tasse de thé avec des scones un de ces jours, qu'en dites-vous ?

— Avec plaisir, monsieur. Bonne nuit.

Volescamper m'adressa un vague signe de la main et s'en fut. Je souris en songeant à la nature fictive de Kaine ; ça devait être un sacré obstacle pour devenir Premier ministre. N'empêche, je me demandais quel était son pouvoir réel dans le monde des livres... et si c'était bien la dernière fois que j'entendais parler de lui. Après tout, le parti Whig existait toujours, avec ou sans son patron. Mais bon, Tweed était un professionnel, et moi j'avais d'autres chats à fouetter.

Je jetai un œil dans le couloir : l'entrée du manoir n'était pratiquement plus qu'un tas de décombres. Le plafond s'était effondré, et des gravats gisaient là où le Glatissant avait affronté l'élite des OpSpecs-14. Je me frayai un chemin entre les murs profondément entaillés par la carapace de plomb de la Bête. Les OS-14 qui restaient s'étaient regroupés à l'écart, et je profitai de la confusion pour m'éclipser. Neuf hommes de valeur avaient succombé à la Bête de la Queste cette nuit-là. Tous seraient décorés de l'Etoile des OpSpecs pour Bravoure Manifeste Face à l'Innommable.

*
* *

Alors que je longeais l'allée de gravier, laissant derrière moi les ruines de Vole Towers, je vis un destrier blanc galopant dans ma direction ; le guerrier qu'il portait brandissait une lance acérée, et un chien le suivait en aboyant. Je fis signe au roi Pellinore de s'arrêter.

— Ah ! dit-il, relevant sa visière pour mieux me voir. La petite Next ! Vous avez croisé la Bête de la Queste, hein hein ?

— Je crois bien que vous l'avez manquée. Désolée.

— C'est-y pas malheureux, observa Pellinore tristement en fourrant la lance dans son étrier. C'est-y pas malheureux, eh ? Mais je la retrouverai. C'est notre lot, à nous, les Pellinore, de cavaler après la bête brute. Allez, hue !

Il éperonna sa monture et repartit au galop à travers le parc. L'herbe s'envolait sous les sabots du cheval, et le chien blanc courait derrière eux, aboyant furieusement.

Je rentrai chez moi, après avoir filé un tuyau anonyme à *La Taupe*, leur suggérant d'attester l'existence de *Cardenio*. Le fait que j'avais toujours l'appartement confirmait une fois pour toutes que Landen n'était pas revenu. J'avais été sotte de croire que Goliath honorerait sa part du contrat. Je restai assise un moment dans le noir, mais même les sots ont besoin de repos j'allai donc me coucher *sous* le lit, à titre de précaution… et ce fut aussi bien : à trois heures du matin, des hommes de Goliath vinrent faire un tour à l'appartement avant de repartir bredouilles. Je continuai à me planquer, pour plus de sécurité, et je m'en félicitai car à quatre heures, des OpSpecs firent exactement la même chose. Certaine à présent qu'il n'y aurait pas d'autres visites, je m'extirpai de ma cachette, grimpai dans le lit et dormis comme une masse jusqu'à dix heures du matin.

31

Le Coulis Magique

Depuis la découverte des calories et de la « consommation de sucre », le royaume des desserts a grandement souffert. Il fut un temps où l'on pouvait savourer en toute honnêteté et toute innocence un bon pudding au caramel bien collant, où une crème glacée était de la vraie crème et où l'on profitait réellement des profiteroles. Mais les goûts changent, et le monde du sucré s'est chargé d'amertume, soumis à une surenchère drastique pour arriver à se maintenir à flot. Alors que le banal saucisson et les œufs au plat restent en tête de liste des choix culinaires du pays, le dessert doit faire des pieds et des mains pour séduire nos papilles. Entre allégé et zéro matières grasses, entre sans sucre et sans goût, impossible de prédire quelle sera la prochaine étape…

CILLA BUBB
Ne désertez pas vos desserts

Tout en prenant mon petit déjeuner, je risquai un coup d'œil prudent par la fenêtre. Une Packard noire des OpSpecs était garée au coin de la rue, attendant sûrement que je me manifeste. En face, il y avait une autre voiture, l'incontestable bleu marine de Goliath. Appuyé contre le capot, Mr. Cheese était en train de fumer une cigarette. J'allumai la télé et tombai sur les infos. L'effraction à Vole Towers avait été lourdement censurée ; on annonçait qu'une « organisation » inconnue avait pénétré dans la maison, abattu un certain nombre d'agents de OS-14 et mis les voiles avec *Cardenio*. Interviewé, lord Volescamper affirmait qu'il « dormait profondément » et n'était au courant de rien. Yorrick Kaine était toujours porté disparu, et les premiers sondages préélectoraux montraient que Kaine et les Whigs étaient loin de la victoire escomptée. En l'absence de *Cardenio*, le puissant lobby shakespearien avait redonné son soutien au gouvernement actuel qui avait promis de retarder, avec l'aide de la ChronoGarde, la démolition au XVIIIe siècle de la maison natale de Shakespeare à Stratford.

La chute spectaculaire de Kaine m'arracha un sourire amusé, mais en même temps, je plaignais les agents qui avaient dû affronter la Bête de la Queste. J'allai dans la cuisine. Pickwick me regarda, puis regarda sa gamelle vide d'un air accusateur.

— Excuse-moi, marmonnai-je en y jetant une poignée de fruits secs. Comment va ton œuf ?

— *Plock-plock*, répondit Pickwick.

— Oh, ça va. C'était juste histoire de causer, c'est tout.

Je me préparai une autre tasse de thé et m'assis pour réfléchir. Papa avait dit que la fin du monde était pour ce soir, mais si c'était vrai ou pas, je n'en avais pas la moindre idée. Pour ma part, j'étais recherchée à la fois par les OpSpecs et par Goliath ; je devais ou bien ruser, ou bien me planquer pendant un bon bout de temps. Je passai la majeure partie de la journée à arpenter mon appartement, essayant de trouver la meilleure solution. Je rédigeai le compte rendu des événements et le cachai derrière le frigo, juste au cas où. Je pensais que papa allait débarquer, mais les heures s'égrenaient, et tout paraissait normal. Les patrouilles des OpSpecs et de Goliath furent relevées à midi. Le crépuscule tomba ; je me sentais de plus en plus fébrile. Je n'allais pas rester confinée chez moi ad vitam. J'avais confiance en Bowden et Joffy… peut-être en Miles aussi. Je décidai de me glisser dehors et d'appeler Bowden d'une cabine publique quand l'interphone sonna. Je me précipitai dans l'escalier d'incendie et descendis en courant. Si j'arrivais à gagner la porte de service, je pourrais m'échapper. Soudain, catastrophe. L'un des locataires, sur le point de sortir, ouvrit à la personne qui avait sonné chez moi. J'entendis une voix brusque :

— OpSpecs… Je viens voir Miss Next.

Je maudis Mrs. Scroggins quand elle répondit :

— Quatrième étage, deuxième porte à gauche.

Comme l'escalier d'incendie était exposé aux regards des OpSpecs et de Goliath, je remontai quatre à quatre pour m'apercevoir que, dans ma hâte, je m'étais enfermée dehors. Etant donné qu'il n'y avait pas d'endroit où se cacher, à part un caoutchouc en pot trois fois trop petit, j'ouvris la fente de la boîte aux lettres et sifflai :

— Pickwick !

Elle sortit du salon et me regarda, la tête penchée sur le côté.

— Bien. Ecoute-moi. Landen a dit que tu étais vraiment très intelligente. Si tu ne fais pas ça, on va me boucler et toi, on te mettra dans un zoo. Il faut que tu trouves mes clés.

Pickwick me considéra d'un air dubitatif, se rapprocha, puis se détendit et lâcha un ou deux *plock*.

— Oui, oui, c'est moi. Tous les marshmallows que tu pourras manger, Pickers, mais il me faut mes clés. *Mes clés*.

Docilement, Pickwick se tint sur une patte.

— Merde, marmonnai-je.

— Ah, Next ! fit une voix derrière moi.

J'appuyai ma tête contre le battant de la porte et lâchai la boîte aux lettres qui se referma d'un coup sec.

— Salut, Cordelia, répondis-je tout bas sans me retourner.

— On peut dire que vous nous avez baladés, hein !

Je marquai une pause, puis me relevai. Mais Cordelia n'était pas venue avec d'autres agents ; elle était accompagnée d'un couple, les gagnants de son concours. La situation n'était peut-être pas si catastrophique que ça, tout compte fait. Je l'enlaçai par les épaules et l'entraînai à l'écart.

— Cordelia…

— Dilly.

— Dilly…

— Oui, Thurs ?

— C'est quoi, le mot d'ordre chez les OpSpecs ?

— Eh bien, chérie, pour l'instant, il n'y a qu'un mandat d'arrêt interne lancé contre vous – Flanker espère que vous allez vous rendre. Quant à Goliath, ils racontent à qui veut l'entendre que vous avez volé des secrets industriels de la plus haute importance.

— C'est n'importe quoi, Cordelia.

— Je sais, Thursday. Mais moi, j'ai un boulot à faire. Allez-vous rencontrer mes protégés maintenant ?

Comme je n'avais rien à perdre, nous retournâmes auprès du couple qui feuilletait une brochure du Gravitube.

— Thursday Next, je vous présente James et Catia Plummer, en voyage de noces à Swindon.

— Mes félicitations, dis-je en leur serrant la main.

Et j'ajoutai :

— Swindon, pour un voyage de noces ? Vous savez vivre, vous.

Cordelia fronça les sourcils et me poussa du coude.

— Je vous aurais bien invités à boire un café, mais je me suis enfermée dehors.

James fouilla dans sa poche et sortit un jeu de clés.

— Ce n'est pas à vous, par hasard ? Je les ai trouvées dans l'allée.

— Ça m'étonnerait fort.

Mais c'étaient bel et bien mes clés… que j'avais perdues quelques jours plus tôt. J'ouvris la porte.

— Entrez. Ça, c'est Pickwick. Ne vous approchez pas des fenêtres ; il y a des gens dehors que je n'ai pas envie de rencontrer.

Ils refermèrent la porte, et je les précédai dans la cuisine.

— J'ai été mariée autrefois.

Je regardai par la fenêtre de la cuisine. Ce n'était pas la peine que je me fatigue : les deux voitures et leurs occupants étaient toujours à la même place.

— Et j'espère l'être à nouveau. Avez-vous échangé vos vœux à Swindon ?

— Non, répliqua Catia. Nous devions avoir une bénédiction à Notre-Dame-des-Homards, mais…

— Mais quoi ?

— Nous sommes arrivés en retard et avons manqué le rendez-vous.

— Ah…

Je me disais en même temps à quel point il était *peu probable* que ce soit James qui ait trouvé mes clés, alors que tous les autres résidents ne les avaient pas vues.

— Puis-je vous poser une question, Miss Next ? demanda James.

— Appelez-moi Thursday. Une petite minute.

Je courus chercher l'entroposcope au salon et le secouai en revenant.

— Voilà, Thursday, j'aurais voulu savoir…

— Merde ! m'exclamai-je en regardant les volutes formées par le riz et les lentilles. Ça y est, ça recommence !

— Je crois que votre dodo a faim, observa Catia tandis que Pickwick lui faisait le coup du « dodo affamé » sur le sol de la cuisine.

— C'est une ruse pour avoir un marshmallow, répondis-je distraitement. Vous pouvez lui en donner un. Le bocal est sur le frigo.

Catia lâcha son sac et attrapa le bocal en verre.

— Excusez-moi, James, vous disiez ?

— Eh bien, qui avez-vous… ?

Mais je n'écoutais pas. J'avais les yeux rivés sur la fenêtre de la cuisine. En bas, assise sur le muret devant l'entrée de l'immeuble, il y avait une jeune femme âgée d'une vingtaine d'années. Elle portait des vêtements quelque peu criards et était en train de lire un magazine de mode.

— Aornis ? chuchotai-je. Est-ce que vous m'entendez ?

La jeune femme leva les yeux vers moi, et je ressentis des picotements dans ma nuque. C'était elle, il n'y avait pas l'ombre d'un doute là-dessus. Elle sourit, agita la main et indiqua sa montre.

— C'est elle, marmonnai-je. Bordel de merde… c'est elle !

— … c'est ça, ma question, conclut James.

— Désolée, James, je n'ai pas écouté.

Je secouai l'entroposcope, mais la forme du motif restait

inchangée ; si danger il y avait, ce n'était pas encore pour tout de suite.

— Vous aviez une question, James ?

— Oui, dit-il, légèrement agacé. Je me demandais…

— Attention ! criai-je.

Trop tard. Le bocal de marshmallows avait glissé des mains de Catia et atterri sur le plan de travail… pile sur le petit sachet de bouillie rose d'après la fin du monde. Le bocal ne se brisa pas, mais le sachet, *si*, et Catia, moi-même, James et Cordelia fûmes éclaboussés de liquide visqueux. Ce fut James qui en reçut le plus : un énorme mollard en pleine figure

— Beurk !

— Tenez, dis-je en lui tendant un torchon avec les Sept merveilles de Swindon, essuyez-vous.

— C'est quoi, cette cochonnerie ? demanda Cordelia, épongeant ses habits avec un linge humide.

— Si seulement je le savais.

Mais James se lécha les lèvres et déclara :

— Je vais vous dire ce que c'est. C'est du Coulis Magique.

— Du Coulis Magique ? Vous en êtes sûr ?

— Oui. A la fraise. Je ne connais que ça.

Je trempai un doigt dans la bouillie et goûtai. Pas d'erreur, c'était bien du Coulis Magique. Si les gars du labo s'étaient penchés sur la vue d'ensemble au lieu de disséquer les molécules, ils l'auraient trouvé également. Cela me fit réfléchir.

— Du Coulis Magique ? m'étonnai-je tout haut en regardant ma montre.

Notre planète n'avait plus que quatre-vingt-sept minutes à vivre.

— Comment le monde pourrait-il se transformer en Coulis Magique ?

— Ça, c'est le genre de question, glissa James, qu'il faudrait poser à Mycroft.

— Vous, dis-je en pointant l'index sur le garçon nappé de sauce sucrée, vous êtes un génie.

Qu'avait dit Mycroft lorsqu'il avait quitté son travail aux Objets Utiles Réunis ? Des machines miniaturisées, des *nano-*

machines à peine plus grosses qu'une cellule, fabriquant des protéines alimentaires avec des détritus ? Des tartes Tatin à partir de produits d'une décharge ? Un accident était toujours possible. Et qu'est-ce qui empêcherait les nanomachines de produire des tartes Tatin, une fois qu'elles avaient commencé ? Je jetai un coup d'œil par la fenêtre. Aornis était partie.

— Avez-vous une voiture ? demandai-je.

— Bien sûr, dit James.

— Il faut que vous me conduisiez aux Objets Réu. Dilly, j'ai besoin de vos habits.

Cordelia prit un air soupçonneux.

— Pour quoi faire ?

— On est surveillés. Trois personnes entrent, trois personnes sortent – ils vont penser que je suis vous.

— Pas question. Sauf si vous acceptez de faire toutes mes interviews et conférences de presse.

— A ma première apparition, je vais me faire arracher la tête par Goliath ou les OpSpecs… ou les deux.

— Peut-être, répondit Cordelia lentement, mais il serait bête de ma part de ne pas profiter d'une occasion pareille. Toutes les interviews et manifestations que je vous demanderai pendant *un an*.

— Deux mois, Cordelia.

— Six.

— Trois.

— O.K., soupira-t-elle, trois mois… mais vous devrez tourner la vidéo d'*Entraînons-nous avec Thursday Next* et discuter avec Harry du projet de film *L'Affaire Jane Eyre*.

— Ça marche.

Cordelia et moi échangeâmes donc nos vêtements. Je me sentais toute bizarre dans son ample pull rose, sa courte jupe noire et avec ses hauts talons.

— N'oubliez pas les perles d'amour péruviennes et mon arme de service, dit Cordelia. Tenez.

— Excusez-moi, Miss Flakk, protesta James, indigné. Vous m'aviez promis que je pourrais poser une question à Miss Next.

Elle pointa un doigt joliment manucuré sur lui et plissa les yeux.

— Ecoutez, mon pote. A partir de maintenant, vous êtes en mission tous les deux… un bonus, dirais-je. Des réclamations ?

— Euh… non, bredouilla James.

En sortant de l'immeuble, nous passâmes devant les agents des OpSpecs et de Goliath qui faisaient le pied de grue en m'attendant. Je gesticulai à la manière extravagante de Cordelia, et ce fut à peine s'ils nous accordèrent un regard. Une fois dans la Studebaker louée par James, je me rechangeai et lui indiquai la route à prendre.

— Thursday ? fit-il.

— Oui ?

Je scrutai les alentours à la recherche d'Aornis et secouai l'entroposcope. L'entropie semblait se maintenir au niveau « anomalie légère ».

— Qui est le père de l'œuf de Pickwick ?

On me posait des fois de drôles de questions. Mais dans la mesure où il me servait de chauffeur, je ne jugeai pas opportun de le rembarrer.

— A mon avis, ça doit être l'un des dodos sauvages dans le parc. J'ai surpris Pickwick il y a un mois environ, en train de faire un numéro de charme à un gros mâle du côté du kiosque à musique. Son amoureux est venu faire des *plock* devant chez moi pendant une semaine, mais j'ignorais qu'ils étaient passés à l'acte. Est-ce que ça répond à votre question ?

— Je pense que oui.

— Parfait. O.K., arrêtez-vous là. Je finirai à pied.

Ils me déposèrent sur le trottoir ; je les remerciai et remontai la rue en courant. La nuit était tombée, et on avait allumé les réverbères. Rien ne laissait deviner que le monde allait être anéanti d'ici vingt-six minutes, mais d'un autre côté, comment savoir à quoi ressemblaient les prémices d'une Apocalypse ?

32

Fin de la vie sur Terre

Après mon échec avec Landen, l'Apocalypse ne présentait pas à mes yeux l'intérêt qu'elle aurait pour moi par la suite. On dit que la première fois qu'on sauve le monde est aussi la plus dure – personnellement, c'est une opération que j'ai toujours trouvée délicate –, mais sur le moment, je n'ai pas eu cette impression-là. Peut-être que la disparition de Landen m'avait engourdi le cerveau et m'avait immunisée contre la panique. Peut-être que le fait d'avoir l'esprit ailleurs a bel et bien joué en ma faveur.

THURSDAY NEXT
Journal intime

Les Objets Utiles Réunis étaient situés dans un vaste complexe sur le terrain d'aviation de Stratton. Il y avait un poste de garde, mais j'avais la coïncidence pour moi : lorsque j'entrai, les trois gardiens avaient dû s'absenter pour une raison ou une autre, et je réussis à passer inaperçue. Je frottai mon bras qui m'élançait inexplicablement et suivis les panneaux en direction de MycroTech. J'étais en train de me demander comment j'allais faire pour pénétrer dans un bâtiment fermé quand une voix me fit sursauter.

— Salut, Thursday !

C'était Wilbur, le fils rasoir de Mycroft.

— Pas le temps d'expliquer, Will… il faut que j'aille au labo de nanotechnologie.

— Pour quoi faire ? s'enquit-il, tâtonnant à la recherche de ses clés.

— Il va y avoir un accident.

— C'est *totalement* impossible, voyons !

La porte s'ouvrit sur une cacophonie de lumières rouges clignotantes et le mugissement rauque d'une alarme.

— Juste ciel ! s'exclama Wilbur. Tu crois que c'est normal ?

— Appelle quelqu'un.

— Tout de suite.

Il décrocha le téléphone. Comme il fallait s'y attendre, celui-ci était hors service. Il en essaya un autre, aucun ne fonctionnait.

— Je vais chercher de l'aide, fit-il, tirant sur la poignée de la porte qui lui resta dans la main. Que diable…

— L'entropie baisse à vue d'œil, Will. Est-ce que tu utilises du Coulis Magique dans l'une de tes nanomachines ?

Il me conduisit dans une salle où une minuscule goutte de bouillie rose était maintenue en l'air par des aimants puissants.

— La voici. La première du genre. Elle en est encore à un stade expérimental, bien sûr. Nous avons quelques problèmes avec la commande de la fonction discontinue. Une fois qu'elle commence à changer la matière organique en Coulis Magique, elle ne *s'arrête plus*.

Je regardai ma montre : il restait douze minutes à peine.

— Qu'est-ce qui l'empêche de fonctionner en ce moment ?

— Le champ magnétique neutralise le nanosystème ; le dispositif de réfrigération est réglé au-dessous de sa température de mise en marche qui est de moins dix degrés… Qu'est-ce qui se passe ?

Les lumières venaient de vaciller.

— Une panne de courant.

— Pas de problème, Thursday… on a trois générateurs qui vont prendre le relais. Ils ne peuvent pas tomber en panne tous en même temps, ce serait une sacrée…

— … coïncidence, oui, je sais. Pourtant, c'est ce qui va arriver. Et cette coïncidence-là sera la meilleure, la plus grande… et la dernière.

— Thursday, ce n'est pas possible !

— *Tout* est possible à présent. Nous sommes en plein dans un champ isolé d'entropie localisée à taux coïncidentiel élevé.

— Nous sommes dans *quoi* ?

— Dans un techno-charabia pseudo-scientifique.

— Ah ! dit Wilbur qui en avait entendu d'autres chez MycroTech. Ça !

— Qu'est-ce qui se passe après que le dernier générateur a rendu l'âme, Wilbur ?

— Le nanosystème sera expulsé dans l'atmosphère, répondit-il, la mine sombre. Il est programmé pour fabriquer du coulis à la fraise et il persistera à le faire aussi longtemps qu'il aura de la matière organique à sa disposition. Toi, moi, cette table… et quand on viendra nous ouvrir demain matin, la machine continuera à fonctionner à l'extérieur.

— A quelle vitesse ?

— Eh bien, fit Wilbur en réfléchissant intensément, la machine va se répliquer toute seule pour travailler encore plus vite ; plus elle avalera de matière organique, plus le processus sera rapide. La planète tout entière ? Une semaine, dirais-je.

— Et rien ne peut l'arrêter ?

— Pas à ma connaissance, rétorqua-t-il tristement. Le meilleur moyen de l'arrêter serait de l'empêcher de se mettre en marche – ce qui est une sorte de minimum requis pour toutes les catastrophes déclenchées par l'homme, du reste.

— Aornis ! criai-je à tue-tête. *Où diable êtes-vous ?*

Il n'y eut pas de réponse.

— *AORNIS !*

Cette fois-ci, elle répondit. Mais d'une manière tellement inattendue que je laissai échapper un cri de frayeur. Elle me parlait… *depuis ma mémoire*. Ce fut comme si un voile était tombé de mes yeux. L'autre jour, sur le quai de l'aérotrain. Ma première rencontre avec Aornis. Je croyais l'avoir entraperçue, mais non : nous avions discuté quelques minutes pendant que j'attendais le train. Me reportant en arrière, je relus ces souvenirs nouvellement recouvrés et sentis mes paumes devenir moites. Les réponses avaient été là depuis le début.

— Bonjour, Thursday, dit la jeune femme assise sur le banc, se tamponnant le nez avec une houppette.

Je m'approchai d'elle.

– Vous connaissez mon nom ?

— Et bien plus que ça. Je m'appelle Aornis Hadès. Vous avez tué mon frère.

Je m'efforçai de ne pas montrer ma surprise.

— Légitime défense, Miss Hadès. Si j'avais pu le prendre vivant, je l'aurais fait.

— Aucun membre de la famille Hadès n'a été pris vivant depuis plus de quatre-vingt-trois générations.

Je repensai à la double crevaison, au ticket de l'aérotrain, à tous les hasards qui m'avaient conduite sur ce quai.

— C'est vous qui manipulez les coïncidences, Hadès ?

— Bien sûr ! répliqua-t-elle tandis que la rame entrait en chuintant dans la gare. Vous allez monter dans cette rame et vous serez abattue accidentellement par un tireur de OS-14. Quelle ironie, n'est-ce pas ? Se faire descendre par l'un des siens !

— Et si je ne montais pas dans cette rame ? Si je vous doublais ici et maintenant ?

Aornis ricana devant ma naïveté.

— Ce cher Achéron était un vrai Hadès digne de ce nom, malgré le fait qu'il a assassiné son frère – ce qui a beaucoup contrarié maman –, mais il n'était pas vraiment au parfum des attributs plus diaboliques de la famille. Vous prendrez ce train, Thursday… *parce que vous ne vous souviendrez pas de notre conversation* !

— Ne soyez pas ridicule ! ris-je.

Mais Aornis retourna à son poudrier, et moi je montai dans la rame.

— Qu'est-ce qu'il y a ? demanda Wilbur pendant que je revivais la scène avec Aornis.

— Des souvenirs qui me reviennent.

Les lumières clignotèrent. Le premier générateur venait de tomber en panne. Je consultai ma montre. Plus que six minutes.

— Thursday ? murmura Wilbur, la lèvre tremblante. J'ai peur.
— Moi aussi, Will. Tais-toi une seconde.

Et je songeai à ma deuxième rencontre avec Aornis. A Uffington, quand elle s'était fait passer pour Fleur More-Tell. Comme il y avait du monde, elle ne m'avait pas adressé la parole, mais la fois suivante, à Osaka, elle s'était posée sur le banc à côté de moi, juste après que la foudre était tombée sur le diseur de bonne aventure.

— C'est futé, dit-elle en arrangeant ses sacs de courses pour qu'ils ne se renversent pas, d'avoir utilisé la coïncidence de cette façon-là. La prochaine fois, vous aurez moins de chance… Au fait, tant qu'on y est, comment vous en êtes-vous tirée, de l'incident de l'aérotrain ?

Je n'avais pas très envie de répondre à ses questions.

— Qu'est-ce que vous me faites ? l'apostrophai-je. Que faites-vous à *ma tête* ?

— J'efface juste vos souvenirs, c'est tout. Je suis une mnémonomorphe, Thursday. J'ai ce don de me faire oublier instantanément ; vous ne me capturerez pas parce que vous oublierez que nous nous sommes jamais rencontrées. Je peux disparaître de votre mémoire si rapidement que j'en deviens invisible. Je peux me balader où je veux, voler ce qui me plaît… je peux même tuer en plein jour.

— Très malin, Hadès.

— S'il vous plaît, appelez-moi Aornis – j'aimerais qu'on soit copines.

Elle repoussa ses cheveux derrière son oreille et contempla ses ongles avant de demander :

— Je viens de voir un beau pull en cachemire ; il existe en turquoise et émeraude. A votre avis, qu'est-ce qui m'irait le mieux ?

— Aucune idée.

— Je prendrai les deux, décida-t-elle après un moment de réflexion. De toute façon, je paie avec une carte volée.

— Amusez-vous bien, Aornis, ça ne va pas durer. J'ai vaincu votre frère, ce sera pareil pour vous.

— Et comment comptez-vous faire ça ? s'esclaffa-t-elle. Alors que vous ne gardez pas le moindre souvenir de nos rencontres ? Vous ne vous souviendrez même pas de celle-ci, ma chère… jusqu'à ce que je change d'avis.

Sur ce, elle ramassa ses emplettes et s'en fut.

Les lumières au labo de nanotechnologie vacillèrent à nouveau. Wilbur et moi échangeâmes un regard. Il réessaya désespérément les téléphones, mais les lignes étaient coupées. La mort par coïncidence. Vous parlez d'une façon de partir. Ce fut là, à deux minutes de la fin, qu'Aornis leva le dernier voile, et je revis clairement notre ultime confrontation. Elle remontait à vingt minutes, dans le hall de réception des Objets Réu. Qui n'était pas désert, tout compte fait : Aornis m'y attendait… pour me porter l'estocade.

— Alors ! s'exclama-t-elle en me voyant entrer. On a trouvé, hein ?

— Allez vous faire pendre, Hadès ! ripostai-je en cherchant mon pistolet.

Elle attrapa mon poignet et me tordit violemment le bras avec une rapidité surprenante.

— Ecoutez-moi, chuchota-t-elle à mon oreille tout en maintenant sa clé. Il va y avoir un accident au labo de nanotechnologie. Votre oncle espérait nourrir le monde, et c'est lui qui sera à l'origine de son anéantissement. L'ironie de la situation est tellement grosse qu'on pourrait la couper au couteau.

— Attendez… ! dis-je, mais elle resserra sa prise, et je poussai un cri.

— Je suis en train de parler, Next. On n'interrompt jamais un Hadès qui parle. Vous mourrez pour ce que vous avez fait à ma famille, mais comme je ne suis pas entièrement mauvaise, je vais vous autoriser un dernier geste héroïque, quelque chose qu'avec votre intégrité à la noix, vous devriez apprécier. Exactement six minutes avant l'accident, vous commencerez à vous remémorer toutes nos petites conversations.

Je me débattis, mais elle tint bon.

— Vous vous rappellerez cette entrevue en dernier. Et voici

mon offre. Retournez votre arme contre vous, et j'épargnerai la planète.

— Sinon ? criai-je. De toute façon, vous mourrez aussi !

— Non, rit-elle. Je sais que vous le ferez. Malgré le bébé. Malgré *tout*. Vous êtes quelqu'un de bien, Next. Quelqu'un d'altruiste. C'est ce qui causera votre perte. Je compte là-dessus.

Elle se pencha plus près.

— Les gens ont tort, Thursday. La vengeance, c'est *tellement* exquis !

— Thursday ? demanda Wilbur. Ça va ?

— Non, pas trop, marmonnai-je en voyant l'horloge entamer la dernière minute.

Achéron n'était rien comparé à Aornis, ni côté pouvoirs, ni côté sens de l'humour. Je m'étais frottée à la famille Hadès, et aujourd'hui j'en payais le prix.

Je sortis mon automatique. Plus que trente secondes.

— Si jamais Landen revient, dis-lui que je l'aime.

Vingt secondes.

— Si *qui* revient ?

— Landen. Tu le reconnaîtras quand tu le verras. Grand, unijambiste, écrit des bouquins loufoques… a eu une femme nommée Thursday qui l'aimait au-delà de tout entendement.

Dix secondes.

— Salut, Wilbur.

Je fermai les yeux et pressai le pistolet contre ma tempe.

33

Naissance de la vie sur Terre

Il y a trois milliards d'années, l'atmosphère terrestre s'était stabilisée pour former ce que les scientifiques appellent l'A-II. L'incessant martelage de l'atmosphère avait créé la couche d'ozone, qui à son tour a stoppé la production d'oxygène. Il fallait donc un mécanisme nouveau et entièrement différent pour faire de la jeune planète cette boule verte et vivante que nous connaissons et aimons aujourd'hui.

DR LUCIANO SPAGBOG
Ma vision de l'apparition de la vie sur Terre

— Ce n'est pas nécessaire, dit mon père, me prenant avec douceur le pistolet pour le poser sur la table.

J'ignore s'il avait fait exprès d'arriver aussi tard, histoire d'accentuer l'effet dramatique, mais enfin, il était là. Il n'avait pas figé le temps… à mon avis, il n'en était plus là. A chacune de ses apparitions précédentes, il avait été tout gaieté et sourires, mais aujourd'hui il était différent. Pour la première fois, il paraissait *âgé*. Quatre-vingts ans, voire plus.

Il plongea la main à l'intérieur du champ magnétique au moment précis où le dernier générateur s'arrêta. La petite boulette de nanotechnologie atterrit dans sa paume, et les lumières de secours s'allumèrent, nous inondant d'une clarté verdâtre.

— C'est froid, dit-il. J'ai combien de temps devant moi ?

— Ça doit se réchauffer d'abord, répondit Wilbur d'un ton lugubre. Trois minutes ?

— Désolé de te décevoir, Pupuce, mais se sacrifier n'est pas une solution.

— Je n'avais pas le choix, papa. C'était moi toute seule ou bien moi *plus* trois milliards d'âmes.

— Ce n'est pas à toi de prendre cette décision, Thursday, mais à moi. Tu as beaucoup de pain sur la planche, et il y a ton fils aussi. Moi, je suis content d'en finir avant de devenir gâteux et de n'être plus bon à rien.

— Papa... !

Je sentis des larmes rouler sur mes joues. Il y avait tant de choses que je voulais lui demander. Comme toujours.

— Tout s'éclaire à présent, dit-il en souriant.

Il replia ses doigts afin que nulle goutte de Coulis Magique omnivore ne tombe par terre.

— Au bout de plusieurs millions d'années d'existence, j'ai finalement atteint mon but. Tu diras à ta mère qu'il n'y a absolument rien eu entre Emma Hamilton et moi.

— *Oh, papa ! S'il te plaît... ne fais pas ça !*

— Dis à Joffy que je lui pardonne d'avoir brisé les vitres de la serre.

Je l'étreignis avec force.

— Tu vas me manquer. Ta mère aussi, bien sûr, tout comme Sévé, Louis Armstrong et les sœurs Nolan – au fait, tu as pu avoir des places ?

— Au troisième rang, mais... mais j'imagine que tu n'en auras plus besoin.

— On ne sait jamais, murmura-t-il. Laisse mon billet au contrôle, O.K. ?

— Papa, il y a forcément quelque chose à faire, non ?

— Non, ma chérie, et il ne faut pas que je tarde. *Le Grand Saut en Avant*. Le tout est de savoir où. Parmi les ingrédients du Coulis Magique, n'y aurait-il pas un intrus ?

— Si, la chlorophylle.

Il sourit et huma l'œillet qu'il portait à la boutonnière.

— C'est bien ce que je pensais. Au fond, c'est très simple – et très ingénieux. Tout est dans la chlorophylle… aïe !

Je regardai sa main. Sa chair et sa peau formaient comme un tourbillon : le nanosystème s'était suffisamment dégelé pour se mettre au travail, rongeant, altérant et se répliquant à toute vitesse.

Je levai les yeux sur lui. J'avais mille questions à lui poser, mais je ne savais pas par où commencer.

— Je retourne trois milliards d'années en arrière, Thursday, sur une planète avec seulement une *possibilité* de vie. Une planète en attente d'un miracle, phénomène qui ne s'est encore jamais produit, pour ce qu'on en sait, ailleurs dans l'univers. En un mot, la *photosynthèse*. Une atmosphère qui s'oxyde, Pupuce… le moyen idéal pour créer un embryon de biosphère.

Il rit.

— C'est drôle comment les choses tournent quelquefois. Toute la vie sur Terre provient de composés organiques et de protéines contenus dans le Coulis Magique.

— Et l'œillet. Et toi.

Il me sourit.

— Moi. Oui. Je croyais que c'était la fin, le Grand Finale… or en fait, c'est le commencement. Et le commencement, c'est moi. Je me sens tout… tout *humble*.

Il toucha mon visage de sa main valide et m'embrassa sur la joue.

— Ne pleure pas, Thursday. C'est comme ça que ça se passe. Que ça s'est toujours passé, que ça se passera toujours. Prends mon chronographe, je n'en ai plus besoin.

Je détachai la lourde montre de son poignet. Une odeur de fraises artificielles emplit la pièce. C'était la main de papa. Elle s'était presque entièrement transformée en coulis. Il était temps qu'il parte.

— Au revoir, Thursday. Je n'aurais jamais su rêver d'une meilleure fille.

Je me ressaisis. Je ne voulais pas que son dernier souvenir de moi soit celui d'une loque décomposée. Je voulais qu'il sache que je pouvais être aussi forte que lui. Je pinçai les lèvres et m'essuyai les yeux.

— Au revoir, papa.

Il m'adressa un clin d'œil.

— Bon, eh bien, le temps n'attend pas, comme on dit chez nous.

Il sourit encore et se replia, s'affaissa, tournoya sur lui-même un peu à la manière de l'eau qui s'écoule à travers une bonde. Me sentant entraînée à mon tour, je reculai d'un pas, et mon père disparut avec un *plop* à peine audible, entamant son voyage dans le lointain passé. L'attraction gravitationnelle fit sauter un bouton de mon chemisier ; le petit rond nacré effectua un vol plané et se fit aspirer par la mini-tornade. Il se volatilisa, et l'air frémit encore un instant avant de revenir à l'état que nous qualifions de normal.

Mon père était parti.

Avec le retour de l'entropie à son niveau standard, les lumières se rallumèrent. L'audacieux projet de vengeance concocté par Aornis avait lamentablement échoué. Mieux que ça, à son corps défendant, elle nous avait à tous donné la vie. Parlons-en, de l'ironie. Voilà de quoi lui faire passer pour un bon bout de temps l'envie de courir les magasins. Papa avait raison. C'est drôle comment les choses tournent quelquefois.

J'assistai ce soir-là au concert des sœurs Nolan avec un siège vide à côté de moi, surveillant la porte au cas où il apparaîtrait. J'entendis à peine la musique… Je songeais à une plage déserte sur une planète sans vie, à un individu qui jadis avait été mon père en train de se désintégrer lentement. Puis je pensai aux protéines résultantes, aujourd'hui multiples et évoluées, s'attaquant à l'atmosphère. Elles libéraient de l'oxygène et associaient l'hydrogène et le dioxyde de carbone pour former des molécules nutritives simples. D'ici quelques centaines de millions d'années, l'atmosphère serait chargée d'oxygène ; ce serait la naissance de l'aérobiose – et deux ou trois milliards d'années plus tard, quelque chose de visqueux sortirait se tortiller sur le sol. Ce n'était pas un début très glorieux, mais s'y rattachait dorénavant une sorte de fierté familiale. Car cet homme-là n'était pas simplement *mon* père, c'était le père de l'humanité tout entière. Pendant que les Nolan chantaient *Goodbye Nothing to Say*, je me laissai aller à une introspection silencieuse, regrettant, comme tous les enfants à la mort d'un parent, les choses que nous n'avions jamais dites ou faites. Mais mon plus grand regret était infiniment plus terre à terre : dans la mesure où son existence et son identité avaient été effacées par la ChronoGarde, je n'avais jamais su, ni même pensé à demander... *son nom*.

34

Le Puits des Histoires Perdues

Programme d'Echange de Personnages : si un personnage dans un livre ressemble étrangement à un autre du même auteur, il y a de fortes chances pour que ce soit le même. Le monde des livres est régi par un certain souci d'économie, et les personnages d'un livre sont souvent chargés d'en remplacer d'autres. Quelquefois, un personnage donné peut en interpréter un autre dans un même livre, procédé qui prend un tour comique quand il est obligé de se parler à lui-même. Margot Metroland m'a dit un jour que jouer encore et toujours le même personnage était aussi assommant « qu'une actrice condamnée au même rôle dans un théâtre de répertoire de province, pour l'éternité et sans jamais prendre de vacances ». En raison de l'abondance de Saute-Pages (voir ce mot) clandestins, phénomène né de l'ennui et du désarroi, il a été décidé de créer le Programme d'Echange de Personnages afin de permettre un changement de décor. Chaque année, on assiste à près de dix mille échanges, avec très peu de conséquences sur l'intrigue principale ou les dialogues. Le lecteur, lui, n'y voit généralement que du feu.

LE CHAT DE L'AUTORITÉ UNITAIRE DE WARRINGTON
Guide de la Grande Bibliothèque (glossaire)

Cette nuit-là, je dormis chez Joffy. Enfin, *dormis* n'est pas le terme exact. Je passai la nuit à fixer le plafond élégamment sculpté et à penser à Landen. A l'aube, je quittai subrepticement le presbytère, empruntai la moto Brough Superior de Joffy et me rendis à Swindon, pendant que le soleil se levait sur l'horizon. Normalement, les lueurs radieuses d'un nouveau jour m'emplissaient d'espoir, mais ce matin-là je n'avais à l'esprit que le travail inachevé et l'avenir incertain. Je roulai à travers les rues désertes en direction de la maison de maman. Il fallait qu'elle sache, pour papa ; j'espérais que, tout comme moi, elle tirerait du réconfort de son ultime acte d'abnégation. Ensuite, j'irais au siège me rendre à Flanker. Il était fort possible que OS-5 croie mon récit des agissements d'Aornis ; quant à convaincre OS-1 de la chronuption de Lavoisier, c'était une tout autre histoire. Goliath et les deux Maird continuaient à me préoccuper, certes, mais j'étais sûre d'arriver à trouver un moyen de me débarrasser d'eux. En tout cas, la fin du monde n'avait pas eu lieu hier, ce qui était plutôt une bonne chose – et Flanker ne pourrait m'accuser de « ne pas avoir sauvé la planète selon *sa* méthode », même si ça le démangeait.

A l'approche de l'intersection devant chez maman, j'aperçus une voiture à l'allure suspicieusement goliathesque, garée en face. Je fis donc un grand détour, abandonnai la moto deux rues plus loin et revins à pas de loup par les petites venelles. Je contournai une moto bleu marine – encore Goliath –, escaladai la grille du jardin et me faufilai par le potager jusqu'à la porte de la cuisine. Comme elle était fermée à clé, je repoussai le rabat réservé au passage des dodos et entrai à quatre pattes. J'allais allumer la lumière quand je sentis le canon froid d'une arme contre ma joue. Je sursautai et étouffai un cri.

— On n'allume pas, gronda une voix rauque de femme, et pas de gestes brusques.

Je me figeai docilement. Une main s'insinua dans mon blouson et retira le pistolet de Cordelia. DH-82 dormait comme une souche dans son panier ; visiblement, l'idée de monter la garde, en thylacine féroce qu'il était, ne l'avait même pas effleuré.

— Attendez que je vous voie, dit la voix.

Je pivotai et me trouvai face à une femme dont l'âge n'avait pas dû être seul responsable du flétrissement prématuré. La main qui tenait le pistolet, notai-je, tremblait légèrement ; elle avait une carnation sanguine, et ses cheveux brossés à la hâte étaient relevés en un chignon maladroit. Il n'en ressortait pas moins qu'elle avait jadis été belle ; elle avait un regard brillant et joyeux, une bouche fine et délicate, un port de tête déterminé.

— Qu'est-ce que vous faites ici ? demanda-t-elle impérieusement.

— C'est la maison de ma mère.

— Ah ! fit-elle avec un sourire à peine perceptible, haussant un sourcil. Vous devez être Thursday.

Elle remit son arme dans l'étui fixé à sa cuisse sous plusieurs couches de son ample robe de brocart et entreprit de fouiller dans les placards.

— Savez-vous où votre mère range la gnôle ?

— Et si *vous* me disiez qui vous êtes ?

Mes yeux se posèrent sur le billot avec les couteaux à découper… juste au cas où.

La femme ne répondit pas à ma question, du moins sa réponse ne fut pas celle que j'attendais.

— Votre père m'a dit que Lavoisier avait éradiqué votre mari.

J'interrompis ma discrète progression vers le billot.

— Vous connaissez mon père ? m'étonnai-je.

— Ce que je peux haïr ce mot, *éradiqué*, lâcha-t-elle violemment, fourrageant en vain parmi les fruits en boîte à la recherche de quelque chose qui ressemble à de l'alcool. C'est un assassinat, Thursday… un assassinat pur et simple. Mon mari aussi, ils l'ont tué, même s'ils ont dû s'y reprendre à trois fois.

— Qui ça ?

— Lavoisier et les révisionnistes français.

Elle abattit son poing sur la table de la cuisine comme pour marquer sa colère et se tourna vers moi.

— Vous avez gardé des souvenirs de votre mari, j'imagine ?

— Oui.

— Moi aussi, soupira-t-elle. Et Dieu sait que je le regrette. Des souvenirs de ce qui aurait *pu* arriver. La conscience de ce que j'ai perdu. C'est ça, le pire.

Elle ouvrit un autre placard, également rempli de fruits en conserve.

— Si j'ai bien compris, votre mari avait deux ans à peine…

le mien en avait quarante-sept. Mais ça n'arrange rien, au contraire. Sa demande de divorce lui a été accordée, et nous nous sommes mariés l'été après Trafalgar. Neuf ans d'une vie de rêve en tant que lady Nelson… tout cela pour me réveiller un matin à Calais, épave alcoolique et criblée de dettes, et apprendre que mon seul et unique amour était mort depuis dix ans, abattu par la balle d'un tireur sur le gaillard d'arrière du *Victory*.

— Je sais qui vous êtes, murmurai-je. Vous êtes Emma Hamilton.

— *J'étais* Emma Hamilton, répondit-elle, mélancolique. Aujourd'hui, je ne suis qu'une clocharde avec une réputation désastreuse, pas de mari et une soif comme le désert de Gobi.

— Mais vous avez toujours votre fille ?

— Oui, gémit-elle, sauf que je ne lui ai jamais dit que j'étais sa mère.

— Essayez le placard au bout.

Elle poursuivit ses explorations et finit par trouver une bouteille de kirsch fantaisie. Elle en versa une généreuse rasade dans l'une des tasses à thé de ma mère. Je contemplai l'éplorée en me demandant si j'allais terminer comme elle.

— On va régler son compte à Lavoisier, marmonna lady Hamilton tristement en éclusant son kirsch. Soyez tranquille, on s'en occupe.

— On ?

Elle me regarda et remplit encore plus généreusement – même selon les critères de maman – sa tasse.

— Votre père et moi, bien sûr.

Je soupirai. A l'évidence, elle n'était pas au courant.

— C'est ce que je suis venue annoncer à ma mère.

— Qu'est-ce que tu es venue m'annoncer ?

C'était ma mère ; elle venait d'apparaître, vêtue d'une robe de chambre molletonnée, le cheveu en bataille. Pour quelqu'un qui, d'ordinaire, se méfiait autant d'Emma Hamilton, elle la salua plutôt chaleureusement… ce qui ne l'empêcha pas d'enlever le kirsch d'un geste prompt et de le ranger dans le placard.

— Tu es bien matinale aujourd'hui, roucoula-t-elle. Tu aurais un moment pour conduire DH-82 chez le véto, tout à l'heure ? Il a un furoncle qu'il faut percer.

— Je suis assez occupée, maman.

— Oh ! s'exclama-t-elle, ayant senti que je parlais sérieusement. Cette histoire à Vole Towers, tu y es pour quelque chose ?

— Plus ou moins, oui. Je suis venue te dire…

— Oui ?

— Que papa a… papa est… papa était…

Ma mère me dévisagea d'un air interrogateur tandis que mon père, en chair et en os, faisait son entrée dans la cuisine.

— … qu'il me fait tourner en bourrique.

— Bonjour, Pupuce, dit mon père, considérablement rajeuni par rapport à la dernière fois que je l'avais vu. Tu as été présentée à lady Hamilton ?

— On a bu un coup ensemble, répliquai-je, incertaine. Mais… tu es… tu es… *vivant* !

Il caressa son menton.

— Pourquoi, je ne devrais pas l'être ?

Je réfléchis un instant et secouai furtivement ma manchette pour dissimuler son chronographe à mon poignet.

— Si… enfin, je veux dire…

Mais il avait déjà pigé.

— Ne me dis pas ! Je ne veux pas savoir !

Il s'arrêta à côté de maman et l'enlaça par la taille. C'était la première fois en dix-sept ans que je les voyais ensemble.

— Ne sois donc pas aussi *linéaire*. Bien que j'essaie de venir te voir dans *ton* ordre chronologique, parfois ce n'est pas possible.

Il fit une pause.

— Est-ce que j'ai beaucoup souffert ?

— Non… pas du tout, mentis-je.

— C'est drôle, dit-il en remplissant la bouilloire, je me souviens de tout jusqu'au rideau final moins dix, mais après, ça devient flou ; je revois vaguement un littoral déchiqueté et le coucher de soleil sur un océan calme, mais à part ça, rien. J'ai fait un tas de choses dans ma vie, mais mon entrée et ma sortie resteront toujours un mystère. Et c'est tant mieux. Ça m'évite de flancher et de tenter d'intervenir.

Il versa plusieurs cuillerées de café dans la cafetière. J'étais contente d'avoir assisté seulement à la mort de papa, et pas à la fin de sa vie, puisque visiblement les deux n'étaient pas liées.

— Quoi de neuf, à propos ? demanda-t-il.

— Eh bien, hésitai-je, ne sachant par où commencer, le monde n'a pas été anéanti hier soir.

Il contempla le pâle soleil d'hiver qui luisait par la fenêtre de la cuisine.

— Je vois ça. Bien joué. Une Apocalypse à l'heure actuelle, ç'aurait été gênant. Tu as pris ton petit déjeuner ?

— Gênant ? La destruction totale de la planète, ç'aurait été *gênant* ?

— Absolument. Embêtant même, ajouta mon père, l'air songeur. La fin du monde aurait sacrément contrarié mes plans. Dis-moi, tu as pu m'avoir une place pour le concert des sœurs Nolan, hier ?

Je réfléchis rapidement.

— Euh… non, papa… désolée. C'était complet.

Il y eut un nouveau silence. Maman poussa du coude son mari, qui la regarda bizarrement. Elle semblait attendre qu'il prenne la parole.

— Thursday, déclara-t-elle lorsqu'il devint clair que papa n'allait pas saisir la perche, ton père et moi pensons que tu devrais te mettre en congé jusqu'à la naissance de notre premier petit-fils. Quelque part où tu serais en sécurité. Quelque part *ailleurs*.

— Ah oui, ajouta papa en sursautant. Entre Goliath, Aornis et Lavoisier qui veulent ta peau, l'ici et maintenant n'est pas l'endroit idéal pour toi.

— Je peux me débrouiller toute seule.

— Moi aussi, je le croyais, grommela lady Hamilton avec un regard nostalgique en direction du placard où l'on avait enfermé le kirsch.

— Je ramènerai Landen, répondis-je résolument.

— Aujourd'hui, ta condition physique te le permet peut-être… mais qu'en sera-t-il dans six mois ? Tu as besoin de faire un break, Thursday, et de le faire maintenant. Bien sûr, tu dois te battre – mais te battre à armes égales.

— Maman ?

— Ça me paraît raisonnable, chérie.

Je me frottai la tête et m'assis sur une chaise de cuisine. Au fond, ce n'était pas une mauvaise idée.

— A quoi pensez-vous ?

Papa et maman échangèrent un coup d'œil.

— Je pourrais te faire redescendre au XVIe siècle, mais côté soins médicaux, ce ne serait pas facile. Te faire remonter le temps serait trop risqué : OS-12 ne tarderait pas à te localiser. Non, si tu dois aller quelque part, il faut que ce soit *de côté*.

Il vint s'asseoir auprès de moi.

— Henshaw à OS-3 me doit une faveur. A nous deux, on pourrait te transférer latéralement dans un monde où Landen ne s'est *pas* noyé à l'âge de deux ans.

— C'est vrai ? m'écriai-je, brusquement ragaillardie.

— Oui. Mais ne t'emballe pas trop, ce n'est pas aussi simple. Ce sera… différent.

Mon euphorie fut de courte durée. Je ressentis des picotements dans ma nuque.

— Différent comment ?

— *Très* différent. Tu ne feras pas partie de OS-27. D'ailleurs, il n'y aura pas d'OpSpecs du tout. La Seconde Guerre mondiale se sera terminée en 1945, et le conflit de Crimée n'aura pas dépassé 1854.

— Je vois. Pas de guerre de Crimée ? Ça veut dire qu'Anton sera toujours en vie ?

— Oui.

— Alors allons-y, papa.

Il posa sa main sur la mienne et la pressa.

— Ce n'est pas tout. Comme la décision t'appartient, il faut que tu saches précisément ce qui t'attend. Ce que tu as connu ici n'existera plus. Ni ton travail, passé et à venir. Ni les dodos, ni les Neandertals, ni les Shakesparleurs, ni le Gravitube..

— Le Gravitube ? Et comment font les gens pour se déplacer ?

— Ils ont ce qu'on appelle des avions de ligne. De gros aéronefs capables de transporter des passagers et de voler à une altitude de onze mille mètres, aux trois quarts de la vitesse du son… voire plus vite encore.

C'était une notion totalement ridicule, et je ne me privai pas de le lui dire.

— Je sais que c'est aberrant, Pupuce, mais tu n'en auras pas conscience. Vu de là-bas, le Gravitube te semblera aussi irréaliste que les avions de ligne le sont ici.

— Et les mammouths ?

— Non… mais il y aura des canards.

— Goliath ?

— Sous un autre nom.

Je me tus un instant.

— Est-ce qu'il y aura *Jane Eyre* ?

— Oui, soupira mon père, il y aura toujours *Jane Eyre*.

— Et Turner ? Est-ce qu'il aura peint *Le Téméraire* ?

— Oui, et Carravaggggio sera là également, bien qu'orthographié d'une manière plus sensée.

— Alors qu'est-ce qu'on attend ?

Mon père garda le silence.

— Il y a un hic, dit-il finalement.

— Quel genre de hic ?

Il poussa un soupir.

— Landen sera de retour, mais lui et toi ne vous serez jamais rencontrés. Il ne saura même pas qui tu es.

— Mais moi, je saurai. Je pourrai me présenter à lui, non ?

— Thursday, tu ne fais pas partie de ce monde-là. Tu viens du dehors. Tu porteras toujours l'enfant de Landen, mais tu auras oublié que le dérapage temporel a jamais eu lieu. Tu ne garderas aucun souvenir de ton ancienne vie. Si tu veux te déplacer de côté pour le revoir, il te faudra un nouveau passé et un nouveau présent. Paradoxalement, pour pouvoir le voir, tu ne te souviendras pas de lui… ni lui de toi.

— Tu parles d'un hic, observai-je.

— C'est un pis-aller, en effet, acquiesça mon père.

Je réfléchis un moment.

— Je ne serai donc pas amoureuse de lui ?

— Je crains que non. Il te restera peut-être un bout de souvenir résiduel – des sentiments inexplicables pour quelqu'un que tu n'as jamais rencontré.

— Je serai larguée ?

— Oui.

Il me regardait avec insistance. Tout le monde me regardait. Même lady Hamilton, qui avait entrepris de se rapprocher en douce de la bouteille de kirsch, s'était arrêtée pour me dévisager. Que je devais disparaître, cela me semblait évident. Mais avoir zéro souvenir de Landen ? Je n'hésitai pas longtemps.

— Non, papa. Merci, mais non merci.

— Tu n'as pas bien compris, entonna-t-il sur le ton paternel du « monte dans ta chambre ». Dans un an, tu seras rentrée, et tout redeviendra comme…

— Non. Je n'ai pas l'intention de perdre Landen plus que ce qui m'arrive déjà.

J'eus une idée.

— En fait, je sais où je pourrai aller.

— Où ça ? s'enquit mon père. Où irais-tu de sorte que Lavoisier ne te rattrape pas, hein ? En avant, en arrière, de côté, ailleurs… je ne vois pas autre chose !

Je souris.

— Tu te trompes, papa. Il existe un endroit. Un endroit où personne ne me trouvera… même pas toi.

— Pupuce ! implora-t-il. Il est impératif que tu prennes ceci au sérieux. Où iras-tu ?

— Je vais, répondis-je lentement, me perdre dans un bon livre.

Malgré leurs supplications, je fis mes adieux à maman, papa et lady Hamilton, me glissai hors de la maison et fonçai chez moi sur la moto de Joffy. Je me garai devant l'entrée de l'immeuble, au nez et à la barbe des OpSpecs et des agents de Goliath qui battaient la semelle en m'attendant. Je rentrai sans hâte ; il leur faudrait une bonne vingtaine de minutes pour contacter le siège, avant de monter et de défoncer la porte – or je n'avais pas grand-chose à préparer. J'avais mes souvenirs de

Landen : ils m'aideraient à tenir jusqu'à ce que je le retrouve. Car j'allais le retrouver, c'était une certitude, mais j'avais besoin de temps pour me reposer, récupérer et mettre notre enfant au monde avec un minimum d'obstacles et d'interruptions. Je rangeai quatre boîtes de nourriture pour chat de la marque Grosminet, deux paquets de Menthos, un gros pot de Marmite et deux douzaines de piles AA dans un grand fourre-tout, plus quelques vêtements de rechange, une photo de ma famille et le *Jane Eyre* avec la balle logée dans la reliure. Pour finir, j'y installai une Pickwick endormie et confuse avec son œuf et fermai le sac de façon à ce que seule sa tête en dépasse. Ensuite, je m'assis face à la porte et attendis, avec un exemplaire des *Grandes Espérances* sur les genoux. Je n'étais pas très douée pour pénétrer de moi-même dans les livres et, en l'absence de mon guide, il me fallait bien la trouille d'être capturée pour me catapulter à travers les frontières de la fiction.

Je commençai à lire au premier coup frappé à la porte et poursuivis ma lecture entre les sommations d'ouvrir, les bruits sourds et le fracas du bois éclaté, jusqu'au moment où la porte céda et je me fondis dans le décor délabré de Satis House et des *Grandes Espérances*.

Miss Havisham fut naturellement choquée lorsque je lui exposai ma requête, et plus choquée encore par la vue de Pickwick, mais elle consentit à m'aider et régla les détails avec l'Homme à la Cloche – à la condition expresse que je continue ma formation. On m'inscrivit vite fait au Programme d'Echange de Personnages et on m'octroya un rôle secondaire dans un bouquin inédit enfoui quelque part dans le Puits des Histoires Perdues. La femme que je devais remplacer voulait depuis quelque temps suivre des cours à l'Académie de Lecture des Arts Dramatiques ; du coup, ça l'arrangeait également. En descendant au sixième sous-sol avec le mandat du Programme d'Echange adressé à un certain Briggs, je me sentais détendue comme cela ne m'était pas arrivé depuis des semaines. Je trouvai le livre en question coincé entre un premier brouillon d'aventures en mer de Tasman et une vague ébauche de roman humoristique dont l'action se situait au sein du commandement tactique aérien. Je le pris, l'emportai vers une table de lecture et me frayai tranquillement un chemin entre les mots vers mon nouveau foyer.

Je me retrouvai au bord d'un réservoir quelque part dans le sud-est de l'Angleterre. C'était l'été, et l'air tiède embaumait après la froidure hivernale qui régnait chez nous. Je me tenais sur une jetée en bois face à un gros hydravion, apparemment à l'abandon, qui se balançait doucement sur l'eau, tirant sur les amarres. Une femme venait de sortir par la porte percée dans la coque ; elle avait une valise à la main.

— Bonjour ! cria-t-elle en accourant pour me saluer. Je suis Mary. Et vous, vous devez être Thursday. Bonté divine ! Qu'est-ce que c'est ?

— Un dodo. Elle s'appelle Pickwick.

— Je croyais qu'ils avaient disparu.

— Pas là d'où je viens. C'est ici que je vais habiter ?

Je désignai, dubitative, l'aéronef décrépit.

— Je sais ce que vous pensez, sourit Mary, toute fière. N'est-ce pas qu'il est splendide ? Short Sunderland, construit en 1943, mais dont le dernier vol remonte à 54. Je suis en train de le convertir en house-boat… si vous avez envie de filer un coup de main, surtout ne vous gênez pas. Simplement, n'oubliez pas de pomper l'eau de la sentine, et si vous pouviez faire tourner le moteur numéro trois une fois par mois, je vous en serais très reconnaissante.

— Euh… O.K., bégayai-je.

— Bien. J'ai laissé un bref résumé de l'histoire scotché sur le frigo, mais ne vous en faites pas : dans la mesure où nous ne sommes pas publiés, vous êtes libre d'agir comme bon vous semble. Si vous avez le moindre problème, allez voir le capitaine Nemo qui vit sur le *Nautilus*, deux bateaux plus loin, et ne vous inquiétez pas – Jack peut paraître bougon au premier abord, mais il a un cœur d'or, et s'il vous demande de conduire son Austin Allegro, pensez à débrayer à fond avant de changer de vitesse. Est-ce que l'Homme à la Cloche vous a fourni tous les documents et les faux papiers nécessaires ?

Je tapotai ma poche, et elle me remit un bout de papier et un trousseau de clés.

— Parfait. Ça, c'est mon numéro de NDBDP-phone en cas d'urgence, et voici les clés de l'hydravion et de ma BMW. Si un dénommé Arnold appelle, dites-lui qu'il a eu sa chance et qu'il l'a loupée. Des questions ?

— Je ne crois pas.

Elle sourit.

— Alors nous nous sommes tout dit. Vous vous plairez ici. C'est assez bizarre comme endroit. Allez, à dans un an !

Elle agita la main et s'éloigna sur le chemin poussiéreux. Je regardai les canots lointains sur le lac, puis observai un couple de cygnes battant furieusement des ailes et pédalant sur l'eau avant le décollage. Je m'assis sur un branlant siège en bois et ouvris le sac pour libérer Pickwick. Ce n'était pas chez moi, mais ç'avait l'air charmant. La réactualisation de Landen interviendrait dans un futur indéterminé, tout comme la réapparition d'Aornis et de Goliath… mais chaque chose en son temps. Maman, papa, Joffy, Bowden et Victor – voire même Cordelia – allaient me manquer. Le bon côté, c'était que je n'aurais pas à enregistrer la vidéo d'*Entraînons-nous avec Thursday Next.*

Comme le disait mon père, c'est drôle comment les choses tournent quelquefois.

Achevé d'imprimer sur les presses de

BUSSIÈRE

GROUPE CPI

à Saint-Amand-Montrond (Cher)
en avril 2005

FLEUVE NOIR
12, avenue d'Italie
75627 Paris Cedex 13
Tél. : 01-44-16-05-00

N° d'imp. : 051472/1.
Dépôt légal : mai 2005.

Imprimé en France